KB207921

완벽한 시간
The perfect time

완벽한 시간

초판 1쇄 발행 2024년 11월 11일

지 은 이 권중영
발 행 인 권선복
편   집 권보송
표지디자인 권지우·오훈택
디 자 인 김소영
전 자 책 서보미
발 행 처 도서출판 행복에너지
출판등록 제315-2011-000035호
주   소 (07679) 서울특별시 강서구 화곡로 232
전   화 0505-666-5555
팩   스 0303-0799-1560
홈페이지 www.happybook.or.kr
이 메 일 ksbdata@daum.net

값 22,000원
ISBN 979-11-93607-59-6 (03810)

도서출판 행복에너지는 독자 여러분의 아이디어와 원고 투고를 기다립니다. 책으로 만들기를
원하는 콘텐츠가 있으신 분은 이메일이나 홈페이지를 통해 간단한 기획서와 기획의도, 연락
처 등을 보내주십시오. 행복에너지의 문은 언제나 활짝 열려 있습니다.

타임시리즈 II
권중영 지음

완벽한 시간

＊

The Perfect
Time

도서
출판 행복에너지

Contents

등장인물((2016년 기준) 소개

- **길지석(41세)** : 아마추어 웹추리소설작가 겸 한의사

- **박기식(43세)** : 예산경찰서 강력과 형사

- **이시진(51세)** : 전 예산경찰서 강력과장, 현 충남경찰청 기동대장

- **송주성(63세)** : 송일대학 재단 이사장

- **고희진(39세)** : 송주성의 첫째 딸

- **채인수(39세)** : 고희진의 남편, 송일대학 재단 사무국장

- **고희수(37세)** : 송주성의 둘째 딸, 송일대학 미대 교수

- **진현종(45세)** : 고희수의 남편, 송일대학 미대 교수

- **고일주(59세)** : 송주성의 시동생, 송일대학 교무처장

- **신해수(23세)** : ○○대학 미대 학생, 진현종의 내연녀

- **강보람(23세)** : 신해수의 친구

- **오선화(25세)** : 고희진, 고희수의 고종사촌 동생

- **이재만(45세)** : 장성경찰서 강력과 형사

프롤로그

칠흑 같은 어두운 밤이었다. 그믐달조차 짙은 구름에 막혀 전혀 빛을 발하지 못하고 있었다. 그러고 보니 보름 전쯤이 정월 대보름이었으니 오늘이 그믐인 것 같았다.

어디서 나타났는지 배 한 척이 서서히 호수 한가운데를 향해 가고 있었다. 엔진 소리도 최대한 낮춰 거의 들리지 않았다. 사방이 고요해서 그나마 엔진 소리가 들리는 정도이다.

배가 호수 한가운데에 다다르자마자 잽싸게 투망 던지는 소리가 났다. 분명 배 안에는 사람들이 있었지만 별다른 소리는 들리지 않았다. 사람들은 말이 없었다. 단지 익숙한 일을 하는 것처럼 신속하게 움직일 뿐이었다.

배 우현에는 '○○ 508호'라고 적혀 있었다.

누군가가 투망을 걷어 올리고 있었다. 투망에는 10여 마리의 민물고기들이 투망을 빠져나가기 위해 몸부림치고 있었다. 제법 살이 오른 잉어나 붕어도 간간이 보였지만 오히려 배스나 블루길 등 외래종이 더 많아 보였다. 빠른 손놀림으로 잡힌 물고기들을 투망에서 떼어냈다.

곧이어 또다시 투망이 호수 한복판에 던져졌다. 씨알이 굵은 놈이 걸려들었는지 이번에는 투망이 제법 묵직했다. 투망에 걸린 손바닥만 한 붕어를 떼어내고 곧바로 다른 물고기로 옮겨간 누군가의 손이 순간 멈칫했다.

일행에게 랜턴을 켜라고 조용히 말했다. 어두운 호수 한가운데에 랜턴 불빛이 반짝였다. 그 순간 누군가의 입에서 "악!" 외마디 비명 소리가 나왔다.

투망에 걸린 두툼한 물체는 물고기가 아니었다. 성인 남자의 머리였다. 목이 잘려 머리 부분만 남아 있었다. 상당 기간 물속에 있었던 탓에 얼굴이 퉁퉁 부어 있었다. 곳곳에 물고기가 살점을 떼어먹은 흔적도 보였다. 육안으로는 남자 얼굴인지도 확인하기가 어려웠다. 다만 두상의 형태나 머리카락이 짧은 것으로 봐서 남자로 추정될 뿐이다.

배 안에 있던 세 명의 남자는 아무런 말 없이 랜턴이 비추고 있는 목이 잘린 머리만 쳐다보고 있었다. 잠시 후 누군가 토가 나오려는 듯 급히 옆으로 달려갔다. 정적을 깨고 "우웩! 우웩!" 하는 소리만 들려왔다.

그중 대장인 듯한 사람이 옆 사람으로부터 랜턴을 빼앗듯이 낚아채서 목이 잘린 머리를 유심히 살펴보기 시작했다. 혹시 아는 사람인지 살피는 듯했다. 얼굴을 확인하기 어려운 상태였지만 혹시나 하는 심정에서 그런 행동을 하는 것처럼 보였다. 나머지 한 사람은 벌벌 떨면서 대장의 행동만 지켜보고 있었다.

잠시 후 대장이 두 사람을 불러 조용히 말했다. 혹시 아는 사람인지 물었지만 두 사람 모두 모르는 사람이라고 대답했다.

대장은 잠시 뭔가를 생각하는 모습이었다. 이윽고 험한 인상을 쓰며 두 사람에게 목이 잘린 머리를 다시 호수 안으로 던지는 것이 좋을 것 같다고 말했다. 말투는 부드러웠지만 왠지 모를 힘이 느껴졌다. 그리고 아무 일 없었던 것처럼 바로 철수하자고 했다. 두 사람은 아무 대답도 하지 못하고 단지 부들부들 떨고만 있었다.

대장은 50대 초반의 남자에게 목이 잘린 머리를 일단 투망에서 떼어내라고 다그쳤다. 분명 나이는 자신보다 한참 위일 텐데 반말이었다.

50대 초반의 남자는 손을 벌벌 떨면서 얼굴을 돌린 채 투망에서 목이 잘린 머리를 조심스럽게 떼어내기 시작했다. 추운 날씨에 손이 떨리는 데다가 머리카락이 투망에 엉겨 붙어 있어 떼어내기가 여간 어렵지 않았다. 몇 분이 지나자 겨우 머리를 투망에서 떼어냈다. 목이 잘린 머리가 배 바닥에 나뒹굴고 있었다.

50대 초반의 남자는 잠시 망설였다. 대장의 말을 들어야 할지 고민하는 모습이었다. 또 한 번 대장의 다그치는 소리가 들려왔다. 잠시 정적이 흘렀다. 이윽고 50대 초반의 남자는 목이 잘린 얼굴의 머리카락을 한 움큼 잡더니 이내 호수로 던졌다.

대장은 40대 초반의 남자에게 빨리 뱃머리를 돌리라고 또다시 다그쳤다. 40대 초반의 남자는 허둥지둥 기어가듯이 조종실로 들어가 키를 잡았다.

50대 초반의 남자는 잡은 물고기를 어떻게 할 것인지 눈빛으로 대장에게 물었다. 대장은 물고기도 다 호수에 버리라고 했다.

이렇게 목이 잘린 머리를 발견한 지 20분도 채 되지 않아 배는 처음 출발했던 자리로 돌아왔다.

이윽고 세 사람은 정박한 배 옆에 주차되어 있던 SUV 차량에 올라탔다. 뒤에 짐칸이 달린 차량이었다. 대장이 운전하고 있었다. 5분 정도가 지나 차가 멈추자, 뒷좌석에 앉아 있던 50대 초반의 남자가 내리려고 했다.

대장은 뒤를 돌아보면서 그를 강렬한 눈빛으로 응시했다. 그리고 한마디 툭 던졌다.

"오늘 우리는 아무 일도 한 거 없고, 아무것도 본 게 없었지. 어때, 내 말이 맞지? 박씨!"

박씨는 잠시 망설이더니 고개만 끄덕였다.

"집에 가서 소주 한 병 먹고 푹 자면 내일은 아무 일 없을 거야. 알았지? 박씨!"

그는 다시 한번 고개를 끄덕이며 차 문을 열고 내리려고 했다. 대장이 급히 지갑에서 5만 원짜리 지폐 1장을 꺼내 건네자 그는 아무 말 없이 받았다. 차는 지체 없이 그 자리를 떠났다.

그는 빠른 속도로 떠나는 차를 한참 동안 멍하니 쳐다보고 있었다. 잠시 후 느릿느릿한 걸음으로 발길을 돌렸다. 야트막한 언덕을 3분가량 오르자 어느덧 집 앞 현관에 도착했다.

집 안은 썰렁했다. 마누라가 자식들을 데리고 집을 나간 지 10년 가까이 됐다. 그의 술버릇이 문제였다. 그가 술만 마시면 가족들에게 이유 없이 행패를 부리자 참다못해 가족들이 그만 남겨놓고 떠난 것이다.

그는 대장의 말처럼 무의식적으로 냉장고 문을 열고 소주를 꺼냈다. 가족들이 술 때문에 떠났지만 그래도 술이 없으면 하루도 살기 어려웠다. 잔도 필요 없이 병째로 벌컥벌컥 들이부었다. 조금 전의 악몽을 모두 잊으려는 몸부림이었다. 세 번에 걸쳐 소주 한 병을 다 비웠다.

옷을 입은 채 이불도 없는 다섯 평 남짓한 거실 바닥에 벌러덩 누웠다. 난방은 제대로 됐는지 별로 추위를 느끼지 못했다. 잠시 후 세상 모든 잡념이 없어진 것처럼 코 고는 소리만 심하게 들려왔다.

　그리고 아침이 되었다. 평상시와 똑같은 일상이었다.
　그러나 한 가지 정상이 아닌 것이 있었다. 초등학교 졸업 30주
년을 기념해서 졸업생 친구 다섯 명이 똑같이 맞춘 금반지가 없
어졌다. 그는 반지의 행적을 곰곰이 생각했다. 어젯밤까지는 분
명히 손가락에 끼워져 있는 것을 기억했다. 그렇다면 반지의 행
적은 분명했다. 어젯밤 배에서 흘렸거나 아니면, 아니면….
　그는 순간 머리카락이 쭈뼛 섰다. 갑자기 온몸이 떨리기 시작
했다. 어젯밤 목이 잘린 머리를 투망에서 떼어내면서 곱슬곱슬
한 머리카락이 심하게 엉켜 있어 몇 번이나 애를 먹은 것이 생각
났다. 그때 반지가 빠진 것 같았다. 평소에도 반지가 약간 헐렁
한 느낌이었지만 물기가 묻은 와중에 쉽게 빠진 것으로 보였다.
　그럼, 반지는? 배 바닥에 떨어져 있을지도 모른다. 별로 가능
성은 없지만 혹시나 하는 불길한 예감이 등줄기를 타고 스멀스
멀 머리 위로 올라오고 있었다.
　머리카락을 투망에서 떼어내다가 반지가 빠졌다면? 그리고 그
와중에 반지가 머리카락에 엉켜 있다면 어떻게 되는 것이지? 생
각하기도 끔찍한 상상이 머릿속을 떠나지 않았다.
　그는 거실 바닥에 털썩 주저앉았다. 온몸에 힘이 쭉 빠지는 느
낌이었다. 그렇다고 이제 와서 할 수 있는 일은 아무것도 없을
것 같았다. 지금 배에 가서 반지를 찾는다고 하면 대장이 가만있
지 않을 것이다. 배에 접근하기도 어려울 것이다. 누가 왜 'ㅇㅇ
508호'에 갔었냐고 물으면 뭐라고 대답할 것인가?
　결국 그는 될 대로 되라는 심정으로 다시 거실 바닥에 드러누

웠다. 아무런 생각도 하기 싫었다. 어젯밤에는 대장 말처럼 아무 일도 없었다. 그저 누구도 모르게 기념 반지 한 개를 잃어버린 것뿐이다.

그리고 아무 일 없이 그렇게 시간이 흘렀다.

1장.

또 다른 시작

1.

오늘은 일요일이고, 완연한 가을 날씨였다. 요사이는 아침저녁으로 제법 차가운 바람이 불었다.

평소 같으면 길 원장은 가족들과 가볍게 나들이하거나 쇼핑하면서 보낼 시간이었다. 어떤 때는 근처 산에 오르며 일주일 동안 쌓인 스트레스를 마음껏 해소하기도 했다. 그러나 오늘은 가족들과 데이트하는 대신에 손님을 만나기로 했다.

길 원장은 한의원을 개업할 때부터 웬만해선 휴일에 일하지 않는 것을 원칙으로 세웠다. 그리고 지금까지 그 원칙을 잘 지켜왔다고 생각했다.

그런데 차길수 부녀 살인사건이 세상에 알려지고부터는 길 원장의 직업이 한의사인지 가끔 헷갈리는 경우가 발생했다. 그때마다 길 원장은 자신은 차길수 부녀 살인사건과 전혀 관계가 없다고 잡아떼면서 그 위기를 모면하고 있었다. 그렇지만 한계가 있었다.

알음알음 차길수 부녀 살인사건 해결에 결정적인 역할을 한 사람이 길 원장이란 소문이 이미 사실로 굳게 자리 잡혀 있었다.

길 원장은 어쩔 수 없이 한의원에서는 절대 사건과 관련된 상담을 하지 않겠다는 한 가지 원칙을 세웠다. 본업인 한의사 업무를 소홀히 할 수 없었기 때문이다. 다만 사건 상담이 꼭 필요한 경우에는 휴일에 당사자를 만나기로 했다. 물론 상담이 꼭 필요한 경우라는 것은 길 원장이 흥미를 느낄 만한 사건을 의미하는 것이다.

그래서 가끔 길 원장의 일요일 오후는 가족들과 관계없는 시간이 되어 버렸다. 그렇지만 길 원장은 그것이 삶의 활력소가 된다는 사실을 잘 알고 있었다.

새롭고 흥미로운 사건을 접할 때마다 온몸에 짜릿하게 흐르는 전율을 한껏 느끼고 있었다. 물론 취미생활이기는 하지만 인터넷 상으로 추리소설을 연재하는 일 또한 소홀히 할 수 없었다. 나름 두터운 팬층이 형성되어 있었다. 정식으로 등단하라는 요청도 심심치 않게 나오고 있었다.

하지만 서두르지 않기로 했다. 일상에서 다양한 형태의 사건을 충분히 경험한 다음에 활자화할 생각이다.

오늘은 대학 동아리 친구의 사정 조에 가까운 신신당부가 있어 손님을 만나기로 했다. 친구는 현재 송일대학에서 학생들을 가르치고 있는 교수이다. 그로서도 어쩔 수 없는 부탁이었을 것이다.

오늘 길 원장이 만나는 손님이 다름 아닌 송일대학 재단 이사장이기 때문이다. 이사장이 친구를 무기로 삼아 길 원장에게 사적으로 상담을 요청한 것이다.

길 원장은 모처럼 사정하는 친구의 부탁을 거절하기가 어려웠다. 사건 내용이 흥미를 끄는 것일지는 알 수 없지만 친구는 분명 길 원장의 흥미를 끌 만한 내용이라고 자신했다. 그래서 그런지 오늘은 다른 때와 달리 약간 더 긴장됐다. 왠지 모를 예감이었다.

오후 3시가 되자 길 원장이 앉아 있는 '카르페디엠' 커피숍 문이 열렸다. 50대 중반의 여자 손님이 곧장 길 원장을 향해 다가오고 있었다. 길 원장은 무심히 창밖을 바라보며 명상에 잠겨 있었다.

그녀는 길 원장 앞에 도착하자마자 "안녕하세요?"라며 가볍게 인사를 건넸다. 길 원장은 순간 당황했다. 대학 친구는 이사장이 여자라는 사실을 말하지 않았다. 단지 '송주성 이사장'이라고 이름만 말했다. 당연히 남자라고 생각하고 있었는데 허를 찔린 것이다.

길 원장은 인터넷으로 검색 가능한 인물을 만나더라도 사전에 정보를 파악하지 않는 것이 원칙이었다. 상대방에 대해 어느 정도 정보를 가지고 있으면 선입견에 휘둘릴 수 있다고 생각했기 때문이다. 순전히 자기 앞에 있는 상대방을 직접 보고 판단하는 것이 가장 정확하다고 믿고 있었다.

길 원장은 엉겁결에 일어나 가볍게 인사를 건넸다. 이사장이 곧바로 길 원장에게 온 것으로 봐서는 이미 길 원장에 대해 어느 정도 알고 있는 듯했다. 요즘 길 원장도 나름 유명 인사였다. 인터넷에 길 원장의 이름만 검색하면 원하는 정보 확인이 바로 가능했다.

길 원장은 찬찬히 이사장의 얼굴을 살피기 시작했다. 여자 나이를 제대로 가늠할 자신은 없지만 대략 50대 중반으로 보였다. 전체적으로 화려한 느낌이었다. 가을 날씨에 잘 어울리는 격식을 갖춘 옅은 보라색 정장을 입고 있었고, 옷도 고급으로 보였다. 얼굴은 어디를 가더라도 미인이라는 소리를 들었을 것이다. 헤어스타일도 세련되게 목선이 돋보이는 단발머리로 잘 다듬어져 있었다. 성공한 커리어우먼임은 한눈에 알 수 있었다.

인상 또한 전체적으로 강해 보여 고집도 보통이 아닐 것 같았다. 사상의학으로 보면 동양인으로서는 보기 드문 태양인이 분명했다. 태양인의 성격은 일반적으로 보수적이고 고지식하고 민감하다. 길 원장 앞에 앉아 있는 이사장이 딱 그래 보였다.

"길 원장님이시죠? 제가 송주성입니다. 최 교수한테 말씀 많이 들었네요."

"네, 길지석입니다."

"제가 여자라 놀라신 거 같은데?"

그녀는 가벼운 미소를 띠며 의식적으로 친근한 말투를 내비쳤다.

"아, 네. 최 교수가 이사장님에 대해 별다른 말을 하지 않아 잠시 당황했네요."

"다들 제 이름을 듣고 놀라곤 하는데 저는 제 이름을 아주 좋아한답니다. 한자 뜻은 다르지만 저 스스로 붉을 주(朱)에, 별 성(星)으로 바꿔 붉은 별이라고 부르고 있지요."

길 원장은 역시 첫인상에서 느낀 것처럼 그녀는 자기애가 강한 사람인 듯했다.

두 사람 사이에 잠시 정적이 흘렀다. 길 원장이 어색한 정적을 깼다.

"뭘 드실까요? 이 집은 커피보다는 전통차가 훨씬 맛있죠. 특히 오미자차가 제 입맛에는 딱입니다."

"아, 그래요. 그럼, 그걸로 할까요?"

길 원장은 오미자차 두 잔을 주문하고 다시 돌아왔다.

잠시 후 송 이사장이 말을 꺼냈다.

"원장님이 사람들을 잘 만나주지 않는다고 해서 제가 최 교수한테 신신당부했는데, 이렇게 나와주셔서 감사합니다."

"미리 말씀드리지만 저는 별 능력이 없고, 소문에 떠도는 사건에 제가 관여한 것은 사실이지만, 한 역할은 별로 없어서…."

그녀는 의미를 알기 어려운 옅은 미소만 보이며 아무 말이 없었다.

"혹시 제게 말씀하시는 것만으로도 도움이 됐으면 하는 마음이네요. 편하게 말씀해 주세요."

"뭐부터 말씀드려야 할지, 여기 오기 전에는 몇 번이고 머릿속에 담아뒀는데 막상 말을 꺼내려고 하니 막막하네요."

그녀는 말을 끝내자마자 가벼운 한숨을 내쉬었다. 그리고 잠시 마음을 가다듬을 요량으로 손을 천천히 찻잔으로 옮겼다.

길 원장은 순간 온몸에 흐르는 미세한 전율을 느꼈다. 지금 그녀가 말하려는 내용은 흥미를 느낄 만한 것일지도 모른다는 예감이 들었다. 그녀가 선뜻 말을 꺼내지 못하는 것으로 봐서도 분명했다.

"말씀드리기 좀 창피하지만 저희 가족 얘기입니다. 그냥 이런 가족도 있구나, 하는 생각으로 들어주셨으면⋯."

"네, 잘 감안해서 듣겠습니다."

"저는 5년 전에 남편이 맡고 있던 송일대학 재단 이사장직을 물려받아 지금껏 그 자리에 있네요. 제가 쉰여덟에 이사장직을 맡았으니 벌써 세월이 많이 지났군요."

길 원장은 속으로 깜짝 놀랐다. 분명 쉰 중반 정도로만 봤는데 몇 년 더 위였다. 나름대로 몸 관리를 잘한 것이 분명했다.

"남편이 갑자기 돌아가셔서, 얼떨결에 이사장직을 맡게 됐고요."

길 원장은 그녀 남편의 죽음이 이번 의뢰의 주목적일지 모른다는 생각이 들었다. 사인을 직접적으로 물어볼까도 생각했지만 그냥 차분히 듣기로 했다.

"자식으로는 딸만 둘 있는데 둘 다 결혼했고, 딸과 사위 모두 학교 일에 관여하고 있지요. 오늘 말씀드릴 내용은 사위들에 관한 얘기입니다."

길 원장은 자신의 예상이 틀린 것에 순간 안도하는 마음이 들었다. 5년 전 사망 사건의 의문을 지금에 와서 해결하는 건 절대 쉽지 않은 일이었기 때문이다.

"사위들에 대해 말하기 전에 집안 사정을 먼저 말씀드려야 할 거 같네요."

송주성은 1954년에 태어났다. 아버지 송진섭은 일제 강점기 때 중국, 일본 등을 돌아다니며 닥치는 대로 이것저것 사다 파는 일을 했다. 일종의 무역업이었다. 사업수완이 꽤 있어 상당한 부를 축적하기도 했다. 그러나 한국 전쟁으로 인해 모든 게 물거품이 되었다. 그런 데다가 그녀가 태어나기도 전에 모든 재산과 함께 오빠와 언니를 잃었다.

그 후 그녀 밑으로 남동생이 한 명 생겼다. 전쟁 이후 아버지는 고물 장사에 손을 대기 시작해서 재기에 성공했다. 그녀가 대학에 들어갈 때는 농기계를 생산하는 꽤 큰 사업체를 운영했다.

사업이 나날이 발전하자 그녀의 아버지는 평생의 꿈을 실천하기로 마음먹었다. 배우지 못한 한을 풀기 위해 교육 사업에 뛰어든 것이다. '송일 교육재단'을 설립했다. 중고등학교와 대학교까지 아우르는 재단이었다.

나중에 농기계 사업체는 남동생에게 맡겼고, 교육재단은 그녀의 몫이었다.

그녀는 대학 졸업 후 아버지 회사 직원인 고일성과 결혼했다. 그는 아버지의 심복이었다. 믿을 만한 사람이었고, 듬직한 사람이었다. 그녀는 그와의 결혼에 만족했다. 그는 장인을 도와 교육재단 사무를 총괄하다가 장인이 사망하자마자 재단 이사장으로 취임했다.

송주성과 고일성 사이에는 딸만 두 명 태어났다. 큰딸은 고희진이었고, 작은딸은 고희수였다. 두 딸은 유복한 가정에서 부족함 없이 자라며 하고 싶은 것은 다 할 수 있었다.

고희진은 한국에서 대학에 다니다가 미국으로 유학을 떠났다.

음악을 공부했고, 첼로가 전공이었다. 고희수는 미술을 공부했고, 그림보다는 조각에 관심이 많았다. 고희수는 유학 가라는 부모의 권유를 뿌리치고 언니와는 다른 행보를 보였다. 한국에서 대학과 대학원을 다녔다. 재능이 있어 한국에서 명문대학을 졸업했다.

고희진은 미국 유학 중에 같은 한국 유학생 채인수를 만나 사랑에 빠졌다. 고희진과 채인수는 동갑이었다. 그는 여자들이 호감을 느낄 만한 외모의 소유자였다. 솔직히 고희진도 그의 외모에 반했다. 나중에 안 것이지만 그는 한국에서 학업에 적응하지 못해 도피성 유학을 한 케이스였다. 부잣집에서 태어나 그것이 가능했다. 그 당시 유행하는 소위 오렌지족이었다.

고희진은 유학을 마치고 한국에 돌아와서 그를 부모에게 소개했다. 고일성의 속마음은 정확히 알 수 없었으나 송주성은 그가 맘에 들지 않았다고 솔직히 고백했다. 하지만 고희진의 뜻이 워낙 완강해 송주성은 딸을 이기지 못했다. 그렇게 두 사람은 결혼에 성공했다.

고희진은 아버지 덕에 송일여고에서 음악 선생 자리를 쉽게 얻었다. 채인수는 자기 아버지가 운영하는 회사에 취직했지만 적성에 맞지 않은 듯 건성건성 회사에 다니는 시늉만 했다.

고희수도 연애결혼을 했다. 상대는 고희수가 다니던 ○○대학교 미대 서양학과 시간강사였다. 고희수는 여덟 살 차이임에도 강사 진현종과 사랑에 빠진 것이다. 두 사람의 결혼 또한 송주성은 반대했다고 말했다. 그의 사람 됨됨이 때문이 아니라 나이 차이 때문이었다고 했다. 사람 됨됨이를 특히 강조한 것으로 봐서는 채인수의 사람 됨됨이와 비교한 것으로 보였다. 진현종은 식당을 운영하는 홀어머니 밑에서 자랐기 때문에 그 부분도 마음에 걸렸다. 그의 아버지는 그가 중학교 때 이혼을 핑계로 집을 나가 소식이 끊긴 상태였다.

고희수와 진현종도 우여곡절 끝에 결혼에 성공했다. 나중에 고희수는 송일대학 미대 교수가 되었고, 진현종은 ○○대학교 전임강사가 되었다. 두 사람 모두 학교는 다르지만 미대 교수가 된 것이다.

이렇게 송주성, 고일성 가족은 채인수, 진현종이 사위로 들어오면서 완성됐다.

그런데 문제가 생겼다. 채인수와 고희진이 결혼한 지 3년 정도 지났을 무렵 채인수가 졸음운전을 해서 차가 전복되는 큰 사고를 당했다. 다행히 두 사람은 목숨을 건졌지만 고희진은 평생 다리를 쓸 수 없는 불구가 되었다. 고희진에 비하면 채인수는 멀쩡했다. 고희진은 사고 당시 조수석에서 졸고 있어 사고 경위에 대해 잘 알지 못한다고 했다. 평생 휠체어 신세를 져야만 하는 그녀의 불행한 운명은 그렇게 시작됐다.

그녀는 그 사고 이후 송일여고 교사직을 그만뒀다. 집도 간병을 위해 송 이사장이 살고 있는 서울 집으로 들어왔다. 송 이사장은 개인 주택에 살고 있어 휠체어 신세를 져야 하는 고희진에게 아파트보다 편했기 때문이다. 채인수 입장에서는 얼떨결에 처가살이하게 된 것이다. 그녀는 결혼 3년 만에 사고가 났기 때문에 아이가 없었다. 그리고 평생 아이를 가질 수 없는 상황이 되었다.

이에 반해 고희수와 진현종은 결혼 후 성남 분당에 살았다. 진 교수가 일하는 서울과 고희수가 일하는 수원의 중간지점이다.

슬하에 아들이 한 명 있었다. 두 사람은 합의 끝에 더 이상 자식을 갖지 않기로 했다. 그녀가 직업을 가지고 있어 육아가 어렵다는 이유였다.

5년 전에 고일성이 심장 이상으로 사망하는 바람에 송주성은 갑작스레 송일 교육재단 이사장직을 떠안게 됐다. 나중에 채인수는 재단 사무를 총괄하는 사무국장이 됐고, 진현종도 ○○대학교를 떠나 송일대학 미대 교수로 들어왔다.

이렇듯 겉으로는 고일성이 갑자기 사망했음에도 송주성 가족은 자리를 잡아가는 듯했다.

그러나 고일성 사망 이후 아무렇지도 않던 가족들 사이에서 미묘한 긴장감이 흐르고 있었다고 송주성은 솔직히 고백했다. 그녀 자신도 그 긴장감이 무엇이라고는 딱히 말할 수 없다고 했다. 그저 왠지 모를 긴장감이었다고만 했다.

"그럼, 사위들 문제라고 하셨는데, 사위들에게 무슨 문제가 생겼나요?"

길 원장은 조심스럽게 첫 질문을 했다.

그녀는 아무 말 없이 한참 동안 창가 너머 먼 산을 바라보고 있었다. 이윽고 대단한 결심을 했다는 듯 천천히 말을 꺼냈다.

"금년 봄에 큰 사위가 죽었네요. 아니, 정확히 말하면 살해됐다고 해야겠죠."

"네? 살해됐다고요?"

"네. 그런 표현이 맞는지 모르겠지만, 목이 잘린 머리만 발견됐으니 살해됐다고 보는 게 맞겠죠."

"음… 자세히 말씀해 주시죠."

"올 3월경 충남 예산의 예당호 물속에서 목이 잘린 머리가 발견됐는데, 그 머리의 주인이 큰 사위로 밝혀졌네요."

"3월경이면 꽤 시간이 많이 흘렀네요."

"네. 경찰에서도 큰 사위 신원을 쉽게 확인하지 못해 시간을 허비하다가, 겨우 여름에서야 큰 사위 치아에 있던 임플란트 흔적으로 신원을 확인했다고 들었네요."

"3월경에 발견됐다면 집에서도 실종신고를 했거나 찾았을 텐데?"

"그것이… 집에서는 실종신고를 하지 않아서."

"네?"

"큰 사위가 가끔 집을 나가 몇 개월간 들어오지 않은 경우가 있어서 특별히….”

요즘은 경찰에 실종자추적 프로그램이 구축되어 있어 신원미상의 시신이 발견되면 비교적 쉽게 찾을 수 있었을 텐데, 이 경우는 실종신고 자체가 아예 없었으니 경찰에서도 신원 파악이 어려웠을 수 있었을 것이다.

길 원장은 일단 큰 사위가 왜 몇 달씩 가출했는지 그 이유에 대해선 묻지 않기로 했다. 막연하게나마 그녀가 말한 가정사를 통해 알 수 있을 것 같았다.

"목이 잘린 머리의 당사자가 큰 사위인 것은 명확히 확인된 거죠?"

"네, DNA 결과까지 확인했답니다."

"그럼, 나머지 시신은 발견됐나요?"

"한 달 전쯤 다리 한쪽은 예당호에서 꺼냈다는 연락을 받았지만, 나머지는 아직."

"큰 사위 살인범은 누군지 밝혀졌나요?"

"그것이… 아직….”

"큰 사위가 예당호와 특별히 연관 있나요? 학교나 집에서는 상당히 먼 거린데."

"….”

그녀는 바로 대답하지 못하고 있었다. 뭔가 말하기 어려운 모양이었다.

"…예당호 바로 옆이 작은 사위 고향입니다.”

"네?"

길 원장은 그녀의 태도로 보아 큰 사위 살인 사건에 작은 사위가 관련 있음이 틀림없다고 생각했다. 그래서 그녀는 처음부터 사위들 얘기라고 했던 것이다. 조심스럽게 물었다.

"혹시, 작은 사위가 큰 사위 살인 사건과 관계있나요?"

"휴… 경찰에서는 그렇게 보고 있는 거 같네요.”

"그럼, 작은 사위가 구속됐나요?"

"….”

그녀는 또다시 한동안 아무 말이 없었다. 희미한 한숨만 간간이 흘러나오고 있었다.

"작은 사위도 작년 연말 큰 사위가 실종될 무렵 같이 실종돼서.”

이번에는 길 원장이 아무 말도 꺼내지 못했다.

두 사위가 같은 무렵에 실종됐다. 한 사람은 목이 잘린 채 발견됐고, 나머지 한 사람은 살인 용의자라는 것이다. 지금까지 그녀의 말과 태도에 비춰보면 충분히 가능성 있는 시나리오인 듯했다.

하지만 그런 사건이라면 벌써 신문지상에 알려졌을 것인데, 길 원장은 전혀 그런 기사를 본 기억이 없었다.

"그럼, 작은 사위 행방을 아직도 모른다는 말인가요?"

"네. 경찰이 백방으로 찾으려고 하는 거 같은데 아직 아무런 연락이 없네요."

"경찰은 단지 같은 무렵에 실종돼서 작은 사위를 큰 사위 살해 용의자로 보고 있는 건가요? 아니면 다른 단서라도?"

"경찰은 여러 가지 단서가 있다는 뉘앙스인데, 예민한 문제다 보니 구체적으로 말해 주진 않네요."

"그래도 경찰에서 작은 사위가 큰 사위를 살해했다고 추정하고 있다면 그만한 이유가 있을 텐데, 혹 동기라든지 짐작 가는 것이라도 있나요?"

"그건… 나중에 희수에게 직접 물어보는 것이."

"음…. 네, 알겠습니다."

그녀도 뭔가 알고 있지만 직접 입으로 말하기는 어려운 것 같았다. 분명 가족 간의 내밀한 사정이 있을 터이다.

"물론 예당호 근처가 작은 사위의 고향이라는 점도 영향을 미쳤겠죠."

그녀는 말없이 고개만 끄덕였다.

"작은 사위도 실종신고를 하지 않았나요?"

"네. 그것이… 희수가 신고해야 하는데… 부부간의 문제라 제가 나서기도 어렵고 해서."

두 사위가 모두 실종됐는데 아무도 실종신고를 하지 않았다는 것이다. 길 원장은 그 이면에는 가족 간의 복잡한 사정이 얽혀 있음이 틀림없다는 생각이 들었다.

"그런데 이런 사건이 왜 세상에 알려지지 않았나요? 꽤 떠들 썩했을 거 같은데?"

"학교 위신도 있고, 가족 문제라 제가 조금 힘을 썼지요."

길 원장은 가볍게 고개만 끄덕였다.

"저는 현재 경찰이 추측하고 있는 것에 대해 전혀 동의하지 않네요. 제가 지금까지 두 사위를 겪어본 경험에 의하면 작은 사위는 결코 큰 사위를 살해할 위인이 못 됩니다."

그녀는 이번에는 강하게 힘을 실어 말했다.

"작은 사위가 범인이 아니라고 확신하신다면 분명 그 이유가 있을 텐데요?"

길 원장은 이전보다도 더 조심스럽게 물었다.

"딱히 뭐라고 확신할 만한 이유가 있는 건 아니고, 단지 큰 사위가 작은 사위를 그렇게 죽였다면 저는 수긍했을 겁니다. 그것이 이유라면 이유겠죠."

길 원장은 그녀의 함축적인 대답의 의미를 왠지 알 것 같았다.

"그래도 경찰은 작은 사위의 행방에 대한 단서를 어느 정도 갖고 있을 거 같은데, 혹 알고 계신 내용이 있나요?"

"…."

그녀는 이번에도 곧바로 대답하지 않고 잠시 뜸을 들였다.

"경찰에서는 작은 사위가 실종될 무렵부터 생활 반응이 끊겼다고…."

그녀의 마지막 말끝은 잘 들리지 않았다. 차마 자기 입으로 그런 말을 꺼내기가 어려웠을 것이다. 길 원장은 또다시 고개만 끄덕일 수밖에 없었다. 두 사람 사이에 잠시 정적이 흘렀다.

"그럼, 경찰은 작은 사위가 큰 사위를 살해한 후 자살했다고 추정하고 있겠네요."

"네, 그런 거 같습니다."

"경찰이 작은 사위를 범인으로 생각하고 있고, 그리고 작은 사위가 자살했을 것으로 추정하고 있다면, 현재는 살인 사건 수사라기보다는 작은 사위 시신을 찾는 데 더 중점을 두고 있을 거 같은데?"

"경찰에서도 그렇게 마무리 짓고 싶은데, 차마 저희 가족들 눈치가 보여 그렇게 하진 못하고….”

"그럼, 아직 경찰에서는 작은 사위 행방을 찾고 있다고 봐야겠네요.”

"네. 그렇지만 곧 공식적으로 수사를 종결할 거라는 얘기가….”

"작은 사위가 범인이 아닐 거라는 말씀은 이해하겠는데, 그럼 혹시 작은 사위가 지금도 살아 있다고 생각하시나요?"

"그건 아닙니다. 작은 사위도 필시 무슨 변을 당했겠죠. 그러니 지금까지 아무런 소식이 없었을 테고.”

순간 길 원장은 그녀가 자신을 찾아온 진짜 이유가 뭔지 헷갈리기 시작했다. 작은 사위가 변을 당했다고 생각하고 있다면 작은 사위를 찾아 달라는 것은 아닐 것이다.

그럼, 이미 변을 당한 큰 사위의 한을 풀어달라는 말인가? 지금까지 그녀의 말투에 비추어 보면 그것도 아닐 것 같았다. 그렇다면 작은 사위가 큰 사위를 죽인 범인이 아니라는 것을 밝혀 달라는 말인가? 분명 그것밖엔 떠오르는 것이 없었다.

"수사가 곧 종결되고 공식적으로 수사 결과가 나올 텐데, 절 찾아오신 이유는?"

"수사 결과가 어떻게 나올지는 뻔하겠죠.”

그녀의 말투가 상당히 냉소적이었다. 지금까지 말투와는 전혀 다르게 느껴졌다.

"수사 결과가 그렇게 나온다면 우리 희진이, 희수는 어떻게 되는 건가요?"

길 원장은 갑자기 허를 찔렸다는 생각이 들었다. 그렇다. 그녀는 지금 살아 있는 가족들의 문제가 더 중요한 것이다. 수사 결과가 지금의 예상대로 나온다면 결국 두 딸은 서로 원수가 되는 것이다. 정확히 말하면 한쪽은 가해자가 되는 것이고, 다른 한쪽은 피해자가 되는 것이다.

길 원장은 지금 이 순간 그 어떤 말도 꺼내기가 어려웠다. 그녀는 경찰이 잠정적으로 결론을 내린 그 수사 결과를 뒤집어 달라고 자기를 찾아온 것이 분명했다.

"결론적으로 저에게 작은 사위의 결백을 밝혀 달라는 말씀인가요?"

길 원장은 그래도 그녀의 의도를 명확히 확인할 필요가 있어 조심스럽게 물었다.

"네, 그렇습니다."

"아까 말씀에서는 작은 사위의 결백을 입증할 만한 단서는 없다고 하신 거 같은데?"

"네, 단서는 없네요. 그렇지만 저는 확신하고 있습니다. 결코 작은 사위는 그럴 사람이 아닙니다."

길 원장은 이렇게 확신에 찬 사람에게 뭐라고 반박하기가 어려웠다. 그저 그 심정을 이해한다는 표정만 지었다.

"그럼, 작은 사위가 실종된 것도 살해됐다고 생각하시는 건가요?"

"네?"

그녀는 길 원장의 질문 의도를 잘 이해하지 못했다는 표정이었다.

"작은 사위가 범인이 아니라면 굳이 잠적할 이유가 없는 것 아닌가요?"

"그 이유는… 저도 잘 모르겠네요. 그것도 희수에게 물어보는 것이."

그녀는 또다시 의도적으로 답변을 회피했다. 분명 그 이유가 있을 것이다.

"그리고 또 이젠 남편도 죽고 저도 나이를 먹다 보니 재단을 누구에게 맡겨야 할지? 현실적인 문제가 제 앞을 가로막고 있어서."

"네? 그게 무슨 말씀인지?"

"희진이는 한순간에 남편을 잃고, 또 거동도 자유롭지 못해 재단을 맡을 수 없는데, 그렇다고 작은 사위가 범인이라고 하는데 희수에게 재단을 맡길 수도 없는 노릇 아닌가요?"

그녀가 반문하듯이 말했다.

길 원장은 그녀가 생각한 것 이상으로 고지식하고 이기적이라는 생각이 들었다. 모든 것이 자기나 가족밖에 없는 사람처럼 보였다. 교육재단이야 전문가나 사회에 기증하는 방법도 있을 텐데 꼭 가족에게 물려줘야 한다는 생각이 확고한 것 같았다.

길 원장은 순간 이 사건을 맡아야 할지 의문이 들었다. 그녀는 작은 사위가 범인이 아니라는 뚜렷한 증거도 없이 그의 무고함을 풀어달라고 말하고 있다. 그런 데다가 작은 사위는 이미 이 세상 사람이 아닐 가능성이 높아 보였다. 그리고 또, 경찰에서 작은 사위를 범인으로 지목했다면 나름대로 그 이유가 있을 것이다. 현실적으로 자신이 할 일이 별로 없어 보였다.

그러나 반대로 호기심도 가슴에 확 와닿았다. 그녀가 말하지 못하는 뭔가가 분명 있을 것 같았다. 고희수에게 물어보라며 언급을 회피한 이면에는 분명 그 이유가 있을 것이다. 두 사람 모두 실종신고를 하지 않은 이유도 석연치 않았다.

그리고 여자의 직감은 무시할 수 없다고 하지 않았나? 그녀는 뚜렷한 단서가 없다고 했지만 작은 사위의 무고함을 확신하고 있다. 분명 그 이유도 있을 것이다. 그녀가 의도적으로 말하지 않았든지, 아니면 그녀도 정확히 알지 못한 것일 수도 있을 것이다.

"경찰에서 7개월 넘게 수사한 사건인데 현재로서는 제가 이 사건에 관여해야 할지 판단이 잘 서질 않네요. 며칠 생각한 후 말씀드리죠."

길 원장은 공식적으로는 그렇게 말했다. 그러나 머릿속으로는 벌써 이 사건을 어디서부터 시작해야 할지를 고민하고 있었다.

그녀는 아무 말 없이 탁자 위에 두툼한 서류 봉투를 꺼내 놓았다. 아무것도 적혀 있지 않은 황갈색 봉투였다.

"꼭 부탁드리겠습니다. 저희 가족의 운명이 달린 문제라. 전 받아주실 것이라 믿고 이만…. 이건 필요한 경비입니다. 섭섭지 않게 준비했네요."

그녀는 길 원장의 대답을 들을 필요도 없다는 듯 곧바로 돌아서서 커피숍을 총총히 걸어 나갔다.

길 원장은 얼떨결에 이번 사건을 맡게 된 것이다. 결코 금전을 바라고 사건에 관여하는 것은 아니다. 흥미를 느낄 만한 사건이라면 필요한 경비는 기꺼이 자신의 돈을 들여서라도 쓸 것이다.

그런데 그녀는 금전으로 모든 것을 해결하려는 사람처럼 보였다. 길 원장으로서는 자존심이 확 상했다. 다시 한번 그녀가 참자기밖에 생각하지 않는 사람이라는 확신이 들었다.

하지만 이미 길 원장의 온몸은 아드레날린으로 가득 차기 시작했다. 이번 일은 반드시 자신의 도움을 필요로 하는 사건일 것이라고 자기 최면을 걸고 있었다.

2.

길 원장은 그날 밤 서재 책상 앞에 앉아 불도 켜지 않은 상태로 조용히 명상에 잠겼다. 이번 사건을 진행하면서 해야 할 일들을 정리하기 위해서였다. 메모하는 버릇은 몸에 밴 습관이었다. 또한 사실을 바탕으로 추리소설을 쓰겠다는 길 원장의 입장에서는 나중을 위해서 꼭 필요한 절차였다.

이번 사건은 어쩌면 쉽게 끝날 수도 있을 것이다. 송 이사장의 막연한 심증이 틀리면 경찰의 결론이 맞을 것이다. 그러나 만약 경찰의 결론이 틀렸다면 엄청난 반전일 수도 있을 것이다. 어쨌든 부딪쳐 보기로 했으니 최선을 다해야 한다고 마음을 다잡았다.

일단 송 이사장이 말한 것만으로는 너무 단서가 없었다. 먼저 사람들을 만나 단서를 더 확보해야만 한다.

다시 한번 송 이사장을 만나야 하고 고희수, 고희진 자매도 만나야 한다. 재단 관계자 등 다른 주변 사람들도 만나야 한다. 그리고 현재 수사 중인 담당 경찰도 만나야 한다. 그런데 경찰이 수사 중인 사건에 자신을 만나주려 할 것인가? 의문이 들었다. 현재 수사를 진행하고 있는 예산경찰서와는 아무런 인연이 없었다. 예산이 같은 충청도에 있다는 사실 외에는 딱히 떠오르는 것이 없었다. 윤봉길 의사가 태어난 충절의 고향, 그리고 천년 사찰 '수덕사' 정도만 떠오를 뿐이다.

길 원장은 불을 켰다. 이 사건의 전체적인 윤곽부터 살펴봐야 할 것 같아 노트북을 꺼내 개요를 쭉 적어 나갔다.

먼저, 송 이사장이 궁금해하는 이 사건의 핵심은 무엇인가?

진현종이 실제 채인수를 죽인 것일까? 아니면 진현종은 채인수의 죽음과 아무런 관련이 없을까? 관련이 없다면 채인수는 누가 죽인 것일까? 채인수는 목이 잘린 채로 죽었으니 타살이 분명했다. 그렇다면 그는 어떤 이유로 죽음에 이른 것인가? 목이 잘릴 정도면 살인범은 그에 대해 지독한 원한을 품고 있었을 가능성이 높다. 원한이라면 떠오르는 것들이 있다. 치정, 금전, 사업상 문제, 개인적인 복수, 아니면 가족 간의 애증?

다음으로, 무엇보다도 중요한 것은 진현종의 현재 상태이다.

어떤 상태일까? 자살인가? 아니면 도피성 잠적인가? 아니면 타살? 어찌 되었든 만약 그가 살아 있다면 살아 있는 사람은 살아야 한다. 아무리 천벌을 받을 죄를 지었다고 하더라도….

진현종의 실종이 자살이나 도피성 잠적이라면 채인수 살인 사건과 관련됐을 가능성이 높다. 그리고 만에 하나 타살이라면 또 왜 진현종은 타인에 의해 죽임을 당한 것일까? 채인수와 같은 원인일까? 아니면 전혀 다른 이유일까?

그리고 만나야 할 사람들의 목록과 그 사람들을 만나 확인해야 할 것들도 생각나는 대로 써 내려갔다.

첫째, 송 이사장이 고희수에게 직접 물어보라고 했던 내용은 무엇인가? 왜 송 이사장은 자신도 알고 있는 것 같은데 말하지 못한 것일까? 그 이유는 무엇일까? 송 이사장이 직접 말하지 못한 사정을 언니인 고희진도 알고 있는 것일까?

둘째, 고희진과 고희수의 연애와 결혼, 그리고 지금까지 살아온 과정을 세심히 확인해야 한다. 여기에 이번 사건의 핵심이 있을 것이다. 큰 사위, 작은 사위가 동시에 실종됐다가 큰 사위는 살해된 채 발견됐고, 작은 사위는 생사조차 알 수 없는 상태다. 경찰의 추정이 사실이라면 작은 사위가 큰 사위를 죽일 만한 가족 간의 애증 관계가 분명 있을 것이다.

셋째, 아니면 가족 외의 문제일 가능성도 확인해야 한다. 재단 관련 일이거나 지금까지 전혀 예상하지 못한 문제일 가능성도 염두에 둬야 한다. 재단과 관련된 일이라면 누구를 만나야 할 것인가?

넷째, 채인수에게 개인적으로 원한을 가질 만한 사람을 찾아야 한다. 현재로서는 이 부분에 대해서는 아무런 단서가 없다. 와이프인 고희진한테 정보를 얻어야 할 것이다.

그리고 마지막으로 우발적이거나 강도 같은 전혀 다른 이유도 배제할 수 없을 것이다.

3.

　며칠 후 길 원장은 송 이사장에게 전화를 걸어 면담 일정을 잡았다. 이번에는 길 원장이 수원에 위치한 송일대학교 재단 사무실로 찾아가기로 했다.

차를 운전하여 수원시 ○○동에 위치한 송일대학교에 도착했다. 재단 사무실은 대학 본관 3층에 자리 잡고 있었다. 일반 회사 건물처럼 철근콘크리트 건물이지만 비교적 최근에 지은 것처럼 디자인이 심플했다.

한창 학기 중이라 그런지 교정은 활기로 가득 찼다. 얼마 만에 와보는 대학교 교정인가? 역시 젊음이 좋긴 좋은 것 같았다. 여학생들의 수다 소리가 여기저기서 들려오고, 씩씩하게 강의실이나 도서관을 찾아가는 학생들의 발걸음도 가벼워 보였다,

길 원장은 노크를 하고 이사장실로 들어갔다. 이사장실은 직무실과 비서실로 분리되어 있는데 비서실이 먼저 눈에 들어왔다. 젊은 여비서에게 조용히 명함을 건네자 비서는 지금 이사장님이 직원과 말씀 중이라며 잠시만 기다려 달라고 양해를 구했다.

길 원장은 옆에 있는 소파에 무의식적으로 앉아 주위를 둘러봤다. 바로 정면에는 초대 이사장 송진섭, 2대 이사장 고일성의 사진이 나란히 걸려 있었다. 송진섭은 한마디로 근엄 그 자체였다. 무엇에 화가 났는지 잔뜩 심술이 난 표정이었다. 아마도 사진이 찍힐 당시 거부감이 있었던 듯했다. 그에 반해 고일성은 머리숱이 거의 없는 대머리로 인상은 편해 보였다. 얼굴이 통통한 것으로 봐서는 몸도 상당히 뚱뚱한 것 같았다. 그러나 눈빛은 남달랐다. 뭔가를 숨기고 있는 것처럼 어떻게 보면 교활한 눈빛이었다.

잠시 후 이사장 직무실에서 젊은 직원이 빨개진 얼굴 상태로 나왔다. 결재 서류를 들고 있는 것으로 봐서 업무적인 일인 것 같은데, 이사장한테 단단히 혼이 난 것인지 젊은 직원은 비서에게 눈길도 주지 않고 나갔다. 곧이어 비서가 이사장에게 길 원장

의 도착을 알렸다.

재단 이사장 직무실은 생각보다 화려했다. 주인의 성향이 잘 반영된 것으로 보였다. 책상, 탁자, 소파 등은 모두 외국 명품인 것 같았고, 벽에 걸린 그림도 그 규모에 압도됐다.

송 이사장은 소파 중앙의 자기 자리에 앉으면서 길 원장에게 옆자리를 권했다. 웬만하면 마주 앉아도 될 텐데….

길 원장은 비서가 가져온 커피를 천천히 음미하면서 몇 모금 마셨다. 맛이 상당히 좋은 것으로 봐서는 쉽게 맛볼 수 없는 명품 커피가 분명했다.

그러는 동안 그녀는 길 원장의 얼굴만 응시하고 있었다.

"이번에는 제가 궁금한 것들을 몇 가지 물어보겠습니다."

길 원장이 먼저 말을 꺼냈다. 단도직입적이고 사무적으로 접근했다.

"네, 말씀해 보세요."

그녀도 사무적으로 대답했다.

"먼저, 두 따님의 성격은 어떤가요? 이사장님이 생각하시는 솔직한 답변 부탁드립니다."

그녀는 쉽게 말을 꺼내지 못하고 있었다. 자기 배로 낳은 딸들이지만 성격을 한마디로 말하는 것이 그리 쉽지 않을 것이다.

"음… 뭐라 말하기 어렵네요. 둘 다 성격이 저를 닮았다고 해야 맞을 겁니다. 전문가인 원장님은 이미 제 성격을 다 파악했을 테고, 한마디로 말하면 둘 다 욕심이 많고 지고는 못 사는 성격이라고 보면 맞을 겁니다."

길 원장은 그녀의 말에 딱히 긍정도 부정도 할 수 없었다.

"좀 더 구체적으로? 아니면 어떤 예를 들어도 좋고요."

"두 명 모두 자기가 하고 싶은 것은 어떻게든 하는 성격인데, 한 가지 다른 점은 희수는 희진이 반대로만 한다고 보면 될 겁니다."

"네?"

길 원장은 그녀의 뜻밖의 말이 가슴에 닿지 않았다.

"두 살 터울밖에 안 되는데 언제부턴가 희수는 언니가 원하는 것에 무조건 반대로만 하더군요."

"예를 들자면?"

"희진이가 음악을 한다고 하니까 희수는 미술을 하겠다 했고, 희진이가 유학을 가자 처음에는 희수도 유학을 생각했었는데 바로 접었죠."

"그거야 자기 소질이나 생각의 문제이지, 성격이라고까지는 말하기 어려운 거 아닌가요?"

"엄마가 느낀 것이니 맞을 겁니다."

길 원장은 순간 할 말을 잃었다. 그녀의 확신에 찬 말에는 어떤 힘이 느껴졌다. 처음 만났을 때도 알아챘지만 그녀는 자기가 생각하는 것은 전부 옳다고 믿는 듯했다.

그녀는 길 원장이 자신의 말에 선뜻 동의하지 않는다는 것을 눈치챘는지 말을 이어갔다.

"한 가지 더 예를 들까요?"

"네, 말씀해 주시죠."

"희수가 여덟 살이나 차이 나는 진 서방과 결혼한 것도 어쩌면 그 이유일지도."

"네?"

이건 또 무슨 말인가? 길 원장은 그녀의 말 한마디 한마디에 적잖이 당황했다.

"희진이와 채 서방이 다투는 것을 자주 봤거든요. 희수 생각에는 둘이 자주 싸우는 원인을 나이 차이가 나지 않는 것에서 찾는 거 같았죠."

길 원장은 그녀의 말에 동의하기가 어려웠다. 단지, 속으로 참 자기 주관이 센 사람 정도로만 생각하기로 했다.

"성격이야 그렇다 치고, 두 사람 사이는 어땠나요?"

"솔직히 제가 원장님을 처음 만났을 때 가족 얘기를 꺼내기가 무척이나 두려웠죠. 어찌 보면 부끄러운 가족 얘기일 테니까요."

길 원장은 두 사람 사이가 어땠냐는 물음에 그녀가 이런 말을 꺼내는 것이 이상했다. 더욱이 두렵다는 표현까지 쓰고 있으니….

"희진이와 희수는 한마디로 강과 강이 부딪치는 형국이었죠. 누구도 절대 지지 않으려고 했으니까."

길 원장은 고개만 끄덕였다. 막연하게나마 그녀의 말뜻을 이해할 수 있을 것 같았다.

"특히, 희진이가 사고 난 이후에는 더 그랬죠. 부모 입장에서는 불쌍한 희진이한테 마음이 더 가는 것이 당연했지만, 그것을 바라보는 희수는 그게 아니었죠."

"분란이 더 심해졌나요?"

"희수는 희진이가 저희 집으로 들어오는 거 자체를 싫어했죠. 그것 때문에 많이 싸우기도 했고요."

길 원장은 두 딸에 대해 이렇게밖에 말 할 수 없는 그녀의 현재 처지가 불쌍하다는 생각도 들었다.

"둘째 따님이 그렇게 하는 특별한 이유라도 있나요?"

그녀는 길 원장을 빤히 쳐다보고 있었다. 길 원장은 순간 자신이 말을 잘못한 것은 아닌지 움찔했다.

그러나 그녀는 곧바로 표정을 바꾸며 가벼운 미소를 보였다. 길 원장은 그 의미가 뭔지 몰랐다.

"나중에 두 딸을 만나보시면 아시겠지만, 희수가 희진이에 대해 열등감이 심해서."

동생이 언니한테 열등감이 심했다면 두 사람 사이는 다정한 자매는 아니었을 것이다. 그것을 바라보는 부모 입장도 안타까웠을 것이다. 그래서 그렇게 말한 것인가?

"원장님! 여자는 외모가 인생의 전부일 수 있다는 말에 동의하시나요?"

"네? 아! 네에."

길 원장은 얼떨결에 입에서 나오는 말을 그냥 내뱉었다.

"희진이는 저를 닮아 키도 크고 외모도 여성스러운데, 희수는 그게 아니었죠. 아빠를 닮아서 그런지 키도 작고, 얼굴도 결코 예쁘다고 할 수 없고…."

그녀는 가벼운 한숨을 내쉬면서 말을 이어나갔다.

"그런 데다가 이번 일까지 발생했으니…."

그녀는 더 이상 말을 잇지 못했다.

"네. 그럼, 두 사위 관계는 어땠나요?"

"솔직히 와이프들이 그런데 남편들이라고 사이가 좋을 리가. 특히 채 서방은 나이는 어린데 손위 동서이다 보니 진 서방을 많이 무시했죠."

"그렇군요. 알겠습니다. 나머지는 차차 기회가 되면 묻기로 하죠."

길 원장은 그녀에게 더 묻고 싶은 것이 많았으나 일단은 그만

두는 것이 좋을 것 같았다. 길 원장의 질문에 답해야 하는 그녀의 처지가 점점 더 불쌍하게 느껴졌다. 묻고 싶은 것이 있더라도 다음에 묻기로 했다.

"지난번 말씀처럼 현재 큰 따님은 서울 역삼동 집에 있고, 작은 따님은 성남에 살고 있는 거, 맞죠?"

"네."

"두 따님은 이사장님이 저에게 이번 일을 알아봐달라고 부탁한 사실을 알고 있나요?"

"네, 제가 원장님을 만나기 전에 두 애들과 상의했네요."

"두 분 모두 동의하셨고요?"

"네, 두 애 모두 동의했죠."

"알겠습니다. 혹시 작은 따님은 지금 학교 내에 있지 않을까요?"

"아닙니다. 아까 점심을 저랑 같이했고, 오후 강의가 없어 작업실에 잠깐 들른 후 바로 집으로 가겠다고 해서. 아마 손주 픽업 시간이 있을 겁니다."

"그럼, 오늘 수원에 온 김에 작은 따님을 먼저 만나보는 것이 좋을 거 같군요. 두 따님 전화번호 좀."

그녀는 말없이 메모지에 두 딸의 전화번호를 적어 길 원장에게 건네줬다.

길 원장은 고희수에게 전화를 걸어 바로 약속을 잡았다. 오늘 면담이 가능하다고 했다.

길 원장이 집 근처 커피숍 얘기를 꺼내자, 그녀는 나가기가 귀찮다며 그냥 집에서 보자고 했다. 길 원장도 자연스럽게 집 안을 살필 수 있는 기회여서 내심 잘됐다고 생각했다.

그녀의 집은 성남에서 가장 부촌이고, 아파트도 고급이었다. 고층인 데다가 단지에 들어가는 입구부터 외부 차량을 철저히 통제하고 있었다. 길 원장은 아파트 외관을 보고 벌써 기가 죽었다. 솔직히 송 이사장한테 들은 그녀의 성격 때문에 이미 주눅이 들어 있는지도 모르겠다.

길 원장은 몇 번의 검문을 통과한 끝에서야 겨우 그녀의 아파트 입구에 다가갈 수 있었다.

현관문을 여는 그녀를 보고 속으로 깜짝 놀랐다. 자신이 예상했던 이미지와는 전혀 달랐다. 얼굴은 송 이사장 말대로 미인은 아니었다. 그렇다고 결코 추녀도 아니었다. 오히려 귀여운 인상으로 호감 가는 형이었다. 얼굴의 이목구비에 약간의 불균형이 있지만 그것이 매력적으로 보일 만한 장점 같기도 했다. 한마디로 조그마한 푸들 같은 인상이었다. 다만 얼굴 이미지가 여자라기보다는 중성에 가깝다는 생각이 들었고, 물론 키도 160센티미터가 약간 안 될 정도였다.

길 원장은 순간 당황스러웠다. 한편으로는 여자를 보는 눈이 남자와 여자가 근본적으로 다를지도 모른다는 생각도 들었다. 송 이사장은 자신의 딸임에도 고희수의 외모에 대해 형편없는 평가를 했지만, 길 원장은 결코 그 말에 동의할 수 없었다.

어쩌면 송 이사장은 고희진과 비교해서 그렇게 말했을지도 모를 것이다. 그렇다면 고희진은 상당한 외모를 가지고 있음이 틀림없을 것이라는 확신이 들었다.

"이렇게 불쑥 찾아와서 죄송합니다."

길 원장은 처음부터 자신이 생각했던 것과는 달라 적잖이 당황하는 바람에 입에서 나오는 대로 말을 꺼냈다.

"마실 거 뭐 드릴까요? 마침 저희 집에 좋은 커피가 있네요. 그거 드세요."

그녀의 거침없는 첫마디에 비추어 예상컨대 성격은 송 이사장이 말한 대로인 것 같았다. 일방적으로 커피를 마시라는 투였다.

"네, 좋습니다."

그녀가 커피를 준비하러 간 사이, 길 원장은 소파에 앉아 집 안을 살펴보기 시작했다. 그녀가 미대 교수인 것을 한눈에 알 수 있었다. 집안을 꾸민 미적 감각이 탁월했다. 한마디로 깔끔하면서도 세련된 거실 분위기였다. 상당히 비싼 외국 작가의 그림이 거실 한가운데 걸려 있었다. 어디서 본 듯한데 기억이 나지 않는 그림이었다.

잠시 후 그녀가 커피를 두 잔 들고 와서 자리에 앉았다.

"엄마한테 얘기 들었네요. 솔직히 전에는 원장님에 대해 전혀 모르고 있었죠. 나중에 인터넷을 찾아보니 대단하시다는 것을 알게 됐고요."

길 원장은 솔직히 이런 상황이 불편했다. 지금 그녀는 남편이 살인범으로 몰린 데다가 남편을 잃었을 가능성이 아주 높은 상황이었다. 그럼에도 아무렇지 않게 행동하는 그녀의 태도에 오히려 거부감이 느껴졌다. 시간이 상당히 지나 슬픔이 약해졌을 수도 있을 것이라고만 생각하기로 했다.

"기억을 떠올리시기 힘드시겠지만, 지금 상황에 대해 몇 가지만 묻겠습니다."

길 원장은 분명 그녀가 겉으로는 슬픔을 감추고 있어도 속으로는 상당히 힘든 상황일 것이라 생각하고 조심스럽게 궁금한 내용을 확인할 준비를 했다.

"네, 그러세요. 뭐든지 편하게 물어보세요."

그녀는 마치 남의 일인 양 쿨하게 말했다. 길 원장은 그런 그녀의 태도를 보고 약간은 홀가분해졌다.

"그럼, 단도직입적으로 묻죠. 현재 진 교수님은 살아 있다고 생각하시나요?"

그녀는 빤히 길 원장의 얼굴을 응시하고 있었다. 눈빛에는 분노의 기세도 엿보였다. 길 원장도 처음부터 여기서 밀리면 안 된다는 생각에 그녀의 얼굴을 똑바로 응시했다.

"엄마는 뭐라고 하시던가요? 태준이 아빠가 죽었다고 하던가요?"

"네?"

"저한테 질문하시기 전에 솔직히 먼저 한 가지만 답해 주세요. 답해 주신다고 하면 저도 원장님 질문에 답하죠."

초반부터 보통이 아니다. 길 원장은 결코 외모만 보고 여자를 판단하면 안 된다는 생각을 다시 해 보게 됐다.

"네, 알겠습니다. 답해 드리죠."

"엄마가 원장님에게 무슨 이유로 이번 일을 맡기신 건가요?"

"네?"

"엄마는 태준이 아빠를 찾아달라고 하는 건가요? 아니면, 형부 살인범을 찾아 달라고 한 건지 궁금해서요."

길 원장은 역시 엄마가 딸을 보는 눈이 정확한 것 같다는 생각이 들었다. 그녀는 한마디로 엄마를 꼭 닮은 것 같았다. 자기 고집대로 하고야 마는 성격이 송 이사장과 똑 닮았다. 말하는 것도 거침이 없었다.

"음… 이사장님은 지금 말씀하신 두 가지를 다 해결해달라고 저한테 부탁하셨죠."

"엄마는 태준이 아빠가 죽었다고 생각하고 계신 거 아닌가요? 그럼, 죽은 시체를 찾아달라고 부탁하신 건가요?"

"이사장님은 진 교수님이 사망했다고 단정하지는 않는 거 같습니다."

"그래요?"

길 원장이 오히려 대답 하는 형국이었다. 여기서 밀리면 안 된다는 생각이 들어 급하게 선수를 치고 나가기로 했다.

"제 대답은 이것으로 된 거 같고, 이사장님의 생각이 중요한 것이 아니라 저는 고 교수님의 현재 생각을 듣고 싶네요."

"제 생각이라? 솔직한 생각을 듣고 싶으세요?"

"네, 물론."

"…저는 남편이 살아 있다고 믿고 있네요."

길 원장은 그녀의 의외의 대답에 속으로 충격을 받았다. 1년 동안 아무런 생활 반응이 없는데 살아 있다고 거침없이 말하는 의도는 무엇인가? 이번 사건은 분명 깊이 감춰진 뭔가가 있을 것이다.

"그렇게 생각하시는 특별한 이유라도?"

그녀는 또다시 길 원장을 빤히 쳐다보고 있었다. 오히려 그렇게 묻는 이유가 이상하다는 투였다.

"제가 남편과 10여 년을 함께 살았는데 남편 성격을 모를까요? 남편은 절대 자살할 사람이 아닙니다."

"그럼, 경찰에서 추정하고 있는 진 교수님이 채 국장을 살해하고 자살했다는 가정을 전혀 믿지 않는다는 말이네요."

"남편이 형부를 살해했는지는 잘 모르겠네요. 다만 그렇다고 하더라도 남편은 절대 자살하지 않는다는 겁니다. 절대로."

"그렇게 확신하는 데는 그만한 이유가 있을 텐데요."

"남편은 철두철미한 사람이죠. 일 년이면 일 년, 한 달이면 한 달, 하루면 하루, 모든 것을 계획한 다음 실천하는 사람이죠. 계획성이 상상을 초월하는 사람이라."

"그런 계획적인 성격과 자살이 무슨 상관이?"

"만약 남편이 형부를 살해했다면 남편은 살해 이후의 계획을 철저히 준비했을 겁니다. 자살이 아닌 다른 방법을."

"그러면 진 교수님이 자살하지 않았다면 왜 잠적했을 거라 생각하나요?"

"네? 그걸 왜 제게 묻죠? 그거 확인해 달라고 원장님을 고용한 거 아닌가요? 상당한 거금을 줬다고 했던 거 같은데?"

길 원장으로서는 듣기 거북한 말이 한꺼번에 쏟아진 느낌이었다. '고용', '거금' 이런 것들이…. 길 원장은 오히려 마음이 편했다. 이렇게 대놓고 도발하는 상대에게는 똑같이 하면 되는 것이다.

"진 교수님이 실종돼서 1년 정도나 소식이 끊겼다면 결국 부부 사이에 문제가 있는 것 아닌가요?"

길 원장도 내심 도발적으로 질문했다고 생각했으나 임팩트가 강한 것 같지는 않았다. 어쩌면 당연한 질문이었다. 그녀는 선뜻 대답을 못 하고 있었다. 뭔가를 생각하는 것 같았다.

"뭐, 물론 깨가 쏟아지는 그런 부부 사이라고는 말할 수 없겠네요. 그래도 언니 부부보다는 훨씬 좋았다고 봐야겠죠."

"언니 부부는 사이가 별로 좋지 않았나 보네요?"

길 원장은 교묘히 말을 돌려 빠져나가는 그녀의 장단에 맞춰주기로 했다.

"그렇다고 봐야 하지 않을까요? 이 세상에 아내를 죽이려는 남편은 그리 흔치 않을 테니까요."

이건 또 무슨 말인가? 길 원장은 속으로 생각하면서 당황했다.

"형부가 언니를 죽이려고 했다는 말인가요?"

"언니가 왜 다리 병신이 됐는지 언니한테 직접 물어보세요. 그럼 내가 왜 이런 말을 하는지 아실 겁니다."

길 원장은 할 말이 없어 그저 고개만 끄덕였다. 거침없이 말하는 그녀를 지금으로서는 당해 낼 재간이 없었다. 또다시 주도권을 빼앗길지 몰라 약간 조바심이 나기도 했다.

"고 교수님은 진 교수님이 철두철미한 분이라고 하셨고, 절대 자살할 사람이 아니라고 하셨는데, 그러면 진 교수님은 지금 어디에서 뭘 하고 있을까요?"

"…."

"아! 물론 그걸 확인하라고 저를 고용한 것은 맞지만, 그래도 진 교수님을 가장 잘 아는 고 교수님의 생각을 듣고 싶네요."

"제 생각요?"

그녀의 대답은 바로 나오지 않았다. 뭔가 꼬투리를 잡히지 않으려는 것처럼 보였다.

"제 생각은… 어디에선가 전혀 다른 사람으로 잘살고 있을 겁니다. 한국이 아니라면 어딘가로 밀항했을지도."

"밀항이라? 조금 전에 진 교수님이 채 국장을 죽였는지는 잘 모르겠다고 하셨는데, 그럼 진 교수님이 채 국장을 죽였을 수도 있다고 생각하시는 거네요."

"네?"

"진 교수님이 밀항까지 할 정도라면 어떤 큰 잘못을 저질렀다는 건데, 그건 결국 채 국장 살해와 관련 있지 않을까요?"

길 원장도 거침이 없었다.

"꼭 그렇지만도 않은 거 같은데, 그건 원장님 편할 대로 생각하세요."

그녀도 거침없이 쿨하게 대답했다. 그리고 갑자기 손목시계를 쳐다보면서 말했다.

"죄송하지만, 제가 지금 태준이를 픽업 가야 해서요. 궁금한 것이 더 있으면 다음에 언제든지 응해 드리죠. 오늘은 그만했으면 하네요."

길 원장은 송 이사장이 고희수에게 직접 물어보라고 했던 의문, 즉 왜 실종신고를 하지 않았는지, 그리고 두 자매 사이의 관계에 대해서는 아직 묻지도 못했는데 벌써 퇴짜 맞은 꼴이었다.

"아! 네 알겠습니다. 그러면 저랑 같이 나가시죠."

"네?"

그녀가 상당히 놀라는 눈치였다. 길 원장은 순간 잠시 멈칫거렸다. 그녀가 왜 놀라는 것이지?

곧이어 그녀의 질문이 돌아왔다.

"원장님은 결혼하지 않으셨나요?"

"네? 갑자기 그게 무슨 말씀인지?"

"여자는 바로 앞 슈퍼에 나가더라도 준비하려면 30분 이상 걸리거든요."

길 원장은 순간 그게 무슨 말인지 이해가 되지 않았다. 그러나 곧바로 깨달았다.

"아, 죄송하네요. 그럼 부족한 것은 다음에 묻기로 하죠."

길 원장은 바로 자리에서 일어나 현관으로 향했다. 그녀는 뒤에서 길 원장이 나가는 모습을 보고 있음에도 잘 가라는 어떤 인사도 없었다. 같이 나가는 길에 최대한 물어볼 것을 더 물어보려고 했으나 그 의도를 간파당했는지 그녀의 말 한마디에 여지없이 날아가고 말았다.

　그녀를 만나본 결론은 길 원장이 1년 전에 실종된 남편을 찾기 위해 도움을 주고 있는데도 그녀로부터 결코 환대받지 못했다는 점이다. 분명 그 이유가 있을 것이다.

　일단은 물러나기로 했다. 그녀에게 듣지 못한 부분은 언니인 고희진으로부터 들을 수도 있을 것이다.

　한편으로는 고희수를 만나면서 쉽지 않은 상황이 연출됐는데 그 언니 또한 만만치 않을 거라는 예감이 들었다. 현재로서는 남편이 살해당한 온전한 피해자이므로 고희진은 그 이상일 수 있을지도 모르겠다.

　대전에서 다시 서울 가기가 만만치 않아 오늘 늦더라도 고희진을 만나 보는 것이 좋을 것 같았다. 고희수의 집을 나오면서 바로 고희진에게 전화를 걸었다. 지금 찾아가겠다고 했다. 그녀도 흔쾌히 승낙했다. 그녀는 몸이 불편하다 보니 거의 집에만 있어 늦은 시간에 만나는 것이 큰 무리가 없었다. 그녀의 말투에는 길 원장을 어느 정도 반기는 느낌도 있었다.

　하기야 남편을 살해한 범인을 찾겠다고 동분서주하는 사람인데 당연히 반겨야 할 것이다.

　그렇다면 고희수는 길 원장이 진현종을 채인수 살해범으로 의심하고 있다는 생각에 그렇게 적대감을 표시했던 것인가? 물론 그럴 수도 있을 거라는 생각이 들었다.

길 원장은 의외로 송 이사장의 집을 쉽게 찾았다. 물론 내비게이션 덕분이었다. 집 앞에 도착해서 한참 동안 집을 바라보고 있었다. 일단 규모에 압도당했다. 이런 집들이 연이어 있었다. 말로만 듣던 우리나라 최고급 주택들인 것 같았다. 실제 집 안에 들어가면 또 얼마나 압도될지 내심 걱정도 됐다.

초인종부터 누르자 안에서는 누군지 묻지도 않고 바로 문이 열렸다. 방문자를 확인하는 어떤 장치가 있는 듯했다. 넓은 정원 사이로 가사 도우미가 종종걸음으로 다가오고 있었다.

"길 원장님이죠? 안으로 들어오세요."

"네, 감사합니다."

길 원장은 천천히 집 외부를 감상하면서 집 안으로 들어섰다. 가사 도우미는 거실 소파에 잠시 앉아 계시라는 말과 함께 2층 계단으로 올라갔다. 순간 '계단이면 불편할 텐데?'라는 생각 중이었는데 그것이 기우였음이 바로 드러났다. 거실 안쪽에 엘리베이터가 있었다. 고희진을 위해 특별히 만들어진 것임이 틀림없었다.

길 원장은 잠시 후 2층에서 누군가가 자신을 쳐다보고 있다는 느낌이 들어 무의식중으로 위를 바라봤다. 아니나 다를까, 휠체어를 탄 고희진이 내려다보고 있었다.

"안녕하세요? 조금 전에 전화 드렸던 길지석입니다. 불편하시면 제가 위로 올라갈까요?"

길 원장은 급히 몸을 일으켜 엉겁결에 인사를 건넸다.

"제가 몸이 이런지라 그래 주시면…."

길 원장은 가사 도우미가 올라갔던 계단을 따라 2층으로 올라갔다. 그와 동시에 가사 도우미는 계단을 내려오고 있었다.

"여기까지 오시게 해서 죄송하네요."

"아닙니다. 당연히 제가 와야죠."

그녀는 휠체어에 앉아 있었음에도 한눈에 키가 상당히 크다는 인상을 받았다. 이목구비도 시원시원하게 뚜렷했고, 특히 큰 눈을 가지고 있었다. 송 이사장의 우성 인자를 골라서 물려받았다는 느낌이었다. 연예인이 됐어도 전혀 이상해 보이지 않는 외모였다. 송 이사장이 왜 고희수가 외모에 대해 열등감을 가지고 있다고 말했는지 바로 이해됐다.

한마디로 고희진은 상당히 보기 드문 미인이었다. 고운 피붓결, 그리고 자연적인 긴 머리카락이 조그만 얼굴과 잘 어울린다는 느낌을 받았다. 실제 나이보다도 젊어 보였다.

그러나 성격은 어떨지 내심 궁금했다. 성격도 송 이사장의 인자를 물려받았다면 상대하기 쉽지 않을 것이다.

그녀는 하얀 원피스를 입고 있었고, 흰색 무릎담요로 무릎을 감싸고 있었다. 그 위에는 조그만 흰색 포메라니안이 다소곳이 앉아 있었다. 그녀의 손은 연신 강아지를 쓰다듬고 있었다. 흰색을 무척 좋아하는 것 같았다.

그녀의 뒤에서 휠체어를 끌고 있는 사람은 쉰 살 전후의 여자였다. 가사 도우미와는 별도로 그녀를 위해 고용된 것처럼 보였다.

길 원장이 휠체어 뒤에 있는 여자에게 눈길을 주자 고희진이 말을 꺼냈다.

"제가 몸이 불편해서 저를 도와주는 언니네요. 괜찮으시면 제 방에서 얘기를 나누시죠."

"네, 그러죠."

길 원장은 천천히 그녀를 따라 방 안으로 들어갔다. 방의 화려함이 고희수의 아파트 못지않다는 생각이 들었다. 다만 환자라고 생각해서 그런지 가구나 벽지, 인테리어가 훨씬 밝은 톤으로 장식된 것이 다를 뿐이다.

휠체어를 끄는 여자가 나가자마자 가사 도우미가 차를 가지고 바로 들어왔다. 딱딱 순서대로 정돈된 느낌이었다. 아마도 송 이 사장 밑에서 잘 훈련된 것일 터였다.

방 안에는 계속해서 잔잔한 음악 소리가 흐르고 있었다. 하지만 대화를 방해할 정도는 아니었다.

"제가 음악에 문외한이지만 이 곡은 말러의 교향곡 같은데, 자 신은 없네요."

"아, 맞아요. 정확히 맞추셨네요. 구스타프 말러의 교향곡 5번 입니다. 불편하시면 끌까요?"

"아닙니다. 저도 듣기 좋네요."

"제 낙이 24시간 음악을 듣는 것이라 항상 틀어놓고 있죠."

한눈에 봐도 스피커가 엄청 고가로 보였다. 음질 또한 그에 걸 맞은 성량을 보여주고 있었다.

"제가 왜 여기 왔는지는 아실 테고, 불편하시더라도 몇 가지 궁 금한 부분을 물어보죠. 혹 불편하시면 언제든지 말씀해 주세요."

길 원장은 그녀의 심정을 이해한다는 마음을 최대한 내보이며 조심스럽게 말을 꺼냈다.

"네."

그녀는 짧게 대답했지만, 목소리에는 긴장감이 묻어나고 있었다.

길 원장도 머릿속에는 꽉 차 있었지만, 무슨 질문부터 해야 할 지 쉽게 말문이 열리지 않았다. 남편이 살해된 와이프를 상대로 뭔가를 묻는다는 것이 여간 어색하지 않았다. 하지만 그것이 길 원장의 일이다.

"먼저 제일 중요한 것부터 묻죠. 고 선생님은 남편분을 진 교수가 죽였다고 생각하시나요?"

길 원장이 생각해도 너무 직설적인 질문이었다. 아마도 고희수와의 면담 트라우마 때문일지도 모르겠다.

그녀는 길 원장을 똑바로 응시하면서도 대답이 없었다. 잠시 정적이 흘렀다.

"모르겠네요."

짧은 대답이었다.

"남편분의 죽음에 대해 그냥 막연한 생각을 말씀하셔도 됩니다."

또다시 정적이 흘렀다. 잠시 후에 그녀가 말문을 열었다.

"그럼, 제 생각을 말씀드릴까요?"

길 원장은 동의의 표시로 고개만 가볍게 끄덕였다.

"남편에게 적이 많았던 것은 사실이죠. 당연히 남편을 죽이고 싶어 하는 사람도 많았겠죠. 아마 진 교수도 거기에 포함될 테고요."

길 원장은 그녀의 입에서 나온 첫마디에 충격을 받았다. 쉽지 않은 싸움이 될 것 같았다.

그녀는 은연중에 진 교수가 채 국장을 죽인 범인이라는 자신의 심중을 에둘러 표현한 것처럼 보였다.

"좀 더 구체적으로 말씀해 주실까요?"

"남편은 자기밖에 모르는 사람이라 집안에서도 그렇고, 밖에서도 그렇고, 주위에는 항상 적이 많았죠."

"주위에 싫어하는 사람이 많았다고 해도 그렇게 참혹하게 살해되진 않겠죠."

그녀는 순간 길 원장을 똑바로 노려봤다. 눈에서는 불꽃이 튀고 있었다. 그러나 바로 입가에 미소가 번졌다.

"네, 원장님 말씀이 맞을 겁니다. 남편은 그렇게 목이 잘릴 정도로 잘못했어도 크게 했다고 봐야겠죠."

그녀는 길 원장을 은근히 비꼬고 있었다. 그녀 또한 보통이 아니었다. 고희수는 비록 직설적이기는 했지만 자신의 의사 표현은 확실히 하는 스타일이었다. 그런데 고희진은…. 내공으로 보면 고희수보다도 한 수 위일 것이다.

"남편의 적이 누군지 구체적으로 말씀해 주실 수 있나요?"

"그냥 제 생각이라 구체적으로 누구라고 콕 집어서 말하기는 그렇고, 그저 주위에 있는 사람 모두라고 생각하시면 될 겁니다."

"거기에는 고 선생님도 포함되나요?"

그녀는 또다시 길 원장을 노려봤다. 그리고 역시 아무렇지 않다는 듯 곧바로 가벼운 미소를 띠며 응수했다.

"이미 남편도 없는 상황에서 굳이 숨길 것도 없겠죠. 네, 남편과 사이는 좋지 않았고, 그렇다고 제가 이런 몸으로 남편을 죽이기는 쉽지 않겠죠."

"제가 듣기로는 고 선생님이 몸을 다친 것은 남편분의 실수 때문이라고 하는 거 같던데, 그때 상황을 말씀해 주실 수 있나요?"

"제가 남편을 죽인 용의자로 몰리는 건가요?"

그녀는 얼굴에 미소를 가득 담고 있었지만, 입에서는 거침없는 말이 계속 쏟아져 나왔다.

"물론 그건 아닙니다. 저는 궁금한 것을 못 참는 성격이라 궁금증 해소 차원에서."

"저는 이렇게 불구가 됐는데 남편은 멀쩡했으니 다들 말들이 많았죠. 남편 속마음이야 어떻게 알겠어요? 졸음운전을 했다고 하니 그렇게 믿는 수밖에."

"남편분과는 사이가 좋지 않다고 하셨는데 그 이유를 물어봐도 될까요?"

"그냥 부부간에 흔한 문제죠. 남편은 저 하나로는 만족하지 못했던지, 제가 이렇게 된 이후에는 대놓고…."

그녀는 더 이상 말을 이어가지 못했다. 지금 이런 대답을 해야하는 자신의 처지가 참담하다고 생각하는 것 같았다. 누구의 잘못인지를 떠나 아내의 역할을 할 수 없었던 자신의 상황이 더없이 원망스러웠을 것이다.

"남편분과 진 교수 사이도 좋지 않았나요?"

"음… 그렇죠. 결코 좋은 사이라고는 할 수 없었죠. 근본부터 서로 달랐으니까요."

"그게 무슨 뜻인가요?"

"남편은 부잣집에서 남부럽지 않게 하고 싶은 거 다 하고 살았는데, 진 교수는 이혼한 홀어머니 밑에서 어렵게 자랐으니까요."

길 원장은 가볍게 고개만 끄덕였다.

"언젠가 진 교수가 프랑스 유학 시설 눈물 없이는 들을 수 없을 만큼 어렵게 공부한 얘기를 꺼낸 적이 있었는데, 그걸 같이 듣고 있던 남편은 대놓고 비웃었으니, 그럼 둘 사이가 어느 정도였는지는 뻔하겠죠."

"그러면 고 선생님은 동생과는 사이가 어땠나요?"

"이미 그 얘기는 희수한테 듣지 않았나요?"

"듣지 못했네요. 급한 일정이 있다고 해서."

"그래요? 그럼, 그 부분은 저도 얘기하고 싶지 않네요. 그게 남편이 살해된 사건과 무슨 관련이라도 있나요?"

길 원장은 순간 어떻게 답해야 할지 몰랐다. 어찌 보면 그녀는 자신이 피해자 유족 입장인데도 추궁받고 있다고 생각하는 것 같았다. 급히 다른 질문으로 돌리기로 했다.

"1년 전에 남편분이 실종됐을 당시 왜 실종신고를 하지 않았나요?"

"한마디로 말씀드릴까요? 그 당시 제가 남편의 안위를 걱정할 정도의 사이는 아니어서. 대답이 충분했나요?"

길 원장도 동의한다는 의미로 고개를 가볍게 끄덕였다.

"남편은 그전에도 자주 아무 말 없이 몇 달간 나갔다가 돌아오곤 했었죠. 그저 일상이라고 생각했었는데."

그녀도 순간 말이 지나쳤다고 생각했는지 톤을 낮춰 보충해서 설명했다.

"고 선생님은 진 교수가 현재 살아 있다고 생각하나요?"

"원장님은 참 잔인하신 거 같네요."

"네?"

"대답하기 어려운 질문만 하신다고 생각해서요. 너무 진지하게 생각하진 마세요. 농담입니다, 농담."

그녀의 얼굴에는 순간 천진난만한 웃음이 스쳐 지나갔다. 그 순간이 그녀의 미모를 더욱 돋보이게 했다.

"진 교수는 삶에 대한 의지가 강한 사람이라, 아마도 살아 있겠죠. 저는 그렇게 믿고 싶네요."

길 원장은 막연하게나마 두 자매로부터 이 사건의 전체적인 분위기를 들은 것 같아 오늘은 이만 물러나기로 했다. 다음에 두 자매를 꼭 다시 만나야 할 것 같은 예감이 들었다.

"이 방에는 남편분의 유품들이 안 보이는데 다 치우신 건가요?"

"남편 방은 따로. 보셔도 이미 경찰에서 필요한 것은 다 가져 갔으니 별로 도움은 되지 않을 텐데."

"장시간 너무 시간을 빼앗아서 죄송합니다. 그럼 이만. 그래도 나가기 전에 한번 보고 싶네요."

"좋으실 대로. 남편 방은 바로 옆방입니다. 그러면 나가지 않 을게요. 수고 부탁드려요."

"네, 담에 또 뵙죠."

길 원장은 그녀에게 가볍게 인사를 건네고 방문을 향해 걸어 나갔다. 그 순간 뒤에서 그녀가 말했다.

"원장님! 뭐 한 가지만 물어봐도 되나요?"

"네, 물론. 뭐든지 물어보세요."

길 원장은 뒤를 돌아보며 대답했다.

"진 교수가 평생 나타나지 않으면 어떻게 되나요?"

길 원장도 이 질문에 뭐라고 대답해야 할지 선뜻 생각나지 않 았다. 그저 일반적인 답으로 마무리하기로 했다.

"경찰에서 진 교수를 남편분의 살해범으로 생각하고 있다면 진 교수가 잡힐 때까지 사건은 미제 사건으로 남을 테고. 결국 어정쩡한 상태로 계속 남아 있다고 봐야겠죠."

"그래서 엄마가 원장님을 부른 건가요?"

"네?"

"이런 어정쩡한 상태를 해결해 달라고 원장님을 부른 것 아닌 가요?"

"음, 그렇다고 봐야죠."

"잘 알겠습니다. 살펴 가세요."

길 원장은 바로 옆 방문을 열고 안으로 들어갔다. 채인수의 방이다.

경찰에서 일부 필요한 것을 가져간 것 이외는 그대로인 것 같았다. 그의 유품이 그대로 남아 있었고, 깨끗이 정리한 흔적이 보였다. 골프와 승마를 좋아하는지 골프채와 승마 장비가 한 구석에 가지런히 놓여 있었다. 책상에는 노트북 한 대만 놓여 있고 아무것도 없었다.

장식장에는 각종 피규어가 한가득했다. 차량 피규어를 수집하는 것이 취미인 듯 대부분 세계 각국의 차량 모양 피규어였다. 주인을 잃은 피규어가 왠지 휑해 보였다.

특별히 눈에 띄는 것은 없어 보였다. 이 사건과 관련된 자료는 이미 경찰에서 가져갔을 것이다.

길 원장이 거실로 내려오자 고희진의 개인 도우미가 기다리고 있었다.

"제 볼일은 끝나서. 이젠 올라가셔도 됩니다."

"네, 제가 현관까지 배웅해 드릴게요."

길 원장은 딱히 거절하기가 뭐 해서 별다른 말 없이 현관 쪽으로 걸어 나갔다. 그녀가 따라 나왔다.

"고 선생님이 몸이 불편하니 모시기 쉽진 않겠네요?"

길 원장은 은근히 떠보는 질문을 던졌다.

"그래도 거의 7년을 모시다 보니 이젠 별로 힘들진 않네요."

"7년이나 모셨으면…."

길 원장은 대단하시다는 말을 덧붙이고 싶었지만 차마 그러지는 못했다.

"7년을 계속 모신 것은 아니죠. 저도 몇 번이나 그만뒀는데 이상하게 한두 달이 지나면 다시 부르더라고요. 다른 데보다는 보수가 두 배나 많으니 저도 못 이기는 척 계속 머물고 있고."

길 원장이 고개를 끄덕였다. 고희진도 구관이 명관이라는 것을 느낀 듯했다. 아니면 중간에 다른 개인 도우미가 견디지 못하고 바로 그만뒀던지….

"그래도 하루 종일 같이 있어야 되니 여러모로 불편하겠네요."

"그렇지도 않아요. 큰 아가씨가 남들 앞에서는 전혀 움직이지 못하는 것처럼 행세하지만 곧잘 혼자서도 목발을 짚고 일어서서 움직이기도 한답니다. 생리현상도 혼자 해결하기도 하고요."

"그럼, 맘만 먹으면 외출도 할 수 있겠네요?"

"네, 그럼요. 음악회도 얼마나 자주 가시는데요. 외출하실 때는 대부분 선화 아가씨가 모시기는 했지만요."

"선화 아가씨요? 그분은 누구신지?"

"네? 아니, 제가 괜한 말을."

그녀는 길 원장의 반응이 의외라고 생각했는지 당황한 듯 말을 더듬고 있었다. 그러는 동안 길 원장은 뻔히 그녀를 쳐다보고 있었다.

"아니, 별건 아니고…. 선화 아가씨라고 고종사촌 동생인데 큰 아가씨를 많이 도와줬거든요."

그녀는 길 원장의 눈빛에 부담을 느꼈는지 애써 변명하듯 말을 꺼냈다.

"그 아가씨가 여기 살았나요?"

"네. 제가 처음 여기 왔을 때부터 살고 있었는데 지금은 나갔죠."

"왜 나갔는데요?"

"그게…."

그녀는 계속 말해야 말지, 망설이는 모습이 역력했다. 그러나 천성이 속에 있는 말을 하고 싶어 하는 사람인 것 같았다. 길 원장은 기다렸다.

"제가 없었을 때라 잘 모르겠는데, 큰 아가씨가 내보내셨다고만…."

"왜 내보냈나요?"

"그건… 그럼, 살펴 가세요."

그녀는 큰 잘못을 하다가 들킨 것처럼 엉겁결에 인사를 건네고 서둘러 되돌아갔다.

길 원장은 그녀의 뒷모습을 바라보다가 고희진의 방을 향해 무심코 고개를 돌렸다. 순간 깜짝 놀랐다. 고희진이 창문을 통해 내려다보고 있었기 때문이다. 더군다나 휠체어에서 일어나 창문틀에 기대어 있었다. 등 뒤의 불빛에 더해 섬뜩한 느낌까지 들었다. 언제부터 보고 있었지? 순간 궁금해졌다.

길 원장은 다시 한번 그녀를 향해 가볍게 고개를 숙이고 서둘러 발걸음을 옮겼다. 뒤통수가 따가웠다. 혹시나 개인 도우미가 곤란한 일을 겪지는 않을지 내심 걱정도 됐다.

4.

길 원장은 다음날 시간을 내서 다시 송일대학교를 찾았다. 쇠뿔도 단김에 빼 듯, 필요한 자료는 최대한 빨리 수집하는 것이 최선일 터이다. 오늘은 가해자로 의심받고 있는 진현종의 연구실과 피해자로 특정된 채인수의 재단 사무국장실을 방문할 예정이다.

먼저 예술대학 건물 206호실 진 교수 연구실로 찾아갔다. 아직도 명패에는 '교수 진현종'이라고 적혀 있었다. 물론 안에는 주인이 없을 터이지만 그래도 노크를 했다. 안에서는 아무런 응답이 없었다. 잠시 후 문고리를 잡고 돌렸다. 역시 문이 잠겨 있었다. 일단 같은 건물 4층에 있는 회화과 사무실로 발길을 돌렸다.

과 사무실에는 20대 후반의 젊은 여자 조교가 책상에 앉아 뭔가를 열심히 컴퓨터에 입력하고 있었다.

길 원장은 조교가 자신을 쳐다볼 때까지 무작정 기다렸다. 한참 지난 다음에야 조교는 인기척을 느꼈는지 고개를 들어 길 원장을 쳐다보면서 물었다.

"무슨 일로 오셨나요?"

그저 숙달된 질문이었다. 길 원장은 어떻게 대화를 시작해야 할지 잠시 머뭇거렸다.

"진현종 교수님 일 때문에 왔습니다."

"네?"

"진 교수님 실종 사건과 관련해서 이사장님으로부터 개인적인 부탁을 받고 몇 가지 확인할 게 있어서."

길 원장은 이 정도가 최선의 답변이라고 생각했다. 조교는 뭐라고 대답하기 어려운지 엉거주춤한 자세로 일어나 길 원장만 멀뚱하게 쳐다보고 있었다. 분명 예민한 문제임을 알고 있을 터이다. 거기에다 이사장이라는 말이 나오자 당황한 것 같기도 했다.

"제가 뭐 해야 할 일이라도…."

"진 교수님 연구실에 갔는데 문이 잠겨 있어서. 제가 연구실을 한번 봤으면 하는데."

"…."

"그리고 참, 진 교수님 수업을 들었던 학생들도 만나보고 싶고요."

그러나 조교는 그런 문제는 자신이 결정할 수 없는 사안이라는 듯 답을 하지 못하고 있었다.

"참, 제가 여기 도착하면 이사장실에서 전화 부탁했거든요. 조교님하고 통화하고 싶다고."

길 원장은 자신을 믿지 못하는 조교에게 믿음을 주기 위해 순간적으로 말을 지어냈다.

"아! 네."

조교는 머뭇거리면서 전화기를 들어 다이얼을 눌렀다. 잠시 이사장실 비서와 얘기하는 것 같았다. 조교는 그저 듣고 있는 편이었다. 그리고 전화기를 조심스럽게 내려놓았다.

"제가 지금 혼자 있어 자리를 비울 수 없는데 다른 조교를 부를 테니 잠시만 기다려 주시면."

조교는 조금 전보다 훨씬 말투가 부드러워졌다.

"그럼, 잠시 앉아 기다리죠."

10여 분이 지나자 역시 20대 후반인 남학생이 사무실로 들어왔다. 조교는 남학생에게 잠시 자리 좀 지켜 달라고 말하고, 길 원장과 함께 사무실을 나섰다.

진 교수 연구실 앞에 이르자 조교가 조심스럽게 말을 꺼냈다.

"전에 경찰이 와서 이미 연구실에 있는 서류를 다 가져갔는데."

"알고 있네요. 그저 연구실을 한번 둘러보고 싶어서요."

길 원장은 가볍게 대답했다. 조교는 도어록의 비밀번호를 누른 후 연구실 문을 열었다.

"미대 교수님들은 실기 작업 때문에 연구실이 좀 다를 거라 생각했는데 그렇진 않네요."

길 원장은 긴장하고 있는 조교를 편하게 해주기 위해 가벼운 말부터 건넸다.

"아! 네, 교수님들 대부분이 작업실을 따로 가지고 있어서."

길 원장은 그저 고개만 끄덕이면서 연구실 전체를 쭉 둘러봤다. 미술 관련 도서들로 안이 꽉 찬 느낌이었다. 책상은 이미 치워진 상태였고, 연구실은 정갈하게 정리되어 있었다. 누가 정리했는지는 몰라도 고희수의 말처럼 연구실 주인은 정리나 계획성이 철저한 것 같았다.

길 원장은 무심한 듯 조교에게 말을 건넸다.

"대충 얘기 들어서 아시겠지만, 경찰에서는 진 교수가 채 국장을 죽인 것으로 보고 있는데, 이미 학교에 소문이 다 났죠?"

"아! 네."

조교는 딱히 부정할 수 없어 이렇게만 대답했다. 아까부터 알아챈 거지만 조교는 "아! 네."라는 대답이 입에 붙은 것 같았다.

"그래도 조교님은 진 교수를 가까이서 봤을 텐데 진 교수가 진짜 그랬을 거라고 생각하나요?"

길 원장은 조교의 대답을 끌어내기 위해 최대한 부드럽게 말했다. 그러나 조교는 아무 말이 없었다. 자신이 대답할 수 없는 문제라고 생각하고 있을 것이다.

"그냥 조교님의 생각을 편하게 말씀하시면."

"아! 네."

길 원장은 일부러 책장에 있는 아무 책 한 권을 꺼내 펼쳐보는 시늉을 하면서 조교의 대답을 기다렸다.

잠시 후 길 원장의 등 뒤에서 조교의 대답이 거의 들릴 듯 말 듯 들려왔다.

"교수님은 학생들에게 깐깐하신 것으로 유명하기는 한데 속마음은 누구보다도 여리신 분이라 학생들은 소문을 곧이곧대로 믿진 않는 거 같네요."

"학생들 얘기가 아니라 저는 조교님 생각을 듣고 싶은데."

"아! 네."

또다시 정적이 흘렀다.

"제가 학부를 졸업한 후에 교수님이 부임하셔서 잘 알진 못하는데 저도 같은 생각이고요. 하지만 교수님이 국장님과 사이가 안 좋다는 얘기는 다들 아는 사실이라."

"그렇게 사이가 안 좋았나요?"

길 원장은 짐짓 모르는 척 물었다.

"국장님이 워낙 교수님을 무시한다는 소문이 돌아서."

"그럼, 조소과 고희수 교수는 어땠나요?"

"네?"

"남편이 손위 동서한테 무시당한다고 학교에 소문이 날 정도면 와이프 입장에서는 상당히 기분 나빴을 거 같은데?"

"그것까지는 저도…."

조교는 현재 자신의 위치가 애매하다는 듯 속마음을 거의 털어놓지 않는 것으로 보였다. 일단 진 교수로부터 직접 수업을 들은 학생들을 만나야 좀 더 솔직한 대답을 얻을 수 있을 것 같았다.

"진 교수님 수업을 들은 학생들을 만나고 싶은데, 어디로 가면 될까요?"

"아! 네. 작년에 교수님은 거의 3학년 학생들만 지도하셨으니까 4학년 실기 수업 교실에 가시면 제일 좋을 텐데, 지금 졸업 작품 준비로 한창 수업 중이라."

길 원장은 조교로부터 4학년 실기 수업 교실을 확인한 후 바로 그곳으로 발길을 옮겼다. 조교에게 동행을 부탁하려고 했으나 조교는 그 말이 나오기도 전에 급히 자리를 피했다. 길 원장이 무척 불편한 듯했다.

길 원장은 실기실 앞에 도착해서 창문을 통해 안을 들여다봤다. 교수는 안 보이는 것 같고 20여 명의 학생들이 저마다 열심히 뭔가를 하고 있었다. 대여섯 명을 제외하고 대부분 여학생들이었다. 들어가서 어떻게 질문을 꺼내야 할지 고민됐다. 경찰이면 당당히 얘기를 꺼낼 텐데 아무런 공식 직함이 없으니…. 일단 경찰인 척 부딪쳐 보기로 했다.

조용히 문을 열고 들어갔지만, 문소리가 컸는지 거의 모든 학생이 길 원장을 쳐다보고 있었다. 잠시 정적이 흘렀다.

"수업 중에 갑자기 들어와서 죄송합니다. 급히 몇 가지 확인할 것이 있어서, 진현종 교수님 실종 사건 때문에 왔는데, 한 5분이면 됩니다. 잠시만 실례할게요."

길 원장은 말을 꺼내면서 매의 눈으로 전체 학생들을 유심히 살폈다. "진현종 교수"라는 말에 반응하는 학생들이 분명 있을 것이다. 역시 두세 명의 여학생 눈동자에서 불안감이 표출되고 있었다. 특히 창가 쪽에 앉아 있는 여학생의 눈동자가 유독 심하게 흔들리고 있었다. 분위기를 바꾸기 위해 가볍게 말을 꺼냈다.

"진 교수님 실종과 관련해 혹시 하고 싶은 말이 있으면 편하게 해주시면 됩니다, 아무거나."

무슨 대답을 기대하고 물은 질문은 아니었다. 공개적인 자리에서 기대에 부합하는 대답이 나올 리 만무했다.

역시 몇 초간 침묵이 흘렀다.

"그럼, 질문을 조금 바꾸죠. 교수님은 지금 살아 계시다고 생각하나요?"

순간 정적이 흐른 후 제일 앞자리에 앉아 있던 한 여학생이 무슨 말을 할 듯 입술을 조금 움직였다. 길 원장은 그 순간을 놓치지 않았다. 그 여학생을 바라보면서 말했다.

"그냥 편하게 말씀하시면 됩니다."

그 여학생은 쭈뼛쭈뼛 입을 열기 시작했다. 그러나 예상외로 대답은 시원시원했다.

"교수님이 지금도 살아 계신지는 모르겠으나 소문과 같이 자살하지는 않았을 겁니다."

"그렇게 생각하시는 이유는 뭔가요?"

길 원장이 부드럽게 다음 질문을 이어갔다.

"음… 교수님은 개강 초기에 한 학기 수업에 대한 전체 일정을 아주 꼼꼼히 공지할 정도로 철저한 분인데, 그런 분이 저희들 작년 2학기 성적표를 내팽개치고 자살하지는 않았을 거 같은데요."

길 원장은 그저 가볍게 고개를 끄덕였다. 고희수의 말도 그랬다. 여기에 있는 상당수의 학생도 그 말에 동의하는 눈빛이었다. 일부 학생은 가볍게 고개를 끄덕이기도 했다.

그러나 길 원장의 관심은 따로 있었다. 길 원장의 눈은 계속해서 창가 쪽을 향하고 있었다. 창가 쪽의 여학생은 길 원장을 쳐다보고 있지 않았다. 자신의 작품을 뚫어지게 보면서 작업을 구상하는 모습이지만 실상은 딴생각하고 있음이 분명했다.

길 원장은 다시 질문을 이어갔다.

"그러면 소문대로 교수님이 채 국장을 어떻게 했을 거라고 생각하나요?"

"그거야 저희는 모르죠. 그건 형사님이 알아내야 하는 것 아닌가요?"

이번에는 즉시 대답이 나왔다. 조금 전에 말을 꺼냈던 학생이 다시 대답한 것이다. 그 학생은 길 원장을 경찰로 알고 있는 것 같았다. 다른 학생들도 마찬가지일 것이다.

"그래도 제가 뭘 알아내려면 어떤 팁이라도 주면 좋지 않을까요?"

최대한 젊은 사람들의 말투를 흉내 내려고 했지만 여간 어렵지 않았다.

이번에는 제일 뒷자리에 앉아 있던 여학생이 갑자기 말을 꺼냈다.

"국장님이 잘생겼다는 말은 들으셨죠? 그리고 젊었을 땐 잘나갔다고 하던데, 그런 곳에는 꼭 여자가 끼어 있는 거 아닌가요? 저 같으면 교수님 쪽보다는 그런 쪽을 더 파보는 것이…."

"일리 있는 말이네요. 대답 고마워요."

길 원장은 가볍게 대답했다. 여기서는 더 이상 나올 것이 없어 보였다. 그렇지만 성과는 이미 거뒀다. 창가 쪽에 앉아 있는 여학생으로부터 조용히 더 듣고 싶은 말이 있었다. 탁자 위에 놓여 있는 자리 배치표를 슬쩍 보면서 다시 한번 고맙다는 말을 남기고 실기실을 나왔다.

그 여학생 이름은 강보람이다.

길 원장은 다시 회화과 사무실로 발길을 향했다. 사무실 문을 열고 들어가자 조교가 반자동으로 일어났다.

"덕분에 학생들을 잘 만나봤네요. 감사드려요. 한 가지만 더 부탁할게요. 4학년 학생들 명단을 잠시만 봤으면 합니다."

조교는 잠시 망설이는 모습을 보였으나 이내 서류철이 있는 곳으로 향했다.

곧이어 서류철을 넘겨받은 길 원장은 자리에 앉아 별거 아닌 것처럼 무심하게 한 장 한 장 넘겼다. 하나만 확인하면 되는 것이다.

드디어 '강보람' 학생 신상명세서가 보였다. 휴대폰 전화번호만 급하게 외웠다. 나머지 부분도 건성건성 보는 것처럼 하고 조교에게 서류철을 건넸다. 다시 한번 고맙다는 말과 함께 과 사무실을 나와 바로 재단 사무국장실로 향했다.

사무국장실은 이사장실 바로 옆에 있었다. 물론 사무국장실 주인이 없으니 별로 기대할 건 없지만 그래도 한번 둘러보기는 해야 할 것이다. 노크하고 들어가려고 하자 이곳 역시 문이 잠겨 있었다. 할 수 없이 이사장실로 들어갔다.

여비서는 열심히 휴대폰을 만지작거리고 있었다. 아마도 게임에 열중하고 있는 듯했다. 길 원장을 본 여비서는 화들짝 놀라 급히 손으로 휴대폰을 가리면서 바로 말을 꺼냈다.

"이사장님은 자리에 안 계시는데…. 오늘은 외부 일정이 있어 다시 들어오시지 않을 예정이라."

"오늘은 이사장님 뵈러 온 것이 아니고, 옆의 국장실을 잠시 둘러보려고 왔는데, 문 좀 열어주실래요?"

"그럼, 잠시만요. 그런데 지금은 안에 있는 물건들은 다 치웠는데."

"그래도 괜찮습니다."

여비서는 앞장서서 사무국장실로 향했다. 익숙한 손놀림으로 비밀번호를 눌러 도어록을 해제시켰다. 그러고는 바로 자리를 피했다.

길 원장은 문을 열고 들어가 천천히 사무실 안을 살펴보기 시작했다. 원래부터 사람이 없었던 것처럼 모든 것이 황량했다. 책상 하나, 의자 하나, 그리고 간단한 소파 정도뿐, 흔한 장식장조차 없었다. 아무리 물건을 치웠다고 하더라도 그저 형식적으로 만들어 놓은 사무실 같아 보였다.

길 원장은 다시 이사장실로 들어갔다.

"정말 아무것도 없네요. 그래도 사무국장이 공석이면 안 될 텐데 지금은 누가 그 업무를 보고 있나요?"

"원래 국장님은 별로 바쁘시지 않으셔서, 지금은 필요한 경우 대학 사무처장님이 이사장님과 상의해서 일을 처리하는 거 같습니다."

"국장님은 사무실에 나오셨어도 별로 하는 일은 없었겠네요."

"그게⋯."

여비서는 잠시 말을 멈췄다. 계속 말을 해야 하는지 고민하는 것 같았다. 길 원장이 여비서를 빤히 쳐다보면서 대답을 구한다는 표정을 지었다. 여직원이 어쩔 수 없다는 듯 말했다.

"국장님은 거의 학교에 나오시지 않으시고 그냥 형식상으로만."

"아, 무슨 말인지 알겠네요."

길 원장은 이사장실을 나오면서 순간 뭘 해야 할지 고민됐다. 강보람을 조용히 만나야 하는데 조금 전 학과 사무실 보드에는 4학년 학생들은 오후 내내 회화 실습 시간으로 되어 있었다. 오후 5시까지는 기다려야 할 판이다. 잠시 고민하다가 일단 대학 사무처장을 만나보기로 했다.

채 국장이 목이 잘려 살해됐다면 살인범과 깊은 원한이 있을 것 같은데 원한이라고 하면 치정이 제일 먼저 떠오른다. 그리고 금전이나 사업상 문제가 떠오르는데 채 국장 업무를 사실상 대학 사무처장이 했다고 하고, 마침 시간도 남았으니 한번 만나보는 것도 좋을 것 같았다.

본관 건물 1층에 있는 사무처 문을 열고 들어가서 제일 앞에 있는 직원에게 사무처장을 만나러 왔다고 조용히 말했다. 직원은 용건을 물었다. 길 원장은 단지 송 이사장이 보내서 왔다는 말만 전하면서 명함을 건넸다.

직원은 명함을 받아 사무처장실로 들어갔다. 잠시 후 직원 뒤로 한 남자가 어슬렁거리며 나왔다. 두리번거리는 눈빛은 어딘지 모르게 거만한 느낌을 주고 있었고, 머리카락은 거의 없어 그나마 남아 있는 머리카락을 온 정성으로 다듬어 놓은 모양새가 역력했다. 전체적으로 키는 작은 데다가 몸집이 있어 전형적인 비만 환자처럼 보였다. 길 원장은 깜짝 놀랐다. 분명 어디서 많이 본 듯한 얼굴이었다. 바로 기억이 났다.

사무처장은 길 원장을 보고도 왜 길 원장이 자신을 찾아왔는지를 모른다는 표정을 짓고 있었다.

"송 이사장님이 보내서 왔습니다. 잠시 드릴 말씀이."

그는 떨떠름한 표정으로 문을 열어놓은 상태로 들어갔다. 아마도 들어오라는 것 같았다.

"이사장님이 저에게 개인적으로 무엇을 확인해 달라고 부탁해서 잠시 들렀습니다."

그는 아무런 말이 없었다. 뒷짐을 진 채 단지 길 원장을 유심히 쳐다볼 뿐이다. 손에는 호두 두 알이 있는 듯, 호두 굴리는 소리만 들렸다. 길 원장에게 계속 말하라는 것 같았다. 앉으라는 말도 없었다.

"이사장님이 채 국장 살인 사건과 관련해서 제게 개인적인 부탁을 해서."

그제야 그는 정신을 차린 듯 길 원장에게 자리를 권했다. 그런데 순간 이상했다. 그의 눈이 심하게 떨리며, 동공도 확연히 커졌다. 한의사인 길 원장이 보기에 병리학적으로 불안, 초조 그런 표정이 역력했다. 아마 진맥을 했다면 병자의 증세가 확연했을 것이다. 이는 분명 뭔가가 관련 있다고밖에 볼 수 없었다. 그는 '채 국장 살인 사건'이라는 말을 듣고 갑자기 얼굴 안색이 변했던 것이다. 손도 확연하게 떨고 있었다.

처음에는 길 원장이 뭔가를 부탁하러 온 사람으로 생각한 듯했다. 일종의 잡상인으로 여겼던 모양이다.

그는 미세하게 떨고 있는 손으로 명함집에서 명함을 꺼내 길 원장에게 건넸다. 역시 길 원장의 추측이 맞았다. 그는 고일성 2대 이사장의 친동생으로 보였다. 이사장실에 걸려 있는 고 이사장의 모습을 그대로 빼다 박았다. 고 이사장이 죽기 몇 년 전의 모습이 꼭 이랬을 것이다. 그의 이름은 '고일주'였다.

송일 교육재단은 재단이나 대학의 핵심 자리를 모두 친인척으로 채운 것으로 보였다. 그래야 예민한 일을 믿고 맡길 수 있을 것이다. 다만 그는 송 이사장이 길 원장에게 채 국장 살인 사건을 의뢰했다는 사실은 전혀 모르고 있는 것 같았다. 놀라는 표정에서 미루어 짐작이 갔다.

"처장님을 뵈니 한눈에 2대 이사장님의 동생이라는 것을 알 수 있을 거 같네요. 닮았다는 소리 많이 듣지 않으셨나요?"

길 원장은 비교적 가벼운 말부터 시작하기로 했다.

"네, 그런 소리를 많이 듣는 편이죠. 그런데 이사장님이 왜 한 의사에게 조카사위 살인 사건을?"

느릿한 그의 목소리도 확연히 떨리고 있었다. 분명 그는 채 국장 살인 사건에 어떻게든 관련 있을 것이라는 확신이 들었다. 또한 그는 길 원장에 대해 전혀 모르는 눈치였다. 길 원장은 약간 실망했지만 그럴 수도 있다고 생각했다.

"제가 개인적인 인연이 있어서 경찰이 하기 어려운 일을 몇 가지 확인해 달라는 부탁을 받아서. 별건 아니고요."

"아! 그래요."

그래도 그는 믿기지 않는다는 표정이었다.

"제가 지금 재단 국장실에 갔는데 국장실은 형식적이고 실질적인 업무는 처장님이 처리하신다고 하기에."

"네, 그런 편이죠. 채 국장은 거의 사무실에 나오지 않았으니 이사장님이 필요한 일이 있으면 저한테 시키시는 편이라."

"학교에도 이미 소문이 다 났던데, 진 교수가 채 국장을 살해했다는 소문에 대해 처장님은 어떻게 생각하시나요?"

"제가 그런 쪽에는 조금 무딘 편이라, 특별히 드릴 말씀이…"

그는 가족 간의 문제라 의도적으로 회피하는 것 같았다. 아니면 다른 이유라도 있는 것인가?

"그럼, 채 국장 살인 사건에 대해 특별히 하실 말씀은 없으신가요?"

"네? 제가 무슨 말을…."

"그냥 아무 말씀이나."

"없는데요."

그는 전혀 생각해 볼 필요도 없다는 듯이 즉각적으로 답이 나왔다.

"네, 알겠습니다. 다음에 필요하면 또 뵙겠습니다."

길 원장은 조금 당황스러웠다. 그는 분명 뭔가를 숨기고 의도적으로 답변을 회피하고 있었다. 그 이유는 나중에 확인해 봐야 할 터이지만 지금은 아닌 것 같았다. 일단 조용히 물러나는 것이 좋을 듯했다.

길 원장은 그의 사무실을 나오면서 일부러 문을 닫지 않고 사무처 사무실을 쭉 둘러보는 것처럼 하면서 그를 곁눈질로 주시했다. 그는 아직도 충격이 가시지 않은 듯 자리에서 일어나 길 원장을 계속 응시하고 있었다. 더욱더 분명 뭔가가 있다는 확신이 들었다.

길 원장은 손목시계를 들여다봤다. 5시가 막 지난 상태였다. 4학년 회화 실기 수업이 막 끝났을 것이다. 휴대폰을 꺼내 아까 입력해 두었던 강보람의 휴대폰 전화번호를 눌렀다. 신호음은 가고 있으나 그녀는 전화를 받지 않았다. 모르는 전화번호라 받지 않는 건가? 난감했다.

오늘 그녀를 꼭 만나고 싶은데 딱히 방법이 떠오르지 않았다. 그렇다고 무작정 기다릴 수도 없는 노릇이었다. 그런데 그때 마침 그녀로부터 전화가 걸려 왔다. 이게 무슨 전화라고 잠시 미세한 흥분을 느꼈다.

"여보세요? 안녕하세요? 강보람 학생이죠?"

"네. 맞는데, 누구시죠?"

"아까 실기실에 찾아갔던 형사 같은 사람입니다."

길 원장은 말을 멈추고 그녀의 반응을 기다렸다.

"…."

역시 그녀는 예상한 대로 말이 없었다.

"보람 씨에게 몇 가지 물어볼 게 있는데, 잠시면 됩니다. 학교 근처는 껄끄러울 수도 있으니 편한 장소를 정하면 제가 그곳으로 찾아갈게요."

길 원장은 또다시 그녀의 반응을 기다리고 있었다. 잠시 침묵이 흘렀다.

"제가 7시까지 알바 가야 하니까, 알바 하는 곳 근처에서 보면 좋을 거 같은데…."

그녀로부터 좋은 반응이 왔다. 순간 다행이라고 생각했다.

"그럼, 문자로 만날 장소 찍어주면 지금 바로 가죠."

"네."

그녀는 짧게 대답했지만, 거기에는 어떤 의지가 엿보였다. 길 원장도 그것이 뭘까 하는 궁금증이 더해졌다.

길 원장은 20여 분 차를 몰고 그녀가 알려준 커피숍에 도착했다. 학교하고는 꽤 떨어진 곳이다. 그래도 번화가에 위치해서 그런지 손님이 꽤 많았다.

천천히 커피숍 안을 둘러봤지만, 그녀는 보이질 않았다. 아마 버스를 타고 오는 것이라 조금 늦는 것 같았다. 역시 10여 분이 지나자 그녀가 커피숍에 들어와 곧장 길 원장 쪽으로 오고 있었다.

실기실에서는 앉아 있는 모습만 봤는데 지금 걸어오는 모습을 보니 키는 생각보다 작았고, 약간 통통한 몸매였다. 얼굴은 특별히 인상 깊은 형은 아니었고 전형적인 요즘 대학생 차림이었다.

청바지에 헐렁한 티셔츠를 입고 있었다. 실기를 주로 하는 학과 특성 때문에 편하게 옷을 입은 것 같았다.

길 원장 앞에 다다른 그녀는 다소곳이 고개를 숙이면서 자리에 앉았다. 길 원장은 최대한 편하게 보이기 위해 가볍게 미소를 건넸다.

"갑자기 전화해서 미안해요. 많이 놀랐죠. 전혀 부담 가질 일은 아니니 너무 걱정 말고요."

길 원장은 모처럼 젊은 대학생과 대화하려고 하니 못내 어색했다. 지금 상황은 길 원장의 목적이 더해져 더욱 그랬다.

그녀는 아무 말 없이 계속 고개를 숙이며 길 원장을 정면으로 바라보지 못하고 있었다. 역시 길 원장의 예상처럼 진 교수와 무슨 사연이 있는 것 같았다.

길 원장은 그녀에게 무엇을 마실 건지 물어 아메리카노 2잔을 주문하고 다시 자리로 돌아왔다. 잠시 정적이 흘렀다. 길 원장은 정공법을 택하기로 했다.

"제가 보람 씨를 왜 만나고 싶어 했는지 알고 있죠?"

"네?"

그녀는 깜짝 놀라며 고개를 들어 길 원장을 쳐다봤다. 그렇지만 그 이상 말은 없었다.

"보람 씨가 저한테 진 교수에 대해 하고 싶은 말이 있는 거 같은데, 아닌가요?"

"제가 할 말이 별로….."

"그냥 아무 거라도 좋으니 편하게 말하면 됩니다. 혹 말하기 거북한 내용이면 일체 남에게 발설하지 않을 테니, 믿어도 됩니다."

길 원장은 지금은 그녀에게 최대한 신뢰를 보내는 것만이 최선이라고 생각했다. 그러나 그녀는 고개를 숙인 채 계속 아무 말이 없었다. 꽤 시간이 흘렀다. 전혀 입에 대지 않은 뜨거운 아메리카노 2잔에서 올라오는 온기가 지금 이 분위기를 더욱더 드러내는 것 같았다.

잠시 후 그녀가 두 손을 다소곳이 커피잔에 갖다 댔다. 오늘은 비가 온 탓에 기온이 약간 내려가기는 했어도 그렇게 추운 날씨가 아님에도 따뜻한 온기를 느끼고 싶은 모양이었다.

"저는 교수님 실종에 대해 아는 것이 전혀 없는데…."

그녀는 거의 들릴 듯 말듯 작은 목소리로 겨우 말을 꺼냈다. 길 원장은 그녀가 아직 결심이 서지 않은 것 같다고 생각했다.

"그냥 확실한 것이 아니더라도, 분명 하고 싶은 말이 있을 텐데요?"

길 원장은 자기 직감을 믿었다. 한의사로서 환자 눈빛만 봐도 웬만하면 그 사람의 심리상태를 알 수 있었다. 그리고 그런 직감이 특별히 틀린 적도 없었다.

그녀는 실기실에서 진 교수라는 말이 나오자 눈동자가 심하게 흔들렸고, 미세하지만 온몸을 계속 떨고 있었다. 그리고 그 이후의 행동거지도 어떤 불안감에 휩싸여 있음이 틀림없었다. 길 원장은 기다렸다. 한참 두 사람 사이에 정적이 흘렀고, 긴장감도 돌았다.

"이건 제가 잘못 생각하고 있는 건지 모르겠지만…."

그녀가 드디어 말을 꺼내기 시작했다.

"네. 그 부분은 제가 감안해서 들을 테니, 편하게 얘기하셔도 됩니다."

"교수님이… 저희 학교 오시기 전에 ○○대학교에 계셨던 건 알고 계시죠?"

"네, 알고 있죠."

"○○대학교 미대에 제 친구가 한 명 있는데요. 그 친구도 교수님 실종된 때에 비슷하게 실종돼서…. 아니, 그게 교수님 실종과 관련 있다는 것은 아니고요…. 그냥 왠지 모르게 불안해서."

그녀는 겨우 들릴 만한 작은 목소리로 말했고, 중간중간 말을 멈췄다가 이어갔다.

길 원장은 전혀 예상치 못한 말을 듣자 충격을 받았다.

진 교수 실종에 다른 학교 학생도 같이 실종됐다니….

"그 친구가 교수님과 어떤 관계가 있나요? 단순히 교수와 학생 사이 말고."

그녀는 뭔가를 신중하게 생각하는 것 같았다. 말을 꺼내야 할지 고민하는 모습이었다.

"저도 자세히는 모르지만 해수가 교수님을 많이 좋아했거든요."

"아, 그래요. 그 친구 이름이 해수인가 보죠?"

"네, 신해수."

"해수 학생이 교수님을 어떻게 좋아했나요?"

"해수는 고등학교 때 같은 미술학원에 다녀서 알게 된 사이인데요. 대학교는 따로따로 갔지만 계속 친하게 지내면서 자기 학교 얘기를 많이 했는데, 해수가 교수님 자랑을 많이 했거든요."

"그렇군요."

"그런데 갑자기 교수님이 저희 학교에 오시게 돼서, 저도 깜짝 놀랐고."

"해수 학생이 스승으로서가 아니라 개인적으로 교수님을 좋아한 거였나요?"

"그게….”

"보람 씨가 느낀 점을 솔직히 말하면 됩니다.”

길 원장은 그녀가 자연스럽게 말할 수 있도록 최대한 부드럽게 말을 건넸다.

"제 느낌으로는 해수가 개인적으로 좋아했던 거 같았어요.”

"네, 그랬군요.”

"그냥 그건 제 느낌일 뿐이고, 해수는 자기 처지와 교수님이 비슷하다고 생각해서 그런지….”

"어떤 처지가 비슷하다는 건가요?”

"해수는 홀어머니 밑에서 자랐거든요. 해수가 어떻게 알았는지 교수님도 홀어머니 밑에서 자랐다며 자기와 처지가 비슷하다고.”

"그럼, 교수님은 해수 학생을 어떻게 생각했는지 말해 줄 수 있나요?”

그녀는 또다시 입을 닫았다. 그렇지만 말하지 않겠다는 것으로는 보이지 않았다. 어떤 결심을 하려는 것 같았다. 그리고 곧바로 다시 입을 열었다.

"교수님도 해수를 특별한 학생으로 생각하는 거 같았어요. 그건 해수의 말투에서 느낄 수 있었고요.”

"음… 무슨 뜻인지 알겠네요. 그래서 보람 씨는 교수님의 실종과 해수 학생의 실종에 어떤 연결점이 있는 건 아닌지 불안해했던 거군요.”

"네. 그렇지만 그건 순전히 제 추측일 뿐이라 너무 심각하게 생각할 것은 아닌데.”

"잘 알겠습니다. 해수 학생 실종이 교수님 실종과 아무런 관련 없다면 그냥 아무것도 아닌 거죠.”

"그건 그렇긴 하지만."

"해수 학생 실종에 대해 좀 더 자세히 말해 줄래요?"

"그게… 해수가 작년 겨울방학 때 시골집에 내려갔다 온다고 했고 집에 도착하긴 한 거 같은데 그 후로 연락이 끊겨서, 휴대폰도 그 이후로 전원이 계속 꺼져 있고요."

"그러면 경찰에 신고했겠네요."

"네. 시골에 계신 해수 어머님이 경찰에 신고했다는 소식은 들었는데, 그 이후로는 아무런 연락이."

"그렇다면 지금도 해수 학생의 행방을 전혀 모르는 거네요."

"네."

그녀는 다 죽어가는 목소리로 겨우 대답했다.

길 원장은 이번 사태가 생각보다 심각하게 흘러간다는 느낌이 들었다. 진 교수도 작년 겨울방학 때 실종됐다. 그리고 진 교수와 특별한 관계에 있는 신해수도 그 무렵 실종됐다. 두 사람의 실종에 아무런 연관성이 없을 수도 있지만 분명 연관되어 있을 가능성이 더 높을 것 같았다. 1년이 다 된 실종 사건이 그리 흔치는 않을 것이다.

그리고 강보람은 명확히 얘기하고 있진 않지만, 진 교수와 신해수 사이가 보통이 아닌 것이 분명했다. 그래서 그녀는 더 불안해하고 있는 것이다.

"해수 학생 실종 신고를 어느 경찰서에 했는지 알고 있나요?"

"해수 고향이 전남 장성인데 어머니가 장성경찰서에 신고했다고."

그럼 진 교수 실종 사건은 예산경찰서에서, 그리고 신해수 실종 사건은 장성경찰서에서 수사하고 있다는 것이다. 그런데 이 두 사건이 서로 연관되어 있다는 사실을 경찰에서는 알고 있을까? 길 원장은 문득 그런 의문이 들었다. 만약 모르고 있다면 두 경찰서는 전혀 엉뚱한 방향으로 수사하고 있을지도 모른다는 생각이 들었다.

"혹시 지금 이 얘기를 경찰에 말한 사실이 있나요? 장성경찰서든 예산경찰서든."

"아니요. 해수 실종 직후 장성경찰서 형사가 전화로 해수 행방에 대해서 꼬치꼬치 묻긴 했었지만, 그 이후로는…. 그땐 교수님이 실종된 사실조차 몰랐던 때고요."

"아, 그렇군요. 그럼, 해수 학생에 대해 좀 더 얘기해 줄래요?"

"네?"

"그냥 일상적인 거 아무거나, 그래야 해수 학생을 어떻게든 찾을 수 있을 거 같으니."

"해수는 장성에서 중학교까지 다니다가 고등학교 때 언니가 있는 서울로 와서 언니랑 같이 살았고, 저랑은 그때 미술학원에서 알게 됐어요. 해수는 워낙 실력이 뛰어나서 ○○대학교도 장학생으로 쉽게 들어갔고요."

그녀는 이젠 어느 정도 정신을 차린 듯했다. 친구 얘기이다 보니 목소리 톤이 조금 전보다 훨씬 나아졌다.

"그 후 언니는 미국 분을 만나 결혼하면서 미국으로 들어가게 돼서 그때부터 해수는 학교 앞 원룸에서 따로 살게 됐고, 저도 해수가 사는 원룸에 자주 놀러 가기도…. 해수는 어떻게 생각하는지 모르겠지만 저는 해수를 가장 친한 친구라고 생각하고 있는데."

그녀는 말을 끝내자마자 갑자기 고개를 숙이며 흐느꼈다. 가장 친한 친구의 실종 사실이 믿기지 않는 것처럼 보였다. 감정이

복받쳐 오르고 있을 것이다.

"가장 친한 친구가 1년이나 실종 상태니 많이 힘들었겠네요."

길 원장은 진심을 담아 그녀를 위로했다.

"해수 학생 성격은 어땠나요?"

"해수는 자기 처지가 불행하다고 생각했는지 뭐든지 억척이었죠. 그래서 공부나 미술도 악착같이 매달렸고요. 그렇지만 그걸 밖으로 내색하지는 않았고, 오히려 정반대였죠. 자기는 항상 행복하다는 것을 남들에게 일부로 보여주려는 것처럼요. 속사정을 아는 제가 보기에도 민망할 정도로."

"어려운 얘기였을 텐데 말해 줘서 고마워요. 마지막으로 한 가지만 더. 보람 씨는 교수님과 해수 학생이 함께 잠적했다고 생각하나요?"

"네, 저는 그렇게."

그녀의 목소리는 비록 작았지만, 확신에 차 있다는 것을 느낄 수 있었다.

"저희가 교수님뿐 아니라 해수 학생을 찾는 데에도 최선을 다할게요. 너무 걱정하지 말고."

"고맙습니다. 우리 해수를 형사님이 꼭 찾아주세요. 제발 부탁입니다."

길 원장은 '형사님'이라는 말에 어떻게 대꾸해야 할지 몰라 잠시 망설였으나 그것이 그리 중요한 것 같지 않아 일단은 접어두기로 했다.

"보람 씨를 위해서라도 꼭 그렇게 할게요."

손목시계를 보자 얼추 7시가 다 돼가고 있었다.

"이젠 가볼 시간이네요. 궁금한 거 있으면 또 전화해도 되죠?

가는 곳이 멀면 태워줄까요?"

"바로 옆 건물 미술학원에서 초등학생들 미술 실기를 가르치고 있거든요. 바로 가면 돼요."

그녀는 다소 정신을 차린 듯 목소리가 평상시로 돌아온 것 같았다.

"그래요, 그럼."

두 사람은 같이 일어났다. 커피숍을 나와 헤어지려는 순간 그녀로부터 엉뚱한 질문이 나왔다.

"그런데, 형사님! 형사님은 제가 교수님 실종에 대해 뭔가 할 말이 있다는 사실을 어떻게 아셨죠? 저는 분명 이 얘기를 아무한테도 꺼낸 적이 없었는데."

"아! 그건⋯ 제가 심리학을 조금 공부하다 보니 사람 얼굴을 보면 대충 알 수 있거든요. 교수님 얘기를 꺼냈을 때 보람 씨 눈동자가 많이 흔들렸었는데, 질문에 답이 된 건가요?"

그녀는 길 원장의 대답이 미심쩍다는 듯 고개를 가볍게 갸웃거렸다.

길 원장도 그녀의 의심을 눈치채고 급히 인사를 건넸다. 사실 사람의 심리상태가 신체 외부, 특히 얼굴로 표출된다는 사실을 한의학적 관점에서 구체적으로 얘기하자면 직업부터 얘기해야 하니 당연히 복잡해질 수밖에 없을 것이다.

길 원장은 대전으로 내려오면서 머릿속으로 이 사건에 대해 지금까지 밝혀진 것을 전반적으로 정리하기 시작했다.

우선 이 사건의 핵심적인 사람들은 얼추 한 번씩 만난 것 같다. 송 이사장, 고희진, 고희수, 고 처장 그리고 뜻하지 않은 강보람까지 만났다. 이 사건을 파헤칠수록 만나야 할 사람은 더 있을 것으로 보이나 핵심 관계자들을 만나보니 이 사건의 대략적인 감이 잡혔다.

현재로서는 진 교수가 채 국장을 살해했는지 그 여부는 확실하지 않지만 어떻게든 관련 있을 가능성이 높을 듯했다. 가족들은 명확하게 말하지 않았지만 가족 간의 갈등이 있었던 것은 확실해 보였다. 가족 간의 갈등이 살인 사건으로 이어진 사례가 얼마나 많은가?

그리고 진 교수가 1년이 다 되도록 실종 상태라는 것은 의미하는 바가 컸다. 진 교수가 현재 살아 있는지는 솔직히 전혀 감을 잡을 수 없었다. 진 교수를 가장 잘 아는 고희수는 그가 살아 있다고 확신하고 있지만, 모든 정황은 그의 죽음을 가리키고 있었다. 일단 이 부분은 100% 물음표로 남겨두기로 했다.

다음으로 진 교수의 실종과 신해수의 실종이 서로 관련 있을까? 이 부분도 더 확인해 봐야 할 테지만 분명 관련 있을 것 같다는 생각이 들었다. 관련 있다면 동반 사랑의 도피인가? 아니면 동반 자살? 그렇다면 그들은 왜 동반 도피나 동반 자살을 택한 것일까? 결국 그것은 채 국장 살해와 어떤 관련이 있을지도….

현재로서 가장 상식적인 답은 진 교수가 신해수와 함께 채 국장을 살해하고 같이 잠적했거나 아니면 같이 자살했거나 일 것이다. 그러면 신해수는 왜 진 교수의 범행이나 자살에 가담했다는 말인가? 그것이 사실이라면 일종의 가스라이팅(gaslighting)이거나 그루밍(grooming)일 수도 있을 것이다.

그런데 고 처장의 불안은 또 무슨 이유일까? 분명 채 국장 살인 사건과 관련 있어 보였다. 그렇게 심하게 불안해하는 이유가 있을 것이다. 채 국장을 살해한 자는 그에게 원한이 깊은 사람임이 분명한데 만약 고 처장이 관련 있다면 치정은 아닐 테고 금전이나 업무적인 이유일 것이다. 금전이나 업무적인 일로 일어나는 살인 사건이 또 얼마나 많은가?

만약 고 처장이 채 국장 살인 사건에 관련 있다면 진 교수의 실종은 또 어떻게 되는 것인가? 고 처장과 진 교수도 서로 관련이 있다는 말인가? 그렇다면 진 교수도 고 처장에 의해 살해된 것일 수도 있다는 말인가? 더 나아가 신해수도 살해됐다는 말인가?

길 원장은 바로 고개를 흔들었다. 상상이긴 하지만 스스로도 너무 나갔다는 생각이 들었다. 과연 고 처장이 두 사람 아니면 세 사람을 죽인 연쇄살인범일 수 있다는 말인가? 길 원장이 접한 고 처장은 그럴 위인은 아닌 것으로 보였다. 하지만 단정할 수는 없을 것이다. 연쇄살인범이 얼굴에 '연쇄살인범'이라고 표시하고 다니지는 않으니까. 그리고 또 상황이 그렇게 만들면 어쩔 수 없이 범행을 저지를 수밖에 없지 않은가?

일단 길 원장은 모든 가능성을 열어두기로 했다. 그리고 앞으로 해야 할 일을 구상하기 시작했다. 고 처장 관련 부분을 먼저 확인할지, 아니면 신해수 관련 부분을 먼저 확인할지, 잠시 우선순위를 고민했지만 그 고민은 바로 정리됐다.

만약 두 경찰서가 두 사람의 실종이 서로 연관되어 있을 가능성을 인지하지 못하고 있다면 한시라도 빨리 그 사실을 두 경찰서에 알려야만 할 것이다. 신해수 관련 부분을 확인하는 것이 급선무로 보였다.

2장

비밀의 열쇠

1.

길 원장은 급한 대로 시간을 내서 장성을 향해 차를 몰았다. 일단 신해수 가족을 만나고 그다음에 장성경찰서에 들르기로 했다. 신해수 어머니의 소재는 강보람을 통해 확인했다. 마침 강보람이 그녀가 운영하는 미용실을 알고 있었다.

그녀에게 전화를 걸어 만나보고 싶다는 의사를 전했다. 그녀도 지푸라기라도 잡고 싶은 심정인지 기꺼이 만나겠다고 했다. 꼭 도와 달라는 말까지도 했다.

길 원장은 장성 읍내에 있는 ○○미용실로 찾아갔다. 전형적인 동네 미용실이었다. 미용실 문을 열고 들어가자 마침 손님이 없었다. 신해수의 어머니인 듯한 50대 후반 아니면 60대 초반의 여자가 혼자 앉아 있었다. 대학교 4학년 딸을 둔 어머니치고는 나이가 들어 보였다. 전체적인 인상이 고생을 많이 한 것으로 보였다.

"제가 어제 전화 드린 길지석입니다."

"아! 이런 누추한 곳까지 오시게 해서 죄송하네요. 여기, 여기 앉으세요."

그녀는 낡아 보이는 두 칸짜리 소파를 권했다. 뭘 마시겠냐는 물음에 길 원장은 공손히 사양했다. 장성경찰서에도 들러야 할 것 같아 마음이 급했다.

"좋지 않은 얘기를 꺼내야 돼서, 그래도 따님을 한시라도 빨리 찾아야 하니 바로 본론부터 꺼낼게요."

"네, 당연히 그러셔야죠."

그녀는 벌써부터 울먹이는 목소리였다.

"따님이 작년 겨울 집에 내려오기로 했다가 실종된 것으로 전해 들었는데, 그게 맞나요?"

"네. 분명 저한테는 작년 12월 21일 밤에 내려온다고 했거든요. 그다음 날이 해수 아버지 기일이어서 언니도 없다며 꼭 내려온다고 했었는데."

"마지막 통화는 언제였나요?"

"그게… 마지막 통화는 오기로 한날 며칠 전인 거 같고, 제가 혼자 미용실을 운영하다 보니 전화를 잘 받을 수가 없어 주로 카톡을 주고받았는데, 12월 21일 저녁 5시쯤 막 고속버스를 탔다는 톡이 왔었고, 그 후 톡이 또 왔는데…."

그녀는 갑자기 오열하기 시작했다. 카톡 내용에 뭔가 심상치 않은 것이 있었던 것으로 보였다. 길 원장은 잠시 기다렸다.

"혹시, 카톡을 보관하고 있으면 제가 볼 수 있을까요?"

"제가 주책이네요. 울지 않으려고 모진 마음을 다잡고 있는데 선생님 앞에서 눈물을 다 보이고."

"아니, 괜찮습니다. 울고 싶을 때가 있으면 울어야죠."

"잠시 기다리세요. 휴대폰 가져올게요."

길 원장은 그녀로부터 휴대폰을 건네받아 신해수와의 카톡 내용을 살펴보기 시작했다.

신해수가 엄마에게 보낸 마지막 카톡은 12월 21일 밤 11시 10분으로 찍혀 있었다.

"엄마, 미안해. 갑자기 일이 생겨 다시 급하게 올라왔어. 내가 다시 또 연락할게. 당분간 연락이 안 될지도 몰라. 걱정 안 해도 돼, 엄마 사랑해♡"

어찌 보면 평범하다고 할 수 있지만 뭔가 의미심장한 카톡이었다. 그 앞 카톡은 12월 21일 오후 4시 55분, "엄마, 지금 막 버스 탔어. 바로 집으로 갈까? 아님 미용실로 갈까?"였다. 그 카톡에 엄마는 "오늘은 늦게 예약된 손님이 있어. 이따 집에서 봐. 엄마가 맛있는 거 해줄게. 저녁 먹지 말고 와."라고 답했다.

그것이 실종 전후의 핵심적인 카톡 내용이었다. 그리고 12월 21일 밤 10시 15분경, "왜 연락이 안 돼? 어디야? 늦는 거니?"라는 엄마의 카톡이 있었다. 그전에는 일상적인 내용으로 엄마와 딸의 애정 어린 카톡이 계속되고 있었다.

"그럼, 따님이 정상적으로 집에 도착했으면 몇 시쯤 됐을까요?"

"서울에서 버스를 타면 3시간 조금 넘게 걸리니까 늦어도 9시 전에는 집에 와 있어야 하는데."

"어머님은 그날 몇 시에 집에 들어오셨나요?"

"그날 마침 동네 할머니 파마를 해주기로 되어 있어서 9시가 조금 넘어서 끝냈고, 대충 정리하고 바로 집에 왔으니까 9시 반쯤."

"따님이 집에 온 흔적은 없던가요?"

"네. 집에 도착했을 시간이 지나서 조금 걱정은 됐는데 친구를 만나서 조금 늦는가 보다 싶었다가 밤 10시가 넘어 전화를 걸었는데 전화를 받지 않았고, 불안해서 계속 몇 번이고 전화를 걸고, 카톡도 보냈는데…. 그때 마지막으로 카톡이 왔네요. 이게 어찌 된 일일까요? 선생님!"

"따님의 마지막 카톡을 보면 급히 다시 올라갔다는 말이 나오는데 따님이 장성에 온 것은 확인됐나요? 아니면 아예 장성이 오지 않았을지도."

"그날 버스가 도착할 시간쯤 장성터미널 CCTV에 해수가 찍힌 사진을 제가 봤거든요. 경찰관이 확인해 보라고 해서."

"따님이 맞던가요?"

"네. 해수가 있던 옷하고 모자하고, 그리고 여행용 가방도 해수 거고."

"그래요? 그러면 따님이 장성에 왔다가 집에 들르지는 않고 급하게 다시 서울로 올라갔다는 말이네요. 경찰관은 뭐라고 하던가요?"

"해수가 터미널 CCTV에 찍힌 거 이외에 전혀 흔적이 없다고, 참 희한하다고. 뭐 휴대폰 발신기지국인가 뭔가도 장성 읍내에서 계속 잡혔다가 어느 순간부터 끊겼다고 했는데."

"어머님이 그날 저녁 따님에게 계속 전화를 걸었을 때 상태는 어땠나요?"

"네? 그게, 제가 휴대폰을 잘 몰라서."

"아, 네. 전화를 거셨을 때 전원이 꺼져 있었는지 아니면 신호는 가는데 전화를 받지 않은 것인지?"

"계속 신호는 갔는데 해수가 받질 않았죠."

"실종신고는 하셨고, 경찰관이 여러 가지 조사했을 텐데, 뭐라고 하던가요?"

"형사님도 이런 경우는 처음이라며 난감하다고. 범죄에 연루된 거 같지는 않다고 하면서도 자세히 말해 주진 않고 있어서, 속이 타들어 갈 지경이네요."

"따님이 실종된 지 1년이 다 돼가는데 경찰에서는 그래도 어떤 결론을 내리지 않았을까요?"

"저한테는 딱히 말하지 않았는데, 제가 아는 분을 통해 알아보니까 스스로 잠적했든지 아니면 스스로 목숨을 끊었든지…."

그녀는 그 말을 끝내자마자 울음을 터뜨렸다. 지금까지 길 원장과 대화를 나누면서 버텨왔던 눈물이 한순간에 왈칵 쏟아지는 것 같았다. 딸의 비극을 어느 정도 인지하는 것 같기도 했다.

"따님이 스스로 잠적했을 가능성은 어떤가요? 무슨 이유라도 짚이는 것이 있나요?"

"해수가 어렵게 학교엘 다니긴 했지만 스스로 잠적했다고는, 그건 도저히 믿기지 않네요."

"이런 말씀 드리기는 뭐하지만, 혹시 따님이 자살할 이유라도?"

"후…."

그녀는 깊은 한숨을 내쉬었다. 그리고 잠시 아무 말이 없었다.

"모진 것이 죽기로 작정했으면 엄마도 같이 데려갈 거지, 저만 뭐가 그리 좋다고…."

그녀의 넋두리가 의미심장했다. 딸의 자살을 받아들인다는 의미일까? 길 원장은 그 의미가 궁금했다.

"그 후로 따님 관련해 무슨 특이한 일은 없었나요?"

"네, 별다른 것은…. 죽었으면 시신이라도 찾아야 할 텐데, 흐흐흑."

그녀는 지난 세월 내내 한숨과 울음으로 지내온 것처럼 보였다.

"한 가지만 더 물을게요. 혹시 따님이 누구를 사귀거나 남자를 만난다는 그런 말은 듣지 못했나요?"

"남자요? 그런 건 전혀 모르겠네요. 해수는 성공할 때까지 연애는 하지 않겠다는 말을 자주 했거든요. 왜 그게 무슨 관련이라도?"

"아, 아닙니다. 그냥 대학생이니 남자를 사귈 나이도 된 거 같아서, 어려운 말씀 해주셔서 감사합니다. 제가 일단 담당 형사를 만나보고, 필요하면 다시 연락드리죠. 담당 형사 성함은 알고 계신가요?"

"이재만 형사라고 했어요. 이제는 해수가 살아 있다는 것은 바라지도 않네요. 영혼이 구천에서 떠돌지 않도록 시신만이라도 찾아주세요, 제발!"

"네, 그럼."

길 원장은 어떤 위로의 말을 건네기가 어려웠다. 지금으로서는 무슨 말을 꺼내도 아무런 반향이 없을 것이다. 조용히 미용실 문을 열고 나왔다. 일단 장성경찰서에 가보기로 했다.

길 원장은 장성경찰서 민원실을 거쳐 강력팀 이재만 형사를 찾았다. 그는 마침 자리에 있었다.

"안녕하세요? 이재만 형사님이시죠. 저는 길지석이라고 합니다. 신해수 실종 사건과 관련해서 몇 가지 물어볼 일이 있어, 이렇게 불쑥 찾아뵙습니다."

길 원장은 최대한 공손하게 말을 꺼냈다. 경찰서라는 곳이 아무런 잘못이 없어도 왠지 모르게 껄끄러웠다. 그저 최대한 자세를 낮추는 것이 최선일 것이다.

명함을 건네받은 그는 순간 깜짝 놀라는 표정이었다. 길 원장을 아는 눈치였다. 그러나 곧 정색하면서 조심스럽게 말을 건넸다.

"해수 사건에 무슨 일이라도?"

"아, 아닙니다. 제가 개인적으로 다른 일을 확인하다가 신해수 실종 사건에 대해 몇 가지 궁금한 것이 있어서."

"아, 그래요? 잠시 조용한 곳으로 갈까요?"

"네, 좋습니다."

그는 빈 조사실로 길 원장을 안내했다. 조용히 얘기하기에는 딱 좋은 곳이다. 그는 잠시만 기다리라고 하면서 밖으로 나가 자판기에서 커피 두 잔을 뽑아 가져왔다.

"그 길 원장님이시죠? 인터넷상에서 추리소설가라고 하시는."

"맞습니다. 별로 유명하지는 않은데."

"아니, 그런데 해수 실종 사건을 원장님이 맡으셨나요? 이게 그렇게 큰 사건인가요?"

"아닙니다. 저는 다른 사건을 조사하고 있던 차에 혹시 신해수 실종 사건도 그 사건과 관련 있을지 모른다고 생각해서, 관련 없을 수도 있고요, 아직은."

길 원장은 그의 물음에 순간 당황스러워 얼떨결에 대답했다.

"아, 그래요."

"혹시 신해수 실종 사건이 제가 조사하는 사건과 관련 있다면 형사님께도 그 말씀을 꼭 드려야 할 거 같아 이렇게 급하게."

"무슨 사건이 해수 실종 사건과?"

그는 불안한 마음으로 조심스럽게 물었다. 혹시 자신이 수사를 잘못한 것은 아닌지 걱정인 모양이었다.

"혹시 채인수 송일대학교 재단 사무국장 살인 사건이라고 들어보셨나요?"

"채인수? 송일대학교? 금시초문인데요."

역시 우려했던 상황이 벌어지고 있었다.

"그 사건은 현재 예산서에서 수사 중인데 아마 보도는 안 돼서 잘 모르실 수도 있을 겁니다."

"그런데 그 사건이 왜 해수 실종 사건과 관련이?"

"그 부분은 잠시 후에 말씀드리기로 하고, 그 전에 신해수 실종 사건의 내막을 먼저 듣고 싶군요."

"음, 뭐부터 얘기해야 할지?"

"그럼, 제가 궁금한 것을 물을 테니 거기에 대답해 주시면."

"그렇게 하죠."

"실종 사건이 발생한 지 1년이 다 돼가는데 사실상 수사는 종결됐다고 봐야겠죠?"

길 원장은 조심스럽게 접근하는 것이 좋을 것 같아 신중하게 물었다.

"그렇죠. 저희는 사실상 종결됐다고. 다만 시신이 발견되지 않아서 공식적으로 종결하지 못하고 있을 뿐이죠."

"경찰 내부에서는 신해수가 이미 죽었다고 생각하고 있는 거겠네요?"

"네. 딱히 범죄 혐의점은 발견되지 않았고, 솔직히 자살했다고 보고 있죠."

"그렇게 생각하시는 근거를 말씀해 주실 수 있나요?"

"해수가 스스로 장성까지 온 것은 확인됐고, 그날 밤늦게 엄마한테 카톡을 보내 당분간 연락이 안 될 거라고 했고, 또 특별히 범죄에 연루됐다는 단서는 나오지도 않았고."

길 원장이 그의 대답에 실망했다는 표정을 내비치자, 그의 입에서 보충 설명이 바로 나왔다.

"그리고 무엇보다 그 아버지도 자살했으니 자살 DNA를 무시할 수 없겠죠."

"네? 신해수 아버지도 자살했나요?"

"10년 전쯤 장성 바닥이 떠들썩했죠. 해수 아버지가 투자 사기에 연루됐는데 주변 사람들 여러 명을 끌어들였다가 전부 사기를 당해 결국 해수 아버지는 집 근처 야산에서 목을 맸어요. 사기 친 놈은 도망가서 잘살고 있는데 오히려 피해자가 자살하는 판국이니, 세상 참 불공평하네요.”

“10년 전쯤이면 신해수가 초등학생 때쯤이겠네요. 그러면 어느 정도 세상 돌아가는 물정을 알았을 테죠.”

길 원장은 이해한다는 표정을 지으면서도 한편으로는 그의 대답이 너무 막연하다는 생각이 들었다.

“그런 거 말고 좀 더 구체적인 근거 같은 것은 없나요? 어떤 단서라든지.”

“물론 그런 단서도 여러 개 있죠. 해수는 실종되기 전에 빚이 수천만 원이 넘었는데 계속 연체 중이었고.”

“네? 의외네요. 대학생이 무슨 빚을 그렇게나 많이?”

“저희가 조사한 바에 의하면 그 빚은 해수 빚이 아니고 언니 빚인 것으로 밝혀졌죠.”

“아, 미국으로 시집갔다던 그 언니요?”

“누가 해수 언니가 미국으로 시집갔다고 하던가요?”

“신해수 친구한테 들은 말인데.”

“저희가 범죄 연루 가능성이 있어 그 부분도 확인했는데 해수 언니는 일본에 갔다가 그대로 잠적한 것으로 보고 있습니다. 해수 언니가 룸살롱에 나간다는 말은 들으셨나요?”

“아닙니다. 전혀 그런 얘기는 못 들었네요.”

“해수 언니는 룸에 나가다가 형편이 어려워져 일본에 가서도 그런 일을 계속하는 것으로 추정하고 있는데, 사실상 일본으로 밀입국했다고 봐야겠죠.”

“그럼, 그 언니 빚을 신해수가 모두 떠안았다는 말인가요?”

“해수 언니는 신용불량자여서 해수 명의로 카드를 발급받아서 현금서비스, 카드론 등 계속 돌려막기를 했던 정황이 나왔죠. 대학생인 해수가 그걸 감당하기 어려웠을 거 같고요. 집에다가도 손을 벌릴 수도 없었을 테고."

"결국 돈 때문에 신해수가 자살했을 가능성이 높다는 거군요."

"해수 휴대폰 마지막 발신기지국이 장성 읍내였으니까 결국 여기서 일이 벌어졌다는 건데, 아직 시신이 발견되지 않고 있으니."

"여기 근처에 저수지나 댐 같은 것이 있나요?"

길 원장은 아직 자살한 사람의 시신이 발견되지 않고 있다면 물속에 있을 가능성이 높다고 판단해서 물었다.

"유평저수지나 주변에 조그만 저수지 같은 것이 여러 개 있긴 한데 딱히 단서가 없으니, 저희도 솔직히 갑갑하네요."

"혹시 다른 부분을 염두에 두고 수사하신 것은 없나요?"

"네? 그건 무슨 말씀인가요?"

"채무 이외에 남녀관계나 아니면 대학 생활에서 어떤 문제가 있었다든지, 그런 것들요."

"그런 건 딱히."

"신해수 휴대폰 통화 내용에서도 별다른 의심점은 없었나요?"

길 원장은 신해수와 진 교수가 연인 관계에 있었다면 분명 휴대폰 통화 내용에서 어떤 단서가 나왔을 것이라고 확신하며 물었다.

"의심되는 부분은 다 확인했는데 딱히. 원장님은 해수가 채무 문제가 아닌 다른 문제로 자살했다고 보시는 건가요?"

길 원장은 그의 대답이 약간 의외였다. 그는 신해수가 자살한 것으로 확신하고 있는 것 같았다.

"아니, 그런 건 아닙니다. 저는 신해수가 자살했다는 사실조차도 확신이 없어서."

그는 갑자기 신중해졌다. 자살이라고 단정한 자신이 뭔가 잘못했을 수도 있다는 표정이었다.

"그런데 아까 말씀하신 채인수 살인 사건과 해수는 도대체 어떤 관련이?"

"현재 예산서에서 수사 중인 채인수 살인 사건의 유력한 용의자는 채인수의 동서인 진현종 교수라는 사람인데, 그 진 교수는 신해수의 대학교수였고, 신해수가 실종될 무렵 같이 실종됐죠. 물론 실종 이후에 명확히 확인된 것은 아무것도 없고요."

"네? 해수가 살인 용의자와 같이 실종됐다고요?"

"그것도 현재로서는 명확하지 않은데, 그럴 가능성이 있다는 겁니다."

"그럼, 해수가 진 교수와 동반 자살이라도 했다는 건가요?"

"저는 진 교수 가족들로부터 그를 찾아 달라는 의뢰를 받았는데 가족들은 그가 아직 살아 있다고 생각하는 거 같습니다."

"네? 이건 또 무슨 말인가요?"

"진 교수는 1년이 다 되도록 생활 반응이 없는데도 가족들은 살아 있다고 생각하고 있으니, 그렇다면 신해수도 살아 있을 가능성이 있다고 봐야 하지 않을까요?"

그는 새로운 사실에 충격을 받아 할 말을 잃은 것 같았다. 잠시 후 정신을 차린 듯 말했다.

"예산서에서도 해수 실종 사건을 알고 있나요? 저한테는 특별히 연락이 없었는데."

"이 형사님이 진 교수 실종 사건을 모르고 계셨듯이 예산서에서도 신해수 실종 사건을 모르고 있을 가능성이 높을 겁니다. 저도 이 부분은 며칠 전에 확인한 거니까요."

"그럼, 자살이 아니면 둘이 동반 잠적했다는 말인가요?"

"그럴 가능성도 있지만, 그것은 진 교수와 신해수의 실종이 서로 연관 있다는 전제하에서겠죠."

"대학교수와 학생이 비슷한 시기에 실종됐다고 해서 그것이 꼭 서로 연관됐다고 보기에는?"

"그렇긴 하죠. 그런데 진 교수와 신해수는 단순 교수와 학생 사이는 아닌 듯해서요."

"그래서 해수의 남녀관계를 물었던 건가요?"

"아직은 저도 명확히 확인한 게 아무것도 없어서 여러 가지 가능성을 물어보는 정도입니다."

"해수 어머니는 그런 부분을 전혀 모르고 있는 거 같던데?"

"저도 여기 오기 전에 만나 뵈었는데 딸의 일상을 잘 모르시는 거 같더라고요. 그리고 제가 잘못 추측하고 있을 수도 있겠죠. 이 형사님 말씀처럼 대학생이 수천만 원 빚을 지고 대책이 없다면 극단적인 생각을 할 수도 있을 테니까요."

"해수 어머니도 말은 안 하지만 해수가 자살했다고 생각하는 거 같더라고요. 해수가 실종된 날이 아버지가 자살한 날이었거든요."

길 원장도 신해수가 아버지 기일에 집에 내려온다는 말을 듣고 막연한 불안감이 있었던 것은 사실이었다. 그렇지만 그때는 그녀의 아버지가 자살했다는 사실은 전혀 모르고 있었다. 그러나 지금은 그 불안감이 더욱더 마음속을 짓누르고 있었다.

길 원장은 신중히 생각했다. 현재까지 밝혀진 바로는 신해수는 개인행동을 했다. 진 교수와 관련 있다는 단서는 전혀 나오지 않았다. 두 사람이 어떤 장소에서 다시 만났을 수는 있지만 지금까지는 신해수 혼자 자기 고향에 왔다가 사라졌다. 그리고 자살할 이유도 어느 정도 있어 보였다.

신해수가 진 교수와 관련 없이 개인 사정으로 자살했다면 여기에서는 더 할 일이 없을 것 같았다. 그래도 일단 더 확인할 것은 확인해서 예산서에 알려줘야 할 것은 알려줘야 할 것이다. 예산서의 수사 진행 상황을 전혀 알 수 없으니 그 부분도 내심 궁금했다. 다음 갈 곳은 정해졌다.

장성을 떠나기 전 다시 ○○미용실을 찾았다. 역시 미용실에는 손님이 없었다. 평소에도 손님이 많지 않을 것이라는 느낌이 들었다.

신해수 어머니는 멍하니 앉아 있다가 길 원장을 보고 화들짝 놀라 자리에서 벌떡 일어났다. 길 원장이 다시 온 것이 불안하다는 눈빛이었다.

"떠나기 전에 인사는 드리고 가야 할 거 같아서요."

길 원장은 최대한 편안하게 말을 건넸다.

"여기 앉으세요."

"이재만 형사님을 만나보고 왔는데, 참 친절하시던데요."

"네, 해수를 찾으려고 많이 힘써주셨죠."

"솔직히 말씀드리면… 경찰에서는 따님이 자살한 것으로 보는 거 같던데."

"휴, 형사님이 다 말씀하셨나 보네요. 저는 해수가 실종되고 나서 그렇게 많은 빚이 있다는 것을…. 못난 어미한테 말도 못 꺼내고 그렇게 가다니."

"어머님도 따님이 자살했다고 생각하고 계시죠?"

길 원장이 조심스럽게 물었다.

"솔직히 어제 선생님 전화를 받고 혹시나 해서, 제가 너무 욕심을 부렸네요. 해수 시신이라도 찾을지 모른다는 생각에, 그만."

"잘하셨습니다. 그리고 아직 따님이 잘못된 것으로 확인된 것은 아니니 희망을 잃으시면 안 됩니다. 제가 나름대로 최선을 다할게요. 그럼."

"네, 잘 살펴 가세요. 우리 해수를 위해 신경 써주시니 고맙습니다."

"다시 연락드릴 일 있으면 연락드리죠. 따님이 살아 있다는 생각을 갖고 마음 단단히 먹고 계셔야 합니다."

길 원장은 현재로서는 신해수의 시신이 발견되지 않은 것이 오히려 다행일 수도 있다는 생각이 들었다. 딸의 시신이 발견된다면 어머니도 딸을 따라갈 것 같다는 막연한 불안감이 들었기 때문이다.

2.

길 원장은 오전에 급한 환자를 진료하고 오후에 바로 예산으로 출발했다. 다행히 1년 전부터는 길 원장의 대학 후배와 동업 형식으로 한의원을 운영하기로 했다. 혼자 도저히 감당할 수 없었기 때문이다. 나름 후배가 열심히 한의원을 운영하고 있어 비교적 가벼운 마음으로 다른 일에 집중할 수 있었다.

곧게 뻗은 고속도로 덕에 예산까지는 채 한 시간이 걸리지 않았다. 고속도로 양옆으로 끊임없이 펼쳐진 논은 대부분 수확을 마친 상태였다. 큰 마시멜로같이 짚단을 쌓아놓은 덩어리들이 인상 깊었다.

예산서에 도착하자마자 박기식 형사를 찾았다. 송 이사장으로부터 채 국장 살인 사건의 담당 형사가 박기식 형사임을 확인한 터였다. 미리 전화를 걸어 약속을 잡지는 않았다. 일단 그냥 부딪쳐 보기로 했다.

길 원장은 강력과 사무실로 들어가 곧장 박기식 형사 책상으로 향했다. 강력과 사무실 입구에는 담당 경찰관들의 이름과 사진이 배치표와 함께 걸려 있었다. 그는 사진상으로만 봐도 전형적인 형사로 보였다. 범죄자들이 그의 얼굴만 봐도 기가 죽을 것 같은 인상이었다. 길 원장도 적지 않게 긴장됐다.

그러나 그의 책상은 비어 있었다. 옆 동료에게 공손히 그의 소재를 물었다. 동료는 그는 지금 서장실에 불려 갔으니 조금 있으면 올 거라고 무심하게 대답했다.

길 원장은 잠시 소파에 앉아 기다리기로 했다. 10여 분이 흐르자 그가 씩씩하게 걸어오고 있었다. 한눈에 그임을 알 수 있었다.

그는 덩치가 길 원장보다도 더 컸다. 키는 길 원장 정도였으나 몸무게는 거의 100킬로그램에 육박해 보였다. 짧은 스포츠머리에 단단한 근육질 몸매를 자랑하고 있었다. 분명 유도 같은 운동으로 단련됐을 것이다.

얼굴은 그럭저럭 봐줄 만한데 인상을 쓰면 누구도 감당하지 못할 것 같다는 생각이 들었다. 나이는 마흔 살 전후로 중반은 넘지 않은 것이 확실했다.

그는 책상에 앉자마자 결재 서류를 책상 위로 내동댕이쳤다. 단단히 화가 난 모양이었다. 순간 길 원장은 어찌할 바를 몰랐다. 지금 그를 만나는 것이 적절한지 의문이 들었다. 그러나 그 의문은 바로 해소됐다.

그 옆 동료가 길 원장을 쳐다보면서 그에게 손님이 찾아왔다는 말을 전하는 것 같았다. 길 원장은 엉겁결에 일어나 그에게 말없이 인사를 건넸다. 그는 길 원장의 얼굴만 빤히 쳐다보고 있었다. 누군지 궁금해하는 표정이었다. 길 원장은 그에게 다가가 명함을 건네면서 첫마디를 꺼냈다.

"채인수 살인 사건을 담당하시는 박 형사님이시죠? 그 사건에 대해 몇 가지 드릴 말씀이 있어 찾아뵙습니다."

길 원장은 자신이 생각해도 최대한 공손하게 말했다. 분위기상 꼭 그렇게 해야만 할 것만 같았다. 그는 명함과 길 원장의 얼굴을 번갈아 보면서 의아한 표정이었다.

"내가 지금 바쁜데 뭐 땜에 오셨소?"

그는 지금 자신의 기분이 영 아니라는 의사를 분명히 표시하고 있었다.

"제가 채인수 살인 사건에 대해 몇 가지 드릴 말씀이 있어서."

길 원장은 내심 긴장하면서 다시 조심스럽게 말을 꺼냈다.

"그러니까, 뭐 땜에 오셨냐고요?"

그는 길 원장이 아예 말을 꺼낼 수 없게 험악한 표정을 지으며 큰 소리로 말했다.

"저는 송일대학 이사장의 부탁을 받고 왔는데, 잠시 시간을 내주시죠."

길 원장도 여기서 밀릴 수 없다고 생각해서 당당히 나가기로 했다.

"그래요? 내가 지금 바쁘니까 할 말 있으면 서류로 제출하세요. 그럼 내가 읽어보죠."

그러면서 그는 더 이상 대화가 필요 없다며 고개를 돌려 길 원장을 무시했다. 아마 '송 이사장'이라는 말에 더욱 화가 난 것으로 보였다.

"잠시면 됩니다. 멀리서 찾아왔는데 이렇게 문전박대하는 것
도 그렇지 않나요?"

그는 다시 고개를 돌려 길 원장을 노려봤다. 길 원장도 지지
않고 그를 노려봤다. 잠시 후 그는 사무실 분위기가 이상하다고
느꼈는지 다소 목소리 톤을 낮추며 말을 건넸다.

"뭐 땜에 오셨는지 모르겠지만 내가 지금 바쁘니까 담에 미리
약속하고 오세요. 경찰서가 그렇게 한가한 곳이 아닙니다, 의사
양반!"

명백히 비꼬는 말로 들렸다. 또한 그는 길 원장에 대해 잘 모
르는 것 같았다. 그렇지 않고서야 어찌….

길 원장도 자신이 미리 약속을 잡지 않고 온 잘못이 있어 오늘
은 그냥 물러나기로 했다. 그 순간 형사과장실에서 50대 후반의
남자가 나오면서 큰 소리로 말했다.

"왜 이리 소란스러워! 여기가 도떼기시장도 아니고."

사무실 안에 잠시 정적이 흘렀다.

"박기식이! 너, 성질 좀 죽여! 민원인한테 대하는 태도가, 그게
뭐냐!"

형사과장인 듯한 사람은 길 원장의 체면을 세워주기 위해 그
런 말을 한 듯했으나 위엄은 전혀 없어 보였다. 그냥 상사로서
이 상황을 끝내려는 모양이었다. 그러면서도 길 원장을 유심히
쳐다보고 있었다. 길 원장의 외모나 태도에 비추어 예사롭지 않
다고 생각하는 듯했다. 오랜 경찰 생활에서 터득한 촉일 것이다.

"박 형사가 바쁘다고 하니 잠시 저하고 얘기하시죠. 제가 들어
드리겠습니다. 여기로 들어가시죠."

“네, 그럼.”

길 원장은 박 형사에게 가볍게 목례하고 형사과장실로 향했다. 언뜻 보기에 그의 얼굴은 벌레 씹은 듯한 표정을 하고 있었다.

길 원장은 형사과장실에 들어가자마자 명함을 건네면서 자신을 소개했다.

“저는 대전에서 한의사로 일하고 있는 길지석이라고 합니다. 송일대학 이사장이 개인적으로 부탁하신 일로 찾아뵙습니다.”

형사과장의 얼굴에는 놀라는 표정이 역력했다. 그는 길 원장의 존재를 알고 있음이 틀림없었다.

“아! 여기 앉으시죠. 원장님 말씀은 들어본 적이 있네요. 그런데 뭐 때문에 이런 곳까지? 채인수 살인 사건은 사실상 종결된 사건인데.”

“네, 저도 대충 얘기는 들었습니다. 그래도 가족들 입장에서는 확인하고 싶은 것들이 많은지 저한테 부탁해서, 저도 궁금한 거 몇 가지 확인할 것이 있고, 그리고 또 제가 알려드려야 할 것도 있는 거 같고요.”

“네? 저희가 모르는 뭐가 있나요?”

그는 길 원장의 말에 순간 긴장하는 표정이었다. 자신들이 뭔가 잘못했을지도 모른다는 예감이 든 모양이었다.

“혹시 수사 과정에서 신해수라는 학생이 등장하고 있나요?”

“신해수요? 처음 듣는 이름인데.”

길 원장은 일단 자신이 여기 온 이유가 확인돼서 다행이라고 생각했다. 예산서에서 ‘신해수’라는 존재를 모르면 당연히 알려줘야만 할 것이다.

“음… 현재 채인수 살인 사건의 유력한 용의자는… 진현종 교수라고 보는 것이 맞죠?"

"네. 솔직히 저희는 그렇게 생각하고 있습니다만, 아직 명확한 증거는 없는 상태라."

그의 목소리는 왠지 모르게 확신이 없는 말투였다. 길 원장의 출현이 분명 영향을 미쳤을 것이다.

"신해수라는 학생이 진 교수의 대학교 제자였는데 신해수도 진 교수 실종 무렵에 실종됐습니다. 지금까지 생존 여부가 전혀 확인되지 않았고요."

"네? 그럼 같이 실종됐다는 말인가요?"

"같이 실종됐다고 보기에는 뭔가 어긋난 것이 있긴 한데, 신해수 실종 사건은 현재 장성서에서 수사 중입니다."

"뭔가 어긋난 거라는 말이 무슨 뜻인가요?"

"제가 장성서에서 듣기로는 신해수는 장성에 혼자 도착해서 실종된 것으로 확인됐는데, 진 교수는 전혀 표면에 나타나지 않았고요."

"그럼, 진 교수와 신해수가 동시에 실종됐다고 해도 별로 관련 없을 수도 있는 거 아닌가요? 우연히 교수와 제자가 비슷한 시기에 없어졌을 수도 있지 않나요?"

"물론, 그럴 수도 있죠. 제가 현재까지 가지고 있는 단서로서도 두 사람의 실종이 서로 연관되어 있다는 점을 확인하지 못했으니까요. 그래서 제가 그 사실을 알려드리고, 또 이와 관련된 단서가 있는지 알고자 이렇게 오게 됐습니다."

"음…."

그는 뭔가를 깊이 고민하는 모습이었다. 분명 신해수라는 인물의 등장으로 인해 혼란스러운 것 같았다. 자신들이 지금까지 수사를 잘못했다고 자책하고 있는지도 모를 것이다.

"일단 박 형사를 부르죠. 채인수의 목 잘린 머리가 발견되고 나서는 수사본부까지 차렸다가, 현재 수사본부는 해체되고 박 형사가 혼자 전담하고 있는데, 지금은 사실상 진 교수 시신이 발견되기만 기다리는 형편이라."

그는 인터폰으로 박 형사를 호출했다. 잠시 후 그가 못마땅한 표정을 잔뜩 표시하며 형사과장실로 들어왔다.

"박 형사가 말은 거칠게 하긴 해도 본뜻은 아니니 너무 고깝게 듣지 않으셔도 됩니다. 박 형사! 여기 앉아!"

형사과장은 서둘러 분위기를 다잡았다.

"아닙니다. 불쑥 찾아온 제가 잘못이죠."

길 원장도 최대한 자세를 낮췄다. 박 형사는 이런 상황이 어색한지 쑥스러운 표정으로 자리에 앉았다. 형사과장 앞이니 뭐라 대꾸하기도 어려운 모양이었다.

"박 형사! 길 원장님이라고 들어보지 못했나? 인터넷에서 우리나라 최초의 진짜 탐정이라고 떠들썩한데."

"제가 별로 그런 데는 관심이 없어서."

박 형사의 얼굴에는 아직도 뾰로통한 표정이 역력했다.

"길 원장님이 우리 수사를 방해하려고 오신 게 아니고, 어떤 결정적 제보를 하시려고 온 거니까 박 형사가 들어야 할 거 같아 불렀어. 마음 풀어."

형사과장은 어린아이를 달래듯 말을 건넸다. 박 형사도 결정적 제보라는 말에 눈이 번쩍 뜨인 것 같았다.

"아깐 죄송했네요. 서장님한테 된통 혼나고 나니 분풀이할 곳이 필요했나 봅니다. 박기식입니다."

"저도 정식으로 인사드리죠. 대전에서 한의사 일을 하는 길지석이라고 합니다."

"서장은 또 그 소리야?"

"네. 자기도 위에서 들들 볶인다며 빨리 해답을 내놓으라고 성화네요. 이번 달 안으로 진현종, 그 자식 시신을 자기 앞에 갖다 놓으라고 난립니다, 난리."

"그래서 길 원장님이 우릴 도와주시려고 이렇게 나타나지 않았나? 박 형사도 '신해수'라는 이름 들어보지 못했지?"

"신해수요? 전혀 모르는 이름인데요."

"그럼, 제가 자초지종을 말씀드리겠습니다."

길 원장은 진 교수와 신해수와의 관계를 자세히 설명하기 시작했다. 그리고 신해수의 실종과 장성경찰서에서 지금까지 조사한 내용에 대해서도 최대한 객관적으로 알렸다. 마지막으로는 신해수가 단독으로 실종된 것으로 봐서는 진 교수와 관련이 없을 수도 있다는 생각까지 곁들였다.

박 형사도 의외라는 표정이었다. 신해수가 진 교수의 실종과 관계없다고 해도 새로운 사실이 발견됐다는 사실만으로도 수사 담당자로서 느끼는 감이 다를 것이다.

"그러면 장성서에서는 사실상 신해수가 자살한 것으로 결론 내렸겠네요."

"네. 장성서에서도 신해수의 시신이 발견되지 않아 정식 종결은 하지 못하고 있지만 사실상 수사는 종결된 분위기였죠. 신해수 어머니도 딸의 자살을 받아들이는 눈치였고요."

"그래도 진 교수와 신해수가 보통 사이가 아니었다면 분명 두 사람 사이에는 뭔가 있었겠지. 두 사람이 자살했다고 하더라도 같이했을 거야. 두 사람의 실종은 서로 관련 있어, 분명해."

형사과장은 30년 가까운 형사의 촉이 발동한 것 같았다. 박 형사도 가볍게 고개를 끄덕였다.

"신해수 실종과 진 교수 실종 사이에 서로 관련 있다면 결과는 뻔한 거 아닌가요? 둘 다 자살했겠죠?"

박 형사는 단정적으로 말했다. 결론적으로 진 교수의 실종은 채인수를 살해하고 자살했다는 예산서의 수사 결과가 맞다고 생각하는 것 같았다. 다만 공범 내지 자살의 동반자가 새로이 추가된 것일 뿐….

"진 교수 가족들은 진 교수가 자살하지 않았을 거라고 확신하는 거 같은데, 경찰에도 그렇게 말하지 않았나요?"

길 원장은 조심스럽게 물었다.

"그 사람들이야 그렇게 말할 수밖에 없겠죠. 손아래 동서가 손위 동서를 죽이고 자살했다면 주위의 온갖 손가락질을 다 받을 텐데, 자기들은 당연히 그렇게 우길 수밖에."

"그래도 그 사람들이 그렇게까지 주장하면 뭔가 이유가 있지 않을까요?"

"원장님도 그 사람들 주장을 대변하러 왔으면 저는 볼일 다 봤네요. 그만 가보겠습니다. 제가 보기에는 별로 결정적 제보도 아닌 거 같구먼."

박 형사는 형사과장이 말릴 틈도 없이 그 자리를 박차고 나갔다. 뭔가 심통이 나도 된통 난 것 같았다.

"저 친구 성질 좀 죽여야 할 텐데, 죄송합니다. 박 형사가 저렇게 말해도 속은 깊은 친구입니다. 요새 워낙 스트레스를 많이 받아서 저러는 겁니다. 이해해 주세요."

형사과장은 부하직원을 감싸기에 바빴다.

"네, 저도 충분히 이해합니다. 윗분들의 닦달이 심한가 보네요."

"그 송 이사장이라는 사람, 보통이 아니라서, 청장님한테까지 손을 썼더라고요. 그러니 서장도 스트레스가 이만저만 아니겠죠. 박 형사가 그 화풀이를 온전히 받아내야 하니."

"잘 알겠습니다. 제가 다음에 정식으로 박 형사에게 면담을 요청해서 얘기를 나눠보겠습니다."

"그게 좋겠네요. 박 형사도 마음이 조금 누그러지면 원장님의 도움이 누구보다도 절실히 필요하다고 생각할 겁니다."

그는 넉살 좋게 말을 건넸다. 베테랑의 노하우가 묻어났다.

"그럼, 다음에 또 뵙겠습니다. 참, 그런데 혹시 수사 과정에서 고일주라고 대학 사무처장에 대해 뭔가 나온 건 없었나요?"

길 원장은 고 처장에 대해 계속 뭔가 찜찜하다는 생각이 들어 이왕 예산서에 온 김에 고 처장에 대해 물어보는 것이 좋을 것 같았다.

"고일주 처장요? 전혀 기억이 없는데, 제가 과장으로 온 지가 얼마 되지 않아서. 그래도 뭔가 있었으면 박 형사가 보고했을 텐데?"

"음….."

"그런데 고일주 처장은 왜 또 등장하는 건가요?"

"별건 아니고요. 제가 고 처장을 만났을 때 뭔가 불안해하는 모습이 역력해서요. 채인수 살인 사건과 관련 있는지는 전혀 밝혀진 게 없는데, 혹시나 해서요."

"그래요? 제가 나중에 한번 체크해 보죠."

형사과장은 지푸라기라도 잡고 싶은 심정인 것 같았다. 길 원장도 뭐라도 잡고 싶은 심정이었으나 오늘은 별반 소득이 없었다. 그래도 '신해수'라는 존재를 예산서에는 알려야 할 의무 같은 것이 있었는데 그것으로 족하다고 생각했다. 현재로서는 진 교수의 실종에 신해수가 관련되어 있다는 단서가 없으니 괜히 수사에 혼선만 줬을지도 모른다는 막연한 불안감이 드는 것도 사실이었다.

　형사과장실을 나와 박 형사 자리를 슬쩍 살폈으나 그는 보이질 않았다. 일부러 자리를 피한 것인지 아니면 다른 볼일이 있어서 자리를 비운 건지는 알 수 없었다.

3.

　길 원장은 일단 신해수 실종과 관련해서 필요하면 두 경찰서에서 서로 협조할 것이라고 생각했다. 그러면 그다음 할 일은 우선 고 처장이 불안해한 이유를 찾아봐야 할 것이다. 그런데 어디부터 시작해야 할지 막막했다. 무턱대고 물어볼 수도 없으니…. 그렇다면 고 처장을 가장 잘 아는 송 이사장을 만나봐야 뭔가 돌파구가 열려도 열릴 것이다.

　길 원장은 그녀와 면담 약속을 잡고, 다음날 수원으로 향했다.

　오늘도 그녀는 자신이 길 원장을 고용한 사람이라는 듯이 행동했다.

　"제가 지금까지 확인한 것은 차차 기회가 되면 말씀드리죠. 오늘은… 고 처장에 대해 몇 가지 물어볼 것이 있네요."

　길 원장은 철저히 사무적으로 가기로 했다.

　"고 처장요?"

그녀는 의외라는 표정이었다.

"네. 주변 인물들을 자세히 살펴봐야 하는 것이 제 일이라서요. 고 처장도 이번 사건과 관련 없다고는 단정할 수 없어서."

길 원장은 일단 강하게 말을 꺼낸 다음 그녀의 표정을 살폈다. 그 효과는 바로 나타났다. 그녀의 눈동자가 흔들리고 있었다. 겉으로 강한 그녀가 흔들린다는 것은 분명 뭔가가 있다는 것이다. 그러나 그녀는 바로 본래 모습으로 돌아왔다.

"그래, 고 처장에 대해 뭐가 궁금한데요?"

"일단 고 처장과 두 사위와의 관계는 어땠나요?"

"뭐 특별한 것은 없었네요. 고 처장은 그저 여느 친척들과 마찬가지로 조카사위 정도로만, 두 사위와 개인적으로나 업무적으로 별로 부딪칠 일도 없었고."

"그래도 개성이 강한 조카들과 사위들이었으니 성격적으로 부딪칠 일도 있었을 거 같은데, 어떤가요?"

"고 처장은 성격이 무던한 사람이라 별로 부딪칠 일은 없었네요. 뭐, 솔직히 말하면 고 처장이 피하는 편이었죠."

"네, 그런가요."

길 원장은 짧게 대답하고 고개만 가볍게 끄덕였다.

"고 처장은 언제부터 대학 일을 하게 됐나요?"

"남편은 저와 결혼하고 나서 재단 일을 맡게 됐는데 그때 시골에서 상고를 졸업하고 조그만 개인 회사에 다니고 있던 고 처장을 남편이 불러올렸죠. 시골에 있는 것이 불쌍하기도 하고 또 믿을 만한 사람이 필요하기도 했고요. 고 처장이 상고를 나와서 그런지 회계 업무도 잘 처리했거든요."

"그럼, 거의 30년 이상 학교 일을 했겠네요."

"지금까지 아무 문제 없이 자기 일을 참 잘 해냈죠. 믿을 만한 사람입니다."

"큰 사위가 가지고 있던 재단 사무국장 타이틀은 형식적이고, 실제 일은 고 처장이 다 했다고 하는데, 어떤가요?"

그녀의 눈빛이 또다시 잠시 흔들렸지만 조금 전과는 다른 흔들림이었다. 길 원장은 애써 무덤덤한 표정을 지었다.

"뭐, 이제 더 숨길 것도 없네요. 채 서방에게는 그저 반듯한 명함이 필요했던 거지, 일을 시키려고 앉힌 것은 아니었죠."

"그 문제에 대해 고 처장은 반대하진 않았나요?"

"네? 고 처장은 그렇게 나서서 자기 의견을 표시하는 사람이 아닙니다."

"그럼, 둘째 따님은 어땠나요?"

그녀는 길 원장을 똑바로 쳐다보고 있었다. 거기에는 약간 분노의 눈빛이 스쳐 갔다.

"그걸 확인하셨으면 굳이 저한테 물어볼 것은 아니지 않나요? 맞습니다. 희수는 심하게 반대했고, 결국 진 서방도 송일대학에 정식 교수로 오는 것으로 타협했죠."

"그래도 큰 사위는 명색이 재단 사무국장인데 고 처장과 업무적으로 트러블은 없었나요?"

"트러블은 무슨?"

그녀는 황급히 대답했으나 다시금 눈빛이 흔들리기 시작했다. 뭔가를 숨기려는 의도가 보였다. 길 원장은 결국 업무적으로 트러블이 있었다는 것으로 해석했다.

"부탁이 하나 있네요. 제가 고 처장에게 직접 부탁할 위치가 아니어서 그런데, 학교 회계 관련 자료를 보고 싶네요."

이번에는 그녀가 대놓고 길 원장을 노려봤다. 길 원장도 그녀가 이렇게까지 심하게 분노를 표시할 거라고는 미처 예상하지 못해서 속으로는 당황스러웠다.

"학교 회계 자료와 채 서방 살인 사건과는 무슨 관련 있다는 말인가요? 대체 무슨 근거로."

"근거가 있어서 그러는 것은 아닙니다. 그래도 큰 사위가 아무리 형식적이라고는 하지만 명색이 재단 사무국장으로 일하다가 살해됐다면 당연히 그런 부분도 확인해 봐야겠죠."

길 원장은 말을 툭 던져놓고 또다시 그녀의 표정을 살폈다. 과연 그녀가 미끼를 물 것인가?

"고 처장은 이번 일과는 관련 없습니다. 그러니 엉뚱한 생각 마시고 그럴 시간에 다른 곳을 더 파보세요."

"그럼, 이사장님은 이번 사건의 범인을 아신다는 말씀인가요?"

길 원장도 물러서지 않고 다그쳤다. 두 사람 사이에 일촉즉발의 긴장감이 감돌았다. 이것이 이번 일을 맡긴 사람과 맡은 사람 사이의 관계는 아닌데 말이다.

"고 처장이 채 서방 살인 사건과 관련 없다는 것은 내가 보증합니다. 그러니…"

길 원장은 서둘러 송 이사장의 말을 끊었다.

"그렇다면 제가 더 이상 이번 일을 맡기 어려울 거 같네요. 저는 전적으로 이사장님의 협조를 전제로 이번 일을 맡았는데, 제가 사용한 필요 경비를 제외하고 나머지는 돌려드리겠습니다. 그럼, 이만."

길 원장은 승부수를 띄웠다. 그녀 또한 물러서지 않는 것 같았다. 길 원장을 붙잡지 않았다.

길 원장은 이사장실을 나오면서 뭔가를 놓고 나온 것처럼 허탈했다. 갑자기 온몸에 힘도 쭉 빠지는 것 같았다. 무엇 때문에 그녀가 이렇게까지 강하게 나가는지 의심스러웠다. 분명 뭔가가 있지만 이젠 자신이 관여할 일은 아니라는 생각이 들었다.

다른 한편으로는 이 사건의 결말이 어떻게 끝날지 내심 궁금했다. '예산경찰서에서 곧 결말을 낸다고 했으니 그때까지 기다려 보면 알 수 있겠지.' 하는 생각으로 위안을 삼았다.

4.

길 원장은 다음날 출근하자마자 이사장실에 전화를 걸어 반환하여야 할 계좌번호를 알려 달라고 통지했다. 여비서는 이사장님과 상의한 후 알려드리겠다고 답했고 길 원장도 알았다고만 답했다.

그러나 그날은 답이 없었다. 다음 날 오후가 됐는데도 아무런 답이 없었다. 다시 전화를 걸어볼까도 했지만 그대로 기다리기로 했다. 전화는 엉뚱한 곳에서 걸려 왔다. 모르는 번호였다.

"네, 여보세요?"

"원장님이세요? 저… 예산서 박 형삽니다."

"아! 안녕하셨어요? 그땐 제가 결례를 해서 죄송했습니다."

"결례는 제가 했죠. 그래서 말인데요, 제가 사과하는 의미에서 저녁을 대접하고 싶네요. 한번 예산에 오셨으면 좋겠는데?"

길 원장은 그의 뜻밖의 제안이 고마웠지만 난감했다. 자신이 지금 채인수 살인 사건에 관여하고 있는 것이 맞는 건지 애매했다. 그러나 그보다는 이 사건에 대한 호기심이 훨씬 더 컸다. 그가 길 원장을 찾고 있다니 좋은 징조였다. 설사 자신이 이 사건 조사에서 해고됐다고 하더라도 개인적으로 그를 만나는 것은 자유라고 애써 이유를 찾기로 했다.

"그렇게 말씀해 주시니 그럼, 아예 바로 출발할까요?"

"그게… 내일이 금요일인데 내일 오시면 안 될까요?"

"네?"

"원장님을 만나보고 싶어 하는 분이 계셔서."

"그래요? 그럼, 내일 저녁에 가죠. 그런데… 박 형사님은 저를 보고 싶지 않은가 보네요?"

길 원장이 가볍게 농담을 던졌다.

"네?"

잠시 정적이 흘렀다. 곧이어 답이 돌아왔다.

"제가 졌습니다. 솔직히 저도 원장님을 만나보고 싶네요. 그럼 됐습니까?"

"물론 됐습니다. 그럼, 내일 저녁 시간에 뵙죠."

길 원장은 왠지 모르게 무뚝뚝하고 거친 그에게 정이 끌렸다. 모름지기 형사는 그런 배짱도 있어야 하는 것 아닌가?

그리고 또 누가 나를 보고 싶다고 하는 것인지 궁금했다. 일단 송 이사장으로부터 정식으로 해고당한 것은 아니니 자신이 해야 할 일은 하기로 했다.

길 원장은 다음 날 저녁 시간에 맞춰 박 형사가 알려준 ○○곱 창집에 도착했다. 이제 조만간 겨울이 올 것 같은 스산한 날씨였다. 곱창전골에 소주가 당겼다. 식당 안에는 그가 미리 와서 기다리고 있었다.

"의사분들은 곱창 같은 건 좋아하지 않는 거 같은데, 여기 곱창은 끝내줍니다. 한번 드셔보세요."

"네, 저는 곱창 좋아합니다. 그런데 다른 분도 오신다고 하지 않았나요?"

"곧 도착하실 겁니다. 누군지 궁금하세요?"

길 원장은 고개만 가볍게 끄덕였다.

"이번 일로 본청 기동대로 쫓겨 가신 전임 과장님이십니다. 이번 사건에 그렇게 열정적이셨는데, 뭘 잘못하신 게 있다고 그냥 날려 보내다니, 제가 죄송할 따름이네요."

그의 표정에는 전임 과장에 대한 미안한 마음이 그대로 드러났다.

"전임 과장님은 떠나신 다음에도 이번 사건에 관심이 많으신가 보네요?"

"당연하죠, 얼마나 고생 많이 하셨는데., 저랑 통화하다가 원장님 얘기가 나왔는데 당장 만나야 할 거 같다고 하셔서, 이렇게 자리를 마련했죠."

길 원장은 전임 과장으로 인해 이번 사건의 끈이 끊어지지 않은 것이 내심 다행이라고 생각했다.

"참, 물론 저도 물어볼 것이 있고요. 솔직히 원장님이 '신해수'를 언급하는 바람에 수사 방향이 완전히 달라졌다고 봐야죠. 그땐 기분이 똥이어서 내색하지 못했는데 고마웠습니다."

그는 말하는 모양새는 거칠어도 솔직한 면이 있어 뭔가가 통할 것 같은 느낌이 들었다.

"수사 방향이 달라졌다는 말은 무슨 뜻인가요?"

"저희는 진 교수가 자살했으면 여기 예산일 거라는 심증을 가지고 있었는데 신해수가 등장했으니 다른 곳에서 자살했을 가능성도 있다고 봐야겠죠."

"그렇겠죠."

"오히려 신해수가 마지막으로 실종된 장성에서 자살했을 가능성이 더 있는 것 아닌가요?"

"만약 두 사람이 자살했다면 그럴 가능성이 더 높겠죠. 자신이 살해한 사람의 시신을 예당호에 빠뜨렸다면 자기는 다른 곳에서…."

"그래서 제가 다음 주에 장성서에 갔다 올 예정입니다. 잘만 공조하면 뭔가 실마리를 찾을 수도 있겠죠."

"박 형사님은 진 교수가 자살하지 않았을 가능성에 대해서는 어떻게 생각하시나요? 솔직한 답변을 듣고 싶네요."

"음… 신해수라는 존재가 나타나기 전까지는 자살했을 거라고 확신했지만, 신해수라는 존재가 나타난 이후에는 솔직히 헷갈리기 시작했네요."

길 원장도 그의 현재 심경을 이해한다는 의미로 고개를 가볍게 끄덕였다.

"진 교수가 자살을 결심했다면 굳이 내연 관계에 있는 신해수를 끌어들일 이유가 마땅히 없을 텐데, 자기 죽음의 동반자로 아무런 죄 없는 신해수를 택한다는 것이 선뜻 이해되지 않고요."

"그렇겠죠."

"그리고 자살이 아닌 잠적이라면 둘이 있으면 더 힘이 될 테니까요."

"제 느낌이지만 진 교수라는 사람이 순순히 자살할 거 같지 않다는 생각이 들거든요."

"아무튼 대단한 사람인 건 분명한 거 같습니다. 만약 살아 있다면 지금까지 아무런 흔적을 남기지 않다니, 보통이 아니네요."

"수사기관에서도 파악할 수 없을 정도로 신해수의 존재를 일부러 숨겼다면 대단한 건 분명한 거 같네요."

"솔직히 저희가 창피하죠. 저희는 진 교수 주변을 이 잡듯이 샅샅이 뒤졌다고 생각했었는데, 신해수라는 내연녀가 나올 줄은 꿈에도…."

"와이프는 밀항 얘기도 하던데요. 어떤가요?"

"네. 저희도 그쪽을 염두에 두고 확인해 봤는데, 특별한 흔적을 찾진 못했죠. 여기가 서해와 가까워서 중국으로 밀항하기에는 딱이긴 한데."

"과장님 오시기 전에 이 사건에 대해 전반적인 얘기를 듣고 싶네요. 어떻게 채인수 머리가 발견된 건가요?"

"아이, 참! 이 자식들을! 생각만 해도 화가 나네요. 한마디로 고양이한테 생선가게를 맡긴 거였죠. 그때 바로 신고만 했어도 이렇게 고생할 것이 아닌데."

"그게 무슨 말씀인가요?"

길 원장은 갑자기 그가 엉뚱한 말을 꺼내서 깜짝 놀랐다.

"예당호 어업 지도선을 관리하던 놈이 밤에 몰래 지도선을 끌고 나가 투망으로 고기를 낚았나 봅니다. 민물매운탕집을 하는 자기 동생에게 물고기를 대주려고요. 그때 투망에 걸린 것이 채인수 머리였는데 그놈들이 바로 다시 물속으로 집어넣고 아무 일 없었던 것처럼 한 겁니다. 그러다가 마음 약한 한 놈이 술에 취해 친구에게 나불대는 바람에, 그때 난리가 났었죠."

"그래도 쉽게 다시 건져 올렸나 보네요."

"그놈들이 한두 번 해 본 솜씨가 아니어서 그런지 정확히 그 자리를 지목했고, 잠수부가 시간도 얼마 걸리지 않았는데 건져 냈죠. 마침 채인수 머리가 돌 틈에 끼어 있어서."

"그럼, 상당한 시간이 다시 흘러 발견된 건가요?"

"네. 거의 두 달이나 지난 다음에 다시 발견된 거죠. 그러는 바람에 얼굴에 남아 있는 살점은 거의 다 뜯겨나갔고, 그래서 신원을 확인하는 데도 또 몇 개월을 그냥 허비했으니까요."

"그 사람들은 언제 처음 채인수의 머리를 발견했다고 하던가요?"

"그게, 금년 3월 초순경이었을 겁니다."

채인수와 진현종이 작년 연말쯤부터 소식이 끊겼고, 신해수는 작년 12월 21일 실종됐으니, 채인수는 사망한 지 몇 달 만에 목이 잘린 머리만 발견된 것으로 보였다.

"그때 바로 신고만 됐으면 의외로 쉽게 사건의 진상이 밝혀졌을 수도 있었겠네요."

"그렇죠. 나중에 채인수 머리를 건져 올린 바람에 주변 CCTV도 거의 삭제된 상태였고, 그리고 늦게나마 신원을 확인했을 때는 휴대폰 통화 내용도 기간이 다 지나서 전혀 쓸모없게 됐죠."

"신원은 임플란트로 확인하셨다고 하는 거 같던데?"

"네, 그것도 몇 달 걸려 겨우. 다행히 채인수가 임플란트를 아주 고급으로 해서 추적 끝에 서울 강남에 있는 치과에서 채인수의 치아 엑스레이를 확인했죠."

"그 사실을 가족들에게 알렸을 때의 상황이 궁금하네요."

"한마디로 가관이었죠."

길 원장도 대충 상황이 그려지긴 했지만 그의 대답이 궁금했다.

 "저희가 채인수의 신원을 확인하고 서울 역삼동 채인수의 집에 갔을 때가 마침 주말이었죠. 저희도 이런 사실을 통보할 때가 제일 난감한데 그 소식을 들은 고희진의 표정이 무척이나 이상해서, 지금도 기억이 생생하네요."

 "무척이나 이상하다?"

 길 원장은 혼잣말로 그 뜻을 되새겼다.

 "어찌 보면 괴상하다는 표현이 더 맞을 겁니다. 뭔가 슬픔을 느끼는 거 같기도 하고 한편으로는 범인이 누군지 알고 있다는 듯이 범인을 향한 분노를 표출하는 거 같은, 한마디로 아름다운 미인의 얼굴이 순간 야수로 변하는…. 아무튼 괴상했습니다."

 "그래요? 그럼, 송 이사장의 태도는 어땠나요?"

 "그것도 참 묘했죠. 사위가 살해됐는데도 그 집안에 슬픔이라는 것은 전혀 없는 데다가, 송 이사장은 계속 고희진의 눈치만 살피는 표정이었고."

 "그분들은 처음에 뭐라고 하던가요?"

 "고희진은 아무런 말을 꺼내지 않고 단지 쉬고 싶다며 자기 방으로 바로 들어갔고, 송 이사장은 그래도 범인이 누구냐고 물었던 거 같습니다."

 "그 당시만 해도 진 교수가 유력한 용의자라는 사실은 전혀 인지하지 못했을 때가 아닌가요?"

 "그렇죠. 그 당시에는 진 교수 존재 자체도 몰랐으니까요."

 "진 교수가 유력한 용의자로 등장하게 된 이유는 무엇이었나요?"

 "원장님도 그 가족들을 만나보셨겠지만, 두 자매와 두 사위의 갈등, 두 사위의 동시 실종, 그리고 무엇보다도 예당호 근처가 진 교수의 고향이라는 사실 등이 복합적으로 작용했다고 봐야죠."

"진 교수가 채 국장을 살해한 유력한 용의자라는 사실에 대해 가족들 반응은요?"

"자매는 모두 긍정도 부정도 하지 않더라고요. 딱히 반박하지도 않았고, 다만 송 이사장은 강하게 부정하는 모습이었죠."

길 원장이 송 이사장과 두 자매를 만났을 때와 같은 상황이었다. 막연하게나마 누군가는 이 사건의 내막을 어느 정도 알고 있을 것 같다는 느낌이 들었다.

"진 교수와 채 국장이 실종된 과정을 좀 자세히 설명해 주시죠?"

"음… 먼저 채 국장은 작년 12월 17일 중부고속도로 서울 만남의 광장을 얼마 지나지 않은 곳에서 교통사고를 당해서. 대형 덤프트럭이 채 국장의 BMW7 차량을 그대로 들이받았는데, 그때 채 국장은 크게 다쳐 근처 서울 강동구의 병원으로 바로 실려 갔죠. 차도 거의 폐차 수준이었고."

"혼자 가다가 사고 난 건가요?"

"하! 그게, 그때 조수석에 여자 동승자가 한 명 있었죠. 그 여자 동승자도 상당히 많이 다쳤을 텐데 그 여자는 치료받지 않겠다며 바로 사라졌다네요. 아마도 신분 노출을 꺼린 모양입니다."

"그 후 채 국장은 어떻게 됐나요?"

"아무튼 채 국장은 병원에 입원했다가 이틀 정도 지나 몰래 사라졌죠. 그 후로 소식이 끊겼고, 의사 말로는 갈비뼈에 금이 가서 걸을 수는 있어도 몸을 움직이기는 매우 불편했을 거라고 하던데요."

"마지막 사라지는 모습도 참 특이하네요."

"흠, 병원비야 가해 차량 보험사에서 지불할 거라 별문제는 없었는데, 채 국장은 치료도 제대로 받지 않고 그냥 사라진 거였죠."

"음…."

"아마 동승한 여자 때문일 수도 있고요."

"그 후로는 전혀 흔적이 남지 않았다는 건가요?"

"네. 저희가 수사에 착수했을 때는 이미 휴대폰 통화 내용이든 CCTV든 모두 다, 제대로 확인할 수 있었던 게 하나도 없었죠."

"동승했다는 여자 신원은 확인되지 않았나요?"

"네. 병원에 도착해서 인적 사항을 기재하기는 했는데 나중에 확인해 보니 모두 가짜였죠. 나이는 30대 중반의 여자라는 거밖에, 신분 노출을 극도로 꺼렸던 모양이고요."

"그럼, 진 교수는 어떻게 실종됐나요?"

"진 교수의 소재가 마지막으로 확인된 것은 작년 12월 20일 아침 7시가 조금 못 돼서 대전·당진 간 고속도로 예산수덕사IC에서 하이패스로 통과한 자료였죠. 그 후로는 진 교수도 전혀 흔적이 발견되지 않았고, 진 교수가 타고 다니던 그랜저 승용차의 소재도 지금까지 확인되지 않고 있고요."

"그럼, 진 교수는 예산에 와서 사라졌다는 말이네요."

"네. 진 교수는 예산이 고향인 데다가 예당호 호숫가에 농가를 개조한 작업실을 가지고 있었죠. 매년 방학 때면 여기에 내려와서 개인적으로 작업에 몰두했다고 하네요. 고희수 말로는 그때도 작업실에 간다고 했답니다."

"고희수는 왜 실종신고를 하지 않았다고 하던가요?"

"그게, 부부 사이는 별로 안 좋았던 거 같고, 고희수 말로는 진 교수는 작업실에 한번 들어가면 작품이 완성될 때까지 다른 것은 일체 신경 쓰지 않는다고 하네요. 언젠가는 학기 중에도 작품을 이유로 작업실에서 학교까지 출퇴근하기도 했답니다. 자기는 진 교수가 당연히 작업실에서 작품 작업에 몰두하는 거로만."

"그래도 전화 통화나 연락이라도 했을 텐데?"

"그러게 말입니다. 진 교수는 방학 전에 다음 학기는 휴직 신청을 한 상태였죠. 공식적인 이유는 작품 활동 때문이라고 되어 있고요."

"휴직 신청을 했다고요?"

"네, 작정하고 예산 작업실로 간 모양입니다."

"그래서 고희수도 별로 신경 쓰지 않았다는 거네요."

"분위기를 봐서 고희수는 진 교수에 대해 별로 신경 쓰지 않았던 거 같고, 하나 있는 아들도 방학 때면 단기 어학연수를 보내서 각자 생활했다고."

"그래도 진 교수의 실종을 방치했다는 것이 약간 꺼림칙하네요."

"진 교수가 원래 그런 사람인 거 같습니다. 예산 작업실 말고도 어떤 때는 산속에 들어가서 작품 활동에만 몰두하기도 했답니다."

"그렇다면 예산 작업실도 나중에야 확인했겠네요?"

"그렇죠. 채 국장 머리가 발견되고, 수사가 본격적으로 진행되는 과정에서 진 교수의 존재가 드러났으니까요."

"작업실은 어떻던가요?"

"그것이… 사람이 있었던 흔적이 있는 거 같기도 하고, 아닌 거 같기도 하고, 아무튼 이상했죠."

"네? 이상했다뇨?"

"사람이 있었던 흔적은 분명 있었는데, 누가 뒤진 흔적이지 살았던 흔적은 아니었죠. 현관문 출입구는 파손돼 있었고, 또 진교수의 휴대폰도 작업실에 그대로 있었던 상태였고요."

"그게 무슨 의미일까요?"

"그게… 저희도 이상하다고 생각했는데, 그땐 진 교수 신상에 뭔가 변고가 있었다고만 추측했었죠. 진 교수의 휴대폰이 거기에 있었던 것으로 봐서는 진 교수에게 그곳에서 갑자기 무슨 일이 생겼다고밖에."

"아니면 진 교수가 잠적하기 위해 고의로 그런 흔적을 남겼을 수도 있겠네요."

"진 교수가 워낙 철두철미하다고 하니까, 그럴 수도 있겠죠."

"그럼, 진 교수는 작년 12월 20일 아침에 고향인 예산에 와서 실종됐고, 신해수는 그다음 날 밤에 고향인 장성에 와서 실종됐고. 뭔가 의미심장하네요."

"저희는 진 교수가 자기 차량에 채 국장의 머리와 다른 시신을 싣고 와서 예당호에 버리고, 자신도 차와 함께 예당호에 빠져 자살한 것으로 추측했었습니다만, 신해수라는 존재가 나타났다면 아마도 진 교수는 신해수를 만나러 장성에 가지 않았을까요?"

"그런 동선을 택한 것이 조금 이상하긴 하지만 시간적으로는 그럴 가능성도 있겠죠. 그런데 두 사람이 미리 잠적하기로 계획했다면 진 교수는 왜 채 국장의 시신을 굳이 예당호에 버리려고 했을까요?"

"자기가 채 국장을 죽이고 자신도 고향인 예산에서 자살했다는 것을 보여주려고 했던 것이 아닐까요?"

"그건 아니라는 생각이 드네요. 시신을 물속에 버렸다는 것은 시신이 발견되지 않게 하려는 것인데, 그것보다는 자신이 자란 곳이라 지리적으로 익숙한 곳을 택했을 수도 있겠죠."

"말씀을 듣고 보니 그럴 수도. 한겨울에 성인 남자의 시신을 숨기는 게 그리 쉽지는 않았을 테니, 자기가 가장 익숙한 곳을 택했겠죠. 진 교수 어머니 얘기를 들어보면 진 교수는 어려서부터 거의 예당호에서 살다시피 했다고 하네요. 하루 종일 예당호 풍경을 그리는 것이 일이었다고 하니까요."

"진 교수 입장에서는 예당호는 마음속의 고향인 거나 마찬가지겠네요."

"네. 저는 그림에 대해 잘 모르지만, 진 교수는 예당호 풍경을 잘 그리는 것으로 유명했고, 거의 예당호 그림만 그렸다고 하던데요."

"혹시 예산 작업실이 채 국장의 시신을 토막 낸 현장이 아닐까요? 채 국장이 스스로 예산 작업실에 오진 않았을 테고, 진 교수가 어딘가에서 채 국장을 죽인 후 예산 작업실로 싣고 와서 그곳에서 토막 내고, 바로 그곳 호수에 버리고…."

"저희가 작업실을 정밀 검증하긴 했는데 별다른 흔적은 나오질 않았죠."

"음…."

"사건이 발생하고 한참이나 지난 후에 뒷북을 친 거라, 그곳이 사건 현장이라면 진 교수가 채 국장의 시신을 예당호에 버린 이유가 설득력이 있긴 할 텐데."

"진 교수 휴대폰도 몇 달이 지난 후에나 작업실에서 발견됐을 테고, 혹시 채 국장 휴대폰은 언제 어디서 마지막으로 발신이 끊겼나요?"

"진 교수의 소재가 마지막으로 확인됐던 작년 12월 20일 전날인 19일 밤 서울에서 마지막 발신이 끊겼고, 그래서 두 사람의 실종이 서로 관련 있다고 추정했던 것이 기억나네요."

"두 사람 모두 거의 동시에 실종됐으면 분명 관련 있을 거 같긴 하네요."

그는 대답 대신 가볍게 고개만 끄덕였다.

"진 교수 휴대폰을 포렌식 했을 텐데, 뭐 나온 것은 없었나요?"

"그게… 진 교수 휴대폰이 아이폰인데 비밀번호를 풀 수 있어야죠. 고희수가 몇 개 번호를 알려줬는데 전혀 소용없었고, 그래서 무용지물이 되고 말았죠."

그때 마침 전임 형사과장이 식당으로 들어왔다.

"여섯 시 땡 치자마자 달려왔는데 제가 조금 늦었네요. 길 원장님이시죠? 이시진입니다. 말씀 많이 들었습니다."

"이렇게 불러주셔서 감사합니다. 길지석입니다."

"아니, 아직 술이 그대로 남아 있네. 뭐 하는 거야, 박 형사! 술잔 놓고 고사 지냈어?"

"아닙니다. 제가 박 형사님 얘기를 집중해서 듣다 보니 술 마시는 것도 잊었네요."

"그래요? 그럼, 우리 거국적으로 한잔하고 시작하죠."

이 과장은 박 형사와 마찬가지로 시원시원한 스타일인 것 같았다. 다만 풍기는 인상은 박 형사와는 영 딴판이었다. 얼굴은 안경을 쓰고 있어서 그런지 오히려 선하다 못해 순한 인상으로 비치고 있었다. 그리고 지적인 카리스마가 대단해 보였다. 나이는 50대 초반 정도이고, 아직 겨울이라고는 할 수 없는데 코트와 머플러까지 구비했다. 옷 입는 스타일이 멋쟁이로 보였다. 매사 자기 관리가 깔끔하다는 느낌을 받았다.

"신해수의 등장은 여러모로 의미심장해 보이네요."

이 과장이 처음으로 꺼낸 말이었다.

"신해수는 혼자 실종됐다고 하는데 진 교수와 관련 없을 수도 있는 거 아닌가요? 너무 단정 짓기에는 아직."

박 형사는 신해수의 등장이 의외지만 그래도 신중한 모습이었다.

"아니야, 아니야. 신해수가 혼자 실종됐다는 것이 중요한 것이 아니라, 진 교수가 제자와 바람을 피웠다는 것이 중요한 거지."

이 과장은 역시 샤프한 느낌 그대로였다.

"그렇죠. 가족 간의 묘한 갈등 속에 진 교수가 제자와 바람을 피웠다는 사실을 추가하면 상황이 더 묘해질 수도 있는 거겠죠."

길 원장도 신중하게 이 과장의 말에 동의를 표했다.

"그럼, 고희수가 남편이 바람피운 것을 알고 남편과 신해수를 죽이기라도 했단 말인가요? 그럼, 채 국장은 누가 죽였나요?"

박 형사는 역시 거침없었다.

"그렇게 단정적으로 생각할 것이 아니라, 신해수의 등장으로 우리가 모르는 가족 간의 어떤 묘한 갈등이 더 확실해질 수 있다는 거지. 아무튼 이 사건은 분명 가족 간의 갈등과 관련 있음이 분명해."

이 과장의 말투는 신중하면서도 확신에 차 있는 느낌이었다.

"가족 간의 갈등 속에 고 처장의 존재도 포함시키는 것이 어떨지?"

길 원장은 신중하게 고 처장 관련 부분을 끌어냈다.

"과장님도 그런 말씀 하시던데, 고 처장은 갑자기 왜 등장하는 건가요?"

박 형사는 궁금하면 못 참는 성격인 것 같았다.

"이건 순전히 제 느낌이라 뭐라 꼭 집어서 말씀드리기는 그렇네요."

길 원장은 한의사로서 진맥이나 사람의 안색을 보고 그 사람의 심리상태를 파악할 수 있다는 말을 꺼내면 두 사람은 선무당이 사람 잡는다고 생각할 것 같았다. 그래서 그냥 느낌이라고만 막연하게 얼버무렸다.

"박 형사! 고 처장이 수사선상에 오른 적은 없었지?"

"네, 전혀. 무슨 근거가 있어야 수사를 해도 했을 텐데."

"제가 한 가지 미처 말씀드리지 못한 것이 있는데요."

길 원장은 말을 멈추고 조심스럽게 두 사람의 눈치를 살폈다. 두 사람이 동시에 물었다.

"무슨 말씀인가요?"

"제가 며칠 전에 송 이사장을 만나서 고 처장 관련 부분을 확인하겠다고 했다가 거부당한 적이 있거든요. 그래서 이번 사건에서 손을 떼겠다고 통보한 상태인데, 아직 정식으로 해고된 상태는 아니고요."

"그럼 잘됐네요. 이젠 그 사람들 입장을 대변하지 않으셔도 되니까, 시원시원하게 조사하시면 되겠네요."

박 형사는 말하는 것도 시원시원했다.

"제가요? 무슨 근거로?"

길 원장은 뜬금없는 그의 말을 듣고 놀랐다.

"아니, 원장님은 추리소설 작가 아닌가요? 의뢰인한테는 해고

당했을지 몰라도 추리소설 소재를 찾는다는 명분으로 계속 조사하면 되는 거 아닌가요?"

길 원장도 그 부분은 미처 생각하지 못했다. 그의 생각은 정말 묘안이라고 말할 수밖에 없었다.

"송 이사장이 그렇게까지 강하게 나왔다면 분명 고 처장에게 뭔가 있기는 있는 거 같은데?"

이 과장은 신중하게 말을 꺼냈다.

"박 형사! 원장님 말씀대로 고 처장 부분을 파헤쳐 보는 것이 좋을 거 같은데, 어때?"

"그런데 사실상 어려울 거 같습니다. 서장님이 진 교수 시신 찾는 거 이외에는 더 이상 수사하지 말라고 엄명을 내렸어요. 하루빨리 진 교수 시신을 찾아서 이 사건을 끝내려고 안달입니다."

"그래? 그래도 다 방법이 있지 않겠어? 서장 몰래 조용히 조사해 봐."

박 형사는 대답 없이 나름 고민하는 모습이었다.

"원장님이 보시기에는 이 사건의 전체적인 느낌이 어떤 거 같나요?"

이 과장은 길 원장에게 핵심적인 질문을 하긴 했으나 그냥 막연한 질문일 수밖에 없었다.

"제가 아직 깊이 조사한 것은 아니지만, 제 느낌으로는… 이 사건의 근본적인 발단은 가족 간의 뿌리 깊은 갈등에 있다는 생각이 들고, 분명 채 국장 살인에 진 교수도 어떻게든 관련 있을 거 같고요. 그리고 진 교수는 순순히 자살하지는 않았을 거 같네요."

"진 교수가 자살하지 않았다면?"

"현재로서는 진 교수가 치밀한 계획하에 잠적했을 가능성이 가장 높지 않을까요? 다만 그 잠적에 신해수를 동반했을지는 현재로선 확신이 없고."

"음⋯."

이 과장은 신중한 표정으로 고개를 가볍게 끄덕였다.

"그럼, 앞으로 신해수 주변을 더 확인해 봐야 할 거 같고, 고 처장 부분도 마찬가지고, 어때 박 형사?"

그러나 박 형사는 계속 대답이 없었다. 마음 놓고 수사할 분위기가 아니어서 난감한 모양이었다.

"까짓것 한번 해 보죠. 뭔지 모르겠지만 확실히 범인을 잡아서 과장님 명예를 회복시켜 드려야죠."

"확인하시는 김에 선화라는 사람에 대해서도 알아보는 것이."

길 원장은 자신이 경찰에게 지시할 입장이 아니라는 생각에 신중하게 말을 꺼냈다.

"선화요?"

박 형사는 자신이 모르는 또 다른 새로운 사실에 당황하고 있었다.

"성은 잘 모르겠고, 선화라는 여자가 고희진과 고종사촌 사이 인데 송 이사장 집에 기거하고 있었다고 하네요. 고희진을 많이 도와준 거 같은데 어느 날 갑자기 내쫓겼다고 하니, 뭔가 사정이 있을지도."

"고종사촌이라면 고일성의 누이가 낳은 딸인가 보네요."

이 과장은 아마도 새로운 여자의 등장이 의외라고 생각했는지 말투에서 신중함이 느껴졌다.

"네. 뭐든지 걸리는 대로 싹 조사할 테니, 두 분 걱정 꼭 붙들어 매셔도 됩니다."

역시 박 형사가 씩씩하게 대답했다.

그날 세 사람은 더 이상 사건 얘기는 하지 않기로 하고 친한 친구처럼 술만 마시기로 했다. 다들 마음이 통하는 모양새였다.

길 원장은 마지막 시외버스를 타고 대전으로 돌아왔다.

5.

길 원장은 송 이사장의 답을 기다렸으나 계속해서 아무런 연락이 없었다. 돈을 돌려달라는 말도 없었고, 그렇다고 계속 일을 해 달라는 말도 없었다.

송 이사장은 길 원장에게 이번 사건을 계속 맡겨야 할지를 깊이 고민하는 걸까? 아니면 돈을 돌려받을 필요가 없으니 그냥 이것으로 끝내자는 것일까? 그렇다고 길 원장이 먼저 연락하기도 그랬다. 길 원장의 위치가 어정쩡한 상태로 일주일이 지났다.

길 원장은 일상으로 복귀해서 본연의 일에 열중하고 있었으나 머릿속에는 이번 사건이 계속 맴돌고 있었다. 일단 박 형사가 의문 나는 부분을 조사한다고 했으니 그 결과를 지켜보기로 했다.

어쩌면 이번 사건은 몇 가지 의문점만 해소되면 깨끗이 정리될 수도 있는 사건일 것이다. 진 교수와 신해수가 채 국장을 살해하고 같이 잠적했거나 아니면 같이 자살했거나, 그렇게 막을 내릴 수도 있을 것이다.

길 원장은 바쁘게 진료를 마치고 잠시 짬을 내서 원장실로 돌아왔다. 딴생각만 하다 보니 집중이 안 돼 괜히 환자들에게 미안한 마음이 들었다.

휴대폰에는 박 형사의 부재중 전화 표시가 떠 있었다. 바로 그의 이름을 눌렀다.

"길 원장입니다. 전화하셨네요."

"잘 지내셨죠? 저는 바쁘게 여기저기 뛰어다니고 있네요."

"여기저기 뛰어다녀야 뭐라도 걸리겠죠. 그래 큰 거라도 걸렸나요?"

길 원장이 가볍게 말을 건넸다.

"네, 걸렸죠. 그것도 아주 큰 걸로 걸렸습니다."

"아, 그래요? 어떤 큰 건가요?"

"전화로 간단히 얘기할 사안이 아니고, 제가 대전으로 가겠습니다. 내일 마침 대전에 출장 갈 일이 있으니 출장 마치고 저녁때쯤 전화드리면 될까요?"

"물론. 그래도 대충 어떤 내용인지, 귀띔도 어렵나요?"

"음… 고 처장 관련입니다."

"기대에 못 미치면 저녁은 박 형사님이 사셔야 합니다."

길 원장은 그만 보면 왠지 모르게 마음이 편했다. 첫날 그렇게 구박을 당했음에도 끌리는 정이 있었다. 그래서 평소 잘 하지 않는 농담도 쉽게 나왔다.

"오케이! 제가 밥값은 해야죠. 만약 큰 건이라고 인정하시면 원장님이 사셔야 합니다."

"네, 내일 오시면 전화 주세요. 저녁 시간 통째로 비워놓겠습니다."

길 원장은 그와 통화를 끝내자 못내 아쉬웠다. 그가 큰소리쳤다는 것은 고 처장 관련해서 결정적 단서가 나왔다는 것인데 내일까지 기다리려고 하니 조바심이 났다. 자신의 현재 위치가 애매해도 이미 이번 사건에 푹 빠진 것이 분명했다.

다음 날 저녁 길 원장은 단골 일식집에서 박 형사와 만났다. 고교 후배가 운영하는 일식집이다. 가격은 비싸도 조용히 대화하기 좋은 곳으로 택했다.

"꽤 비싼 집 같은데, 원장님 출혈이 크시겠는데요."

그는 무슨 배짱인지 자신만만한 것 같았다.

"과연 그럴까요? 자신 있다고 하시니 먼저 패를 꺼내보시죠. 그래도 수사는 별 탈 없이 진행됐나 보네요."

"서장님한테는 진 교수에게 공범이 있는 거 같아 더 주변을 수사해야 할 거 같다며 대충 얼버무리고 고 처장 관련 자료를 들여다봤죠."

길 원장은 경청하는 자세로 집중했다.

"그런데 고 처장 계좌에서 묘한 것이 나오더라고요. 한번 보시겠습니까?"

박 형사는 가방에서 뭉툭한 서류철을 꺼냈다. 은행 거래 내역 서류인 것으로 봐서는 고 처장 명의 계좌인 것 같았다.

"이 부분만 집중해서 보면 될 겁니다."

길 원장은 그가 미리 형광펜으로 체크된 부분을 위주로 유심히 살펴보기 시작했다. 이 계좌에는 수억 원대의 거금이 계속 잔고로 남아 있었다. 체크된 부분을 보니 정확히 매달 2일 500만 원씩 현금으로 인출된 흔적이 보였다. 2012년 5월부터 시작해서 2015년 12월까지 3년 이상 똑같은 패턴을 반복하고 있었다. 그리고 마지막은 2015년 12월 2일…. 채 국장과 진 교수가 실종된 시기와 맞아떨어졌다. 그럼, 이 돈이 진 교수나 채 국장한테 흘러간 돈이라는 말인가?

"어째 뭔가 이상하지 않나요?"

"음… 2015년 12월이 마지막 인출이라는 것이 이상하군요."

"역시 원장님은 한눈에 알아보시네요. 이 돈은 채 국장에게 흘러간 것이 분명합니다."

"이 계좌는 어떤 계좌인가요?"

"그것이 조금 이상한데, 제가 보기에는 재단 비자금 계좌인 거 같습니다. 이 계좌 단서도 고 처장 일반 계좌에서 연결된 것을 겨우 찾았거든요."

"잔고가 꽤 많네요. 그렇다면 고 처장이 채 국장한테 무슨 이유인지는 몰라도 계속 금전을 갈취당하고 있었을 수도?"

"네, 그게 사실이라면 살해 동기도 있다고 봐야겠죠."

"그렇겠죠. 채 국장이 누구한테 목이 잘릴 만큼 원한을 졌다면 치정 정도일 텐데, 돈 때문이라?"

"돈 앞에는 장사가 없으니까요."

"결국 고 처장이 채 국장에게 무슨 약점이라도 잡혔다는 건데, 무슨 약점일까요?"

"그것도 이젠 파헤쳐 봐야겠죠."

"이 계좌가 재단 비자금이면 송 이사장도 분명 알고 있다는 건데, 송 이사장이 승인 내지 묵인했다는 건가요?"

"그 부분도 제가 해결해야죠."

역시 박 형사는 시원시원해서 마음에 들었다.

"그리고 또, 진 교수의 실종은 어떻게 되는 건가요?"

"네? 그거야 뭐, 채 국장과 관계없이 무슨 이유가 있겠죠."

길 원장은 그의 말에 선뜻 동의하기 어렵다는 표정으로 고개를 끄덕였다.

"그렇다고 이 돈이 채 국장에게 건네졌다고 단정하기는 어렵지 않나요? 고 처장이 매달 같은 날 현금으로 500만 원을 인출했다는 거밖에는."

"그 부분도 이미 파악했죠. 이 계좌에서 또 이상한 것이 보이지 않나요?"

이번에는 길 원장이 계좌 내용을 하나하나 체크하면서 꼼꼼히 살펴봤다.

"한 가지 뭔가 이상한 부분이. 2015년 3월 2일에만 유일하게 200만 원이 인출됐네요. 2월 25일 300만 원이 어딘가로 송금된 자료가 있는데 그것과 연관있을지도?"

"역시 원장님! 300만 원이 어디로 송금됐는지 아세요?"

"그거야 제가 어떻게…."

"강원도 사북에 있는 어떤 전당포 계좌로 송금된 걸 확인했죠."

"전당포라? 그래서 그 돈이 채 국장과 관계있다는 사실을 확인한 거군요."

"딩동댕! 제가 직접 가서 확인했죠. 전당포 주인 말로는 채 국장이 차를 맡기면서 두 번에 걸쳐 총 4,700만 원을 빌려 갔는데 돈을 갚지 못하다가 겨우 4,400만 원만 가져왔고, 나머지 300만 원은 어딘가로 전화한 후 얼마 있지 않아 계좌로 송금받았다고 하네요."

"음… 그 사람이 채 국장인 것은 명확히 확인된 거죠?"

"네. 채 국장 사진까지 보여줬고, 전당포 주인이 채 국장 명의 차량 등록증까지 복사해 놓은 걸 제가 확인했죠."

"그렇다면 채 국장이 강원랜드를 수시로 갔을 가능성이 높겠네요. 그래서 돈이 많이 필요했을 테고."

"네, 전당포 주인 말로는 채 국장이 단골이었다고 하네요."

"도박에 빠진 사람들은 물불을 못 가린다고 하는데 그럼, 채 국장이 무리하게 고 처장에게 돈을 요구했을 가능성이?"

"이건 가능성이 아니라, 확실한 겁니다. 그것을 견디지 못한 고 처장이 채 국장을 살해했다고 봐야겠죠."

"말인즉슨 채 국장은 고 처장의 어떤 약점을 잡았다는 것인데…. 아니면?"

길 원장은 고개를 갸웃하며 신중한 모습이었다. 고 처장이 그정도로 대담한 사람이었던가?

"원장님? 왜 뭔가 잘못됐다고 생각하시는 건가요?"

"아, 아닙니다. 다만 고 처장이 어떤 약점을 잡혔을 수도 있지만, 혹시 송 이사장이 약점을 잡힌 것은 아닌지?"

"네? 그건 왜?"

"만약 이 계좌가 재단 비자금 계좌라면 분명 송 이사장도 알고 있을 테고, 아니 오히려 송 이사장이 관리하는 계좌고, 고 처장은 단지 심부름만 했을 가능성이 높은데, 그렇다면 송 이사장도 관련 있다고 봐야 맥락상 흐름이 매끄럽지 않을까요?"

"아! 그럼, 상당히 복잡해지겠는데요."

그도 갑자기 신중 모드로 돌아섰다.

"송 이사장이 채 국장 살인 사건에 관련 있음에도 오히려 그 사건을 저한테 의뢰했다? 그건…."

길 원장도 더 이상 말을 잇지 못했다.

"그건 아주 자신만만하다고 볼 수밖에 없는데, 오히려 대담하게 역으로 가려는 것은 아니었을까요?"

그의 말투 또한 어느 때보다도 신중했다.

"아님, 송 이사장과는 관련 없고, 순전히 고 처장과 채 국장의 개인적인 관계일 수도 있겠죠."

길 원장도 갑자기 툭 튀어나온 새로운 사실을 접하다 보니 현재로서는 전혀 감이 잡히질 않았다.

"저도 송 이사장을 몇 번 만나봤지만, 보통내기는 아닌 거 같던데. 송 이사장이 모든 것을 다 알고 있음에도 교묘히 원장님을 끼워 넣어 큰 그림을 그리려고 했던 건 아닐까요? 제가 너무 나갔나요?"

"그게 무슨 말씀인가요?"

"송 이사장은 고 처장이 채 국장을 살해한 범인이라는 것을 알고 있지만 시동생이라 그것을 수사기관에 말하기는 어려우니까 원장님을 개입시켜 자연스럽게 고 처장이 범인임을 알리려는 건 아닌지? 문득 그런 생각이 드네요. 송 이사장이 고 처장에 대해 유독 민감하게 반응하는 것이 오히려 이상하기도 하고요."

길 원장은 지금 그의 말이 상당히 가슴에 와닿았다. 고 처장이 재단 회계 업무를 30년 이상 했다면 분명 재단에 대한 모든 일을 알고 있을 것이다. 그 과정에서 송 이사장에 대한 불편한 내용도 상당히 많이 알고 있을 것이다. 고 처장을 재단 일에서 손을 떼게 하고 일거에 제거할 수 있는 방법은?

여기까지 생각이 미치자 순간 송 이사장이 무시무시한 거인처럼 느껴졌다. 내가 송 이사장의 큰 그림에 놀아나고 있는 것이란 말인가?

박 형사는 깊은 생각에 빠져 있는 길 원장을 그대로 두고 연거푸 술잔을 입에 갖다 댔다. 계속해서 자작하고 있었다.

"고 처장이 비록 채 국장한테 돈을 뜯기고 있었다고 해도 자기

돈도 아닐 텐데 그 이유만으로 채 국장을 죽였을 거 같지는 않고⋯. 그리고 또 진 교수의 실종과도 관련성이 없어 보이는데, 과연 고 처장이 정말 채 국장을 살해했을까요?"

"솔직히 저도 고 처장이 채 국장한테 돈을 뜯기고 있었다는 사실을 확인했을 때 흥분하긴 했어도 곰곰이 생각해 보면 그것을 이번 사건의 동기로 보기에는 좀⋯."

그는 길 원장을 말을 듣고 슬그머니 꼬리를 내리고 있었다.

"네. 제 생각도, 이번 사건은 그보다도 훨씬 복잡하고 음침한 동기가 숨어 있다는 느낌을 지울 수 없네요."

길 원장은 곧 마음을 고쳐먹고 오늘은 편하게 술만 마시기로 했다.

"아무튼 오늘 승부는 무승부로 하고, 모처럼 대전에 오셨으니 술값은 제가⋯."

"허, 이거 참! 그럼, 어머니가 대전에 계시니 오늘은 어머니 집에서 자기로 하고 모처럼 편하게 술 좀 마셔볼까요?"

"물론 기꺼이!"

그날 두 사람은 자리까지 옮겨 가면서 술을 마셨다. 길 원장도 근래 들어 가장 많이 마신 날인 것 같았다.

6.

길 원장은 주말을 모처럼 푹 쉬고 월요일 오후에 강보람에게 전화를 걸었다. 신해수와 진 교수와의 관계를 더 파보기로 했다. 그녀는 막연히 두 사람이 특별한 관계라고만 말했는데 그 의미를 정확히 더 확인해 봐야 할 것 같았다.

그리고 만약 신해수와 진 교수와의 관계를 고희수가 알고 있었다면 어떻게 되는 것일까? 그렇다면 이번 사건은 전혀 다른 방향으로 흘러갈 것이다.

그녀는 바로 전화를 받았다. 친구를 찾는 일이라고 생각해서 그런지 길 원장에게 최대한 협조할 생각인 듯했다.

매주 목요일은 길 원장이 일주일에 한 번씩 공식적으로 쉬는 날이라 오전에 그녀와 약속을 잡았다. 그녀도 마침 그날은 수업이 없다고 했다.

목요일 오전, 길 원장은 그녀의 집 근처에 있는 커피숍을 찾았다. 그녀는 그전과는 달리 얼굴이 밝아 보였다. 길 원장에게 마음속에만 담아두고 있던 친구의 실종 얘기를 꺼낸 것이 잘한 일이라고 생각하는 것 같았다. 친구를 찾고 싶은 마음이 간절했을 것이다.

길 원장은 지금까지의 진행 상황을 대략적으로만 설명했다. 아직 신해수의 소재가 확인되지 않았다는 사실은 알려줬지만 자살했거나 고의로 잠적했을 가능성이 높다는 것은 말하지 않았다.

"해수 씨가 진 교수와 특별한 관계라고 했는데 소위 연인 사이라고 생각하면 되나요?"

길 원장은 첫마디부터 조심스럽게 물었다.

"네."

그녀는 거의 들릴 듯 말 듯한 목소리로 대답했다.

"그렇게 생각하는 특별한 이유가 있나요?"

"해수는 만날 때마다 교수님 얘기밖에 안 했거든요. 그리고 언젠가 교수님이 일본 출장을 가셨는데 해수가 따라갔다는 얘기를 들었고요."

"외국 출장에 따라갔을 정도라면…. 혹시 그런 관계를 진 교수 가족 측에서 눈치챈 낌새는 없었나요?"

"해수가 그 부분을 상당히 신경 쓰고 있는 것 같았지만 자세히는 말하지 않아서…. 진 교수 가족 측에서 그런 사실을 알고 있었다면 분명 해수가 저한테는 말했을 텐데."

"음… 혹시 해수 씨가 금전적으로 상당히 어려운 상황이라는 건 알고 있었나요?"

"네? 그건… 해수가 여러 가지 알바를 하고 있다는 사실은 알고 있었지만 구체적으로는…. 해수가 자존심이 강해 그게 사실이라고 해도 말하지는 않았을 거예요."

"그럼, 해수 씨가 살던 원룸은 현재 어떤 상태인가요?"

"그건 저도…."

"미안하지만, 같이 원룸에 가볼래요? 누군가는 해수 씨 소지품을 챙겨야 하지 않을까요?"

그녀는 잠시 망설이는 모습이었으나 오래 가지 않았다.

"네, 저라도 어떻게 해봐야죠."

두 사람은 ○○동에 있는 신해수의 원룸을 찾아갔다. 간판이 있긴 해도 오래되어서 일부 글자는 지워져 있었다. 어림짐작으로 '정진원룸'이라 쓰여 있는 것 같았다. 전형적인 대학가 원룸촌에 자리 잡고 있었다. 신해수가 살던 원룸은 다른 원룸들보다 확연히 낡아 보였다. 역시 신해수는 금전적으로 무척 힘들었던 모양이다.

길 원장은 마침 원룸에서 나오는 한 여학생을 붙잡고 관리실이 어딘지 물었다. 그 학생은 관리실은 따로 없고 109호에 관리인이 산다고 했다. 두 사람은 1층 제일 안쪽에 있는 109호실로 가서 문을 두드렸다. 잠시 후 인기척이 나면서 70대 초반의 할머니가 나왔다. 왜 찾아왔는지 궁금해하는 모습이었다.

"안녕하세요, 할머니. 여기 206호에 사는 신해수 학생 때문에 왔어요. 그 학생이 연락도 없이 집을 비웠다고 해서요."

길 원장은 짐짓 아무것도 모르는 것처럼 물었다.

"그런데 댁들은 206호 학생과 어떤 관곈가?"

"아, 할머니! 안녕하세요, 저 해수 친구예요. 전에 놀러 왔다가 할머니를 몇 번 뵌 적 있는데."

강보람이 길 원장을 거들 듯 재빨리 대답했다. 할머니는 기억 날 듯 말 듯한 표정이었다.

"그럼, 206호 학생 소식 못 들었어?"

"네? 무슨 소식요?"

그녀도 시치미를 딱 떼고 자연스럽게 물었다.

"경찰이 찾아왔었는데, 206호 학생 실종됐다고."

"경찰이 언제 찾아왔나요?"

길 원장이 무심한 듯 물었다.

"206호 학생이 집을 나가고 얼마 되지 않아서 찾아왔었지, 아마. 전라도 어디 지방 경찰이라고 했는데."

"해수 학생이 살던 206호는 어떻게 됐나요?"

"벌써 1년 다 되게 다른 학생이 들어와 살고 있지. 여기는 월세 두 달 치만 밀려도 보증금에서 다 까지니, 다른 학생들에게 다시 월세를 줘야지, 뭘."

"학생들 동의도 안 받고 그러나요?"

"동의는 뭔 동의? 학생들도 보증금에서 다 까는 거 아니까 그냥 나 몰라라 하는 거야. 여기 원룸촌이 다 그래."

"해수 학생 소지품은요?"

"창고에 보관하고 있지. 대부분 나중에 찾으러 오긴 하지만 더러 찾으러 오지 않는 학생들도 있어서 창고가 꽉 차 있어. 왜 206호 학생 소지품 찾아가려고?"

"네, 저희가 찾아갈게요."

길 원장이 얼떨결에 대답했다.

"그러면 우리야 좋지. 가만있자, 창고 열쇠가 어디 있더라?"

할머니는 원룸 뒤뜰에 자물쇠가 채워진 창고로 두 사람을 안내했다. 그리고는 창고 목록을 보며 신해수의 소지품은 일곱 박스라고 하면서 일련번호도 알려줬다. 목록까지 관리하는 것으로 봐서는 이런 일이 다반사인 것 같았다.

두 사람은 일련번호를 확인하고 신해수의 소지품 일곱 박스를 모두 꺼냈다. 갑자기 사라진 사람치고는 소지품이 생각보다 적어 보였다. 미리 잠적을 준비했을 수도 있다는 생각이 들었다.

"가만있자, 학생? 학생 이름하고 주민번호, 전화번호 좀 여기에 적어줘. 우리도 확실히 해야 하니까."

강보람은 머뭇거리다가 목록에 이름, 주민번호, 전화번호를 적었다. 나름 철저한 것 같았다.

길 원장은 신해수의 소지품을 어떻게 해야 할지 잠시 고민하다가 강보람의 양해를 구한 다음 일단 택배로 〈길석 한의원〉에 보내기로 했다. 소지품 안에 뭔가 단서가 있을 수도 있다는 희망을 품고….

"그런데 할머니? 경찰에서는 해수 학생 소지품을 확인하지 않았나요?"

"206호에 들어가서 살펴봤으니 소지품도 확인했겠지."

"고맙습니다, 할머니."

"아직 206호 학생 소식은 없나?"

"네, 아직요."

"쯧쯧, 그 부모는 얼마나 애가 탈까?"

할머니의 안타까운 목소리가 계속 귓가에 아른거렸다.

길 원장은 다음 날 아침 일찍 한의원에 출근해서 맑은 정신으로 앞으로의 계획을 구상했다.

일단 신해수의 소지품을 확인해 봐야 할 것이다. 거기에서 무슨 단서를 찾을 수만 있다면 좋을 텐데 장성경찰서에서 이미 한 번 확인했다고 하니 별 가능성이 없을 수도 있을 것이다.

그날 오후 늦게 신해수의 소지품이 한의원에 도착했다. 소지품 박스를 원장실에 놓아두라고 했다. 지금이 저녁 7시가 다 되어가는 시간이라 직원들은 퇴근 준비로 바쁘게 움직이고 있었다.

길 원장은 원장실 의자에 앉아 한참 동안 소지품 박스를 바라보고 있었다. 여대생의 소지품을 당사자의 동의도 없이 열어본다는 것이 약간 마음에 걸렸다. 그렇지만 현재로서는 어쩔 수 없는 상황이라고 생각했다.

일단 모두 박스를 열어 대충 무엇이 있는지부터 확인했다. 세 박스는 옷가지가 들어 있었다. 또 세 박스는 책이나 노트, 미술 용품, 필기도구 등 학용품이 들어 있었다. 그리고 마지막 한 박스는 화장품, 생활용품 등 잡동사니가 들어 있었다. 부피는 제일 컸다.

우선 옷가지가 들어 있는 박스부터 살폈다. 부피는 컸으나 옷

가지만 들어 있어 생각보다는 무겁지 않았다. 옷은 대부분 겨울 옷이었다. 원룸이 작다 보니 계절에 맞는 옷만 가지고 있었고, 여름옷 등은 다른 곳에 보관하고 있었던 듯했다. 아마도 시골집에 보관했을 것이다. 다른 옷 박스는 속옷으로 가득했다. 순간 망설여졌다.

길 원장은 잠시 고민하다가 박수정 간호사를 불렀다. 그래도 믿고 맡길 수 있는 간호사였다. 부름을 받은 그녀가 씩씩하게 들어왔다.

"수정 씨! 부탁이 하나 있는데, 지금 바쁜가?"

"바빠도 원장님 부탁이라면 언제든지."

역시 믿음직스러웠다.

"그래? 그럼, 여기 있는 것들 좀 확인해 줘. 내가 확인하기가 좀 뭐해서."

그녀는 눈길을 돌려 박스 안을 대충 살펴보고 있었다.

"넵, 확인만 하면 되는 거죠?"

"응. 이 박스 주인은 20대 초반의 여대생인데, 뭐 특이한 것이 있는지만 확인하면 돼."

그녀는 조심스럽게 박스 안 내용물을 하나하나 살펴보기 시작했다. 손놀림이 유독 조심스러웠다. 뭔가 중요한 것을 만진다는 느낌이었다. 잠시 후 확인을 다 마친 것 같았다.

"뭐, 특이한 게 보이나?"

"음… 이 학생은 생활이 좀 여유롭지는 않았던 거 같고, 평소 외모에 대해 별로 신경 쓰진 않았지만 깔끔한 스타일이고, 사귀는 사람은 있는 거 같은데, 그 사귀는 남자와는 정상적인 관계가 아닌 거 같아 보이네요."

길 원장은 듣는 내내 그녀를 유심히 쳐다보고 있었다. 눈이 마주치자 그녀가 깜짝 놀랐다.

"왜, 제 얼굴에 뭐가 묻어 있나요?"

"아니, 아니."

길 원장은 적잖이 당황해서 어쩔 줄 몰랐다. 그녀의 추리가 어쩌면 이리 정확할 수가! 짐짓 모른 척하며 물었다.

"그렇게 추정하는 근거는 뭐지?"

"뭐, 일단 화장품을 보면 보통 여대생이 사용하는 화장품보다 종류가 훨씬 적고 저렴하거든요. 그거에 비춰보면 경제적인 여유는 별로 없었을 뿐 아니라 평소 외모에도 관심 없는 거 같고, 그런데 몇 개 화장품은 아주 최상위 고급품인데 나머지 것들과는 전혀 어울리지 않은 것으로 봐서 자신이 구입하지는 않았을 테고, 누군가로부터 선물을 받았을 가능성이 높은데 리치 향수나 디올 세럼은 보통 남자들이 선물하니까 애인이 선물했겠죠."

"애인이라?"

"애인도 그냥 대학생 정도가 아닌 아주 여유 있는…. 이런 제품은 가격도 비싼 데다가 주로 백화점이나 공항 면세점에서 구입하는 종류들인데, 이것을 선물한 사람은 외국에 자주 나가는 사람일 수도…. 그럼 나이는 좀 있을 거 같고, 여대생이 나이 있고 여유 있는 사람을 만나는 것은 정상적이지 않다고 봐야죠."

"그리고 또?"

"음… 이 학생의 속옷도 특이하네요. 보통 여대생이 입는 속옷과는 조금 다른데… 그것은 한마디로 섹스 어필이라고 봐야."

"섹스 어필?"

"속옷이 일반 여대생들 것이라고 생각하기에는 좀 야한데, 아마 사귀는 남자가 있어서 그런 거 아닐까요? 그것도 남자가 선물했을 수도 있고, 그리고 아주 정성스럽게 세탁하고 관리했네요. 성격이 깔끔하다는 거겠죠."

"또 나한테 말해 줄 게 있나?"

"고급 화장품은 유통기한이 다 되어가지만 거의 사용하지 않은 것으로 봐서 아마 아끼고 아끼고 소중히 사용한 거 같고. 그럼, 답이 나오지 않았을까요? 아주 소중한 사람의 흔적이 아닐지?"

"그래? 물건의 주인은 1년째 실종 상태라 사용하려야 사용할 수 없었을 텐데."

"그래도 제조 일자와 비교해 보면 사용할 수 있었던 상황이어도 거의 사용하지 않은 것으로 보이거든요. 애지중지했다니까요. 그건 여자만이 알 수 있거든요."

"수정 씨! 내 조수로 일하는 것은 어때? 왓슨으로."

"네?"

"아니, 이런 추리는 어디서 배웠어?"

"원장님이 평소에 몸소 실천해 주셨으면서."

"그건 또 무슨 말이야?"

"아니, 식당에 가시면 저 사람의 구두는? 옷은? 헤어스타일은? 등등 말씀하시면서 저 사람은 뭐 하는 사람이고 현재 심리가 어떤 상태라면서 막 때려잡아 놓고는…."

"때려잡은 것이 아니라 합리적 추리였겠지."

"합리적 추리든 뭐든 저도 서당 개 삼 년에 풍월 좀 읊었죠. 그럼 정확히 맞춘 건가요?"

"정확히 맞췄을 거 같아?"

"원장님이 그렇게 말씀하시는 것을 보니. 나중에 이번 사건을 소설로 쓰시면 이 내용도 꼭 넣어주셔야 돼요."

"오케이! 알았어. 수고했어, 늦었는데 얼른 퇴근해."

"네. 원장님도 또 불 꺼놓고 사무실에 계시지 말고 일찍 퇴근하세요."

길 원장은 원장실을 나가는 그녀를 바라보면서 그냥 웃음 밖에 나오질 않았다. 한참이나 그녀의 말을 되새기며 그 의미를 생각했다. 신해수와 진 교수와의 관계가 어땠는지 확실히 감이 잡혔다.

잠시 후 나머지 소지품 박스도 확인하기 시작했다. 별다른 것은 없었다. 다만 책이 들어 있는 한 박스는 의외였다. 책은 책인데 신해수와 별로 관련 없어 보이는 책들이 보였다. 대학 교양서적 몇 권, 일반 소설 몇 권은 그렇다 치더라도 공무원 수험서가 몇 권 보였다. 신해수가 공무원 시험 준비를 한 것인가? 그것도 아닌 것으로 보였다.

책을 펼쳐보니 책장 곳곳에 적힌 글씨체는 분명 영락없는 남자 글씨체였다. 신해수의 노트에 적힌 글씨체와도 영 딴판이었다. 책 소유자의 이름도 'K.W.J.'였다. 신해수에게 다른 남자가 있었나? 공무원 시험을 준비하는 대학생 남자친구? 진 교수와는 양다리? 그렇다면 이게 어떻게 된 일인가?

이번 사건이 또다시 의외의 방향으로 흘러갈지도 모른다는 생각이 머릿속을 스쳤다. 사뭇 궁금증이 더해 갔다.

길 원장은 바로 강보람에게 전화를 걸었다. 일상적인 대화 몇 마디를 나누다가 바로 의문의 남학생 정체에 대해 물었다. 그녀는 전혀 모르는 내용이라고 했다. 그녀도 깜짝 놀랐다. 어쩌면 믿었던 친구한테 배신당했다고 생각했을지도 모르겠다.

길 원장은 그녀와의 전화를 끊은 후 한참 동안 자리에서 일어나지 못하고 있었다. 이번 사건은 한 꺼풀 벗기면 또 한 꺼풀이 나오는 희한한 사건임이 틀림없다는 생각이 들었다.

7.

길 원장은 며칠 후 겨우 시간을 내서 또다시 예산으로 향했다. 박 형사로부터 전화가 왔는데 용건은 없다면서도 그냥 말을 요리조리 돌리기만 했다. 길 원장이 보고 싶은 모양이었다. 결국 그와 저녁을 같이 하기로 했다.

전에 만났던 곱창집에서 보기로 했는데 그 집 곱창전골이 은근히 맵긴 했어도 계속해서 생각나게 하는 맛이었다. 소주에 딱 어울리는 안주였다.

길 원장은 자신이 지금까지 신해수와 관련해서 확인한 내용을 차근차근 설명하기 시작했다. 설명을 듣는 그의 표정은 시시각각으로 변하고 있었다.

진 교수와 신해수가 보통 이상의 사이인 것이 거의 확실하다는 것과 신해수가 혹시 다른 남자도 사귀고 있었을지 모른다는 것. 그리고 두 사람이 보통 사이가 아니라면 진 교수가 자살했건 잠적했건 두 사람 사이에는 실종 전에 분명 어떤 접촉이 있었을 것 같다는 자신의 생각까지 쏟아냈다.

두 사람은 말없이 애꿎은 소주만 연거푸 마시고 있었다. 이번에는 박 형사가 말을 꺼냈다.

"그럼, 고 처장도 문제지만 신해수 쪽도 더 파 봐야 할 거 같은데?"

"네, 그래야겠죠. 고 처장이 채 국장 살인 사건에 관련 있다는 느낌은 들지만 금전적인 이유만으로 그런 짓을 했을 거 같지는 않고."

"음…."

그도 이 대목에서는 신중한 것 같았다.

"아무튼 지금으로선 진 교수와 신해수의 소재를 찾는 것이 급선무일 테고, 전에도 말씀드렸듯이 두 사람이 채 국장을 토막까지 내서 숨겼다면 스스로 목숨을 끊지는 않았을 겁니다."

"그렇다면, 처음부터 다시 수사해야 하는데. 지금까지 저희는 진 교수가 자살했을 것이라 단정하고 시신 찾는 데만 정신을 쏟았으니."

"두 사람이 채 국장을 살해하고 동반 잠적하기로 했다면 사전에 치밀하게 준비했을 테죠. 살해 과정도 치밀하게 준비했을 거고요."

"그렇겠죠."

"영원히 잠적하려고 했다면 일단 제일 중요한 것이 돈일 테니, 그 부분에 중점을 둬야 할 겁니다. 그리고 신해수가 장성에서 마지막으로 사라졌으니 아마 두 사람은 장성 근처에서 만나기로 했을 겁니다. 그쪽도 더 확인해 봐야 할 거고요."

"제가 한번 장성서에 갔어야 했는데 고 처장 수사를 하다 보니 타이밍을 놓치는 바람에. 최대한 빨리 시간을 잡아봐야죠."

"제가 같이 가도 되죠? 전에 장성에서 뭔가 놓친 것이 있을 수도 있으니."

"네, 시간이 잡히면 연락드리죠."

"그리고 고 처장 계좌에서 매달 인출된 돈이 채 국장에게 갔을 가능성이 높겠지만, 일부 돈은 진 교수에게 건네졌을 가능성도 배제할 수 없을 겁니다."

"네? 그건 또?"

"아직은 모르겠지만, 만약 그 돈이 진 교수에게 흘러갔다면 도피자금으로 아주 요긴하게 쓰였겠죠."

"결국 고 처장이 채 국장을 직접 살해했을 수도 있지만, 그것이 아니라면 금전적인 부분에서 이 사건과 관련 있을 수도 있다는 말이네요."

"고 처장이 분명 관련 있을 거 같기는 한데, 그럴 가능성도 열어놓고 검토해 봐야겠죠."

이 사건과 관련된 두 사람의 대화는 여기서 끝났다.

길 원장은 이틀 후 박 형사로부터 연락을 받았다. 두 사람은 다음 날 오후에 장성경찰서 앞에서 보기로 했다. 박 형사가 장성경찰서 이재만 형사에게 내일 찾아가겠다고 미리 연락 해둔 상황이었다.

다음 날 오후 길 원장과 박 형사를 만난 이 형사는 두 사람이 함께 온 것이 무척 신경 쓰이는 모양이었다. 박 형사는 이 형사에게 진 교수와 신해수가 채 국장 살인 사건의 공범일 가능성이 있다는 정도만 언급하고, 신해수 실종 사건 관련 자료를 보기로 한 것이다.

두 사람은 이 형사의 안내를 받아 조용한 사무실에서 신해수 실종 사건 관련 기록을 검토하기 시작했다. 이 형사는 일부러 자리를 피해 줬다.

제일 먼저 신해수 통화 내용을 검토하기 시작했다. 길 원장이 처음 이 형사를 만났을 때 제일 궁금한 부분이었지만 그 당시에는 그 자료를 보자고 요구할 수 없는 상황이었다. 이제라도 볼 수 있어서 다행이었다.

그런데 이상했다. 신해수의 통화 목록에는 진 교수와의 휴대폰 통화 내용은 물론 문자 흔적도 전혀 없었다. 전혀 흔적이 없다는 것이 더 이상했다. 그 외 실종되기 전의 통화나 문자 내용에는 특별히 의심할 만한 흔적은 보이질 않았다.

두 번째로 관련자들의 진술을 살폈다. 신해수의 어머니, 고향 친구 등 지인들, 그리고 실종 당시 택시기사 등 신해수를 목격했을 만한 사람들의 진술이 있었다. 역시 별다른 특이점은 보이질 않았다.

그다음으로 신해수가 자살할 만한 가능성이 있는 곳에 대한 탐문 수사 결과가 있었다. 그녀의 아버지가 자살한 곳부터 인근 저수지까지 꼼꼼히 탐문한 자료가 있었다. 거기에서도 특별한 단서는 나오지 않았다.

마지막으로 그녀의 흔적을 찾을 수 있는 CCTV에 대한 탐문 수사 결과가 있었지만, 장성고속터미널 앞 두 개의 CCTV 이외에는 별다른 흔적이 보이지 않는다는 언급이 있었다. 그녀의 집 방향으로 가는 동선에 업소용 CCTV가 하나 있기는 했으나 마침 고장이 나서 무용지물이었다.

기록은 거기에서 끝났다. 기록 말미에는 CCTV가 복사된 CD 두 장이 편철되어 있었다.

두 사람은 곧바로 장성고속버스터미널 앞 CCTV 자료를 틀었다. 그 당시가 캄캄한 밤이라 화질이 썩 깨끗하지는 않았지만, 그녀가 버스터미널을 나와 집 방향으로 걸어가는 모습이 두 군데 CCTV에서 잡혔다.

회색 계열의 바지에 검은색 패딩을 입고 있었고 야구 모자를 쓰고 있었다. 왼쪽 어깨에는 천으로 된 가방을 메고 있었고, 오른손에는 제법 큰 여행용 가방을 끌고 있었다. 여행용 가방을 겨우 끄는 모습에 비추어 보면 가방 안에 제법 무거운 것이 들어 있는 듯했다.

두 사람은 그 모습을 보고 동시에 상대방의 얼굴을 쳐다봤다. 두 사람 모두 가방 안의 내용물에 대해 생각이 일치하는 것 같았다. 두 사람은 기록을 다 검토한 후 상당 시간 침묵을 지키면서 각자 생각을 정리하고 있었다. 길 원장이 먼저 말을 꺼냈다.

"뭐, 떠오르는 거 없나요?"

"신해수의 통화 내용에 진 교수의 흔적이 전혀 보이질 않는다는 것이 의미심장하네요."

"그렇죠. 두 사람이 특별한 관계였다면 아마도 진 교수는 들키지 않으려고 철저했을 테죠. 집에서 자신의 위상을 봤을 때 들킨다는 것은 곧 자신의 인생이 끝난다는 것을 의미할 테니까요. 그리고 또, 진 교수가 워낙 철두철미하다고 하니까 성격상으로도 당연히 흔적을 남기진 않았을 거 같고."

"그럼, 두 사람이 어떻게 연락을 주고받았을까요?"

"제 생각에는 선불폰 같은 휴대폰을 별도로 가지고 있었을 가능성도 있는데, 그것보다는 오히려 원시적인 방법을 썼을 가능성도."

"원시적인 방법이라면?"

"그냥 사전에 만날 장소와 시간을 미리 정해 놓을 수도 있을 테고, 아니면 두 사람만의 비밀장소에 쪽지 같은 것으로 연락할 수도 있을 테고, 막연하게나마 진 교수라는 사람의 성격에 비춰 보면 그럴 수도 있을 거 같다는 것이 제 생각이네요."

"음… 원장님은 딱히 뭐 떠오르는 것이 없나요?"

"저는 신해수가 고속터미널을 떠난 이후의 행적이 전혀 확인되지 않았다는 것이 이상하네요."

"그건 무슨 의미인가요? 집으로 가는 동선에 있던 CCTV가 고장 나서 그런 거 아닌가요?"

"그건 신해수가 집으로 간다는 전제하에 그런 거고, 만약 신해수의 가방에 채 국장의 시신 일부가 들어 있다면 신해수가 과연 집으로 갔을까요?"

"어라?"

"우리의 예상이 맞다면 신해수는 다른 목적으로 고향에 온 거 아닌가요?"

"아, 그러네! 그러면 오히려 집 반대 방향으로 갔을 수도 있다는 거네요."

"그렇죠. 진 교수와 미리 약속 장소를 정해 놨다면 아마도 그곳으로 바로 갔겠죠."

"기록에는 장성 읍내 여러 곳의 CCTV를 확인했지만 신해수의 흔적이 보이지 않는다는 보고가 있었는데."

"두 사람의 계획 속에는 CCTV에 대한 대책도 이미 있었겠죠. CCTV야 그럴 수 있다고 보지만, 모자를 쓴 여학생이 큰 여행용 가방을 끌고 어딘가를 갔다는 건데 그때까지 아무런 목격자가 없다는 것이 조금…."

"사람들이 남의 일에 별로 신경 쓰지 않으면 그럴 수 있는 것 아닌가요?"

"그렇긴 하지만, 장성 같은 곳에서는 조금 특이한 행세였을 거 같고, 고향이라 아는 사람을 마주칠 만도 한데."

"그럼, CCTV가 없는 고속터미널 근처에서 진 교수가 차를 대기시켜 놓고 있다가 신해수를 바로 태웠을 가능성이 높겠네요."

"그랬을 가능성이 높다고 봐야겠죠. 그 당시에는 진 교수 존재 자체가 전혀 드러나지 않았을 테니까요."

길 원장은 그와 대화를 나누면서도 손으로는 무의식적으로 계속해서 신해수가 잡힌 CCTV를 돌려보고 있었다. 몇 번이고 돌려보면서도 머릿속은 딴생각을 하고 있었다. 그러다가 그와의 대화가 끝날 무렵 유독 CCTV 어느 한 곳에 눈길이 갔다.

"박 형사님? 잠시만 와 보실래요."

"네?"

"여기 CCTV 좀 한번 자세히."

길 원장은 그에게 자리를 양보하고 CCTV를 보도록 했다. 그는 몇 번이고 CCTV를 돌려보면서도 별다른 이상 흔적을 찾지 못한 것 같았다.

"특별히 이상한 건 없는 거 같은데? 뭐, 이상한 거라도?"

"여기 잠시만 계세요. 뭐 좀 확인하고 올게요. 잠시만 계세요."

길 원장은 급히 사무실을 나갔다.

한 20분쯤 지난 후에 길 원장이 다시 사무실로 들어왔다. 들어오자마자 컴퓨터 책상 앞으로 다가가서 CCTV를 다시 돌려보기 시작했다. 박 형사도 긴장되는지 길 원장의 뒤에서 유심히 CCTV를 같이 살펴보고 있었다.

"박 형사님? 여기 좀 보세요."

그러면서 길 원장은 CCTV를 돌려 어느 한 곳에 멈췄다. 그러나 그는 아무리 봐도 도저히 이상한 흔적을 찾지 못하겠다는 듯 고개만 갸웃거렸다.

"지금 신해수가 고개를 들어 어딘가를 쳐다보고 있는 거 같지 않나요?"

"그런 모습이기는 한데, 그게 뭐 이상한가요?"

"제가 지금 그곳에 가서 확인한 건데, CCTV상 신해수가 쳐다보고 있는 것은 교통표지판의 이정표로 보이거든요."

"그게 왜?"

"신해수는 장성이 자기 고향이고 만약 집으로 가기로 했다면 아무런 주저 없이 집 방향으로 갔을 테고, 혹 다른 곳으로 가기로 했더라도 자신이 잘 아는 곳을 목적지로 정했을 테니 그곳으로 곧장 갔을 텐데, 교통표지판을 봤다는 건 혹시 장성이라는 곳이 낯선 사람의 행동은 아닐지?"

"네? 그러면 CCTV상의 신해수가 실제 신해수가 아닐지도 모른다는 말씀인가요? 딱 봐도 20대 초반의 대학생으로 보이는데, 그건 좀….'"

"CCTV 화질 상 얼굴이 정확히 확인될 정도는 아니고, 옷차림과 들고 있던 가방 두 개로 신원을 확인한 건데, 그것도 50대 후반의 어머니가 확인한 거고. 음… 제가 너무 막 나갔나요?"

"신해수의 행동이 조금 이상해 보이기는 하는데, 만약 그게 사실이라면? 이 여자가 신해수가 아니라면? 그럼, 신해수는? 그리고 왜 이 여자는 신해수인 척했을까요?"

두 사람은 또다시 침묵에 휩싸였다. 이번 침묵은 다른 의미였다. 불안감이 확 몰려오는 침묵이었다.

잠시 후 박 형사가 이 형사를 만나러 나갔다. 상당한 시간이 흐른 후 두 사람이 같이 들어왔다. 이 형사는 자리에 앉자마자 CCTV를 돌려보고 있었다. 그도 한참 동안 문제의 장면을 바라보고 있었다. 두 사람의 의문점을 어느 정도 이해하고 있는 듯했다.

CCTV상의 신해수는 분명 이곳이 낯선 사람처럼 순간적이지만 교통표지판을 응시했다. 그리고 어딘가 모르게 어색하게 곧바로 고개를 숙였다. CCTV를 의식하는 행동 같기도 했다. 부자연스러운 행동은 순식간에 끝났다.

이 형사는 심각한 표정으로 컴퓨터에서 CD를 꺼냈다.

"제가 바로 해수 어머니한테 확인해 보죠. 두 분은 잠시 여기서."

"알겠습니다."

두 사람은 동시에 대답했다. 한참이 지난 다음에야 이 형사가 들어왔다.

"해수 어머니는 CCTV상 여자는 분명 딸이 맞다고 하는데요."

"그래요?"

"얼굴은 희미해서 알아볼 수 없지만 옷과 모자 그리고 여행용 가방이 모두 해수 것이 맞다고…."

"흠…."

"다만 누군가가 해수인 척했을 가능성이 있다는 말을 듣고는 불안에 떨면서 자신 없어 하긴 하던데, 그 후로도 계속 안절부절못하는 모습을 보이고 있고요."

"제가 신해수 어머니를 잠깐 만나볼 수 있을까요?"

길 원장은 이 형사를 바라보면서 조심스럽게 말을 꺼냈다. 그는 잠시 머뭇거렸다.

"네, 그렇게 하시죠. 해수 어머니 심리상태가 현재 매우 불안하지만 원장님이 신경 많이 써주셨다고 고마워하는 말을 여러 번 했으니까, 괜찮을 겁니다."

잠시 후 이 형사가 밖으로 나가 신해수 어머니를 모시고 들어왔다. 그녀는 미세하게 계속 몸을 떨고 있었다. 그래도 반가운 얼굴을 봐서 그런지 얼굴에는 안도의 표정이 역력했다.

"안녕하세요? 또 뵙게 되네요. 그냥 수사 절차상 확인하는 거니까 너무 걱정하지 않으셔도 됩니다. CCTV상의 여자가 따님인 것이 거의 확실하니까요."

길 원장은 일단 그녀의 마음을 진정시킬 요량으로 아주 편하게 말을 건넸다. 평소 환자에게 대하는 행동 그대로였다.

"어머니! CCTV상 여자가 따님이 맞죠?"

"아니, 그게… 이 형사님은 해수가 아닐지도 모른다고 하시는데."

"수사하시는 분은 모든 것을 꼼꼼히 따지는 분이시라 그런 거고요. 해수 씨가 평소에도 모자를 쓰고 다니나요?"

"네. 머리 감기가 귀찮다며 모자를 자주 쓰고 다녔는데, 모자도 옷도 해수 것이 맞고."

"아, 그래요. 그럼, 집에 내려올 때도 저런 큰 여행용 가방을 가지고 내려오나요?"

"네. 자주 못 내려오니까 바꿔 입을 옷을 한꺼번에 가지고 왔다가, 저번에 내려왔을 때도 그 가방을 가지고 내려왔는데."

"저한테 전에 보여주셨던 카톡 내용 기억하시죠? 갑자기 다시 올라가게 됐다는 내용. 그런 말투가 평소 따님이 보내는 말투였나요? 따님과 자주 카톡을 하시던데."

"해수가 카톡이 끝날 때쯤에 '엄마 사랑해'라는 말을 자주 쓰고, 하트도 꼭 보내는데 그때도….."

길 원장은 고개를 가볍게 끄덕였다.

"갑자기 오시라고 해서 죄송하네요. 여기 계신 형사님들이 따님 찾으려고 밤낮으로 노력하고 계시니까, 너무 걱정 마시고요."

길 원장은 이 형사에게 눈짓으로 질문이 끝났다는 표시를 했다. 그는 신해수 어머니를 모시고 밖으로 나갔다.

사무실에 남아 있던 두 사람은 잠시 아무런 말이 없었다. 그러다가 동시에 쓴 웃음이 나왔다. 두 사람 모두 예민해지다 보니 사소한 것에도 온 신경이 곤두서는 것 같기만 해 씁쓸한 뒷맛이었다.

"하기야, 만약에 젊은 여학생이 가방에 무시무시한 것을 넣어 가지고 왔다면 자신도 모르게 긴장되겠죠. 평소와 다른 행동을 했다고 해도, 뭐."

길 원장은 넋두리처럼 말을 꺼냈다.

"그렇겠죠. 제가 그 상황이라고 해도 많이 떨렸을 텐데."

박 형사가 화답했다.

잠시 후 이 형사가 다시 들어오자 박 형사는 그에게 여러 가지 질문을 쏟아냈다. 진 교수와 신해수가 채 국장을 살해했을 공범이라는 전제하에 이곳 장성에서 잠적했을 가능성과 그에 대한 단서를 확인하는 내용들이었다.

그리고 자살했을 가능성에 대해서도 염두에 두고 그럴 만한 가능성이 있는 곳도 확인하고 있었다. 마지막으로 박 형사는 그에게 진 교수 실종 당시 같이 없어졌던 진 교수의 차량번호를 알려 주면서 그 흔적을 찾아봐 달라고 했다. 신해수의 마지막 행적이 장성에서 끝났으면 분명 진 교수도 장성에 와서 신해수와 합류했을 것이 분명하다고 했다. 비록 1년이나 지나 흔적을 찾기 어려울 수도 있지만 해 보는 데까지 해 보자는 말도 잊지 않았다. 두 사람이 밀항했을 가능성이 있다는 사실도 빠뜨리지 않았다.

길 원장과 박 형사는 장성경찰서를 나와 근처 식당에서 간단히 밥을 먹고 헤어지기로 했다.

식당 안에서 두 사람은 향후 계획을 상의하기 시작했다. 현재로서는 이재만 형사가 신해수 실종 사건을 전면적으로 다시 검토해서 수사를 재개하기로 했으니, 그쪽의 성과를 기대하는 수밖에 없다는 데 서로 의견이 일치됐다. 분명 신해수와 진 교수는 장성에서 동반 잠적의 첫발을 내디뎠을 것이다.

"장성서는 장성서고, 저희도 그냥 손 놓고 있을 수만은 없으니 뭐든지 해야 할 텐데?"

"고 처장을 한번 조사해 봐야 하지 않을까요?"

길 원장은 이번에도 조심스럽게 물었다. 현직 경찰에게 이래라저래라하는 것이 부담스러웠다.

"고 처장요? 음… 조사를 하긴 해야 하는데, 진 교수와 신해수가 범인이라면 고 처장은 별로 관련 없는 것 아닌가요? 워낙 서장님이 재단 쪽 사람들을 소환하는 것에 예민하셔서."

"그렇긴 한데, 설사 고 처장이 채 국장 살인 사건과는 관련 없다고 하더라도 어떤 약점을 잡혀 채 국장에게 돈을 갈취당하고 있었다면 그 부분을 파헤치는 과정에서 뭔가 단서가 나올 수도 있는 거 아닌가요?"

길 원장은 그의 눈치를 살피면서 잠시 뜸을 들이다가 다시 말을 이어갔다.

"혹시 아나요? 고 처장의 입에서 왜 채 국장이 진 교수에게 살해당해야만 했는지, 그 이유가 나올지도."

"아, 그럴 수도 있겠네. 그 부분은 미처 생각 못 했는데, 당장 확인해 봐야겠네요."

"박 형사님! 한 가지 궁금한 것이 있는데, 제가 알기로는 진 교수가 채 국장을 살해한 이유가 표면적으로는 가족 간의 갈등인 것으로 보이는데 실제 그런 부분이 명확히 밝혀진 것은 있나요?"

"네? 그게 무슨 말씀인지?"

"고희진과 고희수가 항상 부딪쳤다, 채 국장은 진 교수를 대놓고 무시했다 등등 표면적인 갈등은 그렇다 치더라도, 진 교수가 채 국장의 목을 잘라 죽일 만큼 결정적 계기가 있었는지?"

그는 예상외의 질문에 선뜻 답을 내놓지 못하고 있었다. 머릿속에는 지금까지의 수사 상황을 계속 복기하는 것 같았다.

"그건…."

"저도 이번 사건을 조사하면서 너무 쉽게 생각한 것은 아닌지 못내 찜찜하거든요. 채 국장이 살해된 시기에 진 교수가 사라졌다. 진 교수는 1년이 다 되도록 생활 반응이 없었다. 채 국장의 목 잘린 머리가 진 교수의 고향집 근처에서 발견됐다. 그러므로 당연히 진 교수가 채 국장의 살해범이다. 너무 가식적인 결론이 아닌가요?"

그는 갑자기 심각한 표정을 짓기 시작했다. 그는 절대 도박을 하면 안 되는 사람처럼 보였다. 표정이 그대로 읽혔다. 모름지기 형사는 포커페이스여야 하지 않을까?

"그럼, 이번 수사에 근본적으로 문제가 있다는 말씀인가요?"

그는 충격에서 벗어난 듯 한참이 지난 후에야 겨우 말을 꺼냈다.

"아니, 그건 아니고. 진 교수, 신해수가 범인일 가능성은 높은데, 그에 못지않게 왜 진 교수는 그렇게 잔인하게 채 국장을 죽여야만 했는지 그 동기를 찾는 것도 중요하다는 생각이…. 너무 심각하게 생각하실 것은 아니고요."

"맞는 말씀이네요. 보통은 범인을 잡아서 족치면 범행 동기야 쉽게 밝혀낼 수가 있을 텐데, 이번 사건은 그것도 장담하기 어렵겠죠. 범인들이 자살했을 수도 있으니. 만약을 대비해서 범행 동기도 철저히 파헤쳐봐야 하는데, 그래서 원장님은 고 처장을?"

"고 처장이 금전 관계로 채 국장에게 약점이 잡혀 있으니 거기에서 뭔가 건지면 얽힌 실타래가 쉽게 풀릴 수도 있을지, 누가 압니까?"

"그렇겠네요. 고 처장 신문할 때 참관하실래요?"

"네?"

"뭐, 조용히 밖에서 지켜보기만 하셔도 될 텐데."

그는 이젠 길 원장을 완전히 수사 파트너로 생각하는 것 같았다.

"제가 고 처장 건으로 한번 된통 당한 적도 있어서, 서장님이 허락해 주실까요?"

길 원장의 속마음은 고 처장을 신문하는 상황을 꼭 지켜보고 싶었다. 그러나 현실적으로 민간인이 수사 현장에 참여한다는 사실이 알려지면 여러 사람이 어려운 처지에 놓일 것 같아 선뜻 나서지는 못했다. 그의 제안만으로도 고마웠다.

"그 문제는 과장님과 상의한 후 알려드리죠. 서장님은 아직 원장님의 존재를 모르니 그냥 조용히 오셨다 가시면 되긴 할 텐데."

"그런데 서장님의 정확한 의도는 뭔가요? 제가 이 사건을 의뢰

받았을 때 송 이사장은 진 교수가 범인이 아니라는 것을 밝혀 달라는 거였는데, 오히려 서장님은 진 교수를 범인으로 빨리 확정 짓고 싶은 거 아닌가요?"

"서장님이 위로부터 어떤 부탁을 받았는지 모르겠지만, 송 이사장의 생각은 송 이사장의 생각일 뿐이고, 서장님은 범인은 진 교수가 뻔하니 빨리 사건을 마무리하는 것이 제일 속 편하다고 생각하는 거겠죠. 진 교수가 범인으로 밝혀지면 그땐 송 이사장도 뭐라 말도 못 할 테니."

길 원장은 가볍게 고개만 끄덕였다.

어느덧 시간이 꽤 흘렀다. 두 사람은 작별 인사를 하고 각자 차를 몰아 집으로 향했다.

8.

고 처장에 대한 신문은 며칠이 지나지 않아 바로 진행됐다. 연락을 받은 길 원장은 미세한 흥분을 느끼기 시작했다. 비록 직접 신문하는 것은 아니지만 일선 수사 현장에 참여하는 것이다. 이전에도 수사 현장에 참여했다고 볼 만한 사례가 몇 건 있었긴 해도 이렇게 직접 신문을 참관하는 것은 처음이었다.

고 처장에 대한 신문은 특별 취조실에서 박 형사가 맡기로 했고, 일단 참고인 자격으로 신문이 진행됐다. 소환 통보를 받은 고 처장은 처음에는 출석을 완강히 거부했다고 한다. 특별히 진술할 내용이 없다는 이유였다.

박 형사는 은연중에 다양한 압박을 가하며 더 강하게 출석을 요구했다. 송 이사장도 가만히 있지는 않았다. 윗선을 통해 고 처장에 대한 조사를 무산시키려는 로비를 시도하기도 했다.

박 형사와 형사과장이 고 처장에 대한 조사는 반드시 필요하다고 버티는 바람에 중간 위치에 있던 서장의 타협안으로 변호사의 참여 및 채 국장 살인 사건 이외의 내용에 대해서는 일절 조사하지 않는 선에서 그에 대한 신문이 성사됐다.

송 이사장이 우려했던 부분이 일단은 해소된 듯했다. 그녀는 고 처장의 조사가 재단의 회계 부정으로까지 번지는 것으로 생각해서 극도로 민감했던 모양이다. 아니면 채 국장 살인 사건에 대해 뭔가를 알고 있어 그런 제스처를 취했는지도 모를 일이다.

길 원장은 박 형사와 형사과장의 배려로 다른 사람들 모르게 특별 취조실 밖에서 실시간으로 조사 상황을 보고 들을 수 있었다.

고 처장은 송 이사장이 선임해 준 변호사와 함께 조사에 임했다. 그는 누가 봐도 연신 떨고 있는 모습이 확연했다. 길 원장이 처음 그를 봤을 때보다도 더 떠는 모습이었다. 그의 눈이 정면을 향하지 못하고 계속 왔다 갔다 하고 있었고, 동공도 확장되어 있었다. 손에는 땀이 나는지 연신 손바닥을 문지르고 있었다. 길 원장이 보기에는 전형적인 신경성 불안 증세를 보이는 환자였다.

이를 놓칠 리 없는 박 형사는 처음부터 저돌적인 질문을 쏟아냈다. 먼저 계좌에 대한 질문이 나왔다.

"○○은행 398로 시작하는 계좌는 어떤 계좌인가요?"

"네?"

그는 깜짝 놀라며 대답했다. 전혀 예상하지 못했다는 건지 아니면 일부러 그러는 건지, 애매한 대답이었다. 길 원장이 보기에 그는 경찰에서 그 계좌의 실체를 알지 못하고 있을 것이라 생각한 듯했다. 비밀리에 관리되는 계좌였기 때문이다. 연결계좌까지 일일이 확인한 박 형사의 끈질김으로 인해 밝혀진 계좌였으니 그렇게 놀랐을 것이다.

"어? 그건… 제 개인 계좌인데."

그는 떨리는 목소리로 겨우 대답했다.

"그래요? 처장님이 주로 사용하는 계좌는 이 계좌가 아닌 거 같고, 이 계좌에는 수억 원의 거금이 잔고로 계속 남아 있던데 그렇게 돈이 많았나요?"

"아, 그게… 제가 집사람 몰래 수십 년 동안 계속 모아온 돈이라."

그의 이마에는 벌써부터 땀이 나고 있었다. 대머리인지라 땀이 이마에 맺힌 것이 확연히 보였다. 이제 겨우 신문이 시작됐다고 볼 수 있는데 연신 손수건으로 땀을 닦고 있었다.

"일단 그건 그렇고, 이 계좌 거래 내역을 보면 2012년 5월부터 시작해서 2015년 12월까지 매달 2일 500만 원씩 꼬박 현금으로 인출된 자료가 나오는데, 이에 관해 설명해 주실 수 있나요?"

박 형사는 주도권을 잡았다고 생각했는지 시종 여유가 넘치는 표정으로 물었다. 자신감이 넘치는 말투였다.

"네? 그게…."

고 처장은 이번에도 쉽게 대답하지 못하고 있었다. 힐끔힐끔 변호사의 얼굴을 쳐다보고 있었으나 변호사도 이 부분은 미처 생각하지 못한 듯했다. 갑자기 변호사가 중간에 끼어들었다.

"제가 한번 계좌 내역을 볼 수 있을까요?"

"네, 물론."

박 형사는 계좌 내역이 인쇄된 서류 뭉치를 변호사에게 건넸다.

고 처장과 변호사는 한참이나 계좌 내역을 살피고 있었다. 그리고 아무 말이 없었다. 단지 계좌 내역을 다 봤다는 의미로 서류 뭉치를 박 형사 쪽으로 밀어 넣었다. 성격 급한 박 형사가 다시 말을 꺼냈다.

"이 돈의 흐름이 어디로 갔는지 다 알고 있으니 사실대로 말씀해 주시면 바로 끝날 수 있을 겁니다. 괜히 시간 끌지 마시죠."

고 처장은 다시 한번 변호사의 얼굴을 힐끔 쳐다봤다. 애써 모른 척하는 변호사가 원망스러운 표정이었다.

"그게, 제가 개인적으로 쓸 일이 있어서."

순간 박 형사의 얼굴이 일그러지기 시작했다. 밖에 있는 길 원장이 보기에도 험악한 표정이 그대로 읽혔다.

"계속 해 보자는 겁니까?"

갑자기 박 형사의 목소리가 커졌다. 고 처장은 고개를 푹 숙이며 아무 대꾸도 하지 못하고 있었다. 답답한 박 형사가 다시 말을 꺼냈다.

"이렇게 계속 거짓말하면 저희는 처장님이 채 국장 살인 사건에 관련 있다고 의심할 수밖에 없습니다. 잘 생각하세요."

"네?"

고 처장은 또다시 깜짝 놀라며 고개를 들어 박 형사를 쳐다봤다.

"오늘 오신 이유가 채 국장 살인 사건 때문인 거 맞죠? 그러니 저희도 그 부분만 조사할 테니 너무 걱정하지 마시고 수사에 협조해 주세요. 그럼, 저희도 잘 마무리하겠습니다."

이번에는 박 형사가 어린 학생을 달래듯 차분한 목소리로 분위기를 잡았다. 하지만 고 처장의 입에서는 한참 동안 어떤 단어도 나오지 않았다.

길 원장은 이런 상황을 박 형사가 더 이상 참지 못할 것이라는 생각이 들었으나 의외로 그는 긴 침묵을 지키고 있었다. 자신만의 수사 노하우가 있는 듯했다. 결국 고 처장이 입을 열었다.

"그게… 채 국장이 돈이 필요하다고 해서."

"그 돈이 채 국장에게 넘어갔다는 말이네요."

"네."

고 처장은 짧게 대답했다. 그저 묻는 말에만 짧게 대답하는 것이 상책이라고 생각하는 듯했다.

"음, 처장님이 자선 사업가는 아닐 테고, 매달 500만 원이라는 거금을 3년간 채 국장에게 건네줬으면 분명 그 이유가 있었을 텐데요?"

"그게….."

그는 다시 말문을 닫고 변호사를 쳐다보고 있었다. 자신이 어떤 말을 해야 할지 모르겠다는 표정이었다. 이미 준비는 단단히 하고 왔을 터이지만 그 계좌의 존재를 경찰에서 모르리라 생각하고 이 부분은 미처 준비하지 못했다는 표정이었다. 변호사는 그의 얼굴을 외면하고 있었다. 자신도 난감하다는 표정을 짓고 있었다.

"고 처장님! 저희는 생각보다 많은 것을 확인해 놓은 상태입니다. 처장님이 채 국장한테 단단히 약점을 잡힌 모양인데, 저희한테 순순히 협조하시면 채 국장 살인 사건과 관련 없는 부분은 건드리지 않을 겁니다."

어쩔 수 없이 박 형사는 자신이 나서기로 결심한 모양이었다. 그는 서장과 합의한 대로 채 국장 살인과 관련 없는 부분은 건드리지 않겠다고 선수를 쳐야 고 처장이 순순히 진술할 거 같아서 그런 말을 꺼냈을 것이다.

"그게… 재단 내부에 조금 잘못된 것이 있는데, 그것을 채 국장이 어떻게 알았는지 세상에 알리겠다고 하도 협박을 해서."

"지금 채 국장이 죽었다고 그에게 모든 것을 떠넘기는 것은 아닌가요?"

박 형사는 확실히 쐐기를 박고자 다그치듯 그를 코너로 몰았다. 더 이상 빠져나갈 수 없도록 확실한 그물을 쳤다. 역시 수사 베테랑다운 노하우였다.

"아닙니다. 그건 절대 아닙니다. 저도 어쩔 수 없이…."

고 처장은 황급히 자신도 피해자라는 투로 말을 얼버무렸다.

"일단 좋습니다. 그럼 매달 2일 500만 원씩 인출된 현금은 모두 채 국장에게 전달했다는 거죠."

"네, 꼭 현금으로 달라고."

"2015년 3월 2일 단 한 번 200만 원만 인출된 것은 그 며칠 전에 300만 원을 계좌 이체한 거 때문인 것도 맞죠."

"맞습니다."

고 처장은 체념한 듯 순순히 대답하기 시작했다.

"채 국장은 이 돈을 어디에 쓴다고 하던가요?"

"네? 그건, 저도 잘….."

"그래도 3년간이나 매달 몰래 만나서 500만 원씩을 전달했으면 채 국장이 어디에 쓰려는지 대충 감이라도 잡았을 거 아닌가요?"

박 형사는 그를 완전히 제압했다는 투로 자신 있게 추궁했다.

"확실하진 않지만, 아마 여자를 만나는 데 필요했던 거 같습니다."

"여자라? 그럼 채 국장이 바람피우는 데 돈이 필요했다는 거네요."

"네."

고 처장은 다 죽어가는 목소리로 겨우 대답했다.

"그렇게 생각하는 근거라도 있나요?"

"그게… 학교에서도 워낙 소문이 많았고, 또 언젠가는 제가 돈을 건네줄 때 여자와 함께 있던 적도 있어서."

"그 여자가 누구였나요? 아는 사람이었나요?"

"아뇨, 전혀 모르는 사람인데요. 20대 초반 정도의 젊은 여자라는 거밖에."

"그래도 채 국장 입장에서는 처장님이 처숙부인데 그렇게 바람피우는 것을 대놓고 과시했다는 말인가요?"

"제 약점을 단단히 잡았다고 생각했겠죠. 휴…."

그는 긴 한숨을 내쉬며 온몸에 힘이 쭉 빠지는 듯 어깨가 축 늘어졌다. 스스로 생각해도 조카사위한테 협박당한 자신이 한심하다고 생각하는 것 같았다.

"채 국장이 강원랜드에 자주 간다는 사실도 알고 있었죠?"

그는 순간 눈을 크게 뜨고 놀라는 표정을 지었지만 바로 정상으로 돌아왔다.

"네. 몇 번이고 돈을 미리 달라고 다그치는 전화가 왔었죠. 자신이 강원랜드에 있다는 말도 서슴지 않고 했고요. 그리고 언젠가는 얼굴 험악한 사람들과 함께 와서 떼를 쓴 적도, 그때마다 핑계를 대면서 겨우겨우 넘겼는데."

"얼굴 험악한 사람들이라뇨?"

"그게… 제 생각에는 채 국장이 돈을 빌렸다가 못 갚으니까 돈을 받으러 온 사람들 같아 보였는데, 채 국장이 그 사람들에게 꼼짝 못 했거든요.”

“그래요? 채 국장 부인은 채 국장이 몇 달간 집을 나가기도 했다던데 채 국장에게 현금을 어떻게 전달했나요? 처장님이 그 돈을 쓰고 죽은 채 국장에게 떠넘기는 것은 아닌가요?”

밖에서 그 모습을 지켜보던 길 원장은 박 형사의 수사 노하우가 참 대단하다는 생각이 들었다. 아닌 줄 뻔히 알면서도 고 처장을 압박하는 질문이 기가 막혔다.

“아, 아닙니다. 채 국장이 집에 안 들어가는지는 몰랐고, 돈을 받기 며칠 전에 꼭 확인 전화가 와서, 돈도 꼭 학교 밖에서 받아 갔고.”

“진 교수도 그런 사실을 알고 있었나요?”

박 형사는 갑자기 정곡을 찌르는 질문을 던졌다. 정신없는 그를 완전히 몰아붙일 생각인 것 같았다.

“네?”

고 처장도 전혀 예상하지 못했다는 듯 오늘 조사를 받으면서 가장 깜짝 놀라는 표정이었다.

박 형사는 그를 정면으로 응시하고 있었다. 분위기로 압박하고 있었다. 곧바로 그의 대답이 나왔다.

“네, 진 교수도 알고 있었죠. 언젠가 진 교수가 찾아와서 채 국장한테 돈을 뜯기고 있냐는 투로 물었던 적이. 그 사실을 어떻게 알았는지는 말하지 않았고요.”

“그래요? 그래서 처장님은 뭐라고 대답했나요?”

“이미 진 교수가 모든 것을 알고 있다고 생각해서 저도 사실대로…. 그리고 채 국장을 말려 달라는 말도 했고요.”

고 처장은 말을 끝내자마자 고개를 푹 숙였다. 또다시 자신이 봐도 한심하다고 생각하는 것 같았다. 마지막 말은 겨우 들릴 듯 말 듯 했다.

"그래서 진 교수는 뭐라고 하던가요?"

"진 교수는 뭔가를 한참 생각하는 거 같았고, 자기가 한번 말해 보겠다고만."

"그 말은 무슨 뜻인가요?"

"제가 느끼기에는 진 교수가 채 국장을 설득해서 더 이상 돈을 요구하지 않도록 해 보겠다는 뜻이었습니다."

"그래서 그렇게 됐나요?"

"아니요. 그 후로도 채 국장은 돈을 계속 요구했고, 실제 진 교수가 채 국장한테 그런 말을 했는지조차도 모르겠네요."

"처장님은 진 교수가 그런 사실을 어떻게 알았을 거라고 생각하나요?"

"그게…."

고 처장은 쉽게 말을 꺼내지 못했지만 속으로는 뭔가를 다짐하는 모습이었다.

"아마도, 이건 제 생각입니다만, 진 교수도 채 국장에게 돈을 뜯기고 있었다는 느낌이, 말하는 분위기가 꼭 그랬습니다."

"그래요?"

박 형사는 무심한 듯 말했지만, 속으로는 이 진술이 무엇을 의미하는지를 곰곰이 생각하고 있을 것이다. 길 원장 또한 그랬기 때문이었다. 진 교수도 채 국장한테 돈을 뜯기고 있었다면 어떻게 되는 것인가? 결국 돈 때문에 살인이 일어났단 말인가?

"그럼, 처장님은 진 교수가 채 국장을 살해했다는 것에 대해 어떻게 생각하나요?

고 처장은 바로 대답하지 않고, 신중히 생각하는 모습이었다. 잠시 후 말문을 열었다.

"저는 그 사실을 그다지 믿지 않습니다. 채 국장이 저한테 이렇게까지 하는 것으로 봐서는 채 국장을 죽이고 싶어 하는 사람이 많았을 겁니다. 그에 비하는 진 교수는….."

"채 국장은 자신보다도 여섯 살이나 많은 진 교수를 손아래 동서라고 많이 무시했다고 하던데, 어떤가요?"

"무시한 게 맞긴 맞는데, 그렇다고 채 국장을 그렇게 잔인하게 죽였다고는….."

"처장님 생각이긴 하지만 진 교수도 채 국장에게 돈을 뜯기고 있었다면 죽여야 할 이유가 있는 거 아닌가요?"

"그렇다고 사람을 그렇게 쉽게 죽일 수는….."

고 처장은 자신도 채 국장에게 돈을 뜯겼으므로 자신 또한 살인의 동기가 있다는 말로 들려서 그런지 말을 잇지 못하는 것 같았다.

"이런저런 이유가 복합적으로 작용해서 원한이 사무칠 수도 있었던 것 아닌가요?"

"거기까지는 저도….."

"결론적으로 진 교수가 돈 문제 때문에 채 국장과 다투다가 살해했을 가능성도 있을 수 있다는 거네요?"

박 형사는 그에게 최후의 일격을 가했다. 가장 대답하기 어려운 질문을 던진 것이다.

고 처장은 갑자기 머리를 쥐어 감싸면서 흐느끼기 시작했다. 자신도 일말의 책임이 있다고 생각하는 듯했다. 박 형사는 어린 아이를 달래듯 말을 꺼냈다.

"오늘은 너무 힘드신 거 같으니 몇 가지만 묻고 바로 끝내겠습니다."

그래도 그의 흐느낌은 멈추지 않았다. 한참이 지난 다음에야 겨우 진정이 되었다.

"솔직히 저희는 진 교수가 채 국장을 살해했을 가능성이 높다고 보는데, 다른 가능성에 대해서도 염두에 두고 있습니다. 혹시 다른 가능성에 대해서 저희한테 해줄 말은 없나요?"

"채 국장은 여자 문제가 워낙 복잡하니까 원한을 샀으면 그런 쪽이 더 가능성 있지 않을까요? 그리고 깡패들한테 협박당하는 모습을 제가 직접 보기도 했고요. 진 교수는 그렇게 잔인하게 사람을 죽일 위인이 못 됩니다. 저는 그 말 이외에 더 드릴 말씀이."

고 처장은 완전히 정상으로 돌아온 것 같았다. 자신의 의견을 분명히 전달하고 있었다.

"음, 그 부분도 저희가 참고하죠. 그런데 진 교수가 채 국장 살인 사건과 관련이 없다면 왜 잠적했을까요? 거기에 대해서는 어떻게 생각하세요?"

"그건…."

고 처장은 또다시 고민하는 모양새였다.

"…진 교수와 희수 사이의 또 다른 문제일 수도 있지 않나요?"

"아, 그래요? 그리고 참, 오선화가 처장님 조카 맞죠?"

"네? 선화가 갑자기 왜?"

고 처장은 질문 하나하나에 연신 놀라고 있었다. 원래 사소한 일에도 그렇게 잘 놀라는 사람 같아 보였다.

박 형사는 길 원장이 전에 말했던 선화라는 사람에 대해 이미 조사를 해 놓은 것 같았다. 길 원장 또한 전혀 생각지도 못했던 부분이라 고 처장이 어떻게 대답할지 궁금했다.

"이 부분은 조서에 기재할 것은 아니니 편하게 말씀하셔도 됩니다."

"…네."

"오선화가 무슨 이유로 이사장님 집에서 쫓겨났나요?"

"그게…."

고 처장은 쉽게 대답하지 못하고 있었다. 무슨 사연이 있는 듯했다. 박 형사는 기다렸다.

"선화가 어린 나이에 아버지를 잃자 형님이 보살폈는데, 불미스러운 일이 발생해서 그만…."

"끝까지 말씀해 보시죠."

박 형사는 고양이가 생쥐를 가지고 놀 듯 느긋하게 신문하고 있었다.

"채 국장이 선화를 건드려서 그만, 희진이가 그 사실을 알고…. 저도 더이상은 잘 모릅니다."

고 처장은 이 질문에 대해서는 더 이상 대답하기 어렵다는 사정을 온몸으로 표시하고 있었다. 머리를 감싸며 연신 흐느끼고 있었다. 불쌍한 어린 조카의 일이라고 생각해서 그런 것 같았다.

"그런 일이 언제 있었나요?"

"작년 여름쯤으로 기억되네요. 그때 선화가 집을 나갔습니다."

"그런데 오선화는 어떤 계기로 이사장님 집에 들어가게 됐나요?"

"선화 아버지가 전에 형님이 다니던 송일농기계 직원이었는데 근무 중에 기계를 잘못 다루는 바람에 사고가 나서 그만 죽었거든요. 처음에는 선화 어머니가 선화를 키우다가 재혼하게 되면서 선화를 데리고 가기가 뭐해서 형님에게 맡겼죠."

"고 이사장님이 여러모로 챙겨주신 거네요."

"형님이 자기 직원과 막내 여동생을 연결시켜 준 터라 선화에게 빚이 있다고 생각하신 거 같습니다."

"형님이야 그렇다고 하더라도, 송 이사장님은 오선화를 받아들이는 것에 대해 반대하진 않았나요?"

"거기까지는 저도 잘….""

"그래요? 오선화 휴대폰 번호 좀 알려주실래요?"

"그런데 선화가 이번 사건에 왜?"

"채 국장이 살해되지 않았습니까? 채 국장 주위의 사람들은 모두 다 확인해 봐야죠."

"아, 그렇겠죠."

고 처장은 주머니에서 휴대폰을 꺼내 메모지에 뭔가를 적어서 박 형사에게 건넸다. 박 형사는 메모지를 한번 슬쩍 보고 별스럽지 않다는 듯이 옆으로 툭 던졌다. 길 원장이 보기에는 고도의 작전인 것 같았다. 이번 사건에서 오선화의 등장이 어떤 커다란 의미를 가져다줄 수 있을지도 모를 테니 말이다.

"마지막으로 한 가지만 더, 처장님이 채 국장한테 돈을 뜯기고 있다는 사실을 이사장님은 알고 계셨나요?"

박 형사는 또다시 그에게 대답하기 어려운 질문을 던졌다. 역시 그의 표정이 일그러지기 시작했다. 한동안 말이 없다가 체념한 듯 말이 나왔다.

"네, 알고 계셨죠. 저 혼자 결정할 문제가 아니어서. 그렇지만 이사장님은 거기에 대해 아무 말씀도 없었고, 아무런 관련도, 전부 제가 다 알아서….""

고 처장은 누가 봐도 애처롭게 송 이사장을 두둔하고 있었다. 그럴 만한 충분한 이유가 있을 것이다.

"알겠습니다. 오늘 고생 많았네요. 또 조사할 일이 있을지 모르겠지만 되도록 필요한 사항이 있으면 전화로 문의드리죠. 조서 읽어보시고 틀린 부분이 있으면 편하게 수정하시고, 마무리되면 돌아가셔도 좋습니다."

박 형사는 순간 길 원장이나 자신이 처음에 품었던 그 의심, 즉 고 처장이 채 국장을 살해했을 가능성은 거의 없다고 생각하는 듯했다. 이런 위인이 그렇게 잔혹하게 채 국장을 살해할 사람 같지는 않아 보였기 때문이다.

"박 형사님도 저 때문에 고생 많으셨네요. 죄송합니다."

그날 저녁 길 원장과 박 형사는 단골 곱창집에 앉아 저녁을 먹었다. 이시진 과장은 예산경찰서 서장에게 업무적으로 보고할 일이 있어 그 일이 끝나면 늦게라도 합류하기로 했다.

고 처장의 진술 내용을 토대로 그다음 수사 방향을 상의한다는 명목으로 자리가 마련됐다. 그러나 박 형사는 그보다 술이 당겼던 모양이다. 길 원장을 붙잡고 저녁을 같이하자고 애원조였다.

"고 처장이 그래도 순순히 사실대로 진술했다고 봐야겠죠?"

박 형사는 은근히 자신의 역할을 인정받고 싶은 모양이다.

"네, 그렇겠죠. 재단의 예민한 부분은 건드리지 않겠다는 박 형사님의 말씀 이후에는 그래도 순순히 진술했다고 봐야겠죠. 증거와도 맞아떨어지고."

길 원장도 은근슬쩍 그의 수사 노하우를 칭찬하는 투로 말했다.

"그럼, 고 처장은 용의선상에서 배제되는 건가요?"

"고 처장의 진술 내용을 봐도 그렇고, 또 고 처장이 그렇게 잔인하게 사람을 살해할 위인 같아 보이지도 않고…. 그래도 진 교수가 채 국장을 살해할 만한 동기를 막연하게나마 확인한 것이 성과라고 봐야겠죠."

길 원장도 그의 생각에 동의한다는 뜻으로 대답했다.

"진 교수가 채 국장에게 돈을 갈취당하고 있었다면 충분히 살해 동기가 될 수 있겠죠."

"그것만 가지고는 명확히 살해 동기가 밝혀졌다고는 할 수 없을 거 같고, 진 교수가 무슨 이유 때문에 갈취당했는지를 밝히는 것이 더 급선무겠죠."

"그렇겠죠. 거기에다가 가족 간의 갈등이나 무시가 더해져 폭발했을 테고."

"참, 처음 수사 당시 진 교수 계좌 내역을 확인해 보지 않았나요? 언제부터인지는 모르지만 진 교수가 채 국장한테 갈취당하고 있었다면 그 흔적이 있었을 거 같은데?"

박 형사는 새롭게 확인된 사실이어서 그런지 기억을 더듬어 보는 듯하더니 잠시 고개를 갸웃거렸다.

"지금은 정확히 기억나질 않는데, 그 당시에는 진 교수가 잠적했을지 몰라 도피자금 수사 쪽으로만 집중했습니다. 그때 별다른 이상한 점은 없었던 것으로 기억나는데, 나중에 자세히 살펴보죠."

"채 국장 계좌 내역에서 뭐 특별히 기억나는 것이 없었나요?"

"네, 그런데 한 가지 의아한 것은 있었죠. 그것도 이젠 깔끔히 이해가 되네요."

길 원장은 그의 말에 솔깃했다. 의아한 것이라니, 그리고 또 이해된다는 말은 무슨 뜻일까?

"채 국장 계좌에는 신용카드를 사용한 흔적이 거의 없었는데, 분명 신용카드를 쓰긴 했는데 한 달에 겨우 몇십만 원 정도? 그래서 의아하다고 생각했었죠. 참 대단하네요. 고 처장이나 진 교수한테 현금을 뜯어냈다면 굳이 카드를 사용할 일이 없었겠죠. 남의 돈으로 마음대로 쓰고 다녔을 테니까."

"현재로서는 진 교수가 채 국장한테 갈취당했다는 것은 고 처장의 느낌뿐이니 명확히 확인됐다고 볼 수 없겠죠."

길 원장도 고개는 가볍게 끄덕였지만 신중한 자세를 견지했다.

그래도 두 사람 모두 고 처장을 조사한 이후로는 생각이 한 방향으로 모이는 것 같았다. 진 교수가 채 국장한테 금전을 뜯기고 있었다는 사실과 당연히 신해수라는 존재가 더해졌기 때문일 것이다.

그리고 오선화에 대해 좀 더 조사해 볼 필요성이 있다는 점에서도 두 사람 모두 의견의 일치를 봤다. 피해자인 채 국장의 주변 인물을 확인해야 하는 것은 당연한 수순이었다. 실제 채 국장이 오선화와 어떤 관련이 있다면 이 집안의 가족사는 더욱더 엉켜 있음이 분명했다.

잠시 후 식당 문이 열리면서 이 과장이 헐레벌떡 들어오고 있었다. 상당한 시간이 흘러서 그런지 몹시 급했던 모양이다. 세 사람은 간단히 인사를 건네고 대화를 이어갔다.

이 과장이 먼저 말을 꺼냈다.

"고 처장 조사는 잘 끝냈어? 아까 서에 들어가다 보니 고 처장이 조사 끝나고 돌아가는 거 같던데? 고일성 이사장을 사진으로만 봤는데 고 처장하고 영락없이 똑같던데?"

"그렇죠, 저도 처음 고 처장을 보고 깜짝 놀랐죠."

길 원장이 이에 화답했다.

"제가 완전히 고 처장을 박살 냈습니다. 저희가 예상했던 답도 나왔고요. 그 사람 참, 조사 내내 벌벌 떨기만 하다가 갔습니다."

박 형사가 자랑하듯 씩씩하게 말을 꺼냈다.

"그래? 그렇다면 이상하네?"

이 과장은 자신 없이 말하면서 고개를 갸웃거렸다.

"뭐가요?"

박 형사가 뜬금없다는 듯 물었다.

"아까 언뜻 보기는 했지만, 고 처장 그 사람 아주 당당하던데? 변호사 같은 사람하고 차에 타기 전에 하이 파이브도 하고, 아주 씩씩하게."

"네에?!"

두 사람 모두 동시에 비명 같은 외침을 질렀다.

"고 처장 그 사람 오줌 질질 쌀 듯이 제대로 걸어 나가지도 못했는데…."

박 형사는 말이 안 된다는 투로 반박하고 있었지만, 길 원장은 순간 깊은 생각에 빠진 듯 술잔만 응시하고 있었다.

"혹시 경찰서 주차장에 CCTV 있지 않나요?"

길 원장이 다급하게 물었다.

"그야, 당연히 있죠."

박 형사는 자신이 말을 꺼내 놓고도 순간 멈칫하는 모습을 보였다. 바로 휴대폰을 집어 들었다. 그리고 누군가와 통화하면서 오후 4시 이후 경찰서 주차장이 찍힌 CCTV 화면 모두를 휴대폰으로 전송하라고 다그치고 있었다.

세 사람은 아무런 말이 없었다. 모두 어떤 불안감이 엄습해 오는 것 같은 표정이었다. 태풍 전야의 고요함이었다.

순간의 고요함을 깨고 박 형사의 휴대폰으로 카톡 소리가 들렸다. 그는 무의식적으로 급히 휴대폰을 열었다. 길 원장과 이 과장도 그의 뒤로 돌아가서 휴대폰을 응시하기 시작했다. CCTV 화면은 그래도 가까이서 찍혔는지 선명했다.

CCTV에 찍힌 고 처장의 모습은 흡사 유주얼 서스펙트의 마지막 장면 같았다. 그는 경찰서 현관 앞까지는 다 쓰러질 듯한 모습으로 느릿느릿 걸음을 옮기고 있었다. 누가 보면 영락없는 환자라고 생각할 정도였다. 그러나 경찰서 건물 왼편의 민원인 주차장 앞에서는 갑자기 허리도 꼿꼿이 세운 채, 운전석으로 가고 있는 변호사와 힘차게 하이 파이브를 하고 있었다. 이윽고 고개를 돌려 자신이 조사받았던 3층 조사실을 한참 동안 쳐다보고 있었다. 정확히 보이지는 않았지만, 회심의 미소를 짓고 있는 듯했다. 그리고 바로 차에 올라탔다.

길 원장과 이 과장은 자신의 자리로 돌아왔다. 아무도 이 상황에 대해 뭐라고 말을 꺼내지 못하고 있었다.

"고 처장이라는 사람, 결코 만만히 볼 게 아니었네요."

길 원장이 먼저 말을 꺼냈다. 이 과장은 대답 대신 소주를 원샷했다. 이윽고 박 형사의 입에서 한탄하는 목소리가 흘러나왔다.

"허, 참! 우리가 고 처장한테 완전 농락당한 거, 맞죠? 저는 이 상황이 잘 이해되지 않아서."

"고 처장의 진술에 대해 근본적으로 다시 생각해 봐야….."

길 원장이 조심스럽게 말을 꺼냈다.

"아니, 조사하면서 무슨 일 있었어?"

조사 내용을 모르는 이 과장은 이 상황이 답답한 듯했다.

"고 처장은 조사받으면서 시종일관 어쩔 줄 몰라 하면서 안절부절못하는 모습을 보였거든요. 또 진술할 때도 저희가 예상한 답을 순순히 인정했죠. 그리고 자신의 추측이라고 에둘러 말하기는 했지만 진 교수도 채 국장한테 갈취당하고 있다는 언급도 했고요."

길 원장은 지금 멘붕 상태에 빠져 있는 박 형사를 대신해서 이 과장에게 고 처장 조사 과정을 계속 설명했다.

"그런데 지금 상황으로 봐서는 고 처장의 진술을 근본적으로 다시 검토해 봐야 한다는 거죠."

"음….."

"아마 채 국장 관련 부분은 증거가 명확하니까 사실대로 진술했을 거 같긴 한데, 진 교수가 채 국장한테 금전을 갈취당하고 있다는 언급은 저희를 속이려는 수작일 수도 있을 겁니다."

"그 의미는?"

"단순히 생각하면 진 교수가 채 국장을 죽일 동기가 있다는 사실을 부각시키려고 한 게 아닐까요?"

"음….."

이 과장도 이번 일이 예상외의 사태로 흘러가고 있다고 생각하는지 사뭇 심각한 표정이었다. 곧이어 말을 이어갔다.

"고 처장의 숨은 의도가 진 교수를 범인으로 몰고 가려는 거였다면 고 처장도 채 국장 살인에 어느 정도 관련 있다고 봐야 하지 않을까요?"

박 형사는 계속해서 아무 말도 하지 않고 있었다. 이 과장의 말에 형식적으로 고개만 끄덕이는 정도였다.

"그리고 또, 고 처장은 진 교수가 결코 범인이 아니라고 강하게 두둔하기도 했었죠."

길 원장이 부연 설명했다.

"그것도 고도의 트릭이 아닐까요?"

박 형사가 갑자기 끼어들었다. 이 과장도 동의하는 듯한 표정을 보였다.

"저희가 너무 심각하게 생각하는 건 아닐까요? 고 처장이 조사를 마치고 저런 모습을 보였다는 건 채 국장 살인 사건 때문이 아니라, 재단의 회계 부정 사실이 무사히 넘어갔기 때문일 수도 있으니까요."

길 원장이 분위기를 다잡듯 말을 꺼냈지만 두 사람은 반응이 없었다.

"아무튼 고 처장의 말을 액면 그대로 믿지는 말고, 우리는 우리대로 수사 해나가면 되지. 안 그래, 박 형사!"

"네, 누가 이기는지 끝까지 가봐야죠. 야하! 고 처장, 그 사람! 이 박 형사를 가지고 놀았단 말이지. 그 끝이 어떻게 되는지 제가 똑똑히 보여드리겠습니다. 우리 너무 머리가 복잡한데 술이나 마시죠."

세 사람은 언제 그랬냐는 듯 씩씩한 목소리로 함께 "건배!"를 외쳤다.

이 과장은 대리기사를 불러 집에 들어가고, 박 형사는 시외버스정류장까지 길 원장을 배웅했다. 두 사람은 바람도 쐴 겸 천천히 걷고 있었다.

길 원장은 자신의 가슴속에 있는 뭔가 찜찜한 속내를 털어놨다.

"박 형사님! 전에도 말씀드렸지만 계속 마음에 걸리는 것이 있는데 말씀드려도 될까요?"

길 원장은 조심스럽게 접근했다.

"네. 말씀하세요, 뭐든지."

"송 이사장도 그렇고 고 처장도 그렇고, 진 교수가 사람을 그렇게 잔인하게 살해할 위인이 못 된다고 확신하고 있는 거 같은데, 돈을 갈취당했다는 것만으로 살해 동기가 확정됐다고 할 수 있을는지요. 그리고 돈을 갈취당했다는 사실도 아직 확실하게 확인되지 않았는데, 물론 고 처장이 거짓말했는지 그 여부는 알 수 없지만."

"전에 말씀하신 것처럼, 진 교수가 범인이 아닐 가능성이 있다는 건가요?"

"거기까지는 아니고, 저희가 모르는 결정적 살해 동기가 있을 거 같다는 생각이 드네요. 그렇게까지 잔인하게 사람을 살해했을 만한 또 다른 숨은 이유가."

"단순하게 생각할 필요도 있지 않을까요? 목을 잘라 살해한 것은 원한에 사무쳐서 그런 것이 아니라 단지 시체를 숨기고 운반이 편리하게 하려는 의도가 아니었을까요? 시체를 옮겨 숨기려면 아무래도 토막 내는 것이 당연히 편리했을 테니까요. 그리고 나중을 대비해서라도 토막 낸 시체를 분산해서 숨기는 것이 훨씬 유리했을 거고요. 실제로도 머리는 예당호에, 나머지 일부는 장성에, 그런 거 아닌가요?"

"충분히 그럴 가능성도 있겠죠. 다만 우리가 모르는 또 다른 살해 동기가 있을 수 있으니 그 부분도 신경 쓰셔야 할 겁니다."

"명심하겠습니다, 원장님!"

박 형사는 술기운 때문인지 아까보다는 기분이 나아진 것 같았다. 목소리가 한결 가벼워 보였다.

"그리고 또, 노파심에서 한 가지 더 말씀드릴게요."

"네, 기꺼이."

"고 처장 입에서도 나왔지만 채 국장 주변 여자들에 대한 조사
도 필요하지 않을까요? 여자가 한을 품으면 오뉴월에도 서리가
내린다고 하는데, 채 국장의 품행 상 주변 여자들에게도 원한을
샀을 가능성이 높을 겁니다. 치정에 의한 살인일 가능성도 염두
에 둬야 할 거 같고, 오선화의 경우도 마찬가지고요."

"다른 사람이라면 몰라도 채 국장에게는 충분히 가능한 시나
리오겠죠. 그 부분도 명심하겠습니다."

그도 길 원장의 말을 심각하게 받아들이는 듯 몇 번 고개를 끄
덕였다.

"고 처장이 언급한 깡패들도 신경 써야 할 겁니다. 그 사람들
은 수틀리면 돈 때문에 무슨 짓을 할지 모르니."

그는 이에 대해선 아무런 대답이 없었다.

길 원장은 다시 연락하자면서 그와 헤어졌다. 긴장했는지 아
니면 술기운이 올라왔는지 대전으로 오는 버스에서 내내 잠이
들었다.

박 형사는 다음날 형사과장과 함께 서장실로 불려 갔다. 고 처
장 조사 결과에 대해 서장은 상당히 만족한 표정을 짓고 있었다.
서장은 지금에서야 얘기한다며 윗사람들로부터 엄청나게 진 교
수가 범인이 아닐 가능성을 수사해 보라는 압박을 받았다고 했
다. 하지만 자신은 수사팀을 믿었기 때문에 빨리 진 교수의 시신
을 찾는 것이 최선이라고 생각해서 그렇게 심하게 닦달했었다며

멋쩍게 웃었다. 진 교수가 범인임이 확실하다면 윗분들도 뭐라 못할 것이라며 으스대기도 했다. 진 교수의 살해 동기가 명확히 나왔다고 생각하는 모양이었다.

그리고 신해수의 존재 및 실종으로 인해, 사실상 진 교수가 범인임을 확신하는 것 같았다. 아울러 자살보다는 잠적에 무게를 두고 있다는 수사팀의 의견에도 전적으로 동의한다고 했다. 오히려 그렇다면 범인을 하루빨리 잡기 위해 더욱더 수사를 확대할 필요성이 있다고 몇 번이나 말하기도 했다. 갑자기 수사가 활기를 띠기 시작했다.

박 형사는 서장실을 나오면서 허탈한 표정을 지었다. 언제는 그렇게 빨리 끝내라고 닦달하더니 오늘은 언제 그랬냐는 듯이 허허 웃고 있는 서장이 얄밉기까지 했다. 아마도 서장은 윗분들한테 자기 체면이 섰다고 생각하는 것 같았다. 아무튼 적극적으로 수사할 동력이 생겨서 다행이라는 생각밖에 들지 않았다.

고 처장이 조사받고 돌아갈 때의 상황에 대해서는 일부러 보고하지 않았다. 보고했다가는 분명 또 한소리 들을 것만 같았다. 그리고 길 원장 말대로 너무 심각하게 생각하지 않아도 될 사안인지도 모르는데 성급하게 보고할 필요가 없다며 애써 자기 합리화로 마무리했다.

그리고 이왕 제대로 수사하기로 했으니 지금까지 수사한 내용에 대해 전반적으로 재검토하기로 했다.

진 교수의 자살에 맞췄던 초점은 잠적으로 바뀌었다. 거기에다가 신해수를 공범으로 넣어 각자 역할 분담이라는 관점에서도 기록을 다시 검토하기 시작했다. 아울러 길 원장이 언급했듯이 모든 정황이 진 교수를 가리키고 있어도 당연히 그가 범인이라는 도식에 대해서는 다시 살펴보기로 했다. 뭔가 놓쳤을 가능성을 배제할 수 없었기 때문이다. 반성의 의미이기도 했다.

먼저 진 교수의 은행 거래 내역을 다시 살펴봤다. 그가 채 국장한테 돈을 갈취당하고 있었다면 분명 그 흔적이 남아 있었을 것이다. 그러나 몇 번이고 세심하게 검토했지만 그런 흔적은 전혀 보이질 않았다. 도피 자금과 관련해서도 의심할 만한 단서가 없었다. 그가 워낙 철두철미하다고 했으니 그런 흔적을 쉽게 남기지 않았을 것이라는 생각밖에 들지 않았다.

그리고 채 국장 주변에 대한 수사도 다시 시작하기로 했다. 지금까지는 당연히 진 교수가 범인이라고 생각했기 때문에 형식적인 조사만 있었다. 채 국장이 워낙 못된 짓을 많이 하고 다녔으니 전혀 엉뚱한 사람한테 당했을 가능성도 높을 것이다. 주변 여자 그리고 금전 관계 등이 얽혀 있을 수도 있을 것이다. 언제 시간을 내서 오선화도 직접 만나봐야 할 것 같다는 생각에 그녀를 조사 목록에 넣었다.

또 고 처장에 대해서도 복수할 기회를 가져야겠다고 다짐했다. 비록 고 처장의 진술이 사실일 가능성이 높다고 해도 조사 과정에서 자신을 농락한 그를 결코 용서할 수 없다고 생각했다.

장성경찰서에도 전화를 걸어 수사 진전 상황을 확인했지만, 이재만 형사는 아직까진 별다른 진전이 없다고 했다. 일단 신해수 실종 관련 자료를 송부받기로 했다.

3장.

엇갈린 진실

1.

길 원장은 며칠 후 송 이사장으로부터 장문의 문자를 받았다. 결론적으로 일부 오해가 있었다며 계속 사건을 맡아 달라는 취지였다. 예상과는 다르게 곳곳에서 겸손함이 보였고, 직설적으로 사과한다는 언급도 있었다. 그녀는 고 처장에 대한 조사 이후 마음이 바뀐 것으로 보였다. 자신이 우려했던 재단 회계 부정에 관한 문제는 비껴갔다고 생각했을 것이다. 결국, 그녀는 재단이 제일 중요하다고 생각하고 있었다. 채 국장 살해의 진범을 밝히는 것보다, 진 교수의 소재를 찾는 것보다도….

이 두 가지를 해결해 달라고 손수 대전까지 내려와서 그렇게 사정했다가 재단 회계 부정 문제가 불거지자 냉정하게 길 원장을 내치지 않았던가! 참 대단하다는 생각밖에 들지 않았다.

길 원장은 최선을 다해 일을 잘 마무리하겠다는 다소 형식적인 답을 보냈다. 일단은 어느 정도 거리를 둬야 할 것 같았다. 현재로서는 또 앞으로 어떤 변수가 생길지 솔직히 장담할 수 없었기 때문이다.

길 원장도 이젠 가만히 손을 놓고 있을 수는 없었다. 경찰이 할 수 있는 일은 경찰에게 맡길 수밖에 없지만, 그 외는 자신이 뭔가라도 찾아야 할 것 같았다.

마침 겸사겸사 기회가 닿았다. 차길수·차수인 부녀 살인 사건에서 결정적 역할을 한 엄상록 소장이 영월경찰서 형사과장으로 부임했다는 소식을 접했다. 한동안 연락이 뜸했는데 축하 자리를 핑계로 한번 영월에 가기로 했다. 간 김에 강원랜드에 가서 채 국장의 행적도 살펴보기로 했다.

금요일 저녁 늦게 영월에 도착했다. 전에 여러 번 갔던 '청풍명

월' 한정식집에는 반가운 엄 소장이 기다리고 있었다. 아니, 지금은 엄 과장이다.

길 원장은 엄 과장과 이런저런 못다 한 얘기 보따리를 꺼냈다. 우여곡절 끝에 차길준이 영월군수가 된 얘기, 결국 차길준과 홍상일이 화해한 얘기 등등 지금은 마음 편히 말할 수 있는 소재를 안줏거리로 삼았다.

주흥이 한창 무르익을 무렵 길 원장은 채 국장 살인 사건 얘기를 꺼냈다. 대략 가족 간의 갈등으로 손아래 동서가 내연 관계에 있는 제자와 함께 손위 동서를 살해하고 잠적했다는 정도로만 말했다. 당연히 엄 과장도 흥미를 느꼈다. 역시 형사 DNA는 숨길 수 없는 모양이었다. 그리고 또 하나 멋진 해결을 기대하는 눈치였다.

길 원장은 단도직입적으로 그에게 부탁한다는 말을 꺼냈다. 강원랜드에서 여러 가지를 확인하려면 길 원장으로서는 감당할 수 없는 부분이었다. 현직 경찰관의 도움이 절실하다며 다 죽어가는 시늉을 했다. 그도 기꺼이 출동하겠다고 큰 소리로 외쳤다. 오래간만에 느끼는 편안한 밤이었다.

다음날 두 사람은 강원랜드로 향했다. 길 원장은 평소에 바둑, 장기나 카드 등 잡기를 좋아해서 강원랜드는 몇 년에 한 번 정도 잠시 들르는 정도지만 갈 때마다 흥분되기는 마찬가지였다. 겸사겸사 일도 보고 혹시 운이 좋으면 대박이 날지도….

일단 채 국장이 언제부터 얼마나 자주 강원랜드에 들락날락했는지 확인해 보기로 했다. 혹시 일행이 있을지도 모른다는 생각에 그 점도 염두에 두기로 했다. 이 부분은 엄 과장에게 일임했다.

길 원장은 강원랜드에 들어가서 느긋하게 블랙잭을 즐기고 있었다. 생각이 딴 곳에 가 있어서 그런지 성적이 영 시원찮았다. 한참이 지난 후에야 엄 과장이 돌아왔다. 그의 손에는 서류뭉치가 들려 있었다.

"채인수 강원랜드 출입 기록이네요. 무지하게 다녔더군요. 여기에서 말은 하지 않지만 아마도 VIP 대접을 받았던 모양입니다. 팔자가 좋아서 이런 곳에서 죽치며 놀고 있는 사람들투성이인데, 우리는 그런 거 뒤치다꺼리나 하고 있으니… 나, 원, 참!"

길 원장은 가벼운 미소만 보이며 서류뭉치를 건네받았다. 채 국장이 강원랜드에 온 시기는 2009년부터였다. 서류 몇 장이 넘어가도록 온 일시가 빼곡히 기재되어 있었다. 참 팔자 좋은 사람이었지만 지금은 한 줌 흙이 됐으니 무상하다는 생각도 들었다.

마지막 페이지를 넘기자 길 원장의 눈이 휘둥그레졌다. 채 국장이 마지막으로 강원랜드에 온 일시는 분명 작년 12월 24일 저녁 8시였다. 크리스마스이브였다. 다시 한번 확인했다. 옆에 있던 엄 과장도 길 원장의 표정이 심상치 않다는 것을 눈치챈 것 같았다. 오래전에 안정사에서 차수인의 위패를 확인하던 그런 모습이었다.

"왜 뭐가 이상한가요?"

"음… 제가 어제 자세히 말씀드리지는 않았지만, 저희는 지금껏 채 국장이 살해되어 토막 난 일시가 작년 12월 20일쯤이라고 판단하고 있었거든요. 그런데 그때 살해됐다고 생각한 채 국장이 멀쩡히 살아서 작년 12월 24일 저녁 8시에 여기에 온 것으로 되어 있네요."

길 원장은 자신이 말을 꺼내 놓고도 믿기지 않는다는 표정이었다. 그러나 엄 과장은 옛날 차길수·차수인 부녀 살인 사건 때처럼 극적 반전을 생각했는지 입맛을 다시며 묘한 표정을 짓고 있었다.

길 원장의 머릿속은 복잡하게 얽혀 있었다. 채 국장은 분명 작년 12월 24일 저녁 8시경 강원랜드에 있었다. 그 후로 누군가로부터 살해되어 시체가 갈기갈기 토막 내어진 것이다. 그렇다면 그 누군가는 처음 생각했던 진 교수와 신해수가 아닐 가능성도 있다는 말인가?

신해수가 잠적하기 전 끌고 있던 큰 여행 가방 안에 채 국장의 시신 일부가 들어 있었다는 추측은 100% 잘못됐다는 말인가? 진 교수와 신해수 실종 이후에도 채 국장은 버젓이 강원랜드를 들락거리고 있었으니 그 의미는 채 국장 살해가 진 교수 실종과는 아무 관련 없을 가능성도 있다는 것이다.

진 교수가 먼저 자살 내지 잠적했다면 그럼 누가 채 국장을 살해했다는 말인가? 그리고 또, 진 교수는 무슨 이유가 있었기에 잠적 내지 자살했단 말인가?

결국 수사는 다시 원점으로 돌아가야 할 것으로 보였다.

"혹시 채 국장과 함께 온 일행은 확인되지 않았나요?"

"기록상으로는 확인이 안 되고, 안면이 있는 몇몇 직원에게 물어봤는데 모두 잘 모르겠다고 하네요. 워낙 단골이라 몇몇 사람들과 친하게 얘기하는 모습은 봤어도 딱히 일행이라고는."

길 원장은 오늘은 느긋하게 강원랜드에서 휴식을 취하려고 호텔까지 예약해 놨으나 그럴 기분이 아니었다. 일단 박 형사에게 지금까지 확인된 사실을 알려야만 할 것 같았다. 바로 그가 전화를 받았다.

"아니, 원장님! 모처럼 주말이라 아들놈하고 축구 경기 보러 왔는데, 천생 원장님은 별 도움이 안 되네요."

그는 너스레를 떨고 있었지만, 목소리는 활기찼다. 길 원장의 목소리가 반가운 모양이었다.

"박 형사님! 지금 축구 경기 구경하실 때가 아닙니다. 크게 일이 터졌습니다. 터져도 크게 터진 것이 분명하네요."

길 원장도 받은 만큼 되돌려줬다.

"그래, 진 교수가 살아 돌아오기라도 했답니까?"

"진 교수가 살아 돌아왔는지는 모르겠고, 채 국장이 작년 12월 20일경 살해됐다가 다시 살아 돌아온 것만은 확실하네요."

길 원장은 충격적인 말을 꺼내 놓고 그의 반응을 기다렸다. 한동안 정적 상태가 유지되다가 잠시 후 다급한 그의 목소리가 들려왔다.

"아니⋯ 지금 무슨 말씀을 하시는 겁니까?"

그는 이제야 정신이 바짝 든 모양이다.

"제가 지금 강원랜드에 와 있는데 채 국장은 작년 12월 24일 저녁 8시에 강원랜드에 있었던 것이 확인돼서⋯ 그러니⋯."

"그럼?"

"네, 결론은 모든 것을 원점에서 다시 시작해야 한다는 거죠. 진 교수 실종 이후에도 채 국장이 버젓이 살아 있었으니 채 국장을 살해한 사람은 진 교수가 아닐 가능성이 있다고 봐야겠죠."

"그렇다면 누가 채 국장을 그렇게 잔인하게⋯."

그는 아직 충격에서 헤어 나오지 못했는지 말도 제대로 꺼내지 못하고 있었다.

"아무튼 다시 생각을 정리해 봐야 할 거 같긴 한데, 오늘은 아무 생각 마시고 아들에게 봉사하는 시간을 가지시길. 저도 좀 더 확인해 봐야겠네요. 그리고 참, 채 국장 단골이라는 전당포 상호 좀 알려주세요. 원점에서 다시 시작하려면 채 국장 주변부터 다시 살펴봐야죠."

"네에? 아니, 아니, 제가 지금 거기로 갈까요? 그 사람들 경찰이 아니면 쉽게 입을 열지 않을 텐데?"

"그건 걱정 안 하셔도 돼요. 여기에서 도와주는 경찰분이 계시거든요. 오늘은 사건 생각은 싹 잊으시고, 설사 진 교수가 살아 있다는 사실을 확인했더라도 오늘은 연락드리지 않을 테니 이번 주말은 그냥 푹 쉬세요. 전당포 이름 기억나나요?"

"○○전당사라고, 사북터미널 바로 옆에 있습니다."

"넵, 알겠습니다. 제가 나중에 다시 연락드리죠."

전화를 끊은 길 원장은 그가 충격받았을 모습이 눈에 선했다.

옆에서 지켜보는 엄 과장도 흥미진진하다는 표정이었다. 살해됐다고 생각한 사람이 버젓이 살아 있었다면, 그리고 그 사실을 경찰이 아닌 민간인이 확인했다면 그것을 수사하는 박 형사라는 사람도 처음의 자기 심정 같으리라 생각하는 듯했다.

엄 과장은 길 원장에게 우선 근처 식당에서 허기를 채우자고 했다. 실상은 이번 사건에 대해 자세히 묻고 싶어서 조바심이 난 것 같았다. 표정이 바로 그랬다.

두 사람이 식당에 들어서자마자 엄 과장은 질문을 쏟아냈다. 길 원장은 그의 질문에 대답하면서 군데군데 이번 사건의 핵심 사항을 조리 있게 설명했다. 길 원장의 설명을 다 들은 그는 사뭇 진지해졌다. 강력계 형사로서의 촉을 세워 이번 사건을 나름대로 분석하고 있었다.

식사를 마친 두 사람은 곧바로 ○○전당사를 찾아갔다. 규모가 꽤 큰 전당포였다. 주말이라 그런지 돈이 급한 사람들이 여럿 보였다. 잠시 후 엄 과장은 그곳 주인인 듯한 사람에게 신분증을 보이며 몇 가지 확인할 것이 있다고 무게를 잡았다. 그러고는 길 원장에게 무표정한 얼굴로 지시했다.

"길 형사가 필요한 사항 확인해 봐!"

그러면서 느릿느릿 뒤에 있는 소파에 앉더니 무심하게 바로 옆에 있는 잡지를 집어 들었다. 길 원장은 내심 당황했지만 표정에는 변함이 없었다.

"여기 사장님이죠?"

"맞습니다만."

주인의 얼굴에는 긴장하는 표정이 역력했다. 이런 일을 하는 사람들은 경찰의 출현이 결코 반가운 일이 아닐 것이다.

"여기 손님 중에 채인수라는 사람 있죠? 전에 예산서에서도 찾아온 적이 있었던 거 같은데?"

"아, 네. 그때 예산서에서 오신 분에게 자료를 다 드렸는데."

"그 자료는 저희도 받아봤고, 채인수는 여기에 얼마나 자주 들렀나요?"

"몇 년 전부터 일 년에 대여섯 번 정도. 뭐, 신용도 괜찮고 말썽을 피는 손님이 아니어서."

"그래요? 혹시 같이 온 일행이 있었나요?"

"그런 적은 없었던 거 같은데. 아! 참! 그런데 한 번인가 두 번 차에 누군가가 있었던 것이 어렴풋이 기억나네요."

"여자였나요?"

"네, 맞습니다. 귀한 손님이라 배웅하려고 출입문까지 같이 따라 나간 적이 있었는데, 그때 차 조수석 창문이 열리길래 언뜻 보니 젊은 여자였죠."

"혹시 인상착의나 특이할 만하게 기억나는 것이 있나요?"

"전혀요. 큰 선글라스를 썼다는 거밖에. 그리고 세련되고 화려하다는 느낌뿐."

"나이는 어느 정도였나요? 20대? 30대?"

"잘 기억 안 나네요."

"채인수는 차 말고 다른 담보로도 돈을 융통한 적 있었나요?"
"아니요. 항상 차를 맡겼죠. 잘 나가는 외제 차였으니 담보 가치는 충분했죠."

"혹시 담보도 없고 급전이 필요할 때는 무담보 사채를 쓰기도 할 텐데, 그땐 어떻게 하나요?"

"이 바닥에서 그런 경우는 없죠. 손님을 언제 봤다고 담보도 없이 돈을 융통해 주겠습니까? 비교적 큰돈은 차량이나 고급 시계 등 귀중품을 맡겨야 가능하죠."

"그래도 급히 돈이 꼭 필요할 때는 무슨 방법이라도 있지 않을까요?"

길 원장은 채 국장이 사채업자들한테 시달림을 당했다는 고 처장의 말을 확인하기 위해 집요하게 물었다.

"담보가 없을 땐 어쩔 수 없이 새로 할부 휴대폰을 구입하는 것처럼 하고 바로 처분하는 소위 '휴대폰깡'을 하기도 하지만 그거야 겨우 몇십만 원 생기는 거에 불과하고, 채 사장님은 그렇게 했을 거 같지는 않은데…. 왜 채 사장님이 다른 곳에서 사채를 썼나요?"

"채인수가 사채업자 같은 사람들로부터 시달림을 당했다고 하는데 혹시 거기에 대해 아는 것은 없나요?"

"네에? 전혀요. 적어도 여기는 아닐 거 같은데. 이 지역에서는 그런 일을 하는 사람은 없는데."

길 원장은 별 소득이 없다고 생각했다. 기껏해야 채 국장의 주변에 항상 여자가 등장한다는 정도만 확인됐다고 볼 수 있다. 다만 그 의미는 크다는 생각이 들었다. 이번 사건은 치정에 얽힌 살인일 가능성이 있기 때문이다.

"잘 알겠습니다. 필요하면 담에 또 들르죠, 그럼."

길 원장은 주인에게 가볍게 인사하고 엄 과장을 불렀다.

"과장님! 다 된 거 같은데, 가시죠."

"그래?"

엄 과장은 무게를 잡고 자리에서 일어나자마자 출입문을 향해 걸어 나갔다. 길 원장도 따라 나가려는 순간 갑자기 전당사 주인의 질문이 들려왔다.

"채 사장님에게 무슨 일이 있나요? 1년이나 지났는데 통 소식이 없어서, 저희는 다른 곳으로 옮긴 것으로만 생각하고 있었는데."

"예산서 형사가 아무 말 없었나요?"

"네. 아무 말씀 없이 다짜고짜 여러 가지 묻기만 했는데요. 워낙 인상을 쓰며 다그쳐서."

길 원장은 그 상황이 머릿속에 그려졌다.

"그건, 저희도 잘 모르겠네요. 왜 채인수가 강원랜드에 발을 끊었는지."

밖으로 나온 길 원장은 순간 어떻게 해야 할지 망설여졌다. 이미 예약해 놓은 호텔로 갈 건지 아니면 그냥 대전으로 갈 건지…. 그냥 대전으로 가기로 했다. 가는 도중에 영월을 들러 엄 과장을 내려주기로 했다.

"원장님! 이젠 배우로 나가도 되겠는데요. 아주 연기가 일품이던데요."

"그렇게 미리 힌트도 주지 않으시고, 정말!"

"그건 그렇고, 진 교수가 실종된 이후 채 국장이 살아 있는 것이 확인되는 바람에 진 교수가 유력한 용의자에서 제외됐다면 그냥 쉽게 생각하면 되는 거 아닌가요?"

엄 과장은 어지간히 이번 사건이 궁금한 모양이었다.

"네?"

"채 국장 주위에는 항상 여자들이 있었다. 그럼, 가장 유력한 용의자는 결국 채 국장 부인 아닌가요?"

순간 길 원장은 뭐라 대답하기가 어려웠다. 엄 과장에게는 고희진이 장애인이라는 말은 하지 않았기 때문에 생기는 당연한 의문일 것이다.

"그게… 채 국장 부인은 휠체어 신세를 져야 하는 사람이라, 살인을 실행하기에는."

"원, 참! 원장님도. 살인은 꼭 직접 자기 손으로 저질러야만 하나요? 전에도 청부 살해니 아니니 뼈저리게 경험하셨으면서."

길 원장도 이번 사건이 계속 미궁 속으로 빠져들어 간다는 느낌 때문에 그의 지적을 반박하기가 어려웠다. 그럴 가능성도 충분히 있을 것이다. 채 국장의 바람기로 인해 가장 힘들었을 사람은 당연히 고희진일 것이다. 자기를 도와주는 사촌을 내쫓을 만큼 고통을 겪지 않았던가? 치정으로 인한 원한을 생각하면 고희진만 한 사람이 있을까? 그리고 또, 고희진이 불구가 된 결정적이유가 있지 않은가?

지금은 모든 것을 내려놓고 원점에서 다시 시작해야 한다는 생각밖에 없었다.

길 원장은 그를 영월에 내려주고 다시 대전으로 향했다. 조금 기다렸다가 저녁을 먹고 가라는 그의 간곡한 제안도 거절했다. 지금은 사건 생각밖에 다른 것에는 관심이 없었다. 길 원장도 한 곳에 꽂히면 다른 것에는 전혀… 진 교수와 성격이 같다고 해야 하나?

2.

길 원장은 월요일 아침이 되자마자 박 형사의 전화를 받았다. 어지간히 급한 모양이었다. 그가 점심때 대전으로 오기로 했다. 새로운 단서가 나왔으니 또 일을 벌여야겠다며 거침없었다.

하지만 점심시간에 약속한 식당에 들어오는 그의 표정은 시무룩해져 있었다. 무슨 일이 있었나? 자리에 앉은 그는 물부터 벌컥벌컥 마셨다. 길 원장이 조심스럽게 물었다.

"표정이 영? 무슨 일 있었나요?"

"아침부터 서장한테 된통 당했네요. 채 국장이 작년 12월 24일 강원랜드에 있었다는 사실을 보고하자마자 지금까지 그것 하나 제대로 확인도 못 하고 뭐 했냐며. 아니, 1년 전에 사라진 사람이 어디 있는지 알고 대뜸 찾아내라는 것이 말이 되나요?"

"서장님은 진 교수가 범인이 아닐 가능성이 있다고 생각하나 보네요."

"그렇죠. 진 교수 실종 이후에도 채 국장이 멀쩡히 살아 있었으니, 윗사람들한테 큰소리도 쳐났을 텐데, 저한테 화풀이하는 거겠죠. 다 제 잘못이니 죽을죄를 지은 사람처럼 뭐라고 변명도 못 했죠."

"진 교수 흔적이 작년 12월 20일 이후 확인되지 않는다는 것일 뿐, 그래도 현재로서는 진 교수가 채 국장을 살해했을 가능성이 가장 높은 거 아닌가요?"

"제 말이 그 말입니다. 진 교수가 며칠 일찍 잠적해서 기회를 엿보고 있다가 12월 24일 이후에 채 국장을 살해했을 수도 있지 않나요?"

"그렇죠. 오히려 채 국장을 살해하기 위해 며칠 전부터 은밀하게 준비했을 수도 있을 테니까요. 진 교수라면 충분히 그러고도 남을 사람일 겁니다."

길 원장도 그의 잘못은 아니라는 듯 위로의 말로 거들었다.

"그래도… 제가 잘못한 것이 맞긴 맞죠. 처음부터 서장님한테는 작년 12월 20일 전후로 진 교수가 채 국장을 살해했다고 큰소리를 쳤으니까요."

"신해수가 작년 12월 21일 장성에 가지고 간 큰 여행용 가방에 채 국장의 시신 일부가 들어 있었다는 상상은 완전 해프닝이 되고 말았네요."

"그게 참! 우스운 꼴이 된 거죠. 서장님도 그걸 꼬투리 잡아서 뭐라고 하시는데, 그땐 정말 쥐구멍에라도 들어가고 싶은 심정이었으니까요."

"이해 안 되는 것이 더 있네요. 전에 분명 채 국장의 휴대폰 발신이 작년 12월 19일 밤에 마지막으로 끊겼다고 하지 않았나요? 그런데 어떻게 채 국장은 작년 12월 24일에 강원랜드에 있었을까요?"

박 형사도 길 원장의 말을 듣고 고개를 갸웃거렸다. 자신이 생각해도 뭔가 이상해 보였다.

"혹시 휴대폰을 잃어버린 것이 아닐까요? 아니면 휴대폰이 두 대였던지?"

"아무튼 이상하네요. 채 국장 살해범은 오리무중이고, 현재로서는 진 교수가 채 국장 살해와 관련이 있다고 하더라도 신해수는 딱히 관련됐다고 보기도 어렵고. 그렇다고 다른 사람이 범인이라고 떠오르는 것도 딱히 없고."

"제가 형사 생활 10여 년 동안 이렇게 안 풀리는 사건은 처음이네요. 분명 원장님은 대박 날 겁니다."

"네에?"

"아니, 나중에 이번 사건을 소설로 쓰시면 당연히 대박 나겠죠. 안 그런가요?"

길 원장은 허탈해하며 그저 쓴웃음만 지었다. 일단 이번 사건이 해결된다는 보장이 없는데 어떻게 소설의 소재로 쓸 수 있단 말인가?

"원점으로 되돌아가서 쉽게 생각해 보면 어떨까요?"

"쉽고 어렵고 생각할 거도 없네요. 뭐라도 가지고 가지 않으면 저는 서장님한테 맞아 죽습니다."

박 형사는 말은 그렇게 시원시원했으나 표정은 그렇지 않았다. 평소 성격상 서장한테도 큰소리를 여러 번 쳐놨을 텐데, 더 꼬인 결과만 보여줬으니 당연할 것이다.

"일단 수사의 FM대로 피해자의 주변 인물들을 확인하고, 살해 동기를 찾는 것부터 다시 생각해 봐야 하지 않을까요?"

"저도 솔직히 반성하고 있네요. 이번 사건은 피해자 주변 사정보다 가해자를 먼저 특정하고 거기에만 매달렸으니."

"음… 채 국장의 주변 인물과 살해 동기가 치정이라면 가장 먼저 고희진이 떠오르지 않을까요?"

길 원장은 엊그제 엄 과장이 한 말이 계속 머릿속을 맴돌고 있었다. 채 국장에게 원한을 품고 가장 죽이고 싶어 하는 사람은 고희진이 아니었을까?

"그렇다고 봐야죠. 고희진이 불구라는 생각에 너무 쉽게 목록에서 지워졌을 수도 있으니까요."

"아무튼 이번 수사는 원점부터 다시 해야. 고희진을 비롯한 채 국장의 주변 가족들, 물론 진 교수도 당연히 포함돼야 할 거고요. 그리고 채 국장의 또 다른 주변 인물들, 특히 여자들이 문제겠죠."

"분명 범인은 채 국장과 아주 가까운 사이인 것이 확실합니다. 그냥 뜨내기나 사채업자들이 범인이라고 하기에는 너무."

"만약, 이건 만약입니다만 진 교수가 채 국장 살인 사건과 관련이 없다면 진 교수와 신해수도 이미 이 세상 사람이 아닐 가능성이 높다는 생각이 드네요."

"네? 그렇게 생각하시는 이유라도?"

박 형사는 길 원장의 의외의 말에 놀란 것 같았다. 그럼, 또 다른 살인 사건이란 말인가?

"채 국장 살인 사건과 관련이 없음에도 두 사람이 1년이 다 되도록 생활 반응 없이 잠적했다는 것은 또 다른 사정이 있었을 거 같다는 생각밖에 안 드네요."

"아니, 그게 잘 이해되지 않는데… 더 구체적으로?"

"두 사람은 또 다른 이유로 자살했거나 아님, 살해됐거나?"

"네에?"

"뭐라 딱 꼬집어서 말하긴 그렇지만 아주 특이한 가족 간의 갈등 속에서 뭔가 불길한 예감이 드네요."

"두 사람이 살해됐다면? 혹시 고희수?"

"네? 아니, 그건 너무 막연한 거 같고."

"그럼, 혹시 채 국장이 두 사람을 죽이고 채 국장은 다른 사람한테 살해된 것은 아닐까요? 꼭 그렇게 되지 말라는 법도 없지 않나요?"

"맞습니다. 그럴 가능성도 배제할 수 없겠죠."

"아하, 그러면 모든 사람이 범인일지도 모르겠네요. 진 교수와 신해수, 아니면 채 국장. 그리고 또 고희진, 고희수, 거기에다가 더 나가 송 이사장, 고 처장까지…. 허, 참! 제가 생각해도 한심하다는 생각밖에 안 드네요. 모든 사람이 용의자라니, 이게 말이 되는 겁니까?"

박 형사는 스스로에게 질문을 던지고 있었다. 순전히 자책의 의미일 것이다.

"그래서 원점부터 다시 시작해야겠죠."

"죄송합니다. 제가 접시 물에 코 박고 죽어야 할 거 같습니다."

"저도 밥값을 못했으니 같이 죽을까요?"

두 사람은 웃음기마저 사라졌다. 하지만 마음속으로는 다시 한번 강한 다짐을 하고 있었다.

"이건 제 생각인데…."

길 원장은 속마음을 꺼내기 전에 일단 한번 숨을 가다듬었다.

"이번 사건은 가족 간의 갈등이 밑바닥에 깔려 있고, 그 위에 금전적인 문제가 있는 거 같다는 생각이 드네요. 채 국장이 진 교수로부터 돈을 갈취했다, 진 교수는 도피자금이 반드시 필요했다, 채 국장 또한 유흥비 마련이 절실했다…. 그런데 진 교수와 채 국장은 어디에서 그런 돈이 났을까? 여기에 답을 주실 수 있나요?"

"그건 무슨 말씀인지?"

"혹시 수사 과정에서 두 사람이 사용한 돈의 출처가 계좌 외에 다른 곳에서 확인된 것이 있는지 묻는 겁니다. 채 국장이 고 처장으로부터 정기적으로 돈을 받은 것처럼."

"아! 그게…."

박 형사는 수사 상황을 복기하는 것 같았다. 무슨 말이라도 꺼내려는 의지가 보였다.

"전에도 언급했듯이, 진 교수나 채 국장 계좌에는 별다른 의심점은 없었죠. 진 교수 계좌는 한마디로 깔끔했고, 채 국장 계좌도 소소한 거 이외에는 별로. 계좌 말고 다른 것이라?"

"그럼, 와이프들이 돈줄을 쥐고 있었을 가능성이 높겠네요."

"그렇지 않아도 채 국장이 작년 12월 24일에도 살아 있었다는 소식을 듣고 오늘 아침에 바로 고희진과 고희수에 대한 계좌 압수수색 영장을 신청했죠. 처음부터 다시 시작해야 한다는 마음을 다잡고 주변 인물에 대한 기초조사부터."

"만약, 고희진이 채 국장을 살해했다면 자신의 몸으로 그렇게 하지는 못했을 테니 청부했을 수밖에 없었을 거고, 그렇다면 그것도 돈이 문제겠죠."

"돈이 문제인 것은 맞는데, 그래도 계좌에서 흔적이 나올까요? 남편이 죽으면 당연히 와이프가 제일 먼저 의심받는 세상이 됐으니."

"그래도 서장님이 승낙하셨나 보네요?"

"승낙하셨을 리가요? 채 국장이 작년 12월 24일 살아 있었다는 사실을 서장님께 보고하기 전에 과장님하고만 상의해서 미리 영장을 신청했죠. 일단 될 대로 되겠죠."

"송 이사장 계좌 영장은 신청하지 않았나요?"

"그건… 나중에 고희진이나 고희수는 그냥저냥 핑계 댈 수 있지만 송 이사장 계좌 영장까지 신청했다는 사실이 서장님한테 알려지면 그날 저는 바로 죽을 게 뻔한데, 저도 밥줄만은 놓을 수 없죠."

"잘하셨네요."

길 원장도 그저 그에게 동의할 수밖에 없었다.

"그런데 왜 송 이사장이 계속 마음에 걸리나요?"

"딱히 그런 건 아닌데, 송 이사장이 워낙 자기 가족만 생각하는 사람이라서, 채 국장이 재단 비리를 문제 삼아 돈을 갈취하고, 진 교수는 젊은 제자와 바람을 피우고, 이 모든 사실을 송 이사장이 알고 있었다면 과연 어떻게 했을까요?"

"그렇다고 사위들을…."

"송 이사장이 직접 관련은 없다고 해도 어떤 영향을 끼쳤을지는 모르죠. 이 집안이 워낙 복잡해서 그냥 생각해 보는 겁니다. 너무 심각하게 생각하실 건 아니고요."

그도 가볍게 고개만 끄덕였다.

"그건 그렇고, 주변 인물부터 다시 조사해야 하는 거 아닌가요?"

"그건 이젠 사실상 불가능하다고 봐야죠. 서장님 승낙을 받긴 어려울 겁니다. 사실 저도 강하게 나갈 면목도 없고. 그래서 말인데요?"

박 형사는 갑자기 조심스러워졌다.

"네? 말씀해 보세요."

"그래도 원장님은 자유로운 몸이니 저 대신 조사를? 뭐 어떻게 보면 원장님 일이기도 하지 않나요?"

"음… 어차피 저도 고희진이나 고희수를 다시 한번 만나볼 생각이었는데, 처음 대면했을 때는 그냥 상황만 파악할 생각이었고, 이젠 어느 정도 윤곽이 잡혔으니 궁금한 것을 집중해서 물어봐야겠죠."

"다행이네요."

"그래도 저는 경찰도 아니고 강제할 힘이 전혀 없으니, 그쪽에서 입을 닫으면 할 게 아무것도 없을 겁니다."

"왜 갑자기 겸손한 말씀을? 그 사람들은 우락부락한 얼굴로 제가 다그치는 것보다 원장님을 훨씬 더 무서워할걸요? 그건 제가 100% 장담합니다."

"그러면 저도 비장의 카드가 있어야 하니, 죄송한데 수사 기록을 한번 봤으면 하네요. 그래야 두 자매와 동등한 싸움을 벌일 수 있을 거 같은데?"

길 원장이 조심스럽게 말을 꺼냈다. 길 원장의 신분상 항상 어쩔 수 없는 딜레마였다. 박 형사는 한참을 고민하는 모습이었다. 딱히 결정하기 어려운 모양이다.

"하, 이게 극도로 예민한 사건이라… 기록도 방대하고…. 이렇게 하면 어떨까요?"

"말씀해 보세요."

"기록을 복사하기는 그렇고, 원장님이 조용히 경찰서에 오셔서 그리고 조용히 기록을 보고 가시면 어떨까요?"

"그렇게 해주신다면야, 저는 좋습니다."

"이건 제 생각이니까, 과장님과 상의해서 연락드리죠."

"물론."

길 원장은 오늘따라 차에 올라타는 그의 모습이 왠지 모르게 초라해 보였다. 어깨가 축 처진 탓일 것이다. 몇 개월간 이번 수사에 매달리면서 온갖 스트레스는 다 받은 듯했다.

3.

길 원장은 모두 퇴근한 원장실에서 조용히 명상에 잠겼다.

이번 사건에 관여하기 시작한 것이 10월 25일이었으니 어느덧 한 달 보름이나 지났다. 하지만 이제부터 다시 시작해야 한다는 마음가짐뿐이다.

일단 예산서에서 처음에 단정하고 있던 결말은 완전히 빗나갔다. 작년 12월 20일 전후로 진 교수가 채 국장을 살해하고 자살했거나 잠적했거나 하는 추정은 허무하게 무너진 꼴이 되고 말았다.

거기에다가 신해수의 등장으로 이번 사건은 더 꼬이게 됐다. 다만 신해수가 이번 사건과 관련이 있다는 사실은 아직 전혀 확인되지 않은 상태였다.

현재까지 객관적으로 확인된 것은 채 국장이 누군가로부터 살해됐다는 사실 뿐이다. 그럼, 누가 채 국장을 살해한 것일까? 그리고 살해 동기는? 자금까지는 백지상태 그대로였다.

그래도 현재로서는 채 국장을 살해할 수 있는 물리적인 여건으로만 보면 그 가능성은 진 교수와 신해수가 가장 높을 것이다. 둘이 동시에 잠적했으니 말이다. 다만 살해 시점만 작년 12월

24일 이후로 변경됐다고 봐야 할 것이다.

　그다음으로는 채 국장 살해의 동기 면에서 치정이라고 하면 고희진이 될 것이고, 주변 여자들이 있을 것이고, 그리고 금전 문제라고 하면 진 교수, 고 처장, 더 나아가 송 이사장까지 걸릴 것이다.

　현재로서는 진 교수가 물리적인 여건이나 살해 동기 면에서 가장 유력하다고 볼 수 있다.

　그러나 송 이사장이나 고 처장은 진 교수가 절대 살인을 저지를 위인이 못 된다고 확신에 찬 말을 하고 있다. 그럼, 송 이사장과 고 처장이 거짓말을 하고 있다는 말인가? 거짓말에는 이유가 있을 것이다. 그 이유는 송 이사장의 큰 그림?

　그건 그렇고, 만약 진 교수가 채 국장 피살과 관련이 없다면 어떻게 되는 것일까? 그렇다면 범인은 정말 무섭고 대담한 사람일 것이다. 발견된다는 보장은 없었어도 채 국장의 머리와 다리 한쪽이 진 교수의 고향 호수에서 발견되도록 하여 진 교수를 범인으로 뒤집어씌우려는? 그리고 진 교수도 살해하여 영원히 잠들게 했다면? 이건 완전범죄가 아닌가?

　그러나 길 원장은 곧바로 고개를 저었다. 너무 무리한 상상이다. 이런 상상이 맞아떨어지려면 진 교수와 채 국장 모두에게 원한 있는 사람만이 살인자가 돼야 할 것인데, 그런 사람이 있다는 말인가? 아니, 혹시 우리가 모르는 가족 간의 또 다른 비밀이 있을 수도 있지 않을까?

　길 원장은 이런저런 생각을 하다 보니 상상이 계속 상상을 낳고 있어 자신이 한심하다는 생각이 들었다. 추리작가라고 자부하면서 증거도 없이 머릿속 상상만으로 범인을 추적하고 있지 않은가?

일단 박 형사도 반성의 의미로 처음부터 시작한다고 했으니 자신도 백지상태에서 다시 시작해야겠다고 단단히 의지를 다졌다.

요 며칠간은 조용했다. 박 형사가 형사과장과 상의해서 기록을 보여줄 날짜를 알려준다고 했는데 통 연락이 없었다. 무슨 문제가 있는 것은 아닐까? 아니나 다를까, 밤늦게 박 형사로부터 연락이 왔다. 무척 바빴다고 했다. 법원으로부터 발부받은 계좌 압수수색 영장을 가지고 은행에 직접 가서 확인 중이라고 했다. 통상은 은행에 영장을 보여주고 답장이 오기를 기다려야 하는데, 얼마나 걸릴지 몰라 마냥 기다릴 수 없어서 직접 발로 뛰어다니고 있다고 했다. 은행도 한두 곳이 아니라고 했다.

"그래, 좋은 결과가 나왔나요?"

"아직 내용은 다 검토하지 못했죠. 고희진, 고희수가 거래하는 은행 중 어느 은행이 주거래 은행인지 몰라 모든 은행을 확인하느라 정신이 없어서."

"그건 그렇고, 기록 보기가 쉽지 않나 보네요."

"그게 워낙 예민한 문제라, 서장님이 아시면 또 어떤 난리를 칠지, 과장님이 며칠만 더 생각해 보자고 하네요."

"알겠습니다. 너무 무리하진 마세요. 아님, 박 형사님이 기록을 다 외워서 저한테 설명해 주면 되겠죠."

"네에? 그런 말씀 하지도 마세요. 제가 세상에서 제일 싫어하는 것이 외우는 겁니다. 그런 소리만 들어도 머리가 쭈뼛 서네요."

"그럼, 일단 기록에서 특이하다고 생각나는 게 있으면 언제든지 말씀해 주세요."

"넵, 알겠습니다. 계좌 내역부터 확인되는 대로 연락드리죠."

그다음 날은 강보람으로부터 전화가 왔다. 친구의 소식이 무척 궁금한 모양이었다.

"저기요, 저 보람인데요. 아직 해수 소식은?"

"아직 진전이 없네요. 다들 열심히 찾고 있으니 곧 결과가 있을 겁니다. 너무 걱정 마세요."

"감사합니다. 그리고, 정진원룸 할머니한테 전화가 왔는데요. 해수 소지품 박스 하나가, 같은 날 박스 정리를 한 어떤 학생 거랑 바뀌었다며, 그 박스를 갖다 달라고 해서요."

"그래요? 혹시 바뀐 학생 이름 아나요?"

"할머니 말씀에는 김우진이라고 했나? 잘 기억 안 나네요."

"김우진이라? 그럼 맞을 겁니다. 괜한 오해였네요. 남학생 것으로 보이는 박스의 주인이 K.W.J.였으니 김우진이라면 맞을 겁니다."

"그렇다면 해수에게 다른 남자친구가 있었다는 건? 사실이 아니라는 거네요."

그녀는 조심스럽게 말을 건넸지만, 왠지 모르게 목소리가 가벼웠다. 괜히 친구를 오해했다고 생각하는 것 같았다. 믿었던 친구가 배신했을 리 없다는 안도였을 것이다.

"그런 거 같네요. 정진원룸에 그 박스를 택배로 보내고 남아 있는 해수 씨 것도 받아야 할 거 같으니, 할머니 연락처 문자로 남겨줘요. 연락 줘서 고마워요."

"네, 그럼 안녕히 계세요."

길 원장은 그녀와의 전화를 끊고 나서 묘한 허탈감을 느꼈다. 신해수에게 미지의 남자친구가 있을지 모른다는 막연한 추측은 싱겁게 해결됐다. 극적인 효과로 보자면 아직 정진원룸에 남아 있는 신해수의 나머지 박스 하나에 뭔가가 있으면 좋으련만….

길 원장은 정진원룸 할머니에게 여기 주소를 알려줘서 신해수의 박스를 택배로 받으려고 휴대폰을 보다가 문득 멈췄다. 일단 정진원룸에 다시 한번 직접 가보기로 했다. 정진원룸 주변에서 신해수나 진 교수의 흔적을 찾아봐야 할 것 같았다. 원점에서 시작하기로 했으니 놓친 것이 없는지 차근차근 다시 살펴봐야 할 것이다.

어차피 신해수의 남아 있는 박스 하나도 받아야 할 테니, 서울에 가는 김에 고희진과 고희수도 만나보기로 했다. 그 이전에 박 형사로부터 그녀들과 관련해서 기록에 있는 자료를 받으면 좋으련만….

이틀 후 길 원장은 박 형사의 전화를 받았다. 형사과장이 아직 결심하지 못하고 있다고 했다. 서장에게 보고도 하지 않고 민간인에게 수사 기록을 열람시켰다가 나중에 일이 터지면 감당할 수 없다고 생각하는 모양이었다. 형사과장은 매사에 신중한 모습으로 생각보다 더 몸을 사리는 것으로 보였다. 결론적으로 수사 기록을 보고 싶은 길 원장의 바람은 이뤄지지 않을 것 같았다. 다만 고희진의 계좌 내역에서 뭔가 의미심장한 자료가 나왔다고 했다.

"고희진의 계좌에서 금년 1월 5일, 7일, 11일 세 번에 걸쳐 3,000만 원씩 총 9,000만 원이 현금으로 인출된 자료가 나왔네요."

"금년 1월이라? 그땐 채 국장이 살해됐는지 그 여부를 알 수 없는 시기였죠."

"그렇죠."

"아, 참! 국과수에서는 채 국장이 살해된 시기를 언제로 추정하고 있나요?"

"그게 워낙 시신 훼손이 많이 돼서, 사망 추정 시기를 특정하기 어렵다고 하던데요."

"그럼, 금년 1월 초면 채 국장이 살아 있었을 수도? 박 형사님은 이 돈이 청부 살해와 관련이 있을 수도 있다고 생각하시는 건가요?"

"고희진이 그렇게 대놓고 흔적을 남기는 바보는 아니겠죠. 그래도 뭔가 단서는 될 수 있을지 모르겠네요. 나머지는 원장님께 맡기죠. 이걸 미끼로 잘 추궁하면 뭔가 걸리지 않을까요?"

"고희수한테는 뭐 나온 것이 없나요?"

"고희수도 남편을 닮은 건지 이상하리만치 계좌 내역이 깔끔해서. 마치 나중에 누가 볼 것이라고 예상하기라도 한 듯 이상한 흔적이 전혀 없네요."

"제가 내일쯤 서울에 올라갈 일이 있고, 그때 고희진을 먼저 만나봐야 할 거 같은데, 수사 과정에서 뭐 특이한 것은 없었나요?"

"고희진은 피해자 입장이고 몸이 불편해서 저도 거의 대화를 못했죠. 처음 서울에 가서 한 번 봤고, 그 후 진 교수 관련해서 잠깐 대화를 나눈 것이 전부라. 유족 진술도 송 이사장이 받았고요."

"알겠습니다. 그리고 전에 신해수에게 혹시 다른 남자친구가 있을지도 모른다고 말씀드렸는데, 완전 잘못 짚었으니 착오 없으시길요."

"그래요? 하긴 신해수가 진 교수 말고 다른 남자를 만났다는 것이 선뜻 이해되지 않긴 하죠."

"고희진을 만나는 김에 정진원룸에 들러 신해수나 진 교수의 흔적을 다시 한번 살펴볼 예정이네요. 둘이 연인 사이라면 어떤 흔적이라도 남겼을지 모르니."

"넵, 좋은 소식 기다리겠습니다."

그는 씩씩하게 전화를 끊었다.

4.

다음날 길 원장은 점심 식사를 마치자마자 김우진의 박스를 차에 싣고 정진원룸으로 향했다. 어젯밤 서울은 첫눈이 내렸다는 발표가 있었는데 그 양이 많지 않아 눈이 내린 흔적을 찾아보긴 어려웠다. 예년보다는 며칠 빨리 첫눈이 내렸다고 했다. 다만 이면도로는 미끄러울 수 있어 조심해야 할 것 같았다.

두 시간 후쯤 정진원룸 앞에 도착해 바로 할머니를 찾아가지 않고 주변을 배회하기 시작했다. 이전 사건도 주변 세탁소에서 결정적인 단서를 찾지 않았던가?

먼저, 정진원룸 바로 건너편에 있는 편의점으로 들어갔다. 음료수를 하나 주문하면서 아르바이트생으로 보이는 직원에게 혹시 정진원룸 206호에 사는 신해수에 대해 아는지 물었다. 자신은 아르바이트한 지 한 달밖에 되지 않아 잘 모른다고 대답했다. 하기야 1년 전에 실종된 사람을 편의점 종업원에게 묻는 것이 이상했다. 대부분 단기성 아르바이트생일 것 같았다.

편의점을 나와 주변을 살폈지만, 다닥다닥 붙은 원룸 건물 이외에 별로 보이는 것이 없었다. CCTV도 보이질 않았다.

다시 정진원룸 109호 앞에 도착해서 문을 두드렸다. 그때 그 할머니가 주섬주섬 옷을 챙기며 나왔다.

"안녕하세요, 할머니! 전에 206호 학생 때문에 왔었는데, 박스 하나가 바뀌었다면서요."

"아이구! 그거 땜에 직접 왔어? 고마워."

"어차피 여기 남아 있는 박스 하나도 가져가야 해서요."

"박스 작업을 동네 아줌마한테 맡겼더니 일이 영 형편없어. 그거 하나 제대로 못 한다니까. 203호에 살던 학생이 자기 박스가 하나 바뀌었다고 가지고 와서 그때야 알았어."

"그래도 지금이라도 찾았으니 다행이죠."

"괜히 고생만 시켰네."

"그럼, 박스를 어디에 놓을까요?"

"저기 창고로 갖다줘. 206호 학생 것도 가져가야지."

길 원장은 차에서 김우진의 박스를 꺼내 창고로 가져갔다. 그리고 신해수의 박스를 받아 다시 차에 실었다. 할머니는 미안한지 계속 따라다녔다.

"할머니, 혹시 206호 학생한테 찾아오는 사람 없었나요? 40대 중반의 남자나 아니면 다른 사람이나."

"나는 처음 계약할 때만 학생들 얼굴을 보지 그 담에는 잘 몰라. 무슨 문제가 생겨야 그때야 얼굴 볼 일이 생기지, 잘 몰라. 206호 학생이 어떻게 생겼는지도 잘 생각이 안 나는데, 그 방에 누가 찾아오는지 어떻게 알아? 다 자기들이 알아서 하는 거지. 뭘."

"하긴 그렇겠네요."

"아직, 206호 학생 소식은 없는 거야?"

"네, 그런 거 같네요."

"아휴, 그 어린 것이 어디서 고생하고 있는 건지. 부모님은 얼마나 속이 탈까? 쯧쯧쯧."

길 원장은 고맙다는 말을 건네고 원룸 건물을 나서려는 순간 뒤에서 할머니 목소리가 들려왔다.

"참, 뭐 소식도 없는 학생한테 이런 말 하긴 좀 그런데, 혹시 206호 학생 찾게 되면 수도요금 밀린 거 있다고 말해줘. 웬만하면 그냥 넘어가려고 했는데 말은 해둬야 할 거 같아서. 그래도 계산은 계산이니까."

그녀는 미안한 마음을 여실히 담아 마지못해 말을 꺼낸 것 같았다.

"네?"

길 원장은 무슨 말을 하는지 이해할 수 없어 멍하니 듣고만 있었다.

"보증금에서 월세하고 밀린 전기요금, 수도요금을 다 깠는데, 웬걸 수도요금이 엄청 나왔어. 그래서 돈이 많이 부족해."

"아니, 그게 무슨 말씀인가요? 자세히 좀 말씀해 주세요."

"내가 꼭 그 돈을 받겠다는 것은 아닌데, 혹시 206호 학생 만나면 얘기라도 해 달라는 거지. 뭐."

"만나면 꼭 그렇게 전해드리죠. 근데 수도요금이 갑자기 많이 나왔다는 건 무슨 말인가요?"

"나도 잘 몰라. 보통 학생들 수도요금은 10,000원도 안 나오는데 206호는 엄청 나왔어. 우리가 어쩔 수 없이 내긴 냈지."

"평소에도 206호 수도요금이 많이 나왔나요?"

"아니, 다른 학생들이랑 별반 다르지 않았던 거 같던데. 집을 나가기 전에만 유독 많이 나왔어. 작정하고 물을 썼겠지."

"그런 사실을 경찰에 말하지 않았나요?"

"그때는 수도요금 고지서도 나오지 않아 말할 수도 없었지."

"여기는 호실별로 고지서가 나오는가 보네요."

"그렇지. 학생들이 서로 사용하는 것이 다르니까 개별로 해야 정확히 할 수 있지."

길 원장은 불안감이 엄습해 왔다. 여기서 뭔 일이 일어났을 거라는 예감이 들었다.

"그 수도요금 고지서를 확인해 볼 수 있나요?"

"벌써 다 버렸지."

"할머니 제가 잠시 206호를 보고 싶은데, 잠시면 됩니다."

"다른 학생이 살고 있는 방을 어떻게 봐. 안돼! 안돼!"

"그럼, 혹시 빈 원룸은 없나요? 모두 구조는 똑같잖아요?"

"빈 원룸이 있긴 있는데, 왜 그러는데?"

"아니 별건 아니고, 그냥 한 번 둘러보려고요."

할머니는 마지못해 102호실로 길 원장을 안내했다. 며칠 전에 학생이 비운 방이라고 했다.

길 원장은 102호에 들어가 원룸 안을 쭉 살펴보기 시작했다. 오래전에 지은 건물이라 그런지 방 안은 생각보다도 더 낡아 보였다. 약 예닐곱 평 정도의 규모였다. 침대와 책상 그리고 간단한 가구가 들어가면 거의 꽉 찰 정도였다. 옆에는 화장실이 바로 붙어 있었다. 화장실 안에는 변기와 샤워부스만 보였다.

할머니는 뭔가가 찜찜한지 길 원장에게 무슨 일이 있냐고 연신 물었으나 길 원장은 아무것도 아니라며 급히 원룸을 나왔다. 만약 여기에서 무슨 일이 벌어졌다고 말하면 분명 할머니는 온갖 난리를 치고도 남을 분이었다.

길 원장은 ○○동을 관리하는 수도사업소로 향했다. 곧바로 민원 담당자 쪽으로 갔다.

"죄송한데, 수도요금 때문에 문의할 것이 있는데요. 작년 12월 ○○동 정진원룸 206호 수도요금이 너무 많이 나와서 뭔가 잘못된 것이 아닌지 확인 좀 하고 싶네요."

"그래요? 잠시만요. 가만있어 보자, 작년 12월 ○○동 정진원룸 206호라? 어? 수도요금은 다 납부됐는데?"

"네. 다 정산은 됐는데, 조카는 그렇게 많이 물을 사용한 적이 없다고 해서, 뭔가 착오가 있었던 것은 아닌지 확인해달라고 해서요."

"그래요? 잠시만요."

담당 직원은 컴퓨터로 뭔가를 계속 확인하는 것 같았다. 그리고 잠시 후에,

"12월 요금이 48,200원 맞는데요. 실제 그렇게 사용한 것으로 나오는데?"

"12월만 유독 많이 나온 거 아닌가요?"

"어? 그러네. 다른 달에는 10,000원도 안 되는데. 잠시만요, 어? 이상한데? 작년 12월 20일과 21일 이틀 동안 거의 3톤이나 되는 물을 사용한 것으로 되어 있네요. 수도꼭지를 잠그지 않았나?"

"잠시만요, 언제라고요?"

길 원장은 깜짝 놀라 되물었다.

"작년 12월 20일과 21일요."

"아, 그랬나 보네요."

길 원장은 힘없이 건성으로 대답했다. 우려했던 일이 벌어진 것 같았다. 민원 담당자에게는 착오가 있었는데 해결됐다는 형식적인 인사만 하고 급히 수도사업소를 나왔다.

날씨도 길 원장의 심정을 아는지 잔뜩 찌푸려 있었다. 곧 다시 눈이 내릴 것만 같은 기세였다. 기온도 갑자기 내려간 듯 온몸에 한기를 느꼈다. 아니면 마음속으로만 한기를 느낀 건지도 모르겠다. 일단 따뜻한 커피가 생각나서 주변을 두리번거리다가 커피숍을 발견하고 그곳으로 발길을 옮겼다.

갑자기 달콤한 커피를 마시고 싶었다. 캐러멜 마키아토를 천천히 음미하면서 지금 이 상황을 복기하기 시작했다.

정진원룸 206호에서 작년 12월 20일과 21일 이틀간에 걸쳐 3톤이나 되는 물이 사용됐다는 것이다.

신해수가 수도꼭지를 잠그지 않은 실수를 저질렀다면 신해수의 잠적 이후에도 계속 수돗물이 흘러넘쳤을 것이지만 이틀간만 물이 사용된 거라면 누군가의 의도로 인해 벌어진 일이라는 의미다.

아마도 12월 20일 밤부터 21일 새벽 사이에 집중적으로 물이 사용됐을 것이다. 그 의미가 무엇인지는 단박에 알 수 있을 것 같았다. 현재로서는 그곳에서 누군가의 시신이 토막으로 잘리면서 그 흔적을 없애려고 물을 그렇게 많이 사용했을 것이라는 생각밖에 들지 않았다.

그렇다면 작년 12월 20일 밤에 정진원룸 206호에서 토막 난 시체의 주인공은 누구란 말인가? 현재 죽었다고 확인된 사람은 채 국장뿐이고 그는 그 후에도 살아 있었다는 것이 확인됐으니 그럼 다른 누구?

현재 실종 상태인 진 교수와 신해수? 신해수는 12월 21일 밤에 장성에서 목격되지 않았는가? 역시 결론은 진 교수? 그리고 범인은 신해수?

갑자기 길 원장의 머릿속은 혼란 그 자체였다. 채 국장 살인 사건과는 별도로 진 교수 살인 사건이 벌어졌다는 말인가? 그렇다면 범인은 당연히 정진원룸 206호 주인인 신해수라는 말인가? 작년 12월 21일 신해수가 큰 가방을 들고 장성에 나타났을 때 그 안에는 진 교수의 시신이?

순간 복잡하다고 생각했던 머릿속이 하나로 정리되는 느낌이었다. 채 국장 살인 사건과 진 교수 실종 사건이 별개로 진행됐다면? 다만 우연히 두 명의 사위가 동시에 행방불명됐다는 것일 뿐….

그리고 신해수는 작년 12월 21일 밤 장성에 도착하자마자 사라졌다. 그렇다면 진 교수의 참혹한 결말뿐만 아니라 신해수의 결말도 불안감으로 되돌아오고 있었다.

신해수는 무슨 이유에서 진 교수를 죽여야만 했을까? 그거야 연인 사이에서 이유를 찾자면 수만 가지는 찾을 수 있을 것이다. 더욱이 두 사람은 정상적인 연인 관계도 아니지 않은가?

결국 진 교수, 신해수, 이 두 사람의 결말은 이렇게 끝나는 것이었을까? 진 교수는 젊은 연인에 의해 살해되고, 젊은 연인은 스스로 그 뒤를 따라가고….

그렇다면 채 국장 살인 사건은 진 교수 실종 사건과는 전혀 다른 사건으로 봐야 하지 않을까? 채 국장을 죽여야 할 이유를 가진 사람이 또 얼마나 많다고 하지 않았나?

일단 오늘 고희진을 만나는 것은 미뤄야 할 것 같았다. 다행히 미리 전화로 약속을 잡진 않았다. 목적지가 정해졌다. 바로 예산으로 발길을 돌리기로 했다.

길 원장은 오늘은 이번 사건에서 가장 획기적인 진전이 있었던 날로 기억될 것이라고 확신하면서 예산으로 향하고 있었다. 가는 내내 박 형사에게 이 사태를 어떻게 설명해야 할지 고민에 빠졌다. 또다시 판이 뒤집어졌다고 하면 그는 어떻게 반응할까?

그만의 문제가 아니었다. 그 사실을 접한 예산경찰서 서장과 과장 모두가 발칵 뒤집어질 것이다. 그들이 채 국장 살인범이라고 단정하고 그렇게 추적했던 진 교수가 사실은 이미 타인에 의해 살해된 채 흔적도 없이 사라졌다는 사실을 어떻게 받아들일 것인가? 이미 살해된 사람을 지금까지 범인으로 단정하면서 엉뚱한 수사를 벌였으니 또 그 뒷감당은 어떻게 할 것인가?

전화로 그런 사실을 말하기는 길 원장도 부담스러웠다. 일단은 박 형사에게 전화를 걸었다. 역시 씩씩한 그의 목소리가 되돌아왔다.

"접니다. 원장님 목소리라도 들으니 반갑네요. 여기는 비도 오고 날씨가 우중충하긴 한데, 서울에서는 좋은 소식 있나요?"

"지금 서울에서 바로 예산으로 내려가고 있네요. 한 시간 정도면 도착할 거 같은데, 잠시 볼 수 있을까요?"

길 원장은 차분하면서도 진지한 말투로 자신의 의사를 전달했다. 박 형사는 전화기 너머로 들려오는 길 원장의 말투가 예사롭지 않다고 느낀 것 같았다.

"무슨 일이 또 터졌나요?"

그도 갑자기 차분하게 물었다.

"전화로 얘기할 건 아닌 거 같고, 심각한 일이 터진 것만은 확실한 것 같아서. 한 시간 후 곱창집에서 보시죠?"

"알겠습니다."

그도 더 이상 이유를 묻지 않았다.

저녁때가 되자 비는 바로 진눈깨비로 바뀌고 있었다. 기온도 급강하하고 있었다. 라디오에서 들려오는 뉴스에 의하면 내일은 겨울의 길목에서 가장 추운 날씨가 될 거라고 예보하고 있었다.

길 원장이 곱창집에 들어서자 박 형사는 미리 와서 기다리고 있었다. 그의 표정은 이미 심각한 상태였다. 길 원장이 어떤 말을 꺼낼지도 모르는데 벌써부터 심각한 표정이라니…, 경찰이라는 직업도 참 못 할 짓이라는 생각이 문득 들었다.

길 원장은 배고프다며 일단 밥부터 먹자고 분위기를 다 잡았다. 밥이라도 편하게 먹을 수 있도록 밥 먹는 동안에는 일부러 사건 얘기를 꺼내지 않았다. 그래도 술은 두 사람 모두 원샷이었다. 몇 잔이 계속 돌았다.

그는 더 이상 궁금한 것을 참을 수 없다는 듯이 먼저 말을 꺼냈다.

"이젠, 진 교수가 다시 살아 돌아왔다고 해도 놀라지 않을 테니 말씀해 보세요. 서울에서 어떤 심각한 일이 있었는지, 궁금해 죽겠네요."

"결론부터 말씀드리면… 아마도 진 교수는 신해수에 의해 살해된 거 같네요."

길 원장은 말을 툭 던지자마자 또다시 소주를 원샷으로 마셨다. 그의 반응을 기다리고 있었다. 그러나 그는 아무런 반응이 없었다. 놀라지 않겠다는 자신의 말을 지키려는 것인지, 아니면 너무 놀라서 반응할 수 없는 것인지 알 수 없었다. 그도 길 원장을 따라 소주를 원샷 했다.

"이번 사건에서 이미 여러 번 놀랄 만큼 놀라서 더 이상 놀랄 것도 없으니, 그렇게 결론을 내린 이유나 속 시원히 들어보죠."

길 원장은 정진원룸 206호에서 작년 12월 20일과 21일 이틀에 걸쳐 수돗물이 3톤이나 사용됐고, 그날 저녁 신해수는 큰 여행용 가방을 들고 장성에 와서 사라졌고, 작년 12월 24일 채 국장은 강원랜드에서 살아 있는 것이 확인됐으니, 만약 신해수가 정진원룸 206호에서 누군가의 시체를 토막 냈다면 그 당사자는 진 교수일 가능성밖에 없다는 자신의 의견을 차분히 설명했다.

그는 길 원장의 설명을 듣는 동안 미동도 하지 않았다. 눈만 연신 깜빡거리고 있었지만, 속으로는 엄청난 충격을 받은 것이 분명했다. 아니면 이 사실을 어떻게 서장한테 보고해야 하는지, 그 생각이 앞서 있을지도 모를 것이다. 그의 표정에서 난감함이 바로 읽혔다.

"지금 제가 말한 얘기가 사실이라면, 분명한 것은 진 교수가 채 국장을 죽였다는 추정은 물리적으로 불가능하다는 겁니다."

길 원장도 마음이 착잡한지 애꿎은 소주만 축내고 있었다. 그러나 그는 지금 술 마실 분위기가 아닌 것이 확실했다. 지금까지 엉뚱한 수사를 했다는 자괴감으로 이 사태를 어떻게 수습해야 할지 고민하고 있음이 틀림없었다. 아마도 서장에게 지금까지 여러 번 큰소리를 쳤을 것인데 이 사실 또한 어떻게 보고해야 할지 그 대책을 세우는 것이 급선무일 것이다.

한참 지난 후에야 그는 겨우 정신을 차린 듯했다.

"제일 이해 안 되는 것은… 그럼, 도대체 누가 채 국장을 죽였단 말인가요?"

"진 교수 살인 사건과 채 국장 살인 사건이 우연히 시기만 겹친 것일 뿐 전혀 별개라고 생각하면, 그래도 깔끔히 정리되지 않을까요?"

"좋습니다. 그럼, 진 교수는 신해수가 죽였다고 치고… 채 국장은 고희진이? 아님, 다른 주변 인물이?"

"현재로서는 그럴 가능성이 높다고 봐야겠죠."

"음… 하긴 그렇게 정리하면 깔끔하기는 할 거 같고. 그럼, 신해수는 이미 이 세상 사람이 아닐 가능성이 높겠네요."

그는 곧바로 형사라는 본연의 임무로 돌아온 것 같았다. 예리하게 사건의 핵심을 파고들었다.

"아마 그럴 겁니다. 신해수가 진 교수를 살해했다면 그렇지 않아도 살기 힘들었을 텐데 스스로 목숨을 끊었을 가능성이 높다고 봐야겠죠."

"와, 어떻게 이럴 수가! 허탈해서 말이 안 나오네요."

"그건 그렇고 앞으로 대책을 세워야죠. 일단 서장님께는 어떻게 보고드릴 건가요?"

"네에? 아이고, 말도 마세요. 저는 더 이상 서장님 앞에 설 수가 없네요. 이 사실을 보고드렸다가는 저는 그 자리에서 맞아 죽을 것이 뻔한데."

"그래도 보고를 드려야 더 수사를 하든지 말든지 할 텐데?"

"거참 난감하네요. 서장님이야 뭐라고 말씀하실지 뻔하죠. 너는 이미 살해된 사람을 범인으로 몰아서 그렇게 온갖 난리를 쳤는데 이제 어떻게 할 거냐? 빨리 진 교수를 살려서 내 앞에 데리고 오든지, 그전까지는 내 앞에 나타날 생각도 하지 말라고 난리 치겠죠."

"그래도 암장될지 몰랐던 진 교수 살인 사건까지 해결하면 면이 서는 것 아닌가요? 제가 경찰 내부 일을 잘 알지는 못하지만."

길 원장은 그를 위로하듯이 말을 건넸다. 그러나 그는 시큰둥한 반응이었다. 어쨌든 향후 수사 방향에 대해 어떤 복안을 내놓아야만 할 것 같았다.

"아직 신해수가 진 교수를 살해했다고 단정할 수 없는 상황이니 일단은 그 부분을 더 확인한 다음에 서장님께 보고하면 어떨까요?"

"네에? 아니, 이건 또 병 주고 약 주는 겁니까?"

이 와중에도 박 형사는 씩씩한 것 같았다. 농담 같은 말도 꺼냈다.

"정진원룸에서 하룻밤 사이에 3톤의 물이 사용됐다고는 해도 그것이 꼭 살인 사건과 연관 있다고 단정할 수는 없지 않을까요?"

길 원장은 자신의 희망 사항을 꺼내놓듯 조심스럽게 말을 건넸다.

"전후 상황에 비추어 보면 저희가 생각하는 불안한 예감이 맞을 겁니다. 불안한 예감은 항상 틀리는 법이 없거든요."

그는 강력계 형사로서의 촉을 믿는 것 같았다. 길 원장도 불안한 예감이 맞을 것 같다는 생각이 들었다.

"음… 이 난국을 어떻게 파헤쳐 나갈는지, 어디 묘안이 없을까요?"

길 원장도 현재로서는 이번 사건이 더 꼬이기만 했지, 계속 제자리걸음만 하고 있다고 인정할 수밖에 없었다.

그러나 어떻게 보면 참 아이러니하기도 했다. 순전히 송 이사장에게 의뢰받은 내용만으로 보면 이번 사건은 마무리된 것이 아닐까? 송 이사장은 채 국장이 진 교수에게 살해되지 않았다는 사실을 밝혀 달라고 하지 않았던가? 지금 이 불안한 예감이 사실이라면 송 이사장의 의뢰는 해결됐다고 봐야 하지 않을까? 다만, 진 교수 또한 또 다른 희생자라는 새로운 사실이 밝혀진 것일 뿐….

그렇지만 길 원장의 속마음은 분명 뭔가를 놓친 기분이었다. 며칠간 양치를 하지 못한 찝찝한 그런 기분이었다. 아직 명확히 확인된 것이 하나도 없기 때문이라는 생각이 들었다. 앞으로 어떻게 해야 할지 머릿속이 복잡해지기 시작했다.

박 형사도 질문을 던져놓고 정신 나간 사람처럼 생각에 빠져 있는 길 원장에게 동조하는 마음으로 침묵을 지켰다. 술만 계속 생각나는지 연신 자작하고 있었다.

잠시 후 정신을 차린 길 원장이 다시 말을 꺼냈다.

"박 형사님! 진 교수의 마지막 행적이 확인된 것이 작년 12월 20일 아침 7시경 예산수덕사IC라고 하셨죠?"

"네, 맞는데요."

"그렇다면 물리적으로 불가능한 것은 아니지만, 시간상으로 진 교수가 그날이나 그다음 날 서울 정진원룸 206호에서 살인 피해자가 됐다는 것이 좀 이상하지 않나요?"

"그렇긴 하네요. 만약 진 교수가 다시 서울로 올라갔다면 고속도로 하이패스나 다른 흔적이 보여야 할 테니까요. 이것이 뭘 의미할까요?"

"진 교수의 마지막 행적을 확인하는 과정에서 뭔가를 놓친 것이 아닐까요?"

"…."

그는 선뜻 답을 내놓지 못하고 있었다. 결론은 자기가 수사를 잘못했다고 생각했기 때문일 것이다.

"다시 한번 진 교수의 마지막 행적을 꼼꼼히 확인한 후에 서장님께 보고드리는 것이 어떨지?"

"저는 서장실에 들어가지 않을 겁니다. 과장님한테 떠넘겨야죠. 아무튼 앞으로 어떻게 할지는 과장님과 상의한 후에 연락드리죠."

"알겠습니다. 그리고 진 교수의 마지막 행적에서 특이한 내용이 확인되면 저한테도 알려주세요."

"네. 그럼 저는 바로 사무실로 돌아가서 기록을 다시 살펴보죠."

"술을 꽤 드신 거 같은데, 괜찮겠습니까?"

"지금 술이 문제가 아닌 거 같고, 원장님 말씀 때문에 이미 술은 다 깼습니다."

"알겠습니다. 저는 이만."

길 원장은 어쩔 수 없이 장거리 대리기사를 불러 대전으로 돌아왔다. 박 형사가 대리기사에게 가격을 후려친 덕분에 그래도 저렴하게 비용을 지불했다.

5.

길 원장은 다음날 저녁때가 다 되어서야 박 형사로부터 연락을 받았다. 순간 그가 무슨 말을 꺼낼지 긴장되기도 하고, 내심 궁금하기도 했다.

"오늘 아침에 서장실에 들어가 이실직고했네요."

그는 더 이상 말을 이어가지 않았다. 무슨 사연이 있었던 것인가? 길 원장은 그가 편하게 말할 수 있도록 분위기를 잡았다.

"그래요? 서장님이 어떻게 반응했을지 저도 궁금하네요."

"일단 결론부터 말씀드리면 진 교수, 신해수 관련 건은 접어두고 채 국장 살인 사건에만 집중하기로."

"그러면 진 교수, 신해수 건은 장성서로 넘기기로 한 건가요?"

"그건 아니고, 우선순위에서 밀린 것뿐이죠. 진 교수, 신해수 건도 제가 해결할 겁니다. 다만…."

그는 잠시 텀을 두고 말을 이었다.

"과장님과 서장님은 그 부분에는 별로 관심이 없어서."

길 원장은 진 교수, 신해수 건도 살인 사건일 가능성이 아주 높은데, 과장이나 서장이 별로 관심이 없다는 말이 이해되지 않았다.

"과장님이나 서장님은 왜?"

"그분들 입장도 이해가 되죠. 과장님은 곧 정년퇴직이라 내년에 공로 연수에 들어갈 테고, 서장님도 얼마 후면 다른 곳으로 떠날 테니 이번 사건에 대해 흥미가 떨어졌겠죠. 아니면, 저에 대한 흥미가 떨어졌든지."

"그럼, 진 교수 건을 서장님에게 보고는 하셨나요?"

"네. 과장님하고 제가 서장실에 들어가 상의한 결과입니다. 그래서 일단 채 국장 살인 사건에만 집중하자고."

"어쩌면 그것이 맞을 수도 있겠네요."

"흠…."

그가 가벼운 한숨을 내쉬는 것으로 봐서는 그 결정에 100% 동의하는 거 같지는 않았다.

"사실 예산서 입장에서는 원래 채 국장 살인 사건을 수사했던

거고, 또 저희가 예상하는 진 교수가 신해수한테 살해되고, 신해
수가 자살했다는 가정이 사실이라면 그리 시급을 다투듯이 수사
할 이유는 없겠죠."

"네, 서장님도 그렇게 생각하고 계신 거 같고요."

"그런데 서장님이 별로 화를 내진 않던가요?"

길 원장은 오히려 그것이 더 궁금하다는 투로 물었다.

"어땠을 거 같나요?"

"음… 제가 아직 서장님을 직접 뵙지는 못해서, 그분 스타일에
대해서는 영…."

"의외로 전혀 화를 내지 않더라고요. 오히려 그동안 고생이 많
았다고 격려까지 해주시던데요."

"그래요? 의외네요."

"하기야, 그분도 뭐라 할 입장은 못 되죠. 사실 그분이 처음부
터 진 교수가 범인이 맞다고 가장 강력히 주장했었거든요. 아마
자기도 멋쩍었을 겁니다."

"그래, 앞으로 어떻게 하실 생각인가요?"

"위에서는 저한테 수사를 일임했어요. 그래서 말인데요, 우리
한번 대책 회의를 해야 하는 것 아닌가요?"

"네?"

"이 과장님과 함께 모여서 앞으로 수사 방향에 대해 허심탄회
하게 의견을 나누고 싶다는 거죠, 뭐."

그는 비록 가볍게 말은 꺼냈지만, 목소리만은 사뭇 진지했다.
아님, 진지한 척을 하는 것 같기도 했다.

"저도 대책 회의 참석자인가요?"

"당연하죠. 원래 원장님이 이렇게 일을 다 벌여놓고, 이제 와

서 내빼시겠다는 말인가요?"

"저야 뭐, 끼워주면 고맙기는 하죠. 제가 송 이사장한테 수사비를 너무 많이 받아 어디에 써야 할지 모르고 있었는데, 잘됐네요. 술값은 제가 내는 걸로."

"하, 술이라! 갑자기 술이 확 당기네요. 아무튼 이 과장님과 상의해서 바로 연락드리죠."

그는 참 낙천적인 사고의 소유자라는 생각이 들었다. 이런 상황에서도 결코 낙담하는 법이 없었다.

"네, 연락 기다리고 있겠습니다."

이번에는 이 과장과 박 형사가 대전으로 오기로 했다. 예산 바닥이 좁다 보니 남의 눈치가 보인다는 이유였지만 그래도 대전이 술 마시기는 나아서 그랬을 것 같았다. 아니면 길 원장을 배려해서 그랬을지도 모르겠다.

길 원장은 후배가 운영하는 일식집으로 약속 장소를 잡았다. 이 과장, 박 형사가 제시간에 맞춰 도착했다. 심각한 대책 회의가 예정되어 있음에도 다들 얼굴은 밝아 보였다. 박 형사야 자주 봤다고 하지만 이 과장은 모처럼 보는 것이라 더욱 반갑게 느껴졌다.

세 사람은 술을 앞에 놓고도 다들 자제하는 분위기였다. 일전을 앞둔 전사 같은 표정들이다. 그래도 먼저 박 형사가 본론을 꺼냈다.

"일단 머리가 복잡하므로 채 국장 살인 사건부터 정리해 보기로 하죠. 그 후에 진 교수 살인 사건을 검토하고요."

"그렇게 하지. 그럼, 박 형사가 먼저 대략적인 개요부터 얘기해 봐! 내가 잘 모르는 부분도 있을 테니 말이야."

이 과장의 말 한마디 한마디에는 힘이 실려 있었다. 평소 부하 직원들을 어떻게 대했는지 알 수 있을 것 같았다.

"네, 그럼."

박 형사는 잠시 두 사람을 번갈아 바라봤다. 뭔가 속으로 의지를 다지는 의식 같았다.

"채 국장은 작년 12월 17일 교통사고가 나서 병원에 입원했다가 이틀 후 병원을 빠져나와 사라졌고, 그 후 행적이 묘연했다가 12월 24일 강원랜드에 있는 것이 확인됐고, 다시 흔적도 없이 사라졌습니다."

그는 두 사람의 주의를 환기하듯 잠시 뜸을 들였다.

"그러니 채 국장 사망 추정 시기는 작년 12월 24일부터 목 잘린 머리가 처음 발견된 금년 3월 초까지라고 할 수 있을 거 같은데, 너무 간격이 넓긴 하죠."

그는 또다시 두 사람을 바라보면서 눈빛으로 동의를 구하고 있었다. 이 과장이 이에 응답했다.

"부검 결과도 목 잘린 머리와 다리만 가지고는 사망 시기를 추정할 수 없다고 했으니 어쩔 수 없지. 그런 데다가 우리는 5월 초에서야 목 잘린 머리를 꺼내 올렸으니 말이야. 그럼, 이젠 용의자를 정리해 보지."

박 형사가 다시 말을 이어받았다.

"일단 진 교수가 작년 12월 20일 전후로 살해됐다는 전제하에서는 진 교수는 제일 먼저 배제되어야 할 거고요. 그리고…."

박 형사는 잠시 말을 멈췄다가 이어나갔다.

"현재로서는 가장 유력한 용의자는 그래도 고희진이 아닐까요?"

그는 또다시 두 사람의 동의를 구하는 눈빛을 보내고 있었다.

"고희진이라?"

이 과장은 말을 툭 던져놓고 신중하게 고민하는 모습이었다.

"고희진이라면 자신이 직접 실행하기는 어려웠을 테고, 청부했다고 봐야겠지."

"참, 과장님께는 미처 보고드리지 못했는데, 고희진의 계좌에서 금년 1월 초에 세 번에 걸쳐 총 9,000만 원이 인출된 자료가 나왔습니다."

"그래? 아직 사용처는 확인되지 않았고?"

"네, 아직 거기까지는 확인하지 못했습니다."

"금년 1월 초라? 시기가 참 묘하네."

"일단 제 생각입니다만, 고희진이 그래도 제일 유력하니까 고희진의 주변을 먼저 파헤쳐 볼 예정입니다."

"그래야겠지. 그다음 용의자는 또 누가 있지?"

"그다음으로는 채 국장으로부터 금원을 갈취당한 고 처장이 있고, 설마이긴 하지만 송 이사장도 빼놓을 수 없을 겁니다. 채 국장이 고 처장의 약점을 잡았다는 것은 곧 송 이사장의 약점을 잡았다는 뜻이기도 하니까요."

"그렇지. 그리고 또 누가 있을까?"

"음… 그다음은 채 국장의 주변 인물들이 있지 않을까요? 너무 막연하기는 하지만 주변 여자들이나 사채업자 등등."

"거기까지 나가면 수사가 한도 끝도 없겠지. 전에 언뜻 나왔던 오선화에 대해서는 별다른 특이 사항 없었나?"

"아! 그게 다른 일에 몰두하다 보니, 오선화도 단순히 채 국장의 여러 명 여자 중 한 명 아닐까요?"

박 형사는 변명하듯 자신이 없는 투로 말을 꺼냈다.

"단순히 여러 여자 중의 한 명일 수는 있지만 그래도 친척이라는 것이 마음에 걸려. 그리고 고희진이 내쫓았다며. 우리가 모르는 어떤 사정이 있을 수도 있을 거야. 확인해 봐!"

"알겠습니다."

길 원장은 두 사람의 대화를 듣기만 하고 아무런 말을 꺼내지 않았다. 자신의 생각을 섣불리 밝힐 자리가 아니라고 생각했다.

이 과장이 이번에는 길 원장에게 물었다.

"원장님 생각은 어떠신가요?"

"현재로서는 저도 박 형사님 의견대로 고희진과 고 처장이 가장 유력한 용의자라는 생각이 듭니다. 다만, 채 국장의 머리가 예당호에서 발견됐다는 것이 뭔가 꺼림칙한 느낌이 드는 건 어쩔 수 없네요."

길 원장은 말을 이어가지는 않았다. 자신의 말을 스스로 확신할 수 없다는 생각 때문이었다.

"그 말씀은?"

이 과장이 신중하게 물었다.

"일단 이건 순전히 제 생각일 뿐인데, 채 국장 살인 사건과 진 교수가 어떻게든 관련이 있을 듯합니다."

"그 말씀에 저도 동의합니다. 채 국장 살인범은 분명 무슨 이유가 있었으니 진 교수 고향인 예당호에 시체를 유기했을 겁니다."

이 과장이 화답했다.

"아니, 두 분은 너무 깊이 생각하시는 거 아닙니까? 시체를 호수에 빠뜨렸다는 것은 시체가 발견되지 않도록 하려는 건데, 그곳이 예당호면 어떻고 아니면 어떤가요?"

박 형사는 자신의 주장을 적극적으로 피력했다.

"그렇긴 하지만 범인은 만에 하나 시체가 발견됐을 때를 생각해서 채 국장 살인의 책임을 이미 사망한 진 교수에게 떠넘기려고 하지 않았을까?"

이 과장이 신중하게 자신의 의견을 밝혔다.

"그건 논리적으로 모순이 있는 거 같습니다. 과장님 말씀대로라면 채 국장을 살해한 범인은 진 교수가 이미 사망했다는 사실을 알고 있었다는 건데, 그걸 어떻게 알았을지 의문이네요."

길 원장은 이 과장 면전에서 그의 논리를 반박하는 모양새였다.

"그래도 단순하게 채 국장의 시신이 나중에 예당호에서 발견되면 진 교수에게 혐의를 떠넘기려고 생각했을 수도 있지 않을까요? 진 교수가 살아 있다고 하더라도 유력한 용의자로 몰리도록."

박 형사도 이 대목에서는 신중한 것 같았다.

"네, 그럴 가능성도 있겠죠. 그래서 저는 채 국장 살인 사건에 진 교수도 어떻게든 관련이?"

"그럼, 채 국장 살인범은 진 교수에게도 원한을 가지고 있었을 가능성이 크겠네요. 진 교수에게 혐의를 떠넘기려고 했다면."

"그냥 단순히 진 교수에게 혐의를 떠넘겨서 자신에게 다가올 혐의를 피하려는 생각일지도 모르지."

이 과장의 생각에 두 사람 모두 고개를 끄덕였다.

"그리고 이건 너무 막연한 생각이기는 한데…."

길 원장은 무슨 말을 꺼내려다가 빤히 자신을 바라보고 있는 두 사람을 보고 갑자기 말을 멈췄다.

"말씀해 보세요."

이 과장이 길 원장의 다음 말이 궁금한 듯 물었다.

그러나 길 원장은 말이 없었다. 자신이 지금 꺼내려는 얘기는 스스로도 너무 터무니없다는 생각이 들었다. 잘못 말했다가는 수사에 혼선만 줄 것 같았다. 아직은 그냥 자신만의 생각으로 묻어두기로 했다.

"아, 아닙니다. 범인이 그런 생각을 했다면 보통 놈은 아닐 거라 사전에 준비를 철저히 했을 거 같고, 아무튼 저희도 단단히 각오해야겠죠."

길 원장의 다소 맥 빠진 말에 두 사람은 약간 실망한 듯했다.

"저희가 여기 앉아서 범인만 칭찬할 것이 아니라, 앞으로 어떻게 수사해야 할지 각자 의견을 말해 보죠."

이 과장은 박 형사만큼이나 조급한 마음이 앞서는 것 같았다.

"직접 부딪쳐야죠. 고희진한테 9,000만 원 사용처를 묻고, 오선화를 직접 만나보고, 고희진이나 고 처장의 당시 행적을 파헤쳐 봐야 하지 않을까요?"

박 형사가 씩씩하게 말했다. 역시 거침없어 보였다.

"이번 사건은 여느 사건들과 다르게 접근해야 할 거 같아. 범인이 그렇게 쉽게 걸려들진 않을 거 같거든. 원장님 생각은 어떤가요?"

이 과장은 신중한 접근을 주문했다.

"저도 고희진이나 고 처장 주변에서 단서가 쉽게 나오진 않을 거 같고. 그래서 말인데요, 채 국장의 행적을 거꾸로 확인해 보는 것이 어떨까요?"

"어떤 좋은 방법이 있을까요?"

박 형사가 길 원장의 말에 솔깃한 것 같았다.

"음… 제가 생각하기엔 채 국장이 중부고속도로에서 교통사고가 난 것은 아마도 강원랜드에 가려다가 그랬을 가능성이 높고, 또 그 이후에 실제로 강원랜드에 간 것으로 봐서는 교통편이 필요했을 텐데, 채 국장이 몰던 차가 정비소에 들어갔다면 다른 차를 이용하지 않았을까요? 그 차의 행적을 찾아보는 것이 어떨지?"

"어떻게?"

"아마 채 국장은 교통사고 피해자였으니 가해자 측 보험사에서 렌터카를 지원해 주지 않았을까요?"

"아! 그렇지. 저희는 진 교수가 범인이라고 단정해서 그만 수사의 ABC도 소홀히 했네요. 피해자의 마지막 동선부터 확인했어야 하는데, 이런 바보 멍청이!"

박 형사는 뒤늦은 후회를 하고 있었다.

"그 렌터카의 동선 흔적만 확인하면 채 국장의 최후도 확인되지 않을까요?"

"렌터카는 분명 GPS도 달려 있을 테니 채 국장의 마지막 흔적도 당연히 나올 겁니다."

박 형사의 목소리는 갑자기 활기를 띠고 있었다.

"잘하면 채 국장 살해 장소도 확인할 수 있을지 모르겠네요."

이 과장은 자신의 희망을 담은 말을 꺼냈다. 나머지 두 사람 모두 같은 생각일 것이다.

"그럼, 박 형사가 내일 당장 렌터카 흔적을 찾아보고, 채 국장의 마지막 흔적이 나올 때까지는 진 교수와의 관련성은 잠시 보류해 두기로 하죠. 우리가 너무 예민하게 생각하고 있을 수도 있으니."

역시 이 과장의 수사 노하우가 돋보이는 것 같았다.

"그러면 진 교수, 신해수 건은 어떻게 할까요?"

박 형사가 그다음 안건을 꺼냈다.

"음… 그 부분은 일단 장성서에서 다시 조사한다고 했으니 그쪽을 믿고 기다려야 하지 않을까? 서장님은 채 국장 살인 사건에만 집중하라고 했다면서."

"그렇긴 하지만…."

"그 부분은 제가 시간을 내서 확인해 보죠. 저도 뭔가는 해야 하지 않을까요?"

길 원장이 말했다.

"네, 그 부분은 원장님이. 어때, 박 형사! 괜찮지?"

"저야 그렇게 해주시기만 하면 감사할 따름이죠."

"일단 오늘 회의는 여기에서 접고, 다들 출출하실 텐데 식사부터 하죠."

이 과장이 공식적인 회의 종료를 선언했다.

"저는 식사는 됐고, 술이나 마시겠습니다."

박 형사는 역시 술이 고팠던 모양이다.

다들 술을 즐겨하는 사람들이라 그런지 술자리는 언제나 즐거운 것 같았다. 박 형사야 원래 그렇다 치더라도 이 과장도 보통이 아닌 것만은 분명했다.

만약 그날 대책 회의에서 길 원장이 두 사람에게 말하려다 멈춘 그 얘기를 꺼냈다면 어떻게 됐을까? 이번 사건이 좀 더 일찍 해결되진 않았을까? 길 원장은 자신도 그 사실을 까마득히 모른 채 술을 마시고 있었다.

6.

박 형사는 그다음 날 즉시 채 국장 교통사고를 담당한 ○○경찰서에 가서 사건 기록을 열람하고 사고 수습을 담당한 가해 차량 보험사인 ○○보험사 담당자를 만났다.

담당자는 그 사고를 기억했다. 피해자가 두 명이고 피해 차량이 폐차될 정도여서 상당한 중상이었을 텐데 피해자들이 별다른 치료도 받지 않고 잠적해서 특이하게 생각했었다고 한다. 피해자한테 치료가 끝나면 필요한 만큼 렌터카를 지원해 주겠다고 권했는데도 피해자는 렌터카는 자신이 알아서 하겠다며 현금을 요구했다고 한다. 그런데 피해자들 모두 얼마 있지 않아 병원에서 무단으로 나가 연락이 되지 않았고, 전화를 해도 받지 않았다고 했다.

박 형사는 맥이 탁 풀렸다. 채 국장이 렌터카를 이용하지 않았다면 그의 흔적을 찾는다는 것은 사실상 어려울 것이다. 그러나 여기에서 포기할 마음이 없었다.

박 형사는 이 과장과 길 원장에게 그 사실을 알리고, 자신이 다시 한번 강원랜드에 가보겠다고 했다. 채 국장이 강원랜드에 당일치기로 가지는 않았을 테고, 만약 강원랜드 호텔에 숙박했다면 차량이 등록되어 있을 것이고, 그 부분을 확인하겠다고 했다. 채 국장이 다른 사람 이름으로 숙박했거나 아니면 다른 곳에서 숙박했다면 어쩔 수 없지만, 이 부분은 운에 맡기기로 했다.

박 형사의 추측은 맞아떨어졌다. 강원랜드 메인호텔에 확인한 결과 채 국장은 작년 12월 24일 이 호텔에 묵었고, 등록된 차량 번호도 확인됐다. 경기도 차량이었다. 채 국장이 사고 난 차 이외에 다른 차가 있다는 말은 듣지 못했는데 아마 개인적으로 누구한테 빌린 것으로 보였다.

그리고 채 국장은 병원에 계속 입원하지 않으려고 보험사 렌터카를 거절한 것 같았다. 병원을 나온 지 며칠 지나지 않아 강원랜드에 온 것으로 봐서는 어지간히 급했던 모양이다. 이젠 이 차의 소재만 확인하면 채 국장의 마지막 흔적을 찾을 수 있을 것 같다는 희망이 생겼다.

박 형사는 예산서 동료에게 전화를 걸어 차량의 소유주를 확인해 달라고 요청했다. 잠시 후 동료로부터 들려온 말에 의하면 이 차량은 회사 명의였다. 회사 이름은 진성F&C㈜로 채 국장과의 관련성은 떠오르지 않아서 의외였다. 회사의 실체는 내일 직접 확인해 보기로 했다.

박 형사는 예산으로 돌아오면서 머릿속이 복잡했다. 뭔가 중요한 단서가 손에 잡힐 듯 말 듯 아른거리는 느낌이었다. 진성F&C라는 회사가 무슨 단서를 줄지도 모를 일이다. 이런 날은 딱 술이 생각나는 날인데 길 원장에게 전화를 걸기에는 시간이 너무 늦은 것 같아 바로 포기했다.

박 형사는 다음날 출근하자마자 진성F&C㈜ 법인 등기부등본을 발급받아 실체를 확인했다. 주 업무는 식자재 생산 및 납품이었다. 회사 소재지는 수원 권선구 ○○동으로 나와 있었다. 대표이사는 한지수라는 이름으로 스물아홉 살밖에 안 된 여자였다. 젊은 여자가 대표이사라니 약간 의외였다. 채 국장 주위에는 항상 젊은 여자들이 등장하는 것이 어쩌면 당연한 것처럼 여겨졌다. 필시 한지수는 채 국장과 상당히 깊은 관계가 있던 여자임이 틀림없다고 확신했다.

뭔가 새로운 돌파구가 열리는 듯한 예감이 들었다.

박 형사는 과장에게 간단히 수사 경과를 보고하고 바로 수원으로 출발했다. 약 한 시간쯤 후에 진성F&C 회사 입구에 다다르자 일단 차를 도로변에 정차시키고 차에서 내려 회사 주변을 살펴보기 시작했다.

조립식으로 건축한 꽤 넓은 공장 한 동이 입구 왼편에 보였고, 그 옆에는 사무실로 보이는 2층 건물이 있었다. 그 건물 역시 조립식으로 지어졌다.

다시 차로 돌아와서 회사 입구를 향해 몰았다. 입구에는 예순 살이 넘은 경비가 근무하고 있었다. 박 형사는 차 조수석 문을 열고 경찰 신분증을 제시하면서 사장님을 만나러 왔다고 사무적으로 말을 건넸다. 경비는 경찰 신분증을 보자 긴장하는 표정이 역력했다. 아마도 박 형사의 외모 때문에라도 더 주눅이 들었을 것임이 틀림없다.

경비는 조심스럽게 무슨 일 때문에 사장을 만나러 왔는지 말을 더듬으면서 물었다. 자신의 업무라 어쩔 수 없다는 표정이었다. 박 형사는 수사상 몇 가지 확인할 것이 있다면서 다짜고짜 사장이 있는지 다그치듯 물었다.

경비는 바로 확인해 보겠다며 경비실로 들어가 어딘가로 전화를 걸고 있었다. 잠시 후 경비가 사무실 건물 2층으로 올라가면 된다고 대답하면서 머리를 계속 조아렸다.

박 형사는 사무실 앞에 차를 주차하고 건물 외벽에 설치된 계단을 따라 2층으로 올라갔다. 2층 문을 열자 대여섯 명의 직원 사무실 책상이 놓여 있었고, 제일 안쪽에는 대표이사실 명패가 보였다.

40대 중반의 남자가 경계의 눈빛을 보내면서 박 형사에게 다가왔다. 다른 직원들도 모두 그를 쳐다보고 있었다.

"저는 여기 과장입니다만, 무슨 일 때문에 사장님을 뵈러 오셨는지?"

"아니, 별거 아닙니다. 저희가 수사 중인 사건에 대해 몇 가지 물어볼 것이 있어서, 너무 긴장하지 않으셔도 됩니다. 사장님 계시죠?"

박 형사는 최대한 부드럽게 말을 꺼냈다고 생각했지만, 과장은 그게 아닌 것 같았다. 불안해하는 모습이 역력했다. 어찌할 바를 모르고 있었다.

"그냥 몇 가지만 물어보면 바로 끝납니다. 한지수 사장님 안에 계시죠?"

"한지수 사장님요?"

과장은 의외라는 표정으로 고개를 연신 갸웃거렸다. 잠시 후 조심스럽게 입을 열었다.

"저희 회사에는 한지수 사장님이라고는 없는데, 뭐 잘못 알고 오신 거 아닌가요?"

"네?"

이번에는 박 형사가 놀랐다. 뭐가 잘못된 것이지?

그 순간 앞 책상에 앉아서 두 사람의 대화를 듣던 젊은 여직원이 다급히 과장에게 귓속말로 뭔가를 말하는 것 같았다. 박 형사가 듣기로는 한지수는 사장님의 사모님 이름이라는 것이다. 그제야 과장은 고개를 끄덕였다.

"아, 한지수라는 분은 저희 사장님 사모님 성함인 거 같습니다. 제가 깜박했네요. 그런데 사모님은 회사 일에는 전혀 관여하지 않으시는데, 무슨 일 때문에?"

"그래요? 그럼 무슨 일인지는 실제 사장님께 직접 말씀드릴 테니, 사장님 안에 계시죠?"

박 형사는 괜한 것에 진을 뺐다고 생각했는지 약간 험한 인상을 쓰면서 다그치듯 물었다. 과장도 바로 주눅이 들었는지 잠시만 기다리라고 하면서 빠른 걸음으로 대표이사실 쪽을 향해 걸어갔다.

잠시 후 과장은 대표이사인 듯한 젊은 남자와 함께 나왔다. 그때 박 형사는 깜짝 놀랐다. 어디서 본 듯한 얼굴이라고 생각하는 순간 바로 알아챘다. 비록 대머리는 아니지만 안경만 쓰면 영락없는 고 처장으로 보였다. 고 처장의 아들일 것이라는 확신이 들었다. 대체 무슨 일이 이렇게 꼬이는 것일까? 고 처장 가족은 모두 가족의 특징 유전자를 물려받은 것이 확실해 보였다.

박 형사가 바로 선수를 쳤다.

"고일주 송일대학 처장님 아시죠?"

상대방은 의외라는 듯 깜짝 놀란 표정이었다. 분명 과장으로부터는 아내 한지수와 관련해서 경찰이 찾아왔다는 보고를 받았을 터인데, 갑자기 아버지 이름이 툭 튀어나왔으니 말이다.

"저희 아버님입니다만."

사장은 더욱더 긴장하는 듯 가볍게 몸을 떨고 있었다. 박 형사는 그 모습 또한 고 처장과 똑같다는 생각이 순간 스쳐 지나갔다.

"별거 아닙니다. 잠시 들어가서 얘기 좀 나눌까요?"

박 형사는 이렇게 말을 꺼냈지만, 머릿속은 별거인 것으로 가득 찼다.

"네, 이리로."

사장은 엉거주춤한 자세로 그를 대표이사실로 안내했다.

박 형사는 일이 의외의 방향으로 흘러간다고 생각해서 내심 초반에 기선을 잡아야겠다고 마음먹고 자리에 앉자마자 직설적으로 물었다.

"고 처장님이 아버님이라고 하셨는데, 그러면 채인수 국장은 사촌 매형이 되는 게 맞죠?"

"네, 맞습니다만."

고 사장은 또다시 채 국장의 이름이 나온 것이 의외라는 듯 엉겁결에 대답했다.

"채 국장에게 회사 차를 제공한 적이 있었죠? 작년 연말에."

"네에? 아, 필요하다고 해서 그냥."

"여기는 필요하다고 하면 회사에서 마음대로 차를 빌려주나요?"

"아니, 그건 아니고."

고 사장은 불똥이 어디로 튈지 모른다고 생각하는지 연신 마지못해 대답하는 형국이었다.

박 형사는 순간 머릿속에서 앞에 있는 고 사장도 채 국장한테 무슨 약점을 잡혔을지 모른다는 생각이 꿈틀거리고 있었다. 넘겨짚듯 물었다.

"고 사장님! 채 국장한테 무슨 약점 잡힌 거 있죠? 그러니까 회사 차도 빌려주고 그런 거 아닙니까?"

"네? 그런 건 아니고…."

"채 국장이 살해된 건 아시죠? 저희는 그것만 수사할 테니 그냥 편하게 말하면 됩니다. 너무 걱정 마시고요."

고 사장은 어쩔 줄 모르고 계속 손수건으로 이마에 흐르는 땀을 닦고 있었다. 어쩜 그리 부전자전일까! 박 형사는 만약 이것도 자신을 속이려는 행동이라면 가만두지 않을 것이라고 다짐하고 있었다.

박 형사는 눈빛만으로 고 사장을 응시하면서 완전히 기선을 제압했다는 듯 느긋한 표정으로 그의 대답을 기다리고 있었다. 그는 안절부절 연신 난처한 표정을 지으면서 이 난국을 어떻게 헤

쳐 나가야 할지 머릿속으로 분주하게 계산하는 모습이 확연했
다. 꼭 물 밖으로 나온 물고기 같았다. 한참이 지난 후에야 겨우
말을 꺼냈다.

"다른 건 아니고, 저희가 송일대학 교내식당에 식자재를 납품
하는데, 채 국장은 그걸 계속 문제 삼으면서… 어떻게 할 것같이
하는 바람에….."

고 사장은 겨우 들릴 듯한 목소리로 띄엄띄엄 말을 끝냈다.

"아, 그래요? 일단 그건 그렇고, 채 국장이 뭐라고 하면서 차
를 빌려 달라고 하던가요?"

박 형사는 별거 아니라는 듯이 무심하게 말을 던졌다.

"그게… 급하게 차가 필요하다고 하면서 며칠만 제 차를 빌려
달라고 하기에… 저도 차를 쓸 일이 있어서… 회사 차를 빌려줬
는데, 정상적으로 반납도 받았고요."

"그래요? 다른 말은 하지 않던가요?"

"특별한 말은 없었고 그냥 교통사고가 나서 차가 정비소에 들
어갔는데 급히 차를 쓸 일이 있다고만."

"전에도 그런 일이 있었나요?"

"아니요, 그때가 처음인데요."

고 사장은 다급한 목소리로 억울함을 호소하는 것 같았다.

"회사 차는 어떻게 건네주고, 어떻게 반납받았나요?"

"회사에 와서 자신이 알아서 가져가겠다고 해서, 키는 정문 경
비실에 맡겨놓았고요. 아마 반납도 그렇게 했을 겁니다."

"지금 정문 경비실에 확인해 보세요. 채 국장이 직접 회사 차
를 가져가고 반납했는지."

이 말을 들은 고 사장은 바로 전화를 걸어 경비에게 확인했다.

확인 결과 경비의 대답은 의외였다.

"차를 가져갈 때는 채 국장이 직접 가져갔는데 가져올 때는 그게, 경비가 아침 일찍 출근해 보니 회사 입구에 차가 있었다고 하네요. 키는 차 안에 있었고. 경비 말로는 밤늦게 회사 문이 닫혀 있어서 어쩔 수 없이 거기에 놓아둔 거 같다고."

"그래요? 그럼 채 국장이 직접 차를 반납했는지는 모르는 거네요."

"네, 그런 거 같습니다."

고 사장은 겨우 대답하는 모양새였다.

"아니, 채 국장이 살해된 사실은 알고 계시죠? 이런 중요한 일이 있었으면 당연히 경찰에 알려야 하는 것 아닌가요?"

박 형사가 다그치듯 물었다.

"그게… 채 국장은 금년 봄에 살해된 거 아닌가요? 작년 겨울에 잠깐 차를 빌렸다가 정상적으로 반납했는데, 그것이 왜?"

고 사장은 지금의 이 추궁이 잘 이해되지 않는다는 투였다. 박 형사도 그 물음에 딱히 반박하기가 어려웠다. 채 국장이 회사 차를 반납한 시기 전후로 살해됐다는 사실을 고 사장은 당연히 모르고 있을 것이기 때문이다.

"이 사실을 고 처장님도 알고 계시나요?"

"네에? 그게… 그래도 아버님은 아셔야 할 거 같아서."

"아, 그래요. 혹시 채 국장이 돈을 달라고 하지는 않던가요?"

"그런 적은 없었습니다만. 차만 한번 빌려줬는데."

"채 국장은 여기서 회사 차를 빌렸다가 반납한 다음 그 무렵에 살해된 거 같은데, 고 사장님은 이 상황을 어떻게 생각하시나요?"

"네에?"

고 사장은 깜짝 놀라는 모습이었다. 눈동자가 휘둥그레지면서 자리에서 벌떡 일어나기까지 했다.

"아니, 그냥 생각을 묻는 겁니다. 너무 겁먹지는 마시고요."

박 형사는 형사 생활을 하면서 이렇게 겁이 많은 사람은 처음이라는 듯 오히려 자신이 놀라고 있었다. 고 사장은 분명 연기하는 것처럼 보이지는 않았다. 고 사장의 이런 태도에 비추어 보면 고 처장도 조사받을 때의 벌벌 떠는 모습이 진짜 모습일 것 같다는 확신이 들었다.

"저는 별로…. 회사 차도 정상적으로 반납됐고… 그 후로는 채 국장한테 아무런 연락도 없어서…."

"살해됐으니 아무런 연락이 없었겠죠."

"…."

고 사장은 더 이상 말을 하지 못하고 있었다. 말을 꺼내면 오히려 손해라고 생각하고 있을 것이다.

고 사장에게는 더 이상 나올 게 없을 듯했다. 박 형사는 쐐기를 박듯이 마지막 말을 꺼냈다.

"혹시 채 국장과 관련해 아직 말하지 못한 것이 있으면 나중에라도 꼭 알려주셔야 합니다. 이 상황이 얼마나 중요한지 잘 알고 계시죠?"

"네, 알겠습니다."

고 사장은 다 죽어가는 목소리로 대답했다. 속으로는 내심 안도하는 것처럼 보였다.

"그럼, 필요하면 다시 연락드리죠."

박 형사는 고 사장도 분명 채 국장한테 무슨 약점이 잡혔을 것 같다는 생각이 들었지만, 이 부분은 고 처장과의 약속도 있고 해서 그냥 묻어두기로 했다.

박 형사가 대표이사실을 나오자 직원들이 모두 고개를 돌렸다. 꼭 딴짓하다가 들킨 표정이었다. 박 형사도 직원들에게 미안하다는 생각이 들었다. 급히 웃는 모습을 보이며 "소란스럽게 해서 죄송합니다."라고 두 번이나 말하면서 사무실을 종종걸음으로 나왔다.

정문 경비실에 들러 마지막 확인 절차에 들어갔다. 아무것도 모르는 척, 회사 차를 가져가고 반납한 사람이 분명 채 국장이 맞는지 재차 경비에게 물었다. 경비는 차를 가져간 것은 채 국장이 맞지만, 반납은 누가 했는지 모른다고 똑같이 대답했다. 12월 28일 월요일 아침에 출근해 보니 닫혀 있던 정문 앞에 차가 주차되어 있었다고 했다. 키는 차 운전석에 놓여 있어 자신이 차를 운전해서 차고지에 주차해 놓았다고 했다. 밤늦게 차를 반납하려다가 문이 잠겨 있어서 그렇게 한 것 같다는 경비의 말이 특별히 이상해 보이지는 않았다.

박 형사는 예산으로 내려오는 내내 여러 가능성을 생각해 봤지만, 이 상황에 대해 뭐라고 결론 내리기는 어려웠다. 그냥 단발성으로 채 국장이 고 사장한테 회사 차를 빌렸다가 정상적으로 반납했으니 별문제는 없어 보였다.

하지만 고 처장 입장에서는 자신도 채 국장한테 약점이 잡혀 돈을 갈취당하고 있었는데 자신의 아들도 갈취당하고 있거나 아니면 나중에 갈취당할 개연성이 높다고 판단했으면 채 국장을 제거해야 할 필요성이 있지 않았을까? 그렇다면 과연 고 처장이 채 국장을 살해할 수 있는 위인일까? 거기에는 아직 자신이 풀지 못한 어떤 흑막이 숨어 있을 거 같다는 막연한 생각이 들었다.

7.

길 원장은 박 형사의 전화를 받고 그와 지금까지의 수사 상황에 대하여 서로 의견을 교환했다.

채 국장이 사용했던 차량에 대한 조사 결과는 다소 실망스러웠다. 잘하면 채 국장의 마지막 흔적을 찾을 수 있을지 모른다고 기대했는데 그런 단서는 보이질 않았다.

다만 채 국장이 작년 12월 27일 밤, 혹은 28일 아침까지는 살아 있었을 가능성이 있다는 정도만 확인할 수 있었다. 그리고 고 처장이 채 국장을 살해할 만한 미약한 동기를 추가로 찾았다는 것 정도….

그렇지만 박 형사 말대로 고 처장이 과연 채 국장을 살해할 만한 배포가 있는지는 여전히 의문이었다. 겉으로 보기에도 고 처장은 살인의 '살' 자 곁에도 가지 못할 위인이 분명하긴 한데….

박 형사는 장성서에서는 아직 별다른 단서를 찾지 못했다는 연락을 받았다고 했다. 진 교수의 차량 흔적도 전혀 확인되지 않았고, 진 교수나 신해수의 마지막 흔적도 찾지 못했다고 했다. 박 형사는 장성서에다가는 신해수가 진 교수를 살해했을 가능성이 높다는 사실을 알리지 않았다고 했다. 그 사실을 알리면 수사가 더욱 활기를 띨 것 같은데 그의 생각은 다른 것 같았다.

길 원장은 정진원룸 206호에서 무슨 일이 벌어졌었다면 비록 1년이나 지났고 현재 다른 사람이 거주하고 있다고 하더라도 뼛조각이나 혈흔 등 어떤 범죄의 흔적이 발견될지도 모르니 압수수색 영장을 발부받아 확인해야 하는 것이 아니냐고 말하려다가 그만뒀다. 박 형사의 생각에 이래라저래라하는 것이 부담스러웠다. 그도 다 생각이 있을 것이라고만 여겼다.

박 형사는 마지막으로 서장이 채 국장 살인 사건에만 집중하라고 했기 때문에 자신이 직접 고희진이나 고희수를 만날 수도 있지만, 그녀들이 경찰을 경계할 것이 뻔하니 길 원장에게 대신 그녀들을 만나 필요한 사항을 질문해 달라는 취지로 말했다. 전에 그렇게 약속하지 않았냐는 투로 쐐기를 박는 것도 잊지 않았다.

길 원장도 가능하면 그녀들을 직접 만나보는 것이 좋을 것 같아 이내 승낙했다. 그녀들을 만나면 또다시 뭔가 치열한 불꽃이 튈 것 같은 예감이 들었다. 일단 현재로서는 채 국장을 살해할 만한 동기가 가장 유력한 고희진부터 만나기로 했다. 바로 그녀에게 전화를 걸어 약속 시간을 잡았다.

두 번째 만남은 처음보다는 훨씬 덜 서먹서먹했다. 고희진은 길 원장에 대해 경계의 눈빛을 푼 것처럼 보였다. 외관상으로는 분명 그랬다. 미모를 더욱 돋보이게 하는 미소를 연신 보이고 있었다. 아직까지 수사에 별다른 진전이 없었음에도 상당한 여유를 찾은 모습이었다. 분명 그 이유가 있을 것이다.

길 원장은 형식적인 질문부터 시작하기로 했다. 짐짓 시치미를 떼고 물었다.

"예산서에서는 수사 진행 상황에 대해 별다른 말이 없나요?"

"잘 모르겠네요. 수사와 관련해서는 모든 것을 엄마가 처리하고 있어서."

"아! 그래요. 저도 나름대로 확인하고는 있지만 아직까진 오리무중이네요. 그래도 제가 지금까지 알아본 것에 대해 고 선생님에게 확인할 것이 몇 가지 있는데, 약간 듣기 불편하실 수도 있을 겁니다."

길 원장은 이내 그녀의 눈치를 살폈다. 그녀는 곧바로 응답했다.

"제가 이 나이에 무슨 얘기를 들었다고 해서 가슴이 벌렁벌렁할 것도 아닌데, 그냥 편하게 말씀하세요."

그녀는 길 원장에게 애써 미소까지 보이고 있었다. 길 원장은 전에도 느꼈지만 미인에게 미소는 치명적인 무기인 것이 분명했다.

"음… 그럼."

길 원장은 잠시 뜸을 들였다.

"제가 지금까지 확인한 바에 의하면, 채 국장님 주위에는 여자들이 좀 있었던 거 같네요."

길 원장도 이런 말을 꺼내기가 어색해서 그런지 그녀의 눈을 제대로 바라보지 못하고 있었다.

"네. 뭐, 이미 알고 있는 사실 아닌가요?"

"그렇죠. 그런데 혹시 고 선생님은 그런 여자들과 직접 접촉한 사실이 있나요?"

길 원장은 갑자기 정곡을 찌르는 질문을 던졌다. 그녀의 반응이 궁금했다.

"TV나 영화에서 나오는 그런 스토리인가요? 남편의 바람기를 참지 못한 아내가 남편을 살해했다? 뭐, 제일 흔한 스토리이긴 하죠."

"제 질문에 답을 하신 것 같진 않네요."

순간 두 사람 사이에는 팽팽한 긴장감이 흐르고 있었다. 그녀의 눈에 잠시 불꽃이 튀겼지만 이내 사라졌다. 길 원장은 그녀가 보통이 아닌 것만은 분명하다고 확신했다.

"제가 꼭 대답해야 하나요?"

"아니, 대답하셔야 할 의무는 전혀 없습니다. 그럼 다른 질문을 드리죠."

길 원장은 일부러 시간 차를 뒀다. 그러나 그녀는 아무런 반응이 없었다.

"제가 알기로는 금년 1월 초에 세 번에 걸쳐 9,000만 원이 인출된 거 같던데, 그 용도에 대해 알 수 있을까요?"

그녀는 대답 대신 빤히 길 원장을 응시하고 있었다. 길 원장이 얼마나 많은 것을 알고 있는지 궁금하다는 표정이었다. 그러다가 그녀가 갑자기 엉뚱한 말을 꺼냈다.

"제가 급히 화장실에 가야 할 거 같은데, 언니 좀 불러줄래요?"

"네? 아, 네."

길 원장은 순간 황급히 일어나 문을 열고 나갔다. 고희진을 돌보는 언니는 1층 소파에 앉아 있었다. 길 원장이 용건을 말하자 그녀가 급히 계단을 올라가서 방으로 들어갔다. 길 원장은 멍하니 닫힌 방문만 응시하고 있었다. 지금 이 상황을 어떻게 해석해야 할지….

잠시 후 언니가 나오면서 길 원장에게 들어가도 된다고 눈짓으로 알렸다. 길 원장은 고희진의 방으로 다시 들어가 자리에 앉았다. 무슨 말을 꺼내야 할지 난감해서 그저 탁자 위에 놓인 녹차를 한 모금 마셨다. 그냥 그녀의 답을 기다려야 할 것만 같았다.

"저에 대해 많이 조사했나 보네요?"

길 원장은 이 질문에 대해 꼭 대답할 필요가 있는 건 아니었으므로 침묵을 지켰다.

"뭐, 더 이상 숨길 것도 없죠. 어떤 미친년이 남편 아이를 낳겠다고 우겨서 그걸 뜯어말리느라고 제가 돈을 조금 썼죠."

"좀 더 구체적으로 말씀해 주실 수 있나요?"

그러나 그녀는 바로 말을 이어가지는 않았다. 어디서부터 어떻게 시작해야 할지 고민하는 것 같았다.

"음… 작년 연말에 어떤 여자한테 제 휴대폰으로 전화가 왔어요. 자기가 남편 아이를 임신했는데 남편은 연락도 안 되고, 자기는 아이를 낳고 싶다고 하더군요."

"그래서요?"

"제가 그랬죠. 니 애니까 니가 애를 낳든지 말든지 마음대로 하라고. 그리고 바로 전화를 끊었죠."

길 원장은 그저 듣고만 있었다.

"그런데 아무리 생각해 봐도 그건 아닌 거 같더라고요. 제가 남편과 십몇 년을 살면서 다짐한 것이 뭔지 아세요?"

"…."

"이 세상에 두 번 다시 남편 같은 놈이 생기지 않도록, 만약 이 세상에 신이 있다면 신에게 수백 번이라도 빌겠다고, 한두 번 다짐한 것이 아니었죠."

그녀는 그녀 말대로 최대한 쿨하게 말하는 것 같았다. 그러나 그녀의 눈가에는 어느새 촉촉한 물기가 약간 고여 있음을 알 수 있었다.

길 원장은 그저 고개만 가볍게 끄덕였다.

"남편의 핏줄을 이어받은 애가 세상에 나온다고 생각하니 피가 거꾸로 솟는 거 같았죠. 그래서… 그래서… 제가 애를 떼도록 했죠. 돈이 얼마가 들어가도 상관할 것은 아니었죠."

"이런 말을 꺼내게 해서 죄송하네요."

"제가 다시 그 여자에게 전화를 걸어 애를 지우라고 했더니 그 여자가 실성한 년처럼 한참을 웃더니 5,000만 원을 요구하더군요."

"5,000만 원이라?"

"그래서 제가 그 여자를 직접 만났죠. 애를 지울 거면 우선 3,000만 원을 주겠다. 그리고 지우고 나면 추가로 3,000만 원을 주겠다고 말했고, 실제로 그렇게 했죠."

"나머지 3,000만 원은요?"

"그렇게 끝났는데, 그 여자도 양심이 있는지 미안하다고 다시 전화가 왔더군요. 저도 순간 마음이 아파 3,000만 원을 더 주며 내 곁에서 영원히 사라지라고 했죠. 그 여자가 무슨 잘못이 있겠어요? 다 남편 잘못이지. 그게 답니다."

"그 여자 연락처를 알 수 있을까요?"

"네, 기꺼이. 제가 원장님에게 문자로 보내드리죠."

"남편분이 강원랜드에 자주 가신 것은 알고 계셨나요?"

"물론요. 남편이 카지노에 관심이 많다는 것은 연애할 때부터 잘 알고 있었죠. 저하고도 자주 라스베이거스에 갔으니까요. 한국에 들어와서도 그 버릇은 못 버리더라고요."

"남편분의 돈 관리는 어떻게 하나요?"

"돈 관리라? 한마디로 말하면 서로 전혀 관여 안 한다고 하는 것이 맞겠죠. 남편한테 학교에서 월급이 나온다는 것은 알고 있지만, 그 이상은 모르겠네요."

"남편분이 생활비는 지급하지 않던가요?"

"생활비라? 흐흐, 저한테는 굳이 생활비가 필요 없었죠. 사고로 보험회사에서 보상금도 많이 나왔고, 또 저 개인적으로 들어놓은 보험금도 많이 나왔죠. 몸은 이렇게 됐어도 평생 먹고사는 데는 걱정이 없네요."

그녀는 쿨하게 말하고 있었지만 표정에는 냉소가 흘러넘쳤다.

"그래도 남편분이 강원랜드에도 가고 또 여자도 만나려면 돈이 상당히 필요했을 텐데, 그런 돈을 어디서 조달했는지 혹시 아시는 것은 없나요?"

"잘 모르겠네요. 자기 아버지한테도 내친 자식이 돼서 오래전에 돈줄이 끊긴 것으로 알고 있고, 아마도 제 생각에는 여자들 등을 치지 않았을까요? 남편 능력으로는 충분히 가능한 얘기죠. 이게 제 솔직한 생각이네요."

"혹시 처가 가족들한테 손을 벌리지는 않았을까요?"

그녀는 질문의 의도를 모르겠다는 표정으로 길 원장을 응시했다. 별로 생각할 것도 없다는 듯이 바로 대답이 나왔다.

"우리 가족 중 과연 누가 순순히 남편한테 돈을 줄까요? 1%의 가능성도 없는 얘기네요."

"순순히는 아니고 어쩔 수 없는 상황이었다고 하면은요?"

"말을 빙빙 돌리지 마시고 알아듣기 쉽게 질문해 주세요. 누가 남편한테 돈을 빼앗기기라도 했다는 말인가요?"

길 원장은 그녀의 말투에 비추어 그녀는 그런 사실을 전혀 모르고 있었던 듯했다. 그런 사실을 말해야 말지 순간 난감했지만 수사를 위해선 어쩔 수 없는 부분일 것이다.

"저희가 알기로는 남편분은 고 처장이나 진 교수와 금전적인 문제가 있었던 거 같습니다."

그녀는 바로 말을 꺼내지 않고, 뭔가를 곰곰이 생각하는 모습이었다. 잠시 후 들려온 그녀의 말은 충격적이었다.

"그래서 목이 잘려 죽은 건가요?"

"그렇게 단정할 것은 아니고, 그런 부분도 하나의 가능성이겠죠."

"이 상황에서 제가 남편의 죽음에 대해 굳이 슬퍼할 필요는 없겠죠."

길 원장은 뭐라 답하기 어려워 애써 무시했다.

"그리고 또 불편한 질문이기는 한데…."

"괜찮습니다, 말씀하세요."

"고 선생님이 오선화 씨를 내쫓았다고 하던데 그 이유를 들어볼 수 있을까요?"

이 말을 들은 그녀의 얼굴이 심각하게 일그러졌다. 미처 예상하지 못한 질문임이 틀림없었다. 한참 후에나 겨우 대답이 나왔다.

"선화가 그러던가요? 내가 내쫓았다고?"

"그럼, 고 선생님이 내쫓은 것이 아닌가요?"

"뭐, 선화 입장에서는 그렇게 생각할 수도 있겠죠. 그렇지만 제 생각은 다르네요."

"자세히 말씀해 주실래요?"

"음… 양심은 있었는지 선화가 제 발로 걸어 나갔다고 봐야죠. 서로 좋아서 무슨 짓을 해도 제가 상관할 바는 아니지만 제가 바로 옆에 있는 집 안에서 그런 짓을 벌인다는 것은…. 지가 찔리는 것이 있는지 스스로 나가겠다고 한 겁니다."

"그러면 남편분과 선화 씨가 서로 좋아했다는 건가요? 제가 듣기로는 그건 아닌 거 같던데?"

길 원장은 솔직히 채 국장과 오선화의 관계에 대해 전혀 아는 바가 없었다. 다만 전에 개인 도우미가 말한 뉘앙스에 비추어 오선화가 일방적으로 당한 것으로 생각하고 넘겨짚었는데 어떨지 모르겠다.

"선화 그년이 먼저 꼬리 쳤으면서! 제가 몸은 비록 이렇지만 생각보다 많은 것을 알고 있답니다.”

고희진의 말에는 어떤 함축적인 의미가 담겨 있는 것 같았다. 생각보다 많은 것을 알고 있다니 대체 뭘 알고 있다는 말인가?

“네, 잘 알겠습니다. 그럼, 마지막으로 한 가지만 더 묻죠. 남편분의 마지막 행적에 대해 말씀해 주실 수 있나요?”

“음… 잘 기억나진 않는데, 남편 얼굴을 마지막으로 본 것은 작년 11월 말 엄마 생신 때인 거 같네요. 그래도 사위라고 아침 생일 모임에는 얼굴을 내밀더라고요. 그게 마지막이었죠.”

“그날 이후 바로 집을 나간 건가요?”

“흐흐, 아닙니다. 남편은 그 후로도 가끔 집에 들어오긴 했죠. 그것도 제가 병원 가는 날만 골라서, 그리고 옷만 바꿔 입고 나가는 것이 일상이었고. 아마 생활에 필요한 물품은 남편 차에 다 있을 겁니다.”

“그래서 남편분을 직접 대면하지는 못했다는 거군요.”

“네. 저도 남편이 왔다 갔다는 사실을 가사 도우미한테 들어서 아는 정도죠.”

“어머니 생신 때 진 교수나 희수 씨도 왔었나요?”

“네, 물론. 우리 집에서 1년 중 제일 중요한 행사였으니까요.”

“그때 남편분과 진 교수 사이에 별다른 일은 없었나요?”

“특별히 기억나는 것은 없네요. 그날은 엄마가 주인공이니 모두 주인공한테 아부하느라 바빠서.”

“남편분이 작년 12월 17일 교통사고가 나서 크게 다쳤다는 소식은 알고 계신가요?”

“네, 경찰한테 들어서 알고 있네요. 그것이 남편 마지막 행적이라고 하던데.”

"남편분은 평소 신용카드를 사용하지 않았나요?"

"잘 모르겠네요. 남편하고 같이 다닌 적이 하도 오래돼서."

그녀는 모든 대답을 담담하게 소화하고 있었다. 특별히 숨기는 것 같지도 않아 보였다. 하긴 수사에 별 도움이 될 만한 내용은 없다고 보이니….

길 원장은 오늘 만남은 여기서 끝내야 할 것 같다는 생각이 들었다. 만약 고희진이 범인이라면 그냥 말로만 추궁해서는 해결될 것 같지 않았다. 결정적 물증을 들이대도 뻔히 부인할 것이 분명해 보였다.

그녀에게 간단히 인사를 건네고 그 집을 나섰다. 오늘은 그녀의 개인 도우미가 따라 나오지 않았다. 이전에 된통 혼났을지 모른다는 생각에 마음이 무거웠다.

길 원장은 그녀의 집을 나오자마자 그녀가 보내 준 문자를 봤다. 이름은 김이수였다. 무슨 말을 꺼낼지 잠시 생각한 다음 바로 전화를 걸었다. 상대가 바로 전화를 받았다.

"안녕하세요? 김이수 씨 휴대폰이죠?"

"네, 그런데요. 누구세요?"

"채인수 씨 아시죠?"

"… "

"채인수 씨가 살해됐는데 그 사실도 알고 계시죠?"

길 원장은 이런 여자한테는 초반부터 강하게 나가야 효과가 있을 것으로 나름 짐작했다. 어떤 강한 임팩트를 줘야 원하는 답을 얻을 수 있을 것으로 보였다. 역시 바로 효과가 나타났다.

"네? 인수 오빠가 살해됐다고요?"

그 여자는 진심으로 깜짝 놀라는 것 같았다. 휴대폰 너머로 들리는 목소리에 놀라움이 담겨 있었다.

"그 일 때문에 그러는데, 김이수 씨에게는 아무런 피해가 가지 않을 겁니다. 그냥 채인수 씨 마지막 행적에 대해 몇 가지만 묻고 싶은데 지금 만날 수 있을까요?"

"…."

그 여자는 또다시 말이 없었다.

"한 10분만 시간을 내주시면 됩니다. 지금 계신 장소를 말씀해 주시면 제가 바로 그리로 가죠."

"지금 어디신가요?"

그녀로부터 긍정적인 답변이 들려왔다.

"여기 강남입니다."

"한 시간 후에 ○○동 ○○호텔 앞에 큰 스타벅스 커피숍이 있는데, 거기서 보죠. 그런데 어떻게 찾죠?"

"회색 바바리코트를 입고 혼자 있는 사람을 찾으면 쉽게 찾을 겁니다. 잠시 후 뵙죠."

길 원장은 곧바로 커피숍을 찾았다. 차가 막혔지만 그래도 30분밖에 걸리지 않았다. 아마 그녀는 이 근처에 연고가 있는 것 같았다.

1시간이 거의 다 돼갈 무렵 커피숍 입구로 한 여자가 걸어 들어오고 있었다. 직감 상 김이수로 보였다. 왠지 모르게 걷는 모습이 조심스러웠다.

길 원장은 그녀를 바라보면서 눈이 마주치기를 기다렸다. 잠시 후 그녀와 눈이 마주치자 그녀가 곧바로 길 원장 쪽을 향해 걸어왔다.

길 원장이 일어서면서 인사를 건넸다.

"김이수 씨죠? 여기 앉으시죠. 나오시게 해서 죄송합니다. 뭐 드실래요?"

그녀는 다소곳이 앉으면서 "아이스 아메리카노"라고 처음 말을 꺼냈다. 고개는 숙인 채 한 손으로 머리카락을 귀로 살짝 넘기고 있었다. 순간 섹시함이 도드라지게 넘쳤다. 채 국장이 어떤 스타일의 여자를 좋아하는지 대략 감이 잡힐 것 같았다. 그녀의 얼굴은 미인이라고 말하기는 그래도 전체적으로 호감이 가는 형이었다. 이목구비가 오밀조밀하고 피붓결이 특히 좋아 보였다. 한마디로 청순가련형이었다.

서구적인 미인형인 고희진과는 어떻게 보면 정반대로 보였다. 키도 1미터 60센티미터를 조금 넘는 평균에 가깝고, 몸매는 가냘픈 편이었다. 복장은 자신의 신분을 감추려는 듯 두터운 패딩 점퍼를 걸치고 있었지만, 그 사이 언뜻언뜻 보이는 카디건이 병원 같은 곳에서 간호사들이 단체로 입는 유니폼 같았다. 손톱 또한 매니큐어 없이 깔끔하게 정돈된 것으로 봐서는 분명 위생관리가 철저한 곳에서 근무하고 있을 것이다.

"바쁘실 텐데 바로 본론부터 말씀드리죠. 김이수 씨는 채인수 씨가 살해된 사실을 전혀 모르고 있었나요?"

"네, 정말 모르고 있었어요. 그 말을 듣고 얼마나 놀랐는지, 지금도 속이 벌렁벌렁하네요."

"그럼, 마지막으로 만나거나 연락한 때는 언제였나요?"

그녀는 고개를 숙인 채 선뜻 대답하지 못하고 있었다. 뭔가가 찔리는 것이 있을 것이다.

길 원장은 그 부분은 자신이 풀어줘야 할 것만 같았다.

"김이수 씨가 고희진 씨를 만나 얼마간의 돈을 받았다는 사실을 알고 있는데, 그 부분은 문제 삼지 않을 테니 제가 묻는 말에 사실대로만 말씀해 주시면 됩니다."

길 원장은 달래듯이 최대한 다정하게 말을 건넸다. 그러나 그녀는 계속 고개를 숙인 채 아무런 말이 없었다. 길 원장은 이럴 때 무조건 기다리는 것이 상책이라고 생각하고 마냥 기다렸다. 결국 그녀가 조심스럽게 입을 열었다.

"제가 인수 오빠 아이를 갖게 됐어요. 조심한다고 했는데, 그만."

"그래서요?"

"그 사실을 인수 오빠한테 전화로 말했는데 그때부터 오빠가 전화를 받지 않았어요. 그리고 언제부턴가는 전화기가 아예 꺼져 있었고."

"저희가 중요한 것은 날짜니까 정확한 날짜를 한번 기억해 보세요. 언제부터 전화기가 꺼져 있었나요?"

그녀가 그제야 고개를 들었다. 그러고는 곰곰이 생각하는 모습이었다.

"아마도 작년 크리스마스 며칠 전이었을 겁니다. 크리스마스 때 같이 놀러 가기로 했는데 며칠 전부터 전화기가 꺼져 있었어요."

"그럼, 크리스마스 이후에는 전화를 하지 않았나요?"

"그때도 계속 전화했는데 전화기가 꺼져 있었어요. 그래서 인수 오빠 와이프에게 전화했고."

"마지막으로 통화를 했거나, 직접 본 것은 언제였나요?"

"인수 오빠가 바쁘다고 해서 계속 못 만나다가 직접 본 것은 작년 12월 초 잠실에서 저녁을 먹은 게 마지막이었고, 제가 임신했다고 통화한 것은 아마 12월 중순경이었을 겁니다."

"그 후로는 채인수 씨가 계속 전화를 받지 않았다는 말인가요?"

"네. 하루에 수십 통씩 했는데도 전화를 받지 않았어요. 일부러 휴대폰도 꺼놓고. 나쁜 자식! 책임지지도 못할 거면서."

그녀는 그때가 생각나는지 무심결에 격한 말을 내뱉었다.

"혹시 작년 12월 중순경 교통사고로 다친 적은 없었죠?"

길 원장은 혹시나 해서 물어봤다.

"네? 그런 적은 없었는데."

"고희진 씨를 만났을 때는 어땠나요? 그냥 있었던 일을 말씀하시면 됩니다."

"저는 단지… 아이를 낳아야 할지 말지… 인수 오빠를 만나서 확답을 받고 싶었는데…. 와이프는 단번에 아이를 지우라고 했어요. 그러지 않으면 평생 불행해질 거라면서."

"그래서 돈을 요구했나요?"

"아녜요. 제가 먼저 돈을 요구하지는 않았어요. 그 여자가 먼저 돈을 주겠다고 한 거지."

그녀는 다급하게 그 사실을 부정하고 있었다.

길 원장은 이 부분은 이번 사건에 있어서 결정적인 것도 아니고 또 자신이 추궁해야 할 권한도 없다고 생각해서 더 이상 묻지 않기로 했다. 고희진과 김이수의 말이 일부 다른 부분이 있긴 했지만 그리 중요한 것 같지는 않았다.

"고희진 씨를 만나본 느낌은 어땠나요? 고희진 씨가 김이수 씨의 존재를 알았다면 남편에게 앙심을 품을 수도 있을 거 같은데?"

"그건 잘 모르겠네요. 말하는 게 무섭다고밖에."

"무섭다는 말이 무슨 뜻인가요?"

"그냥… 자기 말을 듣지 않으면 어떻게 할 거 같은 험한 표정을 지어서."

"그래요. 마지막으로 한 가지만 더 물을게요. 채인수 씨가 살해된 것에 대해 뭐 생각나는 건 없나요?"

"네? 특별히….."

"채인수 씨가 평소 누구를 경계하거나 두려워하지는 않던가요?"

"그냥 제가 느낀 감으로는 돈을 제때 갚지 못해 독촉을 심하게 받고 있었던 거 같고요. 그런 부분을 조금 겁내는 거 같아 보였어요."

"알겠습니다. 어려운 말씀 해주셔서 고마워요. 혹시 추가로 물어볼 것이 있으면 전화드릴 테니 꼭 받으셔야 합니다."

길 원장은 웃으면서 마지막 말을 건넸지만 목소리에는 힘이 실려 있었다. 그녀에게는 상당한 압박으로 들렸을 것이다.

왜 채 국장의 휴대폰이 작년 12월 19일경부터 꺼져 있었는지 그 의문이 풀린 것 같았다. 채 국장은 하루에도 수십 통씩 걸려오는 김이수의 전화를 받기 거북했을 것이다. 자신이 감당할 수 없는 일을 저지른 것만은 분명해 보였다.

오늘은 뜻하지 않게 다른 곳에서 시간을 지체하면서 고희수는 만나기 어려울 것 같았다. 일단 바로 대전으로 돌아가기로 했다.

역시 고희진을 상대하는 것은 쉽지 않았다. 앞으로 큰 산이 하나 더 있는데 그것도 결코 쉽지 않을 것임이 분명했다.

대전으로 내려오는 내내 사건 생각은 안 하기로 했다. 생각을 안 하려면 한 가지 방법밖에 없었다. 휴대폰 블루투스를 이용해서 음악을 재생했다.

차 안에는 최신 가요가 흘러나오고 있었다. 그러나 노래 제목은 알 수 없었다. 와이프가 요즘 젊은 사람들과 대화가 통하려면 최신곡을 알아야 한다며 반강제적으로 몇 곡을 다운받아 줬는데 영 취향이 아니었다. 그저 콧소리를 홍얼거리며 따라 부르는 수준이었다.

8.

오늘의 목적지는 성남 분당이다. 고희수는 오전에 작업실에 있다가 오후에는 집에 있을 거라고 했다. 오늘은 집 근처 커피숍에서 만나기로 했다. 이젠 집에서 만나는 것이 부담스럽다는 의미인가?

길 원장은 사건이 제대로 풀리지 않자 오만가지 생각이 다 들었다. 전혀 별것도 아닌데도 말이다.

성남 분당으로 가는 내내 마음이 착잡했다. 고희수를 처음 봤을 때는 그녀가 상당히 도발적이었다고 생각했는데 오늘은 왠지 모르게 측은하게 느껴졌다. 아마도 진 교수가 이미 살해됐을 것이라는 생각이 미쳤기 때문일 것이다. 그렇다면 그녀도 온전한 피해자가 되는 것이다.

오후 2시 그녀가 알려준 커피숍에 들어섰다. 커피숍도 부촌에 있어서 그런지 상당히 고급스러웠다. 그녀는 아직 도착하지 않은 것으로 보였다.

잠시 후 그녀가 커피숍 문을 열고 들어왔다. 오전에 작업실에 있다 와서 그런지 청바지에 겨울 티셔츠 그리고 긴 패딩을 걸치고 있었다. 언뜻 보면 대학생 같은 느낌이었다. 그리고 집 주변임에도 별로 시선을 의식하지 않는 것 같았다.

두 사람은 간단히 인사를 건넸다. 묘한 긴장감이 들었다. 처음 봤을 때보다 그녀의 얼굴은 많이 수척해 보였다. 마음고생이 심한 모양이었다.

길 원장은 또다시 불편한 질문을 쏟아내야 하는 상황이라 못내 미안한 마음이 들었다.

"바쁘실 텐데 바로 궁금한 것만 몇 가지 물을게요?"

"네, 편하게 물어보세요."

"전에 뵌 이후로 진 교수님과 관련해 특이 사항은 없었나요?"

"어떤 거요?"

"뭐, 아무거나요. 고 교수님은 진 교수님이 살아 있을 거라 생각하고 계시니 혹시라도 살아 있다는 징후나, 아니면 어떤 거라도."

"전혀 없네요."

"그럼, 지금도 진 교수님이 살아 있다고 생각하시나요?"

"음… 그렇게 믿고 싶네요."

"진 교수님이 살아 있다면 제일 급한 것이 돈일 텐데, 평소 돈 관리는 어떻게 했나요?"

"그 사람은 돈 관리를 하려야 할 수 없는 사람이네요. 결혼할 때 빚만 있던 빈털터리였거든요. 학교에서 받는 월급으로는 자기 생활하기도 벅찼을 테고. 제가 알기로는 월급의 상당 부분을 시골 어머니에게 보낼 겁니다, 아마."

"그렇다면 고 교수님이나 처가에서 조금 도와주셨을 법도 한데."

순간 그녀는 길 원장을 노려보고 있었다. 꼭 듣기 거북한 말을 들었다는 투였다.

"네, 물론. 결혼할 때 제가 빚도 대부분 갚아줬고, 그래서 집에

다 생활비를 내놓으라고도 하지 않았죠. 또 예산 작업실도 제가 구해줬고요. 그리고… 번듯한 정식 교수를 시켜줬으면 되는 거 아닌가요?"

그녀가 반문하듯이 대답했다. 길 원장은 그저 고개만 끄덕였다.

"고 교수님 생각처럼 진 교수님이 만약 잠적했다면 금전적으로 버티기 어렵지 않을까요?"

"뭐, 전에도 말씀드렸듯이 남편이 잠적을 결심했으면 대책을 미리 세워놨겠죠."

"진 교수님을 마지막으로 보신 것이 언제였나요?"

"음….."

그녀는 한참을 생각하는 모양새였다. 오래돼서 기억이 잘 나지 않는 건지 아니면 어떻게 대답해야 할지 궁리하는 것 같기도 했다.

"남편이 예산 작업실에 간 것이 정확히 언제라고 했죠?"

"작년 12월 20일입니다."

"제가 그날 아침에 집에서 나가는 것을 직접 보지는 못했지만 나가는 소리는 들었네요."

"좀 더 구체적으로 말씀해 주시죠."

"그날 아침 잠결에 남편이 나가려고 움직이는 소리를 들었는데, 시계를 보니 5시 반쯤인 거 같았고, 남편은 태준이 방에서 자서 귀찮고 해서 일어나지는 않았네요."

"그럼, 그 전날 밤에 보신 것이 마지막이네요."

"네, 그렇게 되네요."

"전에도 비슷한 질문을 드린 거 같은데, 며칠 동안이야 그럴 수 있지만 몇 달 동안을 연락하지 않았다는 것은 이해가 잘 안 되는데 특별한 이유라도 있었나요?"

"몇 번 전화는 했었죠. 전화기가 계속 꺼져 있었던 거지."

"그렇다면 더욱더 궁금하고 혹시 무슨 일이 생겼을지 모른다는 생각은 들지 않았나요?"

그녀는 또다시 길 원장을 노려보고 있었다. 대답하기 힘든 질문을 한다고 일부러 노골적인 불만을 표시하고 있었다.

"굳이 말해야 하나요?"

"네, 듣고 싶네요."

길 원장도 이 상황에서 밀릴 수 없다고 생각해서 강하게 나갔다.

"사실 그 전날 좀 심하게 다퉜죠. 어쩌면 서로 냉각기를 갖기로 무언의 약속을 했다고 봐야죠. 그래서 제가 먼저 연락하지 않은 겁니다."

"다투신 이유는?"

"굳이 얘기 못 할 것도 없죠. 남편이 저하고 상의도 없이 일방적으로 다음 학기 휴직한 거 때문에 다퉜는데, 휴직하려면 최소한 아내하고는 상의해야 하는 것 아닌가요?"

"그래야 맞겠죠. 그래도 진 교수님이 말 못 할 무슨 사정이 있었던 것은 아닐까요?"

길 원장은 부부싸움에 어느 한쪽만 편들 수 없어 중립적인 자세를 취했다.

"말 못 할 사정이라? 그래서 저는 남편이 미리 계획을 세워 잠적했다고 생각하는 겁니다."

"그 부분은 서로 조금씩 이해하면 되는 정도로 보이는데, 그렇게 심하게 다투신 건가요?"

그녀의 대답은 또다시 바로 나오지 않았다. 뭔가를 곰곰이 생각하고 있었다. 길 원장의 질문에 약점을 잡히지 않으려는 모습이 역력했다. 잠시 후 그녀 입에서는 충격적인 말이 튀어나왔다.

"나중에는 남편이 이혼 얘기도 꺼내더라고요."

"이혼요?"

길 원장은 결국 핵심적인 이야기로 들어서고 있다는 느낌이 들었다. 이혼, 불륜, 여자….

"진 교수님이 이혼하자는 말을 꺼냈으면 그 이유도 꺼냈을 텐데?"

"물론 여러 가지 이유를 꺼냈죠. 한마디로 자기는 처가에서 전혀 인간적인 대접을 받지 못했다고."

"그래서 고 교수님은 뭐라고 대답하셨나요?"

"전혀 동의할 수 없다고 했죠. 실제가 그렇고요. 빈털터리 대학 시간강사를 누가 구제해 줬는데, 감히."

그녀는 길 원장 앞이다 보니 말을 정제해서 한 것 같았다. 평소 같으면 이보다 더 험한 말이 나왔을 것이다.

"그래서 고 교수님은 이혼에 동의하지 않았나요?"

"당연히 동의하지 않았죠."

"그럼, 그렇게 그냥 끝나지는 않았을 거 같은데?"

"뭐, 각자 자기주장을 하는 거니까요. 남편은 그렇게 말을 꺼내 놓고 결론도 없이 일방적으로 집을 나간 거였죠. 거기다 대고 제가 무슨 연락을 취해야 할까요? 저는 단지 냉각기를 가질 거라고만 생각했었죠."

"비록 남편의 이혼 사유에 동의할 수 없다 해도 고 교수님이 이혼을 거부한 다른 이유라도 있었나요?"

"불구가 된 언니도 저렇게 이혼하지 않고 버티는데 제가 굳이 먼저 이혼해야 할까요?"

그녀는 에둘러 이유를 댔지만 역시 언니에 대한 뿌리 깊은 열등감을 표현한 것 같았다.

"혹시 진 교수님이 이혼 얘기를 꺼낸 진짜 이유가 다른 데에 있는 것이 아닌가요? 가장 흔한 외도 문제 같은 거."

길 원장은 이 부분에 와서는 가장 조심스럽게 물었다. 그녀가 과연 어떻게 반응할지 궁금했다.

"남편이 바람이라도 피웠다는 말인가요? 하하하… 남편은 그럴 위인이 전혀 못 됩니다. 그건 잘못 짚었네요."

길 원장은 지금 이 상황을 어떻게 받아들여야 할지 솔직히 헷갈렸다. 그녀의 확신에 찬 대답이 의미심장했다. 그녀의 말이 거짓말이 아니라면 진 교수는 정말 철두철미하게 아내를 속였다고 볼 수밖에 없었다. 정말 대단한 사람임은 분명했다.

"죄송하지만 거꾸로일 수도 있지 않을까요? 고 교수님이 바람을 피웠을 수도?"

길 원장은 확신에 찬 그녀의 대답에 순간 넘겨짚듯 말을 꺼냈지만, '아차!' 하는 생각이 들었다. 그러나 이미 엎질러진 물이었다.

"훗, 마음대로 생각하세요. 제가 왜 이런 수모를 당해야 하는지 잘 모르겠네요. 그럼, 이만."

그녀는 대답할 가치도 없다는 듯 냉소적으로 받아쳤다. 그리고 길 원장의 답을 기다릴 필요도 없다는 듯이 자리를 박차고 걸어 나갔다.

무척 화가 났다는 것을 과시하듯 성큼성큼 커피숍을 걸어 나가는 그녀의 뒷모습을 바라보며, 길 원장은 자신의 머리를 두드리며 뒤늦은 후회를 했다. 냉정하게 질문을 꺼냈어야 했는데…. 그리고 차마 말은 꺼내지 못했지만, 그녀는 지금 남편을 잃었을 가능성이 아주 높은 처지임을 마음속에 새기고 있어야 했는데….

결국 오늘도 별 진전은 없었던 하루였다. 다만 진 교수가 휴직하고 이혼 얘기를 꺼냈다는 것이 의외였다. 아마도 신해수의 존재가 영향을 미친 것이 분명할 것이다.

그런데 그 결말은 진 교수가 원하는 대로 흘러가지 않았던 것으로 보였다. 그로 인하여 분명 신해수와 뭔가 크게 틀어졌을 것이다. 아마도 그것이 진 교수가 살해되어야만 했을 결정적인 이유였을 것이다.

진 교수는 고희수와 이혼하고 신해수와 당당하게 사귀려고 했지만, 고희수의 반대로 그 계획이 틀어졌고, 그것 때문에 신해수와 다투다가 그만….

아니면 신해수에게 이별 통보를 한 것인가? 그 상상은 너무 막연하고 상투적이어서 결정적인 이유라고 보기에는 딱 와닿지 않았다. 그 경위를 더 파헤치고 싶은데 독자적으로 할 것이 별로 없어 보였다.

박 형사가 적극적으로 나서면 옆에서 거들기라도 할 텐데 박 형사는 진 교수, 신해수 사건을 후순위로 미뤄놨으니 마냥 기다려야만 할 것 같았다. 그렇다고 다시 장성경찰서에 간다고 한들 특별히 할 것도 없어 보였다.

길 원장은 허탈한 표정으로 한참 동안 커피숍에서 자리를 지키고 있었다. 생각이 필요한 시간이었다. 곰곰이 생각에 잠겨 있는데 갑자기 휴대폰 진동이 울려 깜짝 놀랐다. 박 형사의 전화였다.

"네, 여보세요?"

"지금 통화 가능하신가요?"

"네. 지금 막 고희수와 헤어졌습니다."

"그럼, 여기로 오실 수 있나요?"

"앗, 무슨 일이라도?"

"아니, 그렇게 놀랄 것은 아니고요. 과장님이 자기가 책임지겠다며 원장님에게 기록을 보여주라고 하시네요. 언제 마음 바뀔지 모르니 빨리 해치워야 할 거 같아서요."

"그래요? 바로 출발하죠."

그래도 불러주는 곳이 있어서 다행이라는 생각에 복잡했던 마음이 조금 가벼워진 느낌이었다. 바로 티맵 목적지를 예산경찰서로 찍었다. 소요 시간이 1시간 50분으로 되어 있었다. 지금이 3시 30분이 조금 못 됐으니 5시 조금 넘으면 도착할 수 있을 것 같았다.

티맵이 알려주는 대로 복잡한 고속도로를 여러 번 갈아타면서 예산수덕사IC 하이패스 칸을 통과했다. 요금이 7,000원이라는 안내 멘트가 나왔다.

다시 한번 요즘은 참 편리한 세상이 됐다는 생각이 들었다. 하이패스를 달지 않았을 때는 일일이 통행권을 뽑고 목적지에서 요금을 계산하느라 시간을 지체했는데 하이패스를 다니 그냥 통과였다.

한편으로는 누군가 범죄를 저질러도 더 이상 빠져나갈 구멍이 없다는 생각도 들었다. 과학수사의 발전이었다. CCTV가 곳곳을 감시하고 있지, 신용카드 사용 내역으로 무엇을 했는지 알 수 있지, 휴대폰 통화 내역으로 누구랑 언제 어디서 통화했는지 알 수 있지, 하이패스 카드가 찍히면 동선을 확인할 수 있지 등등 지금은 '꼼짝 마라!' 그 자체였다.

결국 진 교수의 마지막 행적도 하이패스 카드로 확인되지 않았던가? 그런 생각이 들자 어쩐지 기분이 씁쓸했다.

박 형사를 만나 우선 밥부터 먹기로 했다. 경찰서 근처 가까운 백반집에서 간단히 저녁을 해결했다.

길 원장은 저녁을 먹는 동안 그에게 고희진, 고희수 자매를 만난 결과를 설명했다. 그는 별다른 말은 하지 않고 그냥 듣기만 했다. 딱히 성과라고 할 만한 것이 없다고 생각하는 것 같았다.

두 사람은 저녁을 마친 후 커피를 테이크아웃해서 사무실로 들어왔다. 다들 식사를 하러 나갔는지 사무실 안은 모처럼 휑했다. 박 형사는 오늘 당직이라고 했다. 길 원장은 그를 따라 빈 조사실로 들어갔다. 그 안에는 그가 미리 준비해 놓은 서류가 한가득이었다.

길 원장은 이 서류를 언제 다 읽을지 막막했다. 조바심에 바로 의자에 앉았다. 그는 잠시 나갔다 온다고 했다.

길 원장은 조심스럽게 서류를 넘기기 시작했다.

첫 장은 첩보 보고부터 있었다.

아는 지인이 술에 취해서 횡설수설하는 와중에 예당호에서 목이 잘린 시체를 건졌다가 다시 그 자리에 버렸다는 신고자의 진술 내용이었다. 신고를 받은 경찰은 목이 잘린 시체를 처음 건져 올렸다는 사람부터 조사를 시작해서 결국 목이 잘린 머리를 발견한 과정이 일목요연하게 정리되어 있었다.

즉시 수사본부가 차려지고 목이 잘린 머리의 주인공을 찾기 위한 수사가 시작됐다. 예당호 주변 CCTV에 대한 분석, 주변 음식점, 낚시점 등에 대한 탐문 수사 결과가 있었으나 시간이 상당 기간 흘러 의미를 둘 만한 자료는 확보하지 못했다.

목 잘린 머리에 대한 부검 결과도 회의적이었다. 신원을 확인할 수 없는 것은 물론이거니와 정확한 살해 시점도 특정하기 어렵다는 것이었다. 대략적으로 40대 전후의 남자이고, 영양 상태는 양호하고, 고급 임플란트를 한 흔적이 있다는 정도만 특정할 수 있었다.

수사는 지지부진하게 3개월 정도 지난 후 우여곡절 끝에 목 잘린 머리의 주인공에게 임플란트를 시술한 강남의 한 치과병원을 확인했고, 결국 피해자의 신원을 확인하는 데 성공했다.

그 후 수사는 급진전이 되어 피해자의 가족들에 대한 조사가 진행됐지만 조사 내용은 길 원장이 아는 것 이상으로 자세하지는 않았다. 피해자 가족 등 주변인들 모두 의식적으로 진술을 회피한다는 뉘앙스가 강하게 풍겼다.

그 과정에서 피해자의 동서도 비슷한 무렵에 실종됐다는 사실을 인지하게 되었다. 피해자 가족들은 무슨 이유인지 모르지만, 그 사실을 나서서 적극적으로 말하지 않았고, 가족들을 심문하는 과정에서 우연찮게 나온 것이다. 채 국장이 평소 진 교수를 무시했다는 진술도 확보했다.

수사는 급반전되어 진 교수가 유력한 용의자로 떠오르게 됐다.

진 교수는 다음 학기를 휴직한 상태였고, 고희수의 말에 의하면 진 교수는 작년 12월 20일 아침 일찍 겨울방학 내내 예산 작업실에 있을 것이라는 말을 남기고 그곳으로 떠났다고 했다. 그 진술을 토대로 진 교수의 신용카드 사용 내역을 확인한 결과 진 교수의 차량이 작년 12월 20일 아침 7시경 예산수덕사IC를 통과한 사실이 확인됐다.

그리고 예산 작업실에 대한 대대적인 조사가 있었으나 출입문이 일부 파손된 사실 이외에 별다른 흔적은 찾지 못했다. 누가 일정 기간 거주한 흔적 같은 것은 보이질 않았다고 기록되어 있었다. 다만 진 교수의 휴대폰이 그곳 탁자 위에 놓여 있었다. 물론 기간이 오래된 탓에 배터리는 방전된 상태였다.

수사본부는 잠정적으로 진 교수가 채 국장을 살해하고 이곳 예당호에서 차량과 함께 물에 빠져 자살했을 가능성이 농후하다고 판단해서 대대적인 수색작업을 벌였다.

하지만 예당호가 워낙 넓은 호수여서 진 교수의 흔적은 발견하지 못했다. 그 과정에서 채 국장의 오른쪽 다리 한쪽이 발견됐다. 수심이 얕은 곳에 발가락 일부가 노출된 것을 수색 중인 경찰이 발견했다.

진 교수가 다른 곳에서 자살했을 가능성도 있다고 판단해서 주변 야산에 대한 수색도 진행했으나 아무런 소용이 없었다. 인터넷에 접속한 흔적, 신용카드를 사용한 흔적, 통장에서 금원이 인출된 흔적, 진 교수 이름으로 물건을 구입한 흔적 등을 일일이 확인했으나 진 교수의 생활 반응은 일절 없었다. 물론 당연히 실종 이후의 휴대폰 사용 내역도 없었다.

경찰은 가해자로 지목된 진 교수뿐만 아니라 피해자 채 국장에 대한 계좌추적, 신용카드 사용 내역, 휴대폰 통화 내역 등을 세밀하게 조사했으나 특별히 길 원장이 알고 있는 사실 외로 추가된 내용은 없어 보였다. 두 사람의 마지막 행적에 대한 집중적인 검증이 있었으나 그것 또한 특이할 만한 내용은 없었다.

그다음부터의 수사 상황은 길 원장이 이 사건에 관여한 이후여서 대부분 아는 내용이었다.

신해수라는 인물의 등장, 고 처장의 계좌에 대한 조사 내역, 고 처장에 대한 신문, 고희진과 고희수에 대한 계좌 추적 내용, 채 국장이 작년 12월 24일 강원랜드에 있었다는 추가로 확인된 사실, 강원랜드 앞 전당포 주인에 대한 조사 내역, 채 국장이 진성F&C 차량을 이용한 경위 등에 대한 박 형사의 수사 보고 등이 있었다.

정진원룸 206호와 관련된 내용은 빠져 있었다. 그 부분은 채 국장 살인 사건과의 연관성이 아직 입증되지 않았다는 이유에서 그랬을 것이다.

기록은 방대했지만 관련자들에 대한 계좌 추적 내용이 대부분이어서 어찌 보면 의외로 간단하다고 볼 수도 있었다. 곧바로 용의자가 진 교수로 특정되었기 때문일 것으로 추측됐다. 기록 마지막에는 장성경찰서에서 송부받은 신해수의 실종 사건 기록이 편철되어 있었다.

길 원장은 대략적으로 전체적인 기록을 살펴봤다. 몇몇 곳은 집중해서 다시 봐야 할 것이지만 현재까지는 의미를 둘 만한 새로운 자료는 보이질 않는다는 생각이 들었다.

잠시 기록을 덮고 다 식은 커피를 음미하면서 생각에 잠겼다. 수사 기록은 진 교수가 채 국장을 살해하고 자살했거나 잠적한 사실을 입증하는 데 집중되어 있었다.

그러나 지금은 어느 정도 채 국장 살해 사건과 진 교수 실종 사건 내지 살해 사건은 별개로 봐야 하는 것으로 정리됐다. 하지만 두 사건이 어떻게든 서로 관련 있다는 점도 길 원장, 이 과장, 박 형사 모두 의견의 일치를 보고 있었다. 그때 박 형사가 들어왔다.

"커피를 드시는 것을 보니 의미심장한데요."

"네?"

"뭔가 있으니까 그렇게 심각하게 생각하고 계신 거 아닌가요?"

"아닙니다. 대충 기록을 한번 훑어봤는데 별로."

"그래요? 이거 참 난감하네."

"어디 갔다 오시는 건가요?"

"아! 전에 고 처장이 알려준 오선화 전화번호는 없는 번호더라고요. 아마 011로 시작하는 것으로 봐서는 옛날 번호인 거 같아 다시 확인했죠. 전화번호 확인해서 지금 막 오선화와 통화했네요."

"잘됐네요. 오선화는 뭐라 하던가요?"

"경찰서에 출석해 줄 수 있느냐고 물었더니 자기는 차도 없고 바빠서 올 수 없다며 필요한 사람이 찾아와야 하는 거 아니냐며. 참 요새 애들은 당당하더라고요."

"그래서 어떻게 하기로 했나요?"

"오선화는 자기 남자친구가 하는 PC방 일을 도와주고 있다며 현재 안산에 있다고 해서, 내일 오후에 한번 가보려고요."

"음, 저도 같이 갈까요?"

"네? 오선화가 그렇게 중요한 인물일까요? 오선화는 이번 사건에 딱히 관련 있다고는?"

박 형사는 길 원장이 오선화에 대해 의외로 신경 쓰고 있는 것이 못내 이상하다는 표정이었다.

"송 이사장 가족들은 모두 의도적으로 가족들에 대한 얘기를 회피하고 있다는 느낌을 지울 수가 없거든요. 그렇다면 그 가족들과 함께 살면서 가족들의 내밀한 사정을 그나마 가장 객관적으로 진술해 줄 수 있는 사람이 오선화이지 않을까 해서요?"

"하긴, 그럴 거 같네요."

"오선화가 어떤 말을 꺼낼지 모르겠지만 그나마 제일 믿을 수 있는 말을 해줄 사람 같기도 하고, 그리고 또 오선화는 그 가족들에게 악감정이 있을 테니 누가 아나요? 혹시 폭탄선언이라도 할지."

박 형사는 길 원장의 말에 수긍이 가는지 그저 고개만 끄덕였다. 뭔가 돌파구가 열릴지 모르겠다는 생각이 드는 모양이었다.

"기록 더 보실래요? 아님?"

그는 또 술이 당기는 모양이었으나 길 원장은 참기로 했다. 오늘 아니면 다시 기록을 볼 기회가 없을지 모를 일이다.

"오늘은 늦게까지 기록을 볼 생각입니다. 자세히 한 번 더 봐야죠."

"네, 알겠습니다. 그럼 저는 다른 사건 정리나 하죠."

그는 못내 아쉬운 것 같았지만 특별히 내색하지 않았다.

길 원장은 심기일전의 마음으로 기록을 다시 넘기기 시작했다. 처음 대략적으로 기록을 보면서 집중적으로 살펴봐야 할 곳을 미리 메모해 뒀다.

송 이사장, 고희진, 고희수의 진술 내용에 대해 다시 한번 의심 가는 부분이 있는지 꼼꼼히 살펴봤지만, 현재까지는 거짓말한다고 생각되는 부분은 딱히 보이지 않았다. 조사는 절차상 필요한 만큼만 형식적으로 이루어진 느낌이었다.

결국 채 국장, 진 교수, 고 처장과 관련된 조사 내용이 관건일 것 같았다. 특히 채 국장, 진 교수의 마지막 행적을 집중적으로 살펴보기로 했다.

먼저 채 국장의 마지막 흔적인 작년 12월 17일 교통사고 건부터 12월 28일 진성F&C 차량을 회사에 반납한 부분까지, 신용카드 사용 내역 등과 일일이 대조해 가며 이상한 점은 없는지 살펴봤지만 딱히 없었다. 마지막 12월 28일 진성F&C 차량을 채 국장이 직접 반납했는지에 대해서만 의문부호가 붙었다.

다음으로는 진 교수의 마지막 행적이었다. 진 교수는 작년 12월 20일 아침 일찍 성남의 자기 집에서 차량을 이용해서 아침 7시경 예산수덕사IC를 통과했고, 바로 예당호 근처에 있는 작업실로 간 것은 확인됐다. 그 후로는 전혀 흔적이 발견되지 않았다. 그 이후 차량의 하이패스 카드 사용 내역이 없는 것으로 봐서는 분명 예당호 부근에서 감쪽같이 사라진 것이었다.

길 원장은 다시 한번 진 교수의 신용카드 사용 내역을 세심히 살펴보기 시작했다. 역시 누가 나중에 확인해 볼 것이라고 예상한 것처럼 깔끔했다. 신해수와의 관련성을 의심할 만한 단서는 전혀 없었다. 하물며 젊은 여대생들이 자주 갈 만한 음식점에서 신용카드를 사용한 내역도 일절 없었다. 정말 철두철미한 사람이라는 생각밖에 들지 않았다.

그런데 이상한 것이 하나 발견됐다. 미처 생각하지 못했던 것이 갑자기 떠올랐다. 진 교수의 차량이 예산수덕사IC를 통과했다는 사실은 IC에 설치된 CCTV와 하이패스 결제 내역으로 특정한 것인데 금액이 이상했다.

오늘 길 원장의 행적은 진 교수의 마지막 행적과 같은 출발지와 목적지였는데 금액이 틀렸다. 분명 길 원장은 몇 시간 전에 예산수덕사IC를 통과할 당시 통행 요금이 7,000원이라는 멘트가 나왔다. 그런데 진 교수가 결제한 내역은 5,100원이었다.

왜 틀린 걸까? 그럼 진 교수는 성남의 자기 집에서 나와 판교IC를 이용하지 않은 것이 분명했다. 어디를 들렀다가 다른 IC에서 고속도로를 이용했다는 말인데 작년 12월 20일 아침 일찍 어디를 들를 데가 있었다는 말인가? 이 부분도 의문부호를 달았다.

마지막으로 고 처장에 대한 부분이었다. 작년 연말을 전후한 고 처장에 대한 행적에서 특별히 이상한 점을 발견하진 못했다. 다만 계좌 내역에는 이상한 점이 다수 보였다. 물론 채 국장에게 건네진 돈의 흐름도 있었지만 재단 비자금 계좌를 이용해서 여러 번 돈세탁한 흔적이 있었다.

돈의 마지막 도착지는 고 처장의 또 다른 차명 계좌였다. 재단 자금을 교묘하게 빼돌리고 있는 것처럼 보였다. 박 형사는 이 부분은 살인 사건과 관련 없다고 생각해서 그랬는지 별다른 의문을 가지고 있지 않았던 듯 간단하게 조사되어 있었다.

그러나 돈이 얽히면 얼마든지 사람을 죽이고 죽는 일이 발생할 수 있는데 좀 더 이 부분도 파헤쳐 볼 필요성이 있을 것 같았다. 여기에도 의문부호를 달았다.

길 원장은 마지막으로 편철되어 있는 신해수 실종 사건 기록까지 본 다음 기록을 덮었다. 지금 언급한 몇 가지만 빼놓고 미진했다고 생각되는 부분은 없었다. 다만 신해수 관련 부분, 즉 신해수가 진 교수를 살해했을 가능성에 대한 수사 내역이 없어 못내 아쉬웠다.

시간을 보니 거의 밤 12시를 지나가고 있었다.

길 원장은 박 형사에게 기록을 본 소감은 내일 말하겠다고 하고 예산경찰서를 나왔다. 그는 오늘 철야로 당직을 서고 내일 오전에 퇴근했다가 오후에 출근한다며 그때 안산에 같이 가자고 했다. 길 원장이 예산으로 와서 그를 픽업하기로 했다.

4장

반전의 연속

1.

길 원장은 이번 사건이 막바지에 접어든다고 생각해서 그런지 왠지 모르게 마음이 급했다. 병원 일을 등한시한다는 자책감이 드는 건 사실이지만 어쩔 수 없다고 스스로 위안을 삼았다.

오늘도 오전에 열심히 진료를 끝내자마자 대충 점심을 해결하고 바로 예산으로 향해 정각 2시에 박 형사를 만났다. 그는 오전에 푹 잤는지 컨디션은 좋아 보였다. 차는 바로 안산으로 출발했다.

"눈은 좀 붙이셨나요? 저는 해가 떠 있을 때 자는 것은 영 익숙하지 않아서."

"저는 머리를 베개에 대는 즉시 곯아떨어지는 체질이라 충분히 잘 잤죠."

"의사 입장에서는 그런 사람들이 제일 부러운데, 잠 잘 자는 것이 최고 보약이죠."

"그래, 어제 기록에서는 뭣 좀 건지셨나요?"

박 형사는 역시 형사라는 직업의식으로 똘똘 뭉친 사람이었다. 사건 얘기밖에 할 얘기가 없는 사람처럼 보였다. 아마도 계속 수사가 꼬이다 보니 그도 불안한 모양이었다.

"음… 크게 보면 세 가지 정도. 미흡한 부분이라기보다는 더 확인해야 할 필요성이 있는 부분이라고 봐야겠죠."

"세 가지라? 그나마 다행이네요. 미진한 부분이 많으면 어쩌나 하는 생각이 들었는데."

"먼저, 채 국장 관련인데요. 채 국장은 작년 12월 27일 밤늦게나 28일 아침 일찍 진성F&C 차량을 회사 앞에 놓고 갔는데, 차를 놓고 간 사람이 채 국장 본인이라면 채 국장은 최소 작년 12월 28

일 아침까지는 살아 있었다는 것일 테고, 만약 다른 사람이 차를 놓고 갔다면 아마도 채 국장은 그때쯤 살해된 것이 아닐까요?"

길 원장도 명확히 증거를 가지고 하는 말이 아니어서 더욱 조심스러웠다.

"그렇다면 차를 회사 입구에 갖다 놓은 사람이 범인일 가능성이 높겠네요."

"그렇겠죠. 채 국장이 차를 갖다 놓을 상황이 안 됐다면 무슨 변고가 있었다고 봐야 할 테고. 그리고 아마도 범인은 진성F&C에 대해 어느 정도 알고 있었을 테니 차도 그곳에 갖다 놨겠죠."

"그럼, 범인은 가족이거나 가족 주변 인물일 가능성이 높겠네요."

"그렇다고 봐야겠죠."

"그리고 다음은요?"

박 형사가 어지간히 급한 모양이었다.

"그다음은… 진 교수가 작년 12월 20일 아침 7시에 예산수덕사IC를 통과한 것은 맞는데 그 출발지가 조금 이상하거든요."

"그건 무슨 말씀인가요?"

"조서에 고희수는 진 교수가 12월 20일 아침 일찍 분당 아파트에서 예산 작업실에 간다며 나갔다고 진술하고 있고, 또 저한테도 똑같이 말했거든요."

길 원장은 이 대목에서 목이 타는지 옆에 놓인 커피를 천천히 마시며 잠시 뜸을 들였다.

"그런데 분당 아파트에서 예산까지 가려면 통상 판교IC를 통과해서 예산수덕사IC로 나와야 맞는데 하이패스 요금이 이상하더라고요."

"네? 무슨 말씀인지 이해가 잘 안 가네요."

"제가 어제 똑같은 코스로 예산에 왔을 때 그때는 요금이 7,000원이었는데, 진 교수 신용카드 사용 내역에는 하이패스 요금이 5,100원으로 되어 있더라고요."

길 원장은 그가 이해할 수 있도록 잠시 기다렸다. 곧이어 그의 답이 나왔다.

"그렇다면 진 교수는 그날 판교IC를 통과하지 않고 다른 IC를 통과했다는 말이네요."

"네, 그렇죠. 다른 볼일이 있어서 어디를 들렀다가 갔다면 그럴 수도 있을 텐데, 아침 일찍 다른 곳을 들른다는 것이 좀 이상하죠."

그도 상식적으로 이해가 가지 않는 듯 고개를 약간 기웃거리며 의아하다는 표정을 지었다. 잠시 후 그가 물었다.

"그 의미는 무엇일까요?"

"실제 어디를 들렀다가 갔을 수도 있겠죠. 그것이 아니라면… 고희수가 거짓말했다고 봐야 하지 않을까요?"

"고희수가 어떤 거짓말을?"

"진 교수가 12월 20일 아침 일찍 분당 아파트에서 나갔다는 말이 사실이 아닐 수도 있겠죠."

"음…."

"왜 고희수가 그 상황에서 거짓말을 했어야 했는지가 관건이겠죠."

"죽은 진 교수를 상대로 물어볼 수도 없고, 참!"

"이젠 박 형사님도 진 교수가 죽었다고 인정하시는 건가요?"

길 원장이 농담처럼 가볍게 물었다.

"아니, 정진원룸 206호에서 토막 내어진 사람이 진 교수 말고 또 다른 사람이라는 말인가요? 이젠 또 다른 누가 살해됐다는 말만 나와도 심장이 벌렁벌렁한데. 진 교수는 거기서 인생을 끝마친 것이 분명합니다."

"그렇겠죠."

"그럼, 왜 고희수는 그런 거짓말을 했을까요? 갑갑하네요."

"아직 확인된 것은 아니니, 고희수가 사실대로 말했을 수도 있고, 그래도 한번 확인해 봐야 하는 것 아닌가요?"

"네, 당연하죠. 고희수한테 다시 한번 다그쳐 봐야겠죠."

"그것보다는 다른 방법으로 확인해 보는 것이."

"어떻게?"

"예산수덕사IC까지 5,100원이 나오는 출발지를 역으로 확인하면 진 교수가 그날 어느 IC로 들어왔는지 찾을 수 있을 거 같은데, 진 교수가 다른 곳을 들렀다면 대충 그곳이 어딘지 알 수 있지 않을까요?"

"아, 그렇겠네요. 이따 돌아갈 때 예산수덕사IC 관리사무소에다 물어보죠."

"그다음으로… 고 처장 관련인데요. 고 처장의 계좌를 유심히 살펴보니 고 처장이 재단 비자금을 교묘히 빼돌리는 거 같더라고요. 그것이 사실이라면 아마 송 이사장 몰래 빼돌렸다고 봐야겠죠."

"저도 계좌를 살펴보면서 그런 의심이 들었죠. 그런데 그것이 채 국장 살인 사건과 관련 있다고 보기도 어렵고, 또 서장님한테 그 부분은 건드리지 않겠다고 해서."

"만약 고 처장의 약점이 그 부분이라면 결정적일 수도 있지 않을까요? 단지 재단 비자금 문제라면 송 이사장도 알고 있었을 테니 별로 걱정하지는 않았을 거지만, 고 처장 개인 비리 때문에 채 국장에게 약점을 잡혔다면 결국 송 이사장까지 속인 것이 될 테니 그 입막음을 위해 채 국장을 제거해야 할 동기로 충분하지 않을까요?"

"음… 그래도 저는 아무래도 이해되지 않네요. 고 처장이 아무리 이중적인 모습을 보였다고 하더라도 누구를 살해할 수 있는 인물이라고는 영?"

"저도 그 말씀에 동감합니다. 사람의 심성을 그렇게 쉽게 감출 수는 없겠죠. 다만 연쇄살인의 관점이 아니라 채 국장 살인 한 건만 빼내서 보면 고 처장만큼 동기가 확실한 사람도 없겠죠."

"그렇죠. 채 국장 살인 사건이 진 교수, 신해수 사건과는 전혀 별개라면 충분히 가능성 있는 말씀이네요."

"고 처장은 재단 비리 때문에 채 국장한테 협박당했다고 주장하고 있지만, 사실은 자신의 개인 비리 때문에 협박당하고 있었다면? 그리고 채 국장이 그 사실을 송 이사장에게 알리겠다고 협박했다면…?"

"그렇다면, 고 처장은 채 국장을 죽여야만 할 필연적인 이유가?"

"네, 그 부분도 좀 더 확인해 보셔야 할 거 같습니다. 이상이 제가 기록을 읽은 소감이네요."

"넵, 새겨듣겠습니다."

박 형사는 간단명료하게 대답했지만, 거기에는 어떤 의지가 담겨 있는 느낌이었다.

어느덧 목적지에 도착했다.

박 형사는 오선화에게 PC방 앞 커피숍에 있다고 알렸다. 한 20여 분이 흐르자 20대 초반의 여자가 커피숍으로 들어오고 있었다. 전형적인 요즘 젊은이 같았다. 머리는 노란색으로 염색했고, 한겨울임에도 짧은 미니스커트를 입고 있었다. 얼굴은 짙게 화장을 해서 그런지 나이가 든 성숙한 느낌이었다. 박 형사가 조용히 손을 들자 그녀가 곧바로 다가왔다.

"안녕하세요? 오선화 씨죠?"

"어? 진짜로 오셨네요."

그녀는 어제 박 형사가 오겠다고 한 말을 건성으로 들은 것 같았다.

"뭐 드실래요?"

"아이스 아메리카노 마실게요."

길 원장은 잽싸게 일어나서 아이스 아메리카노 세 잔을 주문했다. 여기에 오기 전에 미리 그녀에 대한 심문은 길 원장이 하기로 했다. 그녀에 대해서는 박 형사보다 많이 알고 있다는 이유 때문이었다.

"선화 씨라고 편하게 부를게요."

"네, 그러세요."

"저희가 알기로는 선화 씨는 작년 여름경 송 이사장 집에서 쫓겨났다고 하던데?"

"어떻게 보면 쫓겨났다는 말이 맞겠지만, 저는 저 스스로 나온 거라고 생각하는데요."

"그 이유는 채 국장 때문에 그런 거였죠?"

"네, 맞아요. 그런데 꼭 그런 이유만 있었던 것도 아니죠."

"뭐, 다른 이유도 있었나요?"

"음… 제가 그 집이 싫어졌겠죠, 뭐."

"채 국장과는 무슨 일이 있었는지 말해 줄 수 있나요?"

"무슨 얘기를 듣고 싶으세요?"

"그냥 있는 그대로를 듣고 싶네요."

그녀는 이 대목에서 잠시 멈칫거렸다. 뭔가 말하기 껄끄럽다는 표정도 보였다. 그러나 잠시 후 본연의 쿨한 모습으로 되돌아왔다.

"뭐, 말하기 어려운 것도 아니죠. 네, 제가 큰 형부를 조금 이용했죠."

"이용했다는 말이 무슨 뜻인가요?"

"제가 용돈이 필요해서 큰 형부에게 꼬리를 좀 쳤죠. 그랬더니 바로 넘어오던데요."

길 원장은 그녀의 거침없는 대답에 속으로 적잖이 당황했다. 분명 옆에서 듣고 있는 박 형사도 그럴 것이다.

"그럼, 선화 씨가 돈이 필요해서 채 국장을 꼬셨고, 채 국장은 그 조건에 응했다는 말이네요."

"네, 제가 솔직히 말했죠. 돈이 필요한데 돈을 주면 만나주겠다고."

"그럼, 소위 조건만남 같은 거였네요."

"뭐, 그렇다고 봐야죠. 다 지들 업보죠."

"그건 또 무슨 말인가요?"

"저를 종처럼 부려 먹었으면서도 용돈 한번 주지 않았으니, 먹고 재워주는 것만으로도 감사해야 한다나? 뭐."

"용돈도 전혀 받지 못했으면 고생 많이 했겠네요."

길 원장은 그녀의 말에 전적으로 동감한다는 의사를 명확히 표시했다. 그래야만 순순히 계속 더 말할 것 같았다.

"그래도 큰 외삼촌이 살아 계셨을 때는 몰래 챙겨주셨는데, 큰 외삼촌이 돌아가시자마자 절 완전 가사 도우미로 취급했죠. 그러면서도 큰 언니는 고맙다는 말 한마디 안 하고, 저는 큰 언니한테는 별로 미안한 감도 없네요."

"큰 언니가 뭐라고 하면서 나가라고 하던가요?"

"자기도 제가 고생한 것은 알고 있는지 그냥 저한테 이젠 독립할 때가 되지 않았냐고 하더군요. 그래서 저도 그냥 알았다고 했고요."

"큰 언니가 선화 씨와 큰 형부의 관계를 명확히 알고 있었던 것은 맞죠?"

"네. 제가 어느 날 밤늦게 큰 형부 방에서 몰래 나왔는데 그 앞에 큰 언니가 딱 버티고 앉아 있더라고요. 제가 얼마나 깜짝 놀랐는데요."

"그 사실을 송 이사장도 알고 있나요?"

"그건 잘 모르겠네요. 큰 언니가 말하지 않았으면, 모르고 있을지도?"

"채 국장이 살해됐다는 사실은 알고 있죠?"

"네, 얘기 들어서 알고 있죠. 그 인간 언젠가는 그렇게 될 줄 알았죠."

"선화 씨는 채 국장을 누가 죽였는지 아는 것처럼 들리네요."

"작은 형부가 죽인 거 아닌가요?"

그녀는 당연하다는 듯이 반문하며 물었다.

"뭐, 그렇겠죠. 저희도 그렇게 생각하고 있기는 한데, 그래도 진 교수가 채 국장을 죽일 만한 동기가 명확히 확인된 것이 아니어서."

길 원장은 은근히 그녀의 진술을 이끌어 내기 위해 유도 신문을 하고 있었다. 그녀가 바로 걸려들었다.

"큰 형부가 작은 형부를 얼마나 무시했는데요. 제가 보기에도 민망할 정도로 심했죠. 작은 형부는 마음이 좋아서 제대로 대들지도 못하고, 그리고 또…."

그녀가 순간 움찔거렸다. 길 원장도 이때다 싶어서 다그치듯 선수를 치고 나갔다.

"큰 형부가 작은 형부한테 돈도 요구했었죠?"

"어? 그 사실도 알고 있네요. 큰 형부가 아무도 모르는 얘기라고 하면서 저한테도 절대 남에게 말하지 말라고 했는데."

"그런데 왜 작은 형부가 큰 형부한테 돈까지 주면서 꼼짝 못했나요?"

길 원장은 별일 아니라는 듯 무심하게 물었다.

"큰 형부가 작은 형부 바람피우는 것을 알고 있었더라고요. 저한테 용돈을 주면서 이 돈이 작은 형부한테 나온 거라고 자랑도 했었죠."

"작은 형부가 바람을 피웠나요? 전혀 그럴 사람은 아닌 거 같던데?"

길 원장은 얼굴에 철판을 깔아 놓은 듯 시치미를 딱 떼고 물었다.

"저도 그 말을 듣고 깜짝 놀랐죠. 그런데, 곰곰이 생각해 보니한편으로는 이해도 되더라고요."

"그게 무슨 말인가요?"

"작은 언니랑 같이 산다는 것이 보통은 아니니까요. 그 스트레스가 어머어마했을 거예요."

"작은 언니가 작은 형부를 그렇게 못살게 굴었나요?"

"그건 제가 같이 안 살았으니까 잘 모르겠고, 그냥 제 생각에는 작은 언니는 한마디로 사이코패스죠. 사이코패스!"

"저는 잘 이해되지 않네요. 왜 작은 언니가 사이코패스인가요?"

"제가 남을 험담하는 얘기는 잘 안 하는 편인데⋯ 작은 언니가 큰 언니한테 대들 때면 제가 아무리 이해하려고 해도 이해할 수 없는 이유로 대들더라고요. 그런 게 사이코패스 아닌가요?"

"예를 들면?"

"지금은 딱히 기억이 떠오르는 것은 없네요. 참! 그 얘기는 들었나요?"

"무슨 얘기요?"

"작은 언니가 큰 언니 강아지를 죽인 거."

"아니요. 전혀 못 들었는데 궁금하네요. 얘기 좀 해주세요."

그녀는 길 원장의 장단에 신이 났는지 저 스스로 흥이 나서 말을 이어갔다.

"제가 그 집에 들어가기 전에 있었던 일이라 저도 가사 도우미한테 들은 얘기긴 하지만, 초등학교 때 큰 언니 생일날 큰 외삼촌이 조그만 강아지를 생일 선물로 사줬는데 며칠 후 그 강아지가 목이 밟힌 채로 정원에 죽어 있었고, 다들 범인이 누구인지 알고 있었지만 아무도 말을 꺼내지 않았다고 하네요. 작은 언니도 시치미를 딱 뗐다고. 오죽했으면 큰 외숙모도 작은 언니를 무서워했겠어요?"

그녀는 반문하듯이 고개를 절레절레 흔들었다.

그녀와 대화하고 있는 길 원장도 길 원장이지만 옆에서 듣고 있는 박 형사도 상당히 놀란 것 같았다. 계속 몸을 뒤척이면서 무슨 말이라도 꺼내고 싶은지 어쩔 줄을 모르고 있었다.

"작은 형부가 바람피우는 상대방이 누구인지는 알고 있나요?"

길 원장은 질문 하나하나가 조심스러웠다. 어디서 폭탄이 터질지 모르는 아슬아슬한 순간이라는 생각이 들었다.

"큰 형부가 자세히는 말해 주지 않아서 잘 모르겠네요. 제가 추측하기에는 젊은 여대생일 거 같던데?"

"작은 언니는 작은 형부가 여자를 전혀 모르는 숙맥이라고 하던데, 선화 씨가 뭔가 잘못 알고 있는 거 아닌가요?"

"작은 언니가 모른다고요? 쳇, 웃기는 소리 하고 있네요. 제가 분명히 얘기했는데, 작은 형부에게 잘해 줘야 한다고."

"그럼, 선화 씨가 작은 언니에게 작은 형부가 바람피우고 있다는 사실을 얘기했다는 거네요."

"음… 뭐, 저도 돈이 궁했으니까."

"그런 얘기를 하면 작은 언니가 돈을 주나요?"

"작은 언니뿐만 아니라 큰 언니도 저한테 일부러 시키는데, 두 사람 모두 절 이용했다고 봐야죠. 다른 사람이 모르는 비밀을 갖다주면 그에 상응하는 돈을 줬거든요."

"선화 씨는 언제부터 그런 일을 했나요?"

"그 집에 들어간 지 얼마 되지 않아서 자연스럽게 그렇게 되더라고요. 두 사람이 서로 죽일 듯이 매일 싸워댔으니까요."

길 원장은 어이가 없어 그저 고개만 끄덕였다. 그녀는 자신이 무슨 잘못을 했는지 전혀 모르는 것 같았다. 무용담을 얘기하듯 거침이 없었다.

"그 얘기를 들은 작은 언니 반응은 어땠던가요?"

"뭐, 자기도 알고 있었다는 듯이 말했지만, 표정은 그게 아니었거든요. 그 자리에 계속 있으면 저한테도 무슨 일이 벌어질 거 같은 그런 거 있죠. 저도 무서워서 돈만 받고 얼른 나왔죠."

"아! 그래요."

길 원장은 무심하다는 듯이 건성으로 대답했다.

오선화의 말이 사실이라면… 고희수는 결정적인 거짓말을 하고 있었다. 진 교수가 바람피우는 사실을 전혀 모르고 있다는 듯 거짓말을 했다. 아니, 진 교수는 바람피울 위인이 못 된다고 단정하지 않았던가!

갑자기 이번 사건이 이상하게 흘러간다는 느낌이 들었다. 고희수가 진 교수의 불륜 사실을 알았다면 가만히 있지는 않았을 텐데… 그렇다면?

길 원장은 고개를 돌려 박 형사를 쳐다봤다. 그는 이미 얼굴이 붉으락푸르락 주체를 하지 못하고 있었다.

"두 언니가 사사건건 다퉜다는 건데, 그것을 바라보는 송 이사장의 태도는 어땠나요?"

"뭐, 안절부절못하더라고요. 그저 그 순간을 모면하려고 결국은 두 언니가 원하는 것을 다 들어주고. 솔직히 언니들이 그런 것을 이용했다고 보는 것이 맞을 겁니다."

길 원장은 박 형사를 바라보면서 혹시 더 물을 것이 있는지 물었다. 그는 그녀의 말에 충격을 받았는지 고개를 절레절레 흔들고 있었다.

길 원장은 그녀에게 고맙다는 말과 함께 지갑에서 50,000원짜리 지폐 두 장을 꺼내 건넸다.

"저희 때문에 시간을 많이 빼앗겼는데 저녁 때 밥이라도 사 드세요. 그리고 필요하면 전화드릴 테니 꼭 받아야 돼요."

"고맙습니다."

그녀는 더 이상 볼 필요 없다는 듯 돈을 낚아채면서 바로 일어났다. 그래도 마지막 말은 가장 공손했다.

옆에 있는 박 형사는 연신 황당하다는 표정을 짓고 있었다. 그녀가 나가자마자 길 원장 앞자리로 자리를 옮겼다.

"제가 딸을 낳지 않아서 다행이지, 저런 딸을 낳았다면 생각만 해도 아찔하네요."

"요즘 애들이 다 그렇죠. 오선화도 어찌 보면 불행하다고밖에. 어려서 부모님의 사랑을 받지도 못하고, 외삼촌 집에서 눈치만 보면서 버텼을 테니까요."

"오늘 오선화의 말을 어떻게 해석해야 할지…. 원장님은 어떻게 생각하세요?"

"오선화가 딱히 거짓말하는 거 같지는 않고, 갑자기 고희수의 존재가 수면 위에 떠오른 것이 의미심장하네요."

"그렇다고 고희수가 형부인 채 국장을 죽일 이유는 딱히?"

"왜 고희수가 거짓말을 할 수밖에 없었는지 그 이유를 밝히면 안개가 싹 걷힐 수도 있겠죠. 그래도 오늘 오선화를 만난 것은 여러 가지로 의미가 있는 거 같은데, 안 그런가요?"

"네. 원장님 말씀처럼 이 집안이 어땠는지 감이 완전히 잡혔네요."

"일단 예산으로 가시죠. 예산수덕사IC에서 확인할 것도 있고."

두 사람은 안산에서 예산으로 가는 내내 사건 얘기는 꺼내지 않았다. 다들 사건 얘기가 지겨운 것 같았다. 박 형사는 지금 와이프는 아니지만 여자 때문에 경찰에 들어오게 된 기막힌 사연이나, 한때 방황하면서 하루가 멀다 하고 사고 친 얘기 등 지금까지 살아온 나날을 드라마처럼 술술 읊고 있었다. 길 원장은 옆에서 계속 장단을 맞춰주고 있었다.

두 사람은 예산수덕사IC를 통과하자마자 관리사무소에 들어갔다. 박 형사가 경찰 신분증을 제시하면서 몇 가지 확인할 것이 있다고 정중하게 말을 걸었다. 곧바로 본론으로 들어갔다.

"여기 IC로 도착은 했는데 출발지를 알고 싶거든요. 하이패스 요금은 5,100원이 나왔네요."

"그래요? 잠시만 기다리세요."

관리사무소 직원은 별일 아니라는 듯 이유도 묻지 않고 컴퓨터로 확인하고 있었다.

"요금이 5,100원이 나오는 IC는 전국에 다섯 군데 나오는데요. 한번 보실래요?"

두 사람은 직원 뒤로 가서 모니터를 보기 시작했다.

"이 중에서 수도권 지역은 어디 어디인가요?"

길 원장이 물었다.

"호매실IC, 비봉IC, 양노IC 세 곳이 나오네요."

"그래요? 잠시만요."

길 원장은 옆에 있는 탁자에 앉아 휴대폰으로 세 곳의 주소를 검색하기 시작했다. 호매실IC는 수원시 권선구 호매실동, 비봉IC는 화성시 비봉면 구포리, 양노IC는 화성시 비봉면 양노리로 나왔다. 호매실IC는 송일대학에 가기 위해 몇 번 이용했던 IC여서 바로 기억하는 곳이었다. 길 원장은 의미심장한 미소를 지으며 박 형사에게 눈짓으로 됐다고 의사를 표시했다. 두 사람은 고맙다는 인사를 건네고 사무소를 나와 다시 차에 올라탔다.

길 원장이 먼저 말을 꺼냈다.

"혹시나 해서 장성이나 전라도 쪽에서 출발했을 가능성을 봤는데 요금이 많이 차이 나네요. 아래 지역에서 요금이 5,100원이 나오는 곳은 동서천IC 한 곳으로 보이는데 그쪽은 아닌 거 같고, 호매실동이 송일대학과 인접한 동네니까 진 교수는 아마도 호매실IC에서 고속도로를 탄 거 같네요."

"그럼, 아침 일찍 학교에 일이 있어서 갔을 가능성이 높겠네요. 학교에 뭘 놓고 와서 그것을 챙기려고 하지 않았을까요?"

"그러면 논리적으로 맞지 않는데…. 아마도 아닐 겁니다."

"논리적으로 맞지 않다뇨?"

"진 교수가 자기 아파트를 출발해서 학교에 잠시 들렀다면 일단은 판교IC로 들어와서 호매실IC에서 내렸다는 것이고, 그렇다면 그 흔적이 하이패스 내역에 나와야 하는데, 없었거든요. 그러니 진 교수는 그날 아침 일찍 판교IC를 이용하지 않은 것이 확실하다고 봐야죠."

"그렇다면 진 교수가 국도를 이용해서 학교에 들렀다가 예산 작업실로 갔을 수도 있는 것 아닌가요?"

"뭐, 그럴 수도 있지만 진 교수의 하이패스 사용 내역을 보면 학기 중에는 계속 1,900원씩 찍혀 있었거든요. 학교에 출퇴근할 때는 고속도로를 이용하고 있었다고 봐야겠죠."

"그럼, 그 의미는 무엇일까요?"

"확실한 건 고희수가 무슨 이유인지는 몰라도 거짓말을 하고 있다는 거겠죠."

"전혀 생각지도 못한 고희수라?"

"고희수는 분명 작년 12월 19일 밤에 집에서 진 교수로부터 이혼하자는 말을 듣고 대판 싸웠고, 진 교수가 그다음 날 아침 일찍 예산으로 떠났다고 했거든요. 이혼 얘기가 사실인지 아닌지는 모르겠지만 그 전체적인 스토리가 거짓말이라고 하면….."

"그렇다면 고희수가 진 교수를 살해했을 가능성을 의미하는 건가요? 진 교수는 12월 20일 정진원룸에서 살해됐을 가능성이 높다는 추측이….."

박 형사는 자신이 말을 꺼내놓고 자신의 말을 되새기는 것 같았다.

"저희는 12월 20일과 21일 사이에 정진원룸에서 물이 3톤이나 사용된 것으로 봐서 진 교수가 살해된 것으로 추측했는데 그것이 아니라면….."

"하룻밤 사이에 물이 3톤이나 사용됐다면 당연히 무슨 일이 벌어졌다고 봐야 하지 않을까요? 딱히 다른 이유도 없어 보이는데."

길 원장은 그 질문에 대해 선뜻 대답하지 못하고 있었다. 뭔가를 곰곰이 생각하고 있는 것이 역력했다. 잠시 후 조심스러운 길 원장의 대답이 나왔다.

"무슨 일이 벌어지지 않았다는 것이 아니라, 그 대상이 진 교수가 아닐 가능성이….."

"네? 그럼 다른 사람이 그곳에서 살해됐다는 말인가요? 누가?"

"아니, 아니, 너무 놀라지만 마시고, 그냥 여러 가지 가능성을 확인해 보자는 거죠. 오늘은 계속 운전만 해서 그런지 많이 피곤

하네요. 오늘 밤 생각을 정리한 다음에 내일 신선한 머리로 다시 파이팅 하시죠."

"그러고 보니 많이 피곤하시겠네요. 그럼, 일단 식사부터 하시죠."

"네, 오늘은 술을 마시지 말죠. 내일도 해야 할 일이 많을 테니."

"넵, 장터국밥이나 한 그릇 하실래요. 제가 잘 아는 곳이 있는데 맛이 끝내줍니다."

"그러시죠."

두 사람은 마파람에 게 눈 감추듯 금세 국밥 한 그릇을 비웠다. 박 형사는 술을 마시지 못해 그런지 못내 헤어지기가 아쉬운 것 같았다.

"제가 비록 시골 형사이긴 하지만 산전수전 다 겪었다고 생각했었는데 형사 생활 10여 년 동안 이렇게 꼬인 사건은 처음 겪네요."

"앞의 적은 결코 만만히 볼 것이 아닌 것은 분명한데. 전에도 우리가 범인을 칭찬했었지만 정말 칭찬할 만합니다."

"쉽게 접근할 수 없을 거 같은데, 뭐 좋은 방법이 없을까요?"

길 원장이 생각을 정리한 다음 내일 얘기하자고 했음에도 박 형사는 무의식중에 또 사건 얘기를 꺼냈다. 그런 데다가 그동안 보여줬던 씩씩함은 전혀 사라지고 없었다. 그만큼 강적을 만났다고 생각하는 것 같았다.

"좀 생각해 놓은 복안이 있는데 내일 말씀드리죠."

"아! 네, 제가 계속 주책이네요."

길 원장은 내일 전화하겠다는 말을 남기고 대전으로 향했다.

잠시 머리를 식힐 요량으로 창문을 열고 차가운 바람을 그대로 들이마시고 있었다. 이젠 완전 겨울로 접어든 것 같았다. 잠시 후 휴대폰에서 강보람의 전화번호를 검색해서 전화를 걸었다. 그녀가 바로 전화를 받았다.

"보람 씨! 잘 지내고 있죠? 너무 늦게 전화한 건 아닌지 모르겠네요. 지금 통화 괜찮나요?"

"네, 괜찮아요."

"보람 씨 도움받을 일이 있는데 내일 시간 좀 내줄래요?"

"무슨 일인지는 모르지만, 해수 일 때문이라면 당연히 그래야죠."

"그럼, 내일 예산경찰서에 가서 뭣 좀 확인해야 하는데 바로 예산으로 올래요? 아니면 대전으로 내려와서 저랑 같이 갈래요?"

"…제가 대전으로 내려갈게요."

"내일 낮 2시쯤이 적당할 거 같은데."

"네, 내일 출발할 때 전화드릴게요."

"네, 그럼."

"잠깐만요, 아직 해수 소식은?"

그녀는 친구의 소식이 못내 궁금한 것 같았다. 당연할 것이다. 겨우 용기를 내서 물어봤을 것이다.

"그건… 내일 얘기해줄게요."

"네, 그럼."

2.

길 원장은 다음날 2시경 대전고속버스터미널에서 강보람을 만나 바로 예산으로 출발했다. 그녀는 어딘지 모르게 매우 불안한 모습을 보이고 있었다. 친구에게 뭔가 심상치 않은 사태가 벌어졌다고 생각하는 것 같았다.

길 원장은 그녀가 편안한 마음을 가질 수 있도록 가벼운 말로 분위기를 유도했다.

"이번에 졸업하지 않나요?"

"네, 어느덧 그렇게 됐네요."

"졸업 후 진로는 정했나요?"

"마땅히 취직하기도 그렇고, 이번에 대학원 시험을 보긴 했는데, 잘 안되면 잠시 외국이라도 나갔다 오려고요. 대학교 때 얼마간이라도 외국에 나갔다 왔어야 하는데, 제가 결단력이 없어서."

"요즘 대학생들은 대부분 경험 삼아 외국에 한 번쯤 나갔다 온다고 하던데?"

"네, 그래서 휴학하는 친구들도 많이 있죠. 다들 제 살길을 찾아 열심히 살더라고요."

"음… 오늘 보람 씨가 해줘야 할 일은…"

길 원장은 잠시 말을 멈추고 고개를 돌려 그녀를 바라봤다. 그녀는 가슴이 철렁 내려앉은 것처럼 움찔거렸다. 그리고 뭔가를 각오하는 것처럼 보였다.

"아, 아닙니다. 이따 경찰서에 도착하면 얘기할게요."

"혹시 해수에게 무슨 일이 벌어진 건가요?"

"아니… 아직 명확한 것은 아닌데…. 혹시 잘못됐을지도 몰라 보람 씨 도움이 필요하네요."

그녀는 체념한 듯 고개를 푹 숙였다. 그녀의 입에서는 더 이상 아무 말이 나오질 않았다.

"그리고… 조소과 고희수 교수님 알죠?"

"네, 저희 과 교수님은 아니어도 진 교수님 사모님이라는 것은."

"학교에서 고 교수님 평가는 어떤가요?"

"제 친구가 조소과 학생인데, 저도 그 친구한테 들은 얘기지만…."

그녀는 말을 꺼내 놓고 쉽게 이어가지 못했다. 뭔가 말하기 꺼림칙한 부분이 있는 모양이었다.

"그냥 편하게 말해도 돼요. 저도 들은 것이 있으니."

"한 마디로 말씀드리면, 자기밖에 모르는 교수님이라고. 너무 독단적이어서 학생들 사이에서는 인기가 별로 없는 거 같아요."

"예를 들면 어떤 것들이 있을까요?"

그녀는 바로 대답하지 않았다. 교수를 험담하는 것이라고 생각하는지 신중한 것 같았다.

"솔직히 예술대학은 창의성이 중요한데, 고 교수님은 학생들에게 자신의 생각을 강요하는, 그래서 아주 참신한 아이디어로 과제를 완성한 학생에게 이럴 거면 학교에 나올 필요가 없다며 공개적으로 망신을 준 적도 있다는 얘기도, 실제 그 학생은 학교를 그만뒀고요."

"아, 그래요. 혹시 성격적으로는 특이한 점은 없다고 하던가요?"

"워낙 고집이 세시다는 거밖에는."

"재단 이사장 따님이라서 시기하는 부분도 있는 것은 아닌가요?"

"제가 직접 겪어보지는 않아서 잘 모르겠네요. 물론 그런 부분도 있겠죠, 분명."

"아무튼 한 마디로 학생들에게는 인기 없는 교수였다는 거네요."

"네. 솔직히 조소과는 고된 작업을 해야 할 때가 많아 여학생들이나 여교수님이 상당히 고생하는데, 고 교수님은 남학생들을 작업 인부처럼 부렸다고 말이 많았죠. 자기 개인 작업실에 돌아가면서 당번까지 정해 놓고."

"그래요? 그건 좀 너무 심한 거 같은데?"

"네. 그래서 학생들 사이에서는 공식적으로 문제를 제기하자는 말도 나왔는데, 결국 흐지부지됐죠. 학생들 학점을 쥐고 있는 교수님에게 대든다는 것이 쉽지는 않았겠죠."

"고 교수님 개인 작업실은 어디에 있나요?"

"저도 얘기만 들어서 잘 모르고, 학교에서 멀리 떨어진 거 같지는 않은 거 같던데. 학교 뒷문으로 나가면 바로 갈 수 있다고, 다들 걸어서 다녔다고."

"그래요. 그럼, 학교 근처겠네요."

"네, 낡은 일반 주택을 사들여서 작업실로 개조했다고 하더라고요. 누가 그러던데요, 그 외진 곳에 있어서 밤에는 귀신 나올 거 같다고. 사람이 죽어 나가도 아무도 모를 거라며, 무섭다는 말도 들었고."

"후…."

길 원장은 자신도 모르게 긴 한숨을 내뱉었다.

"제 친구도 고 교수님 개인 작업실에 갔다가 밤에 일을 끝내고 전깃불을 껐는데 순간 달빛에 인체 조각품들이 마치 살아 있는 것처럼 보였다면서, 너무 놀라서 그대로 도망 나왔다고. 아무튼 말이 많았죠."

길 원장은 그녀의 지금 이 얘기가 이번 사건에 어떤 영향을 끼칠지 솔직히⋯ 불안감이 확 몰려오는 느낌이었다. 그렇다고 지금 내색하면 그녀가 더 불안해할 것 같아 꾹 참으려고 했지만 심장은 요동치고 있었다.

어느덧 예산경찰서에 도착했다. 박 형사를 만나 뒷문을 통해 남들 모르게 빈 사무실로 들어갔다. 박 형사는 길 원장이 데리고 온 젊은 여자를 보고 놀라는 표정이었다. 길 원장이 조용한 목소리로 강보람이라고 알렸다.

그리고 장성경찰서에서 송부받은 신해수 실종 사건 관련 CD를 가져다 달라고 했다. 박 형사는 처음에는 의아해하다가 바로 길 원장의 의도를 알아챘다. 잠시만 기다리라고 했다.

그가 곧바로 CD 두 장을 가지고 사무실로 들어왔고, 즉시 컴퓨터로 CD를 구동하기 시작했다.

길 원장이 그녀에게 말을 건넸다.

"보람 씨! 해수 씨가 장성에 도착한 CCTV 화면인데 해수 씨의 마지막 모습이니까, 어디 이상한 부분은 없는지 한 번 자세히 봐주세요. 뭔가 불안해한다든지, 평소 습관과 다른 부분이 있는지."

길 원장은 그녀에게 왜 CD를 봐야 하는지 구체적인 이유는 설명하지 않고 막연하게만 말했다. 혹여나 그녀가 선입견을 가질 수 있다는 판단에서였다.

그녀는 불안해하면서 두 사람의 눈치를 살피다가 컴퓨터 앞에 앉았다. 그리고 집중해서 CCTV 화면을 보고 있었다. CD 한 장을 다 보자 박 형사는 아무 말 없이 이어서 다른 CD를 돌렸다. 또다시 그녀가 집중해서 보기 시작했다. 보기를 다 마쳤는데도 그녀는 아무런 반응을 보이지 않고 있었다. 계속 컴퓨터 모니터만 바라보고 있었다. 뭔가 이상하다고 느낀 것 같았다.

길 원장과 박 형사는 그녀의 행동을 예의 주시하다가 서로 눈이 마주쳤다. 이윽고 길 원장이 조심스럽게 물었다.

"보람 씨, 왜 뭐가 이상한가요?"

"이 화면에 나오는 여자가 해수 맞나요? 해수가 아닌 거 같은데?"

"앗!"

박 형사의 입에서는 자신도 모르게 가벼운 외마디 비명이 흘러나왔다. 곧이어 그 자리에 있는 세 사람 모두 침묵을 지켰다. 잠시 정적이 흘렀다.

"왜 그렇게 생각하나요?"

길 원장은 더욱더 조심스럽게 물었다.

"해수 옷하고 모자하고 가방은 맞는데… 걸음걸이가….."

"왜 걸음걸이가 이상한가요?"

"해수는 항상 밥도 제대로 못 먹은 것처럼 힘없이 느릿느릿 걷거든요. 그런데 여기 있는 화면에는 씩씩하게….."

"그래도 뭔가 급하면 그렇게 걸을 수 있는 거 아닌가요?"

"아무리 급해도, 해수가 그렇게 걷는 건 한 번도 본 적이 없거든요. 항상 고개도 숙이면서 다녔는데, 여기에서는….."

"그래요? 또 이상한 것은 안 보이나요?"

"머리 모양도 이상해요. 해수가 항상 모자를 쓰고 다니긴 했지만, 머리가 흐트러진다며 머리카락 끝은 모자 뒤의 끈 사이로 빼내서 쓰고 다녔거든요. 그런데 이 화면에서는 머리카락을 모자 안에 다 집어넣어서."

"그런 것이 여자들 사이에서는 특이한 건가요? 저희는 잘 몰라서."

"그렇죠. 여자들은 모자를 쓰더라도 꼭 자기 스타일로 쓰는데…."

"그럼, 보람 씨 결론은 이 화면에 보이는 여자는 해수 씨가 아니라는 거네요."

"네, 제가 해수에 대해서는 누구보다도 잘 아는데. 그런데 이 여자는 누구예요?"

"그건 우리도 이제부터 확인해 봐야죠. 과연 누가 해수 씨 행세를 하고 다녔는지."

"저 그럼, 해수는 잘못된 건가요?"

그녀는 지금 상황으로 봐서 친구가 뭔가 잘못된 것 같다고 확신하는 듯했다. 잘못돼도 뭔가 된통 잘못됐다는….

"아직 저희도 확인해 보지 못해서 뭐라 말하기는…. 보람 씨! 만에 하나이긴 하지만, 어느 정도 각오는 하고 있어야 할 거 같네요."

그녀는 순간 소리를 내며 엉엉 울음을 터뜨렸다. 두 사람은 갑작스러운 그녀의 행동에 당황했지만 그대로 놔두기로 했다. 울고 싶을 때는 우는 것이 상책이리라.

한참이 지난 후에 길 원장이 겨우 말을 꺼냈다.

"박 형사님, 제가 보람 씨를 터미널까지 모셔다드리고, 이따 전화할게요. 보람 씨, 수고 많았어요. 이젠 가야죠."

그래도 그녀는 미동도 하지 않고 있었다. 다행히 울음은 그친 것 같았다. 잠시 후 말없이 조용히 일어나 화장실에 가겠다며 사무실을 나갔다.

길 원장도 박 형사에게 고개를 끄덕이며 사무실을 나갔다.

그녀는 예산시외버스터미널까지 가는 동안 아무 말을 하지 않았다. 이젠 친구의 죽음을 받아들이는 것 같았다. 길 원장도 어떤 말로 위로해야 할지 몰라 그대로 지켜만 보고 있었다. 터미널에 도착해서 가장 빠른 서울행 버스표를 끊어 그녀에게 건넸다.

"보람 씨! 사건이 해결되면 가장 먼저 보람 씨에게 알릴 테니 마음 단단히 먹고 잘 버텨야 합니다."

"고맙습니다, 원장님."

"그래요. 또 연락할게요. 아! 그런데 제가 원장이라는 것은?"

"제가 원장님 행동이 하도 수상해서 인터넷에서 찾아봤거든요. 원장님이 경찰이 아니라는 것은 진작부터 알고 있었죠."

그녀는 이제 어느 정도 정신을 차린 것 같았다. 말하면서도 가벼운 미소를 보였다.

길 원장은 다행이라는 생각이 들었다. 그녀를 태운 버스가 터미널을 떠날 때까지 멍하니 버스만 바라보고 있었다. 그녀는 길 원장을 보기가 그래서 그런지 계속 고개만 숙이고 있었다. 잠시 후 버스는 천천히 버스터미널을 빠져나가고 있었다.

길 원장은 바로 박 형사에게 전화를 걸었다.

"박 형사님! 조금 전에 강보람 학생 떠났고, 지금 5시가 조금 넘은 상태인데 다시 경찰서에 들어가기는 그렇고, 이따 저녁이나 같이 하시죠?"

"그렇지 않아도 이 과장님께도 전화드렸네요. 다시 대책 회의를 해야죠."

"과장님과는 몇 시에 보기로 했나요?"

"과장님이 최대한 빨리 오신다고 해서 6시 반에 곱창집에서 보기로 했죠."

"그래요? 그럼 저는 잠시 어디 좀 들렀다가 시간에 맞춰 갈게요."

"어디? 이번 사건과 관련해서 아직 제가 모르는 곳이 있나요?"

"그건 아니고, 그래도 명색이 예산에 왔는데 예당호는 한번 봐야죠. 사건 현장일 수도 있는데."

"예당호가 얼마나 넓은지는 알고 계시죠? 혹 필요하면 제가 갈까요? 진 교수 작업실도 한번 가보실래요?"

"지금 가봐야 그렇고, 벌써 어두워졌는데, 그냥 예당호나 바라보면서 시간 때우겠습니다. 생각이 필요할 때는 물멍이 최고거든요."

"그럼, 조금 있다가 뵙죠."

길 원장은 차를 몰고 바로 예당호로 향했다. 박 형사 말을 듣고 진 교수 작업실을 한번 보고 싶기도 했지만 시간이 촉박할 것 같아 바로 포기했다. 처음 생각한 것처럼 그냥 호수 정경만 보고 오기로 했다.

예당호 입구에 도착했을 때는 이미 해가 지기 시작해서 그런지 주위는 어두워진 상태였다. 오른쪽에는 예당호가 보이고 왼쪽에는 주변 야산을 끼고 꼬불꼬불 길이 나 있었다. 주변 야산의 나무들은 을씨년스럽게 뼈대만 앙상하게 남아 있었다. 간간이 식당이 군데군데 보이기는 했지만, 딱히 손님들이 있는 것 같지는 않았다.

길 원장은 적당히 여유 공간이 있는 곳에 차를 세우고 옷을 챙겨 입었다. 아마도 차 밖은 상당히 추울 듯했다. 마침 근처에 의자 3개가 나란히 놓여 있었다. 낮에 경치를 감상할 수 있도록 만든 의자여서 그런지 나름 명당 자리로 보였다. 주위가 깜깜한 탓에 100미터 앞도 제대로 보이질 않았다. 그저 고요한 호숫가였다. 잠시 눈을 감고 명상에 잠겼다.

오선화와 강보람의 진술로 인해 이번 사건이 급변하기 시작했다. 어쩌면 채 국장 사건보다 진 교수·신해수 사건이 먼저 해결될 수 있을지도 모른다는 생각이 들었다. 그러나 한편으로는 가슴이 꽉 막혀 오는 느낌도 들었다.

지금 예상하고 있는 사건이 실제로 발생했다면? 어떻게 입증할 수 있을지? 현재로서는 결정적인 증거는 하나도 보이지 않았다. 앞으로 보인다고 장담하기도 어려웠다.

결국 심증이나 진술로만 살인 사건을 입증해야 할 상황이 올 수 있다는 불길한 예감이 들었다. 한때 언론지상에 보도되고 법적으로도 다툼이 많은 '사체 없는 살인 사건'이 현실화되는 것인가?

길 원장은 시간에 맞춰 곱창집에 도착했다. 박 형사만 도착해 있었고, 이 과장은 아직 오지 않았다.

"어서 오세요. 온통 깜깜했을 텐데 물멍 결과는 좋았나요?"

박 형사는 조금 전에 봤음에도 오랜만에 만난 것처럼 반가운 표정을 지었다.

"가슴만 더 꽉 조이는 거 같던데요. 아직 과장님은 오시지 않았나 보네요."

"거의 다 도착했다고 조금 전에 전화 받았네요."

"그럼, 오시면 그때 같이 얘기하죠."

"네. 그래도 입은 근질근질하니 먼저 입가심이라도."

"좋습니다."

길 원장이 말을 꺼내자마자 이 과장이 식당 문을 열고 들어왔다. 이 과장의 입가에는 미소가 가득했다. 술이 반가운지 두 사람이 반가운지 모를 표정이었다.

세 사람은 가볍게 반주를 곁들여 배를 채웠다. 박 형사는 이 과장에게 오선화, 강보람에 대한 조사 내용을 설명하기 시작했다. 이 과장은 박 형사로부터 시시각각 들려오는 설명을 듣고 얼굴이 점점 굳어가고 있었다. 아무 말 없이 듣고만 있었다.

이 과장은 다 듣고 나서 천천히 두 사람을 번갈아 보았다. 이번 사건이 전혀 예상 밖의 상황으로 흘러가고 있다고 생각하고 있음이 분명했다.

"그럼, 박 형사 생각부터 얘기해 봐!"

"네. 고희수가 진 교수와 신해수의 관계를 이전부터 이미 알고 있었다면? 그리고 장성터미널에 나타난 여자가 신해수가 아니라면? 고희수가 신해수를 죽이고 신해수 행세를 했다고밖에….."

"그렇다면 정진원룸 206호에서 살해된 사람은 진 교수가 아니라 신해수란 말이지? 그래서 고희수가 신해수 행세를 한 거고."

"네. CCTV가 흐려서 잘 보이진 않지만, 그 여자가 고희수라고 생각하면 딱 들어맞습니다. 고희수와 체격도 비슷하고 전체적인 분위기도 그렇고요. CCTV를 처음 봤을 때 원장님이 그 부분을 의심했었는데 그때 좀 더 확실히 확인했었다면, 벌써 사건이 해결될 수도 있었을 텐데."

박 형사는 그 당시 상황이 못내 아쉬운 것 같았다. 길 원장도 박 형사만큼이나 아쉬웠다. 너무 신해수 어머니의 말을 믿은 것이 잘못이라는 생각밖에 들지 않았다.

"그래? 일단 지나간 것은 지나간 거고, 이제라도 이 부분은 더 확실히 해야지. '법보행'이라고 걷는 형태로 동일인임을 확인하는 방법이 있을 거야. 전에 어디 경찰서에서 그 방법으로 범인을 잡았다고 하는 거 같았는데?"

"알겠습니다. 국과수 담당자와 상의해 보겠습니다."

"정진원룸 206호에서 살해된 사람이 진 교수가 아니라면 이젠 진 교수의 행방이 관건인데…."

이 과장의 표정은 더욱더 심각해지고 있었다.

"진 교수도 고희수에 의해 살해됐을 가능성이 높은 거 아닌가요?"

박 형사가 반문하듯이 대답했다.

"그렇겠지. 고희수가 죽였으면 신해수만 죽였을 리는 없을 테니까."

"만약 이게 사실이라면? 이야, 고희수 그 여자 정말 악마네요, 악마!"

"어디서 어떻게 죽였는지가 문젠데…."

"뭐, 까짓것, 고희수를 소환해 신해수 건을 추궁하면서 진 교수 살해 건도 자백받아 내야죠."

"아니야, 그렇게 쉽게 갈 일이 아니야. 사체도 없이 살인 사건을 어떻게 자백받고 어떻게 입증할 건데? 만약 고희수가 자백하지 않으면 진 교수 살해 사건은 100% 무죄 나와. 정황만으로는 기소도 못 할 거야."

"원장님! 조용히 계시기만 할 겁니다. 어디 좋은 방법이 없을까요?"

박 형사는 이 상황이 답답하다며 길 원장에게 다그치듯 물었다.

"원장님 의견을 한번 말씀해 보시죠?"

이 과장도 아무 말 없는 길 원장이 이상하다는 듯이 물었다.

"제 생각에는… 진 교수도 고희수한테 살해된 것이 거의 확실한 거 같습니다."

길 원장은 이렇게 말을 꺼내 놓고 두 사람을 번갈아 쳐다보고 있었다.

"뭐, 짚이는 거라도 있나요?"

이 과장이 조심스럽게 물었다.

"고희수가 신해수를 죽이고 신해수인 척 그녀 어머니에게 카톡을 보냈고, 또 신해수 행세를 하며 장성까지 온 흔적을 남긴 것으로 봐서는 보통 준비한 것이 아닐 테고, 진 교수도 그런 과정을 거쳐 흔적도 없이 살해했겠죠."

두 사람은 계속 말이 없었다. 길 원장의 말을 더 듣고 싶은 모양이었다.

"아마도 진 교수는 작년 12월 19일 밤에 살해됐을 가능성이 높고, 살해 장소는… 고희수 개인 작업실일 가능성이 높을 겁니다."

"네?"

박 형사는 깜짝 놀랐지만 더 이상 말은 없었다. 이 과장은 고개만 끄덕이고 있었다. 잠시 후 이 과장이 말을 이어갔다.

"고희수의 개인 작업실이 범행 현장이라?"

"개인 작업실이라면 남의 간섭도 받지 않고 은밀히 무슨 짓을 벌이기에 딱 좋지 않을까요?"

"한번 해 보죠, 누가 이기는지. 야, 고희수! 그렇게 안 봤는데 정말 오선화 말대로 사이코패스네요, 사이코패스!"

박 형사는 상당히 흥분한 듯 말이 거침없었다.

"그런 성향이 쉽게 없어지지는 않겠죠. 자기 딴에는 불쌍하고 가난한 시간강사에서 벗어나게 해줬다고 생각했는데, 감히 자신을 배신하고 또 바람까지 피웠다는 사실을 알게 됐다면, 가만있지는 않았을 테죠. 분명 고희수의 성격상 그대로 있지는 않았을 겁니다."

"당연하겠죠."

"더군다나 오히려 진 교수 쪽에서 먼저 이혼하자는 말이 나왔으니 더욱더 자존심이 상했을 테고."

"그럼, 작년 12월 20일 아침에 예산수덕사IC에서 찍힌 진 교수의 흔적도 조작됐을 가능성이 높다는 건가요?"

"네. 정확히 말하면 지금까지 확실하게 확인된 것은 진 교수의 흔적이 아니라 진 교수 차량의 흔적이겠죠. 진 교수 차량이 예산수덕사IC를 통과한 것은 사실이지만 운전자가 진 교수가 아니라면 진 교수는 아마도 트렁크 속 시체가 되어 예산수덕사IC를 통과했을 가능성이….'"

"아이고, 어찌 이럴 수가! 이게 말이 되는 겁니까?"

박 형사는 이 상황이 믿기지 않는다는 표정이었다. 아니면 이 상황을 믿지 않으려는 몸부림 같아 보였다.

"고희수가 신해수 행세도 했는데, 그 정도는…. 기록에서 진 교수 차가 예산수덕사IC를 통과할 때 CCTV에 찍힌 진 교수의 차를 유심히 살펴봤는데 운전석은 흐려서 전혀 안 보이더라고요. 얼굴 부분은 햇빛 가림막까지 쳐 있었고요."

"와! 제가 CCTV를 직접 봤을 때도 운전석은 누가 있었는지 전혀 확인이 안 됐죠. 저는 단지 옷차림이 짙은 계열의 남자 등산용 고어텍스 같은 거여서 그만. 바보 천치네요, 천치. 죄송합니다, 과장님.”

“누가 그런 짓을 해가며 감쪽같이 속일 거라고 생각이나 했겠나? 나도 그 상황이라면 당연히 그냥 넘어갔을 거야. 너무 자책하지 마. 그건 그렇고, 살해 장소가 고희수 개인 작업실일 가능성이 높을 거 같기는 한데, 좀 더 확실한 근거는 없나요?”

역시 이 과장은 매사에 신중한 것 같았다. 사건의 핵심을 정확히 짚고 있었다.

길 원장은 두 사람에게 예산에 오면서 강보람과 대화한 내용에 대해 자세히 설명했다. 그리고 고희수가 진 교수의 마지막 행적에 대해 의도적으로 거짓말을 했고, 진 교수의 차량이 고속도로로 들어선 호매실IC가 고희수의 개인 작업실 부근이라는 설명까지 곁들였다.

“아, 참! 여기 오기 전에 확인한 건데 진 교수 차량은 작년 12월 20일 아침 5시 59분에 호매실IC를 통과해서 예산수덕사IC에는 정확히 6시 57분에 도착했네요.”

“그럼, 고희수는 자신의 작업실에서 진 교수를 죽이고 진 교수의 차량에 진 교수의 시신을 싣고 예산 작업실에 왔다는 거네요. 그 사실을 숨기기 위해 진 교수는 작년 12월 20일 아침 일찍 분당 아파트에서 출발했다고 거짓말을 한 거고요.”

이 과장은 신중하게 말을 꺼냈다.

“그럴 가능성이 높겠죠.”

길 원장도 신중하게 대답했다.

“이 두 사실을 종합하면, 고희수는 작년 12월 19일 밤 자신의 작업실에서 진 교수를 살해했다는 거고, 그다음 날 밤 정진원룸 206호에서 신해수를 살해했다는 거네요. 한마디로 이틀 동안 두 명을 살해한 살인마네요, 연쇄살인마!"

박 형사는 현재 자신이 추적하고 있는 살인범이 결코 만만히 볼 상대가 아니라는 사실을 다시 한번 느끼는 것 같았다.

"그런 데다가 고희수는 자신이 살해한 사람들이 마치 살아있는 것처럼 그 대역을 해가면서까지 철저하게 위장도 했다는 거고."

이 과장도 박 형사와 마찬가지로 앞에서 아른거리는 살인범이 절대 호락호락하지 않은 고도의 술수를 쓴 자임을 직감하는 것 같았다.

"비록 1년이나 지난 상태지만 지금이라도 당장 살해 현장에 대해 압수수색을 해야 하지 않을까요?"

길 원장이 조심스럽게 물었다.

"물론이죠. 당장 내일이라도 영장을 신청하겠습니다."

"제가 잘 몰라서 그러는데, 1년이나 지난 상태에서 범죄의 흔적이 발견되는 사례가 자주 있나요?"

길 원장이 조심스럽게 물었다. 주제넘게 수사에 관여한다는 모습을 최대한 보이지 않으려는 노력이었다.

"물론 범인이 최대한 흔적을 지웠겠지만, 만약 시체를 토막 내는 작업이 있었다면 미세한 뼛조각이나 살점 등이 남아 있을 가능성이 높을 겁니다. 아마 루미놀 반응은 기대하기 어려울 거 같고요. 실제 제가 수사한 사건 중에는 3년이 지난 다음에도 현장에 남아 있던 뼛조각으로 피해자를 특정한 사건이 있었죠."

"그럼, 일단 희망을 걸어볼 수 있겠네요."

"고희수가 아무리 날고 긴다고 하더라도 두 건의 살인 사건을 모두 완벽하게 처리하지는 못했을 겁니다. 분명 어딘가에는 흔적을 남겼을 겁니다."

박 형사는 자신의 희망 사항을 마치 주문이라도 거는 것처럼 자신 있게 말을 내뱉었다.

"두 곳에서 어떤 흔적이 나오더라도 피해자의 시신을 찾지 못하면 조금 전에 과장님께서 말씀하신 것처럼 살인죄로 처벌하기 어려운 거 아닌가요?"

길 원장은 '사체 없는 살인 사건'에 대해 법원에서 유·무죄가 갈리는 사례가 있다는 언론 보도를 다시 한번 되새겼다.

"그렇죠. 법원 입장에서는 살인의 정황만으론 살인죄가 입증됐다고 보기 어려울 수 있을 겁니다. 모든 사실을 검사가 입증해야 하는 것이 원칙이니까."

"아니, 살인의 동기도 충분하고, 그 정황도 충분하고, 살인 흔적도 나왔다면, 단지 시신이 없다는 이유로 살인죄를 처벌할 수 없다는 것이 말이 되는 겁니까?"

박 형사는 흥분하여 말이 상당히 거칠어지고 있었다.

"박 형사! 그렇게 쉽게 생각할 문제는 아니야. 만약 우리가 고희수 작업실에서 진 교수 뼛조각을 발견했다고 치자. 그런데 고희수가 입을 다물고 있으면 어떻게 할 거야? 또 살해 방법은 어떻게 입증할 건데? 목을 졸라 죽인 건지, 칼로 찔러 죽인 건지, 아니면 독약을 먹여 죽인 건지… 어떻게 죽였다는 것이 나와야 할 게 아닌가?"

박 형사도 이 대목에서 딱히 할 말을 잃은 것 같았다. 그렇지만 바로 반박이 들어왔다.

"자기도 인간이라면 사람을 두 명이나 죽여 놓고…. 완벽한 증거를 들이대면 자백하겠죠. 그건 저한테 맡기시면 됩니다."

"그렇지. 비록 피해자들 사신이 발견되지 않았다고 하더라도 고희수가 꼼짝달싹할 수 없을 정도의 증거를 찾아내야지. 그게 우리 일이니까. 어때 박 형사! 앞에 범인을 놔두고 그냥 물러설 순 없지 않나?"

"네. 제가 이렇게 어려운 살인 사건을 수사한 경험은 없지만, 과장님이 도와주시면 반드시 범인의 손에 수갑을 채우겠습니다. 물론 원장님도 뒤에서 든든히 받쳐주고 있으니까 문제없을 겁니다."

"그래. 그럼, 일단 진 교수와 신해수 건은 살해 현장으로 의심되는 두 곳에 대해 압수수색 영장을 신청하면 될 거 같고, 그다음 수사계획은?"

"음… 아까 말씀하신 법보행 분석도 의뢰해야 할 거 같고, 일단 피해자들이 살해됐다는 흔적만 나오면 고희수의 사무실이나 집에도 압수수색을 해야 하고, 무엇보다도 고희수를 잡아다가 진검승부를 벌여야겠죠."

"오케이. 그건 그렇고, 채 국장 사건은 어떻게 할 거야?"

"네?"

박 형사는 이 과장의 질문이 당연하면서도 의외라는 듯 깜짝 놀라는 표정을 지었다.

"참, 그렇죠. 채 국장 사건이 또 있었죠?"

"만약 진 교수가 고희수에 의해 살해됐다면 채 국장 사건은 정말 처음부터 다시 시작해야 할 거야. 유력한 범인이 사라졌으니 말이야."

"만약 고희수는 진 교수를 살해하고, 고희진은 채 국장을 살해했다면 이건 완전 해외토픽에 나올 사건 아닌가요?"

"우리가 채 국장을 살해한 범인이 진 교수라고 생각했던 것은 가족 간의 갈등이 원인이었지만, 진 교수가 저렇게 사라졌다면 그냥 단순하게 갈 수도 있을 거야. 채 국장이 워낙 나쁜 짓을 많이 하고 다녔으니 꼭 고희진을 지목할 이유도 없지. 안 그런가?"

"그래도 뭐, 채 국장을 죽이고 싶어 하는 사람 중에서 일 순위는 고희진인 것은 분명할 겁니다. 물론 고 처장도 의심스럽고요."

"결국은 채 국장 살인 사건보다는 진 교수, 신해수 살인 사건이 먼저 해결될 가능성이 높겠네요."

옆에서 두 사람의 대화를 계속 지켜보기만 하고 있던 길 원장이 조심스럽게 끼어들었다.

"진 교수 사건도 사건이지만 채 국장 사건도 빨리 해결해야 할텐데. 현재 예산서는 공식적으로 채 국장 살인 사건만 수사하는 것으로 되어 있지 않나?"

이 과장은 비록 수사 일선에서 떠나 있지만, 자신이 끝까지 책임지지 못한 사건에 대해 조바심이 나는 것 같았다.

"일단 급한 불부터 끄시죠. 과장님! 진 교수 사건만 잘 해결하면 과장님의 명예도 어느 정도 회복되겠죠."

"이건 명예가 중요한 것이 아니야. 결국 우리는 채 국장 사건에 대해서는 아무것도 한 것이 없는 것이 되는 거야."

"진 교수가 범인이 아닌 것을 밝혀낸 것만도 성과라면 성과일 수도 있겠죠. 너무 낙심할 것까지는."

길 원장은 진심을 담아 두 사람에게 위로의 말을 건넸다.

"네, 원장님 말씀이 맞습니다. 과장님! 제가 더 힘내겠습니다. 그럼, 오늘 대책 회의는 공식적으로 여기서 끝내는 것으로 하시죠."

"그래. 박 형사! 내일 할 일이 많을 테니 너무 마시지는 마. 원장님도 또 대전까지 가셔야 하니."

"마지막으로 한 가지만 더, 고희수 개인 작업실은 학교 뒷문으로 나가면 얼마 걸리지 않는다고 했으니 고희수 재산 내역을 확인해 보면 바로 나올 겁니다."

"네, 내일 아침에 바로 확인하겠습니다."

세 사람은 모두 내일부터 할 일이 많다고 생각해서 그런지 술을 자제하고 있었다. 대책 회의가 마무리된 후 얼마 있지 않아 술자리도 끝났다.

길 원장은 또다시 대리운전을 불러 대전으로 돌아왔다.

3.

다음날 박 형사는 고희수의 개인 작업실 위치를 확인하자마자 그녀의 개인 작업실과 정진원룸 206호에 대한 압수수색 영장을 신청했고, 밤에 영장을 발부받았다.

예산서가 모처럼 활기를 띠고 있었다. 전에 설치됐던 수사본부 요원들이 내일 모두 영장 집행에 참여하기로 했다. 두 곳인데다가 서울과 수원이어서 동시다발적으로 일시에 집행하기로 결정됐다.

박 형사는 고희수의 개인 작업실 압수수색에 참여하기로 했다. 고희수의 개인 작업실은 송일대학과 행정구역상으로는 다른 동으로 되어 있지만, 학교 뒤쪽 바로 근처였다. 오래된 개인 주택을 거의 신축하다시피 개축한 것처럼 보였다. 외관도 현대식으로 지어져서 누가 지나가면서 보면 마치 개인 별장으로 생각할 정도였다.

박 형사는 개인 작업실 앞에 도착해서 고희수에게 전화를 걸었다.

"고 교수님이시죠? 예산서 박 형사입니다."

"네, 오랜만이네요."

무미건조한 고희수의 목소리가 들려왔다. 박 형사는 잠시 뜸을 들였다.

"일이 생겨서요. 저희가 법원에 영장을 발부받아 고 교수님 개인 작업실에 대한 압수수색을 진행할 예정이거든요. 지금 작업실 앞이고, 당사자는 압수수색에 참관할 수 있는데 참관하시겠습니까?"

"…."

박 형사는 기다렸지만 그녀의 대답은 들을 수 없었다.

"참관하지 않으시겠다면 바로 집행하겠습니다."

박 형사는 최후통첩했다. 잠시 후 그녀의 대답이 돌아왔다.

"제가 압수수색을 거부하면 어떻게 되나요?"

"거부하시면 공무집행 방해로 체포될 수도 있을 겁니다. 법원에서 영장이 발부된 것이므로 거부할 수는 없습니다."

"…."

그녀는 또다시 아무런 말이 없었다. 성격 급한 박 형사가 다시 말을 꺼냈다.

"그런데 고 교수님은 무슨 이유로 압수수색을 하는지 그 이유는 묻지 않네요? 마치 이유를 알고 있는 거 같군요."

박 형사가 쐐기를 박듯 그녀를 압박하고 있었다.

"…."

"간단히 말씀드리면 압수수색의 범죄사실 요지는 진현종과 신해수 살인 관련입니다. 물론 아시고 계실 테지만."

박 형사는 계속해서 그녀를 코너에 몰고 있었다.

"신해수가 누구인데 제가 죽였다는 건가요?"

그러나 그녀는 결코 만만치 않았고, 밀리지도 않았다.

"음… 신해수를 모르신다는 말씀이군요?"

"네, 전혀. 제가 생판 알지도 못하는 사람을 죽여야 할 만큼 한가하지가 않네요."

박 형사는 그녀의 말 한마디 한마디가 참 대단하고 무섭기까지 하다는 생각에 속으로 혀를 내두르고 있었다. 하긴 자기 딴에는 완벽한 범행으로 증거가 없을 거라고 생각했을 테니…. 이런 여자에게는 그만큼 되돌려 주는 수밖에 없으리라.

"제가 고 교수님이 한가한지 안 한가한지를 알아보려고 온 건 아니고, 압수수색을 하러 왔으니 제 일을 해야죠. 참관하지 않겠다면 작업실 출입문 비밀번호라도 알려주시죠. 저희도 자물쇠를 뜯고 들어가기가 찝찝하니까. 여기로 오시겠다면 기다리고 있겠습니다."

박 형사는 그녀가 무슨 말도 꺼내지 못하도록 또다시 쐐기를 박았다.

"그래요? 마침 제가 학교에 있네요. 잠시 기다리세요."

"네, 알겠습니다. 그럼 기다리고 있겠습니다."

박 형사는 다시 한번 그녀에 대해 감탄했다. 실제 표정은 어땠을지 몰라도 목소리에는 전혀 흔들림이 없었다. 하기야 그렇게 완벽하게 살인을 저질렀다면 표정도 전혀 흔들리지 않았을 것이다.

거의 한 시간이 지나서야 고희수가 느릿느릿 나타났다. 옆에는 누군가를 대동하고 있었다.

박 형사는 그녀가 대동하고 온 사람이 누구인지 바로 알 수 있었다. 전에 고 처장을 조사할 당시 입회했던 변호사였다. 아마도 송일대학이나 송 이사장 가족의 일을 전담하는 변호사일 것이다.

박 형사는 그녀의 페이스에 말려들지 않았다. 무미건조하게 영장 집행의 사유를 읽어나갔다. 범죄사실이 진 교수 살해라고 언급됐음에도 그녀는 눈 하나 깜박이지 않았다. 마치 이미 알고 있다는 모양새였다. 출입문 비밀번호도 순순히 말했다. 막무가내로 버틸 수 없다고 생각한 듯했다. 이미 변호사와 상의했을 것이다. 고희수는 여기 일은 변호사에게 맡기고 자신은 바빠서 가겠다고 말하며 일방적으로 떠났다. 박 형사는 또다시 참 대단한 여자라는 생각밖에 들지 않았다.

출입문 비밀번호를 열고 들어가자 그곳은 개인 궁전 같았다. 안쪽에 잠시 눈을 붙일 수 있는 조그만 방과 화장실 이외에 나머지는 통째로 된 작업 공간이었다. 비록 작업실이었지만 비치된 가구나 일상 제품들이 모두 고급으로 보였다. 다만 천장은 희한했다. 일반 천장이 아니라 통유리로 채광이 될 수 있도록 만들었다. 그로 인해 작업실이 더욱 화려해 보였다.

벽도 방음장치를 완벽하게 해 놓은 것 같았다. 한마디로 조각 작업을 하기에는 완벽한 공간이었다. 문득 이런 공간이라면 살인도 완벽하게 해낼 수 있겠다는 생각이 들었다.

작업실 가운데에는 긴 목재 탁자가 있었고 거기에서 여러 가지 작업이 진행된 것 같았다. 그리고 완성된 조각품인지 아니면 작업 중인 조각품인지 알 수 없는 작품들이 곳곳에 정갈하게 배치되어 있었다. 작업실치고는 깔끔하게 관리되고 있는 것으로 보였다.

압수수색은 과학수사대가 맡았다. 약 두 시간에 걸쳐 꼼꼼히 수색이 진행되었다. 박 형사는 특히 화장실에 집중하도록 지시했다. 그리고 각종 조각 도구들에도 집중했다. 도구 보관함에는 눈에 익숙한 것들도 있었지만 생소한 것들도 다수 보였다. 조각칼의 종류도 여러 개였고, 대패, 끌, 톱, 숫돌, 연마기 등도 보였다. 전기톱도 있었다. 박 형사의 눈에는 모두 한결같이 훌륭한 살인 도구로밖에 보이지 않았다. 조각 도구도 모두 압수하기로 했다.

마지막으로 압수 물품에 대해 일일이 대조 작업이 진행되었다. 참관한 변호사가 꼼꼼히 확인하고 서명했다.

박 형사는 압수수색을 마치고 돌아오는 도중에 서울 정진원룸 206호로 압수수색을 나간 윤 형사에게 전화를 걸었다. 윤 형사는 지금 압수수색을 끝내고 돌아가는 길인데 관리인 할머니 때문에 온갖 고생은 다 했다며 투덜댔다. 할머니가 누구 장사 망칠 일 있냐며 원룸 복도 바닥에 드러눕고 버티는 바람에 한동안 진입도 못 했고, 또 206호에 살고 있는 여학생도 강하게 항의해서 그녀들을 설득하느라 무척 애를 먹었다고 했다. 겨우 원룸 화장실만 수색하는 것으로 타협을 봐서 마무리했다고 했다.

그런데 거기에 사는 여학생의 성격이 깔끔해서 그런지 전혀 건질 것이 없었다고 했다. 화장실에 머리카락 몇 개는 있었지만 뼛조각이나 살점 같은 것은 눈을 씻고 봐도 없었다고 했다.

박 형사는 윤 형사에게 고생했다고 말하고 전화를 끊었다. 이젠 고희수 개인 작업실 압수 자료에서 결정적 증거가 나오기만을 기대하는 수밖에 없었다.

　박 형사는 다시 길 원장에게 전화를 걸었다.

　"박 형삽니다. 지금 고희수 개인 작업실 수색을 마치고 돌아가는 중이네요."

　"고생하셨네요. 고희수는 참관했나요?"

　"오기는 왔었는데, 모든 것을 변호사에게 맡기고 바로 돌아갔고, 진 교수 피살 사건 때문에 압수수색을 한다고 고지했음에도 눈 하나 깜박이지 않던데요. 정말 독한 여자인 게 분명합니다."

　"그렇게 독하니까 살인도 서슴지 않게 저질렀겠죠. 그래, 성과는 좀 있었나요?"

　"뭐, 지금으로서는 뭐라고 말씀드리기 그런데, 아까 과학수사대 요원 얘기로는 조그만 뼛조각 몇 개와 썩은 살점 일부를 화장실에서 발견했다고 하네요. 감식 결과를 기다려 봐야죠."

　"다른 특이 사항은?"

　"그리고 작업실에는 온갖 살인 도구로 최적인 것들 천진데, 살인 도구를 골라서 사용해도 되겠더라고요. 만약 고희수가 살인을 저질렀다면 분명 그곳만큼 완벽한 곳은 없을 겁니다. 정진원룸 206호에서는 건진 것이 전혀 없다고 하고요."

　"그럼, 결과는 언제쯤 나올까요?"

　"제가 오늘이라도 당장 대전 국과수에 가서 결과가 나올 때까지 지키고 있을 겁니다."

　"그렇게 바로 결과가 나오나요?"

　"아, 아닙니다. 결과는 며칠 걸리겠죠. 그냥 해 본 소립니다. 그리고 고희수가 어떤 행동을 저지를지 몰라 24시간 감시를 붙여 놨습니다."

"네, 좋은 결과 기다릴게요."

압수수색 결과는 이틀 만에 나왔다. 박 형사의 독촉 때문에 결과가 빨리 나오기도 했지만, 그 결과 또한 극적이었다.

박 형사는 잠시 과장실에 갔다 온 사이 대전 국과수 유전자 감식 연구원으로부터 전화가 왔었다는 말을 들었다. 바로 전화를 걸었다.

"네, 국과수입니다."

"예산서 박 형삽니다. 전화하셨다면서요. 그래, 결과 나왔나요?"

"아니, 내가 박 형사 때문에 야근까지 했다고. 어떻게 책임질 건데?"

"그럼, 야근수당도 나와서 좋겠네요. 좋은 소식이면 제가 술한잔 거하게 사야죠."

박 형사는 순간 온몸이 굳은 것처럼 긴장되기 시작했다. 어떤 대답이 나올지….

"그런데 말이야, 결과가 조금 이상해."

"네?"

박 형사는 온몸에 불안감이 몰려오고 있었다.

"그게… 압수된 뼛조각에서 대조하라고 샘플로 준 유전자와 일치하는 DNA가 나온 건 맞는데… 이상하게 다른 사람 것도 나왔어."

"네? 그게 무슨 말씀인가요?"

"한 사람 것이 아니라고. 그런데 박 형사?"

국과수 직원은 잠시 뜸을 들였다.

"전에 박 형사가 보내줬던 목 잘린 머리 그거 기억나지? 그 사람 유전자 DNA도 나왔어."

"…."

박 형사는 멍하니 아무런 말도 할 수 없었다. 정신을 차리는 데도 상당한 시간이 걸렸다.

"박 형사! 내 말 듣고 있어?"

"아, 네. 분석결과표 바로 메일로 보내 주실 수 있죠?"

"그래, 바로 보낼게. 어찌 목소리를 들으니 술을 얻어먹어도 될 거 같은데?"

"술뿐만 아니라 예산에서 기른 최고급 한우도 대접해야 할 거 같네요. 바로 결과표 부탁드립니다."

"오케이! 수고."

박 형사는 전화를 끊고 한동안 어떻게 해야 할지를 몰랐다. 그런데 한 가지 의문이 들었다.

"아니, 왜 채 국장은 고희수 개인 작업실에서 살해된 거지? 고희수가 채 국장에게 무슨 악감정이 있다고 그렇게 토막 내서 살해했다는 거지?"

박 형사는 혼잣말로 중얼거렸다. 결국, 결론은 고희수를 잡아서 추궁하면 의문이 풀릴 것이라고 애써 위안하면서 메일을 기다리고 있었다.

10여 분이 흐르자 메일 도착 알림이 울렸다. 바로 메일을 열어 확인했다. 자기 눈을 의심할 정도로 몇 번에 걸쳐 감식결과표를 확인했다. 감식결과표에는 분명히 진 교수, 채 국장의 DNA와 압수된 뼛조각에서 검출된 DNA와 일치한다고 되어 있었다. 채 국장의 DNA는 썩은 살점에서도 나왔다고 되어 있었다.

그 당시 압수된 뼛조각과 썩은 살점은 모두 화장실 하수구 배수통에서 발견된 것이었다. 미처 물에 씻겨 나가지 못하고 1년 동안이나 그 안에 방치되어 있었던 것이다. 고희수는 나름 완벽하게 제거했다고 생각했겠지만 미세한 흔적으로 결정적인 증거를 확보한 것이다. 한마디로 과학수사의 승리였다.

박 형사는 생각난 김에 바로 다시 국과수 대전분원에 전화를 걸었다. 이번에는 법보행 감식을 하는 연구원이었다. 그 연구원은 아직 정식으로 감식 결과는 나오지 않았지만, 비공식적으로는 90% 이상 일치할 확률이 높다고 말했다. 장성터미널에서 가져온 CCTV 화면과 고희수의 개인 작업실을 압수수색 할 당시에 촬영된 고희수의 모습과 비교하도록 한 것이었는데 90% 이상 일치했다는 것은 상당한 의미가 있었다. 연구원은 걸음걸이뿐만 아니라 얼굴 윤곽이나 몸 전체의 체격 구조상 동일인일 가능성이 아주 높다는 결과까지 내놓았다.

박 형사는 공식적으로 결과가 나오는 대로 결과표를 보내달라는 말과 함께 전화를 끊었다.

잠시 흥분을 가라앉히기 위해 밖으로 나갔다. 신선한 바람을 맞고 싶었다. 영하의 날씨에 외투도 벗고 나온 상태라 몸은 몹시 추웠지만 마음만은 아주 따뜻했다. 혼자 얼굴에 가득한 미소를 보이다가 다시 사무실로 발길을 향했다. 분석결과표를 들고 바로 과장실을 거쳐 서장실로 향했다.

과장과 서장은 모두 놀라움의 극치를 보여주고 있었다. 썩은 치아 두 개가 일거에 뽑혔다고 생각하는 것 같았다. 고희수에 대해서는 강력반 막내 두 명이 24시간 감시하고 있다는 보고도 덧

붙였다.

서장은 일단 상황을 지켜보면서 고희수를 어떻게 체포할지 생각해 보자고 했다. 서장도 피해자들의 시신이 발견되지 않은 상태라고 생각해서 그런지 신중한 모습이었다. 돌다리도 두드리면서 건너자는 말도 꺼냈다. 박 형사도 딱히 반박하기 어려워 일단 알겠다고만 대답했다.

박 형사는 서장실을 나와 다시 사무실 밖으로 나갔다. 누가 들을지 몰라 일부러 밖으로 나온 것이다. 바로 이 과장에게 전화를 걸어 현재 상황을 보고했다. 이 과장의 목소리는 들떠 있었고, 수고했다는 말도 잊지 않았다. 그리고 신중히 접근해야 한다면서 다시 대책 회의를 준비하라는 지시도 내려졌다. 이 과장과의 전화를 끊고 나서 이번에는 길 원장에게 전화를 걸었다.

길 원장은 박 형사의 전화 너머 들려오는 들뜬 목소리를 듣고도 차분했다. 마치 이미 예상한 것 같은 태도였다.

"원장님은 이 소식이 기쁘지 않으세요?"

"아니, 당연히 기쁘죠. 저도 고생했지만 박 형사님이 얼마나 고생했는데요. 그런데 고희수는 왜 채 국장까지 죽였는지가 영…."

"벌써 거기까지 생각하신 건가요? 저도 그 부분이 이해되지 않기는 마찬가지라. 그래서 말인데요, 과장님께서 다시 대책 회의를 열자고 하시네요. 원장님은 언제 시간 괜찮으세요? 까짓것 오늘 해버리죠. 어떤가요?"

"오늘 저녁은 제가 약속이 있지만 저녁만 먹고 일찍 끝낼 수는 있을 거 같긴 한데."

"그래요? 그럼, 제가 과장님과 연락해서 대전으로 가죠. 그 일식집으로 가면 되겠죠. 어차피 과장님이나 저나 퇴근하고 출발하면 시간이 걸릴 테니, 원장님은 저녁 식사 충분히 하시고 합류하면 될 거 같습니다."

박 형사는 마음이 급한지 일방적으로 약속을 정했다.

"네, 알겠습니다."

역시 박 형사는 시원시원해서 마음에 든다는 생각이 다시 한번 들었다.

4.

길 원장이 저녁 약속을 일찍 끝내고 일식집에 갔을 때는 이 과장과 박 형사도 간단히 반주를 곁들여 저녁 식사를 하고 있었다.

길 원장이 자리에 앉자마자 바로 본론으로 들어갔다. 박 형사가 먼저 말을 꺼냈다.

"일단 압수수색 결과는 이미 다들 아실 테니 생략하고, 채 국장 살인 사건에 대해 어떻게 해야 할지 두 분 의견을 듣고 싶습니다."

"채 국장 마지막 동선에 대해 다시 한번 설명해 봐!"

"넵. 채 국장은 작년 12월 24일 밤 강원랜드에 있다가 그다음 날 진성F&C 차량을 이용해서 강원랜드를 떠난 것으로 추정되고, 그 후 27일 늦은 밤부터 28일 아침 일찍 사이에 회사 앞에 차량을 반납했는데 그 당사자가 채 국장인지는 확인되지 않았죠. 그 이후 일체 흔적이 없다가 금년 3월 초 예당호에서 목 잘린 머리가 발견됐습니다."

박 형사는 상사 앞에서 브리핑하듯 요점만 간단히 설명했다.

"그럼, 채 국장은 작년 12월 25일 오후부터 28일 아침 사이에 고희수 개인 작업실에서 살해됐다는 얘기네."

이 과장이 덧붙여서 설명했다.

"채 국장의 행적으로 봐서는 진성F&C 회사 앞에 차를 반납한 사람은 고희수일 가능성이 높고, 그렇다면 채 국장은 바로 그 직전에 살해됐다고 봐야겠죠."

길 원장도 자신의 의견을 조심스럽게 내놓았다.

"고희수는 자기 작업실에서 채 국장을 살해한 다음 진성F&C 차량을 이용해서 예당호까지 가서 사체를 유기하고 다시 수원으로 올라와서 진성F&C 회사 앞에 차를 놓고 도주했다는 말이네요. 그런데 뭔가, 조금 이상하지 않나요?"

박 형사는 자신이 말하면서도 확신이 없는 목소리였다. 뭔가 매끄럽지 않다고 생각하는 듯했다.

"그래, 조금 이상하긴 하네. 수원에 있는 자기 작업실에서 살해했는데 굳이 아무런 연관 없는 예당호까지 가서 사체를 유기했다는 것이. 왜 그런 위험 부담을 감수하려고 했을까?"

이 과장도 박 형사와 같은 생각인 것 같았다.

"그 해결의 열쇠는 결국 고희수의 살해 동기가 아닐까요? 현재로서는 고희수가 채 국장을 살해할 동기가 전혀 없어 보이는데."

길 원장도 현재로서는 두 사람의 말에 수긍이 갔다. 고희수의 행동이 뭔가 이상한 것은 분명하다고 생각했다.

"네, 맞습니다. 현재로서는 살해 동기를 추측할 만한 것이 전혀 보이지 않네요."

"살해 동기라? 뭐가 있을까요? 그냥 추측이라도 해 보죠."

"뭐, 쉽게 가면… 아무리 형부, 처제 사이라고 해도 따지고 보면 남녀 사이 아닌가요? 결국은 그것이 문제 아니었을까요?"

박 형사의 말에 두 사람은 수긍도 반박도 하기 어렵다는 듯 아무 말이 없었다. 남녀 간의 치정이 가장 쉽게 생각되는 살해 동기인 것만은 틀림없었다. 그리고 채 국장의 평소 행동을 감안하면 충분히 가능성 있는 시나리오였다.

"또 뭐가 있을까요? 원장님."

"음… 고희수가 진 교수의 불륜 사실을 알고 그것에 대해 살의를 느꼈다고 하더라도, 만약 채 국장이 그 사실을 미끼로 진 교수로부터 돈을 갈취했다면 고희수 입장에서는 채 국장도 제거해야 할 대상으로 생각하지 않았을까요?"

길 원장도 자신의 생각이 어떤 구체적 근거를 가지고 있지 않아 조심스러울 수밖에 없었다.

"음…, 그 논리도 일응 이해되긴 하네요. 고희수 같은 성격을 가진 여자는 아무리 남편이 밉다고 하더라도 자기 남편을 괴롭히는 사람에게도 악의를 충분히 품을 수 있겠죠. 특히 언니하고도 사이가 안 좋은데, 형부까지도 거기에 불을 질렀으니."

이 과장은 길 원장의 의견에 동의하면서도 계속 뭔가 찜찜하다는 표정이었다.

"아니면, 고희수 입장에서는 언니가 아무리 밉다고 하더라도 언니가 그토록 죽이고 싶은 형부를 언니 대신해서 죽이지는 않았을까요? 그래도 고희수와 고희진은 피를 나눈 자매이니."

이 과장은 박 형사의 말에도 고개를 가볍게 끄덕였지만, 역시 확 와닿지는 않는다고 생각하는 것 같았다. 이 과장이 결론을 내

듯 말을 이어갔다.

"그런데 두 분이 말씀하신 살해 동기가 사실이라고 하더라도 고희수가 채 국장의 사체를 굳이 예당호까지 가서 유기할 이유는 없어 보이는데."

"아무튼 살해 동기로서는 조금 미흡하기는 하네요."

길 원장은 이 과장의 생각에 수긍하면서도 고희수가 채 국장을 토막 내서 죽일 만한 숨은 동기가 분명 있을 것이라는 생각이 머릿속에서 계속 맴돌고 있었다.

전에 대책 회의에서 두 사람에게 자신의 생각을 말하려다가 그만둔 그 상상이 정말 일어났다는 것일까? 만약 그게 사실이라면 고희수는 정말 박 형사 말처럼 사이코패스가 분명할 것이다.

이번에도 길 원장은 조심스럽게 말을 꺼내 볼까, 생각했지만 바로 단념했다. 아직 명확한 증거도 없이 머릿속 상상만으로 한 추리를 선뜻 말로 꺼내기가 부담스러웠다. 좀 더 확실한 증거가 나오면 그때 꺼내기로 했다. 그러나 마음속으로는 자신의 추리가 맞을 것 같다는 확신이 들면서 고희수에 대해 다시 한번 놀라움을 금치 못하고 있었다.

"그 진실은 고희수만 알고 있을 테니, 살해 동기를 제일 잘 알고 있는 고희수 당사자에게 물어보면 확실히 알겠죠. 제가 두 분의 궁금증을 확실히 해소시켜 주겠습니다. 걱정 붙들어 매셔도 됩니다."

역시 박 형사였다.

"살해 동기도 동기지만, 고희수와 채 국장이 어떻게 접촉했는지 밝히는 것이 또 하나의 관건일 거 같네요."

길 원장이 분위기를 다잡으며 말을 꺼냈다.

"네? 그건 또 왜? 그냥 고희수가 할 얘기가 있다고 유인해서 만나지 않았을까요?"

"그렇긴 하겠죠. 고희수가 채 국장을 죽이려고 마음먹었으면 분명 어떤 방법을 써서 유인했겠지만, 그 당시 채 국장은 휴대폰을 꺼놓은 상태라 어떻게 연락했을지가?"

"듣고 보니 그렇긴 하네요. 지금 세상은 휴대폰이 없으면 아무것도 할 수 없을 텐데. 어떻게 연락했지?"

"아무튼 고희수를 조사할 때 확실히 해야 할 부분이 많을 거 같은데, 박 형사! 꼼꼼히 새겨들어!"

"네, 알겠습니다."

"그리고 또 국과수에서 다른 연락은 없었나요?"

길 원장이 박 형사에게 물었다.

"무슨 연락요?"

"전에 채 국장 부검 기록을 읽을 때 목과 다리를 자른 도구가 날카롭고 거친 도구로 추정된다고 되어 있던데 그런 도구는 톱이 아닐까 해서요. 고희수 개인 작업실에서 여러 개의 톱을 압수했다고 하지 않았나요? 그것들을 채 국장 머리와 다리의 절단면과 비교해 보면 좋을 텐데."

"앗! 그 부분은 미처…. 이런 돌대가리!"

박 형사가 퍼뜩 정신을 차린 듯했다.

"아마 그때는 채 국장의 흔적이 거기서 발견될 거라고는 상상도 못 했을 테니 당연히 그 부분을 챙기지 못했겠죠. 지금이라도 확인해 보는 것이."

"네에…. 저는 톱이 진 교수 살해 도구일지 몰라 혈흔이나 살점 같은 흔적이 있는지만 확인해 보라고 했는데, 계속 실수 연발이네요.”

길 원장은 박 형사의 실수를 지적하려고 한 것이 아닌데 그가 쩔쩔매는 모습을 보니 오히려 더 미안했다.

“수사만 몇십 년 한 저보다도 원장님이 훨씬 낫네요. 박 형사가 좀 더 많이 배워야 할 거 같아.”

“넵, 명심하겠습니다.”

“그리고 또…. 아니, 이건 박 형사님이 실수한 것이 아니고, 제가 순전히 궁금해서 묻는 겁니다. 긴장하지 마세요. 박 형사님!”

길 원장은 얼굴에 미소를 가득 담아 박 형사에게 가볍게 말을 건넸다.

그러나 두 사람의 표정은 또다시 긴장한 것처럼 보였다.

“고희수 개인 작업실에서는 진 교수와 채 국장의 뼛조각이 나왔으니 어느 정도 살인의 정황이 나왔다고 보이는데, 신해수의 경우 그런 증거가 전혀 나오지 않았고, 단지 작년 12월 20일과 21일 사이에 정진원룸 206호에서 물을 3톤 정도 사용했고, 고희수가 신해수 행세를 한 사실 정도만 밝혀졌는데 이 정도만으로 고희수의 신해수 살해 혐의가 입증됐다고 볼 수 있을까요?”

길 원장은 계속해서 자신의 머릿속에서 떠나지 않고 있는 ‘사체 없는 살인 사건’의 입증 정도가 궁금했다.

“솔직히 그 부분은 저도 장담하기 어렵네요.”

이 과장이 대답하기는 했지만, 수사실무자로서도 어려운 난제인 것은 분명해 보였다.

“결국, 원장님은 피해자들의 시신을 찾는 것이 급선무라는 거네요.”

“네, 그렇죠. 현재로서는 고희수가 순순히 시신 있는 곳을 불지 않으면 대책이 없겠죠."

"그럼, 한번 고희수 입장에서 시신을 어떻게 처리하는 것이 가장 효과적일지 생각해 볼까요?"

"제 생각을 먼저 말씀드릴까요?"

이번에는 길 원장이 먼저 적극적으로 자신의 생각을 밝혔다.

"음… 여자가 혼자 성인의 시체 세 구를 쉽게 유기하기는 어려웠을 겁니다. 고희수도 그 부분을 제일 골치 아파했겠죠. 일단 채 국장의 시신 일부는 예당호에 유기했으니 나머지 시신도 그 부근이라고 봐야 할 거 같고, 진 교수 시신은 차까지 흔적도 없이 사라졌으니 차와 함께 유기했을 테고, 차는 예당호까지 왔으니 진 교수도 예당호에 유기했을 가능성이 높아 보이고, 신해수의 시신은 장성까지 가지고 간 큰 여행용 가방에 일부는 유기했을 수 있지만, 전체는 유기할 수 없었을 텐데, 전혀 감이 잡히지 않네요."

"한겨울이었으니까 땅에 묻기는 어려웠을 거고, 채 국장의 시신을 예당호에 유기한 것으로 봐서는 나머지도 같은 패턴으로 갔을 겁니다."

이 과장이 화답했다.

"아마도 그렇겠죠."

"아무튼 예당호가 관건이네요. 그럼, 예당호를 샅샅이 뒤져야 한다는 것인데, 그 넓은 호수를 어떻게…. 아이, 참!"

박 형사는 이 상황이 답답한 듯 약간 신경질적인 반응을 보였다.

"그래, 서장님은 고희수의 신병에 대해 어떻게 생각하고 계셔?"

"서장님도 피해자들 시신이 발견되지 않았다고 생각하는지 좀 더 확실히 고희수를 추궁할 증거를 찾아보자고 하셨는데, 마냥 기다릴 수만은 없겠죠.”

“그렇지. 일단 가장 확실한 것으로 옭아매서 고희수 신병을 확보해 놓고 계속 증거를 찾으면 되겠지.”

“가장 확실한 것부터라니요?”

“아니, 박 형사! 원장님한테 혼났다고 그렇게 정신 줄까지 놓을 꺼야!”

이 과장은 박 형사에게 가볍게 호통을 치면서 계속 말을 이어 나갔다.

“시신이 없는 것은 진 교수와 신해수지, 채 국장은 시신이 이미 발견됐잖아. 일단 채 국장 살인 사건으로 고희수를 잡아놓고 시작하면 되지. 안 그래?”

“아… 제가 하루에도 몇 번씩 놀라다 보니 정신이 없긴 없네요. 그럼, 바로 고희수 신병부터 확보하겠습니다. 죄송합니다, 과장님!”

“그전에 채 국장 살해 도구부터 확인해서 확실히 옭아매셔야 합니다.”

“넵, 알겠습니다.”

“그래, 박 형사 말대로 고희수를 잡아다가 확실한 증거를 들이대면 순순히 자백할지도 모르지. 너무 신중하게 생각하지는 말자고.”

“알겠습니다.”

“그리고 노파심에서 말하는 건데, 고희수 개인 작업실에서 나온 채 국장 관련 증거는 다시 영장 받아야 하는 거 알지? 처음 압수수색 할 때는 진 교수 살해 혐의에 대한 범죄사실이었으니까 동일성이 있다고 보기 어려워.”

"넵!"

"그리고 또."

"넷?"

길 원장은 아무래도 오늘은 박 형사의 일진이 좋지 않다고 생각했다. 연속으로 혼날 일이 자꾸만 생기는 것 같았다.

"현재 고희수는 극도로 긴장하고 있을 테니 24시간 감시를 철저히 해야 해. 만에 하나 해외로 도주할 가능성도 배제할 수 없으니 출국 금지도 바로 신청하고."

"넵."

"마지막으로 한 가지만 더. 고희수 체포할 때 고희수 사무실, 집, 컴퓨터 등도 싹 압수해야 돼. 이번 사건은 결국 증거 싸움이 될 수밖에 없다는 거 명심하고."

"알겠습니다."

길 원장은 옆에서 두 사람의 대화를 조용히 듣고만 있었다. 전부터 계속 생각하고 있던 것이지만, 이 과장은 사무실에서 확실한 시어머니 역할을 했을 것이다. 하나하나 꼼꼼히 챙기는 스타일이었다. 그냥 막무가내식으로 지시하는 것이 아니라 합리적인 지시만 하는 것 같았다. 그래서 후배들의 존경을 받고 있다는 생각이 절로 들었다.

그날의 대책 회의도 그것으로 끝났다.

5장

운명의 대결

1.

예산서에서는 고희수 체포를 위한 준비가 착착 진행되고 있었다. 이 과장 말대로 우선 채 국장 살인 사건에 대한 범죄사실만 체포영장에 기재하고 진 교수, 신해수 살인 사건은 여죄로 추가 수사를 벌이고 있다며 부가적으로 언급하기로 했다.

고희수 개인 작업실에서 확보한 채 국장 살인 사건 관련 증거 즉 뼛조각 일부, 썩은 살점 일부, 그리고 전기톱에 대해서는 정식으로 영장을 다시 받았다. 국과수의 추가 감식 결과는 채 국장의 목과 다리에 생긴 절단면이 고희수 개인 작업실에서 확보한 전기톱에 의한 것임을 확인시켜 주었다.

고희수는 특별히 도주를 준비하는 것 같지는 않았다. 그녀를 감시하는 형사로부터 그녀는 겨울방학임에도 정상적으로 오전에 학교에 나왔다가 오후 늦게 집으로 가는 일정을 반복한다는 보고가 있었다. 무슨 일인지 개인 작업실에는 전혀 가지 않는다고 했다.

그녀에 대한 체포영장 집행은 오전 일찍 교수 연구실에서 진행됐다. 주변인들을 의식해서 조용히 집행됐다. 다행히 방학 중이라 별문제는 없었다. 동시에 교수 연구실과 집에 대해서도 압수수색이 진행되고, 컴퓨터에 대한 포렌식도 진행됐다.

고희수는 영장 집행에 대해 별다른 반응을 보이지 않았다. 마치 예상하고 있었다는 모양새였다. 다만 변호사에게는 바로 연락을 취해 집에 대한 압수수색에 참관하라고 했다. 아들은 지금 단기 외국 연수에 가서 집에는 아무도 없다고 했다.

박 형사는 압수수색이 끝나자마자 그녀를 차에 태우고 예산서로 출발했다. 집에 대한 압수수색도 끝났다는 연락을 받았고, 그녀의 변호사도 예산서로 출발한다는 연락을 받았다.

박 형사 일행이 예산서에 도착했을 때는 오후 1시가 조금 넘은 상태였다. 박 형사는 그녀에게 일단 점심을 먹자고 했지만, 그녀는 식욕이 없다며 사양했다. 하지만 억지로라도 먹으라며 설렁탕을 주문해서 그녀 앞에 놓아두었다. 그러나 그녀는 숟가락 하나 대지 않았다.

약 한 시간 정도 지나자 변호사가 도착했다. 변호사는 먼저 그녀와의 접견을 요구했다. 박 형사는 순순히 변호사의 요구를 받아주었다.

박 형사는 변호사 접견 이후 곧바로 그녀에 대한 신문 절차에 들어갔다. 하지만 시작부터 난관에 부딪혔다. 그녀가 진술거부권을 행사하겠다고 선언했기 때문이다.

박 형사도 물러날 생각이 없었다. 지루한 싸움이 될 것 같다는 생각에 장기전을 펴기로 했다. 그녀가 대답하든 말든 피의자신문조서를 작성하기 시작했다. 물론 그녀의 답은 진술거부권 행사로 인해 모두 빈칸이었다. 변호사와 상의한 것인지 아니면 그녀의 독단적인 생각인지는 알 수 없지만, 진술거부권이 상책이라고 생각한 듯했다. 기초적인 조사부터 진술거부권을 행사해서 그런지 인적 사항도 빈칸이었다. 박 형사는 꾹 참으며 그녀의 신변 일상이나 기본적인 사실부터 질문하기 시작했다.

박 형사는 저녁때쯤 그녀에 대한 기초조사에 대해 모든 질문을 마쳤다. 물론 그녀의 대답란은 모두 빈칸이었다.

박 형사는 그녀와 비슷한 부류에 대한 조사 노하우를 잘 알고 있었다. 평생 남부럽지 않게 살아온 온실 속 화초 같은 여자에게 가장 견디기 힘든 것이 무엇인지를 잘 알고 있었다.

박 형사는 별다른 구체적 고지도 없이 그녀에게 오늘 조사는 여기에서 끝내고 내일 오전에 다시 조사하겠다고 통지했다. 그리고 동료 직원을 불러 그녀를 바로 경찰서 유치장에 입감하도록 지시했다. 변호사에게도 오늘은 그만 돌아가셔도 된다고 통지하고는 그녀에게 눈길도 주지 않고 바로 조사실을 나왔다.

조사실 건너편에는 서장과 과장 등 수사 관계자들이 조사 사항을 지켜보고 있었으나 그녀의 반응에 다들 실망했다는 표정이었다. 과장은 서장에게 조심스럽게 말을 꺼냈다. 모든 것을 박 형사에게 일임했으니 박 형사를 믿고 기다려보자고 했다.

박 형사는 수사팀들과 함께 경찰서 인근 식당에서 간단히 저녁을 먹고 있었다. 그때 서장한테 전화가 걸려 왔다. 송 이사장이 고희수를 면회하고 싶은데 최대한 협조하라는 취지였다. 딱히 거부할 명분이 없어 협조하겠다고 간단히 대답했다.

밤 9시가 다 돼서 송 이사장이 예산서에 도착했다. 고희수와의 면회는 바로 이뤄졌다.

두 사람의 면회 내용은 CCTV에 의해 녹음, 녹화가 되도록 규정되어 있었다.

박 형사는 송 이사장이 돌아간 다음 CCTV를 확인했지만, 사건에 도움이 될 만한 내용은 없었다. 송 이사장은 서울의 대형 로펌을 선임하자고 계속 강권했지만 고희수는 완강히 거부했다. 자기 말을 듣지 않으면 모녀간의 관계를 끊겠다는 말까지 했다. 평소에도 엄마에게 말을 막 했을 거라는 느낌을 받았다.

오히려 송 이사장이 고희수에게 꼼짝 못 하고 있었다. 남들한테는 그렇게 강한 송 이사장이 딸한테는 쩔쩔매고 있는 것이 새

삼 씁쓸해 보였다. 송 이사장은 고희수에게 사건과 관련된 얘기는 일절 꺼내지 않았다. 자기도 나름대로 이번 사건에 대해 뭔가 생각하고 있는 느낌이었다.

박 형사는 내일도 힘든 싸움이 될 것 같다는 예감이 들었다. 내일을 위해 힘을 비축할 필요가 있어 오늘은 바로 집으로 들어가기로 했다. 고희수에게는 의도적으로 무시하겠다는 듯 아무런 눈길도 주지 않고 그냥 퇴근했다.

2.

박 형사는 다음날 일찍 출근해서 고희수와의 싸움을 준비하고 있었다. 여자 유치장을 감독하고 있는 동료 경찰에게 어젯밤 고희수의 상태가 어떤지 물었다. 그녀는 별다른 요구사항이나 어떤 말도 꺼내지 않았지만 밤새 잠을 제대로 못 자는 것 같다고 했다. 계속 몸을 뒤척이는 것으로 보였다고 했다.

박 형사의 얼굴에는 회심의 미소가 번졌다. 그녀는 지금 상황을 분명 견디기 어려울 것이다. 어떤 돌발 변수가 발생할 가능성이 있다고 봤다. 계속 자신의 의지대로 진술거부권을 행사하다가 버티기 어려운 상황이 올 수도 있다는 생각이 들었다.

그리고 좋은 소식도 들려왔다. 그녀의 학교 연구실에서 확보한 개인 컴퓨터 포렌식 결과가 의미심장했다. 박 형사가 신신당부해서 밤을 새워서라도 조사 결과를 아침까지 볼 수 있게 해달라고 했다. 그녀가 컴퓨터로 검색한 단어들이 나왔는데 그 단어들 또한 충격적이었다. '냄새가 나지 않는 독약', '수면제 지속 시간', '냄새를 없애는 방법', '인체 해부하는 방법', '살인 사건 입증

방법', 그리고 '시신 없는 살인 사건'…. 박 형사는 그 결과물을 받아 들고 혀를 내둘렀다.

한편으로는 전투 의욕이 다시 한번 불끈 솟아올랐다. 잠시 후 그녀를 조사실로 불렀다. 그녀의 변호사도 이미 도착해 있었다.

박 형사는 이런 여자는 인간 대접을 해주면 안 된다고 다짐하면서 일체 잡담 없이 바로 조사에 들어가겠다고 선언했다. 그녀는 어제와 같이 아무런 표정 변화가 없었다. 하지만 눈동자는 많이 흔들리고 있음을 바로 알 수 있었다. 어젯밤 유치장에서의 고통을 온몸으로 느낀 것 같았다.

박 형사는 계속해서 묵비권을 행사하는 그녀의 행동을 애써 무시하면서 자신의 할 일만 열심히 하고 있었다. 그녀가 답을 하든 말든 그냥 채 국장 살인 사건에 대해 시간 순서대로 질문을 쏟아내고 있었다.

역시 그녀는 계속 묵묵부답이었다. 박 형사의 얼굴만 뚫어져라 쳐다보고 있었다. 솔직히 박 형사도 그녀의 눈빛이 무서웠다. 세 명을 살해한 사람의 눈빛이라고 생각하니 등골이 오싹했다. 자연스럽게 그녀의 눈길을 피했다.

어느 순간 당연히 답이 없을 것을 예상하면서 도대체 왜 채 국장을 죽였는지 단도직입적으로 물었다. 살해 동기 부분이 나오자 그녀가 움찔했다. 입술도 약간 열렸다. 뭔가를 말하려는 것 같았다. 그러나 이내 입을 굳게 닫았다.

박 형사는 그 낌새를 바로 눈치챘다. 그녀가 뭔가 동요하고 있다는 신호라고 판단해 느긋하게 기다리기로 했다. 잠시 딴짓하는 것처럼 서류를 뒤적뒤적 찾는 시늉을 했다. 한참이나 지난 후 그녀가 드디어 처음으로 입을 열었다.

"박 형사님은 내가 왜 형부를 죽였다고 생각하나요? 제가 형부를 죽일 이유라도 있나요?"

박 형사는 순간 당황했다. 그녀가 처음으로 입을 열자 자신도 모르게 말문이 막혔다. 계속해서 그녀가 말을 이어갔다.

"박 형사님 같은 분의 머리로는 평생 그 이유를 알 수 없을 겁니다."

그녀는 박 형사를 앞에 대놓고 비아냥거리고 있었다. 그가 갑자기 발끈했다.

"아니, 지금 해 보겠다는 거야, 뭐야!"

순간 조사실이 정적에 휩싸였다. 그녀 옆에 있던 변호사도 깜짝 놀란 것 같았다. 박 형사는 '아차!' 하고 속으로 후회가 밀려들어왔다. '그녀에게 당한 것인가?'라는 생각이 잠깐 들었다.

"저한테 그 얘기를 듣고 싶으시면 길 원장을 불러주세요. 길 원장하고 얘기할게요."

그녀로부터 전혀 예상하지 못했던 말이 나왔다.

그는 말문이 막혀 이 순간 어떻게 대답해야 할지 몰랐다. 뜬금없이 그녀의 입에서 왜 '길 원장'이란 말이 나온 것이지? 그 의도는 무엇이지? 곰곰이 생각할 시간도 없이 그녀가 다시 말을 꺼냈다.

"제 입에서 순순히 말이 나오게 하려면 길 원장을 불러주세요. 길 원장이라면 저와 얘기가 통할 거 같네요."

"아니, 고 교수님도 알다시피 길 원장은 경찰이 아닙니다. 민간인입니다. 민간인이 어떻게 조사를 한다는 겁니까? 지금 일부러 그러는 겁니까? 말 같은 소리를 해야 들어주죠. 안 그래요?"

그도 겨우 정신을 차린 듯 본연의 모습을 보여주고 있었다.

"박 형사님이 백날 물어도 아무 대답도 하지 않을 건데, 괜히 시간 낭비하지 말죠. 제가 길 원장한테 조사받겠다는 것이 아니고, 길 원장과 대화를 나누고 싶네요. 혹시 아나요? 제가 길 원장하고 대화하다 보면 박 형사님이 원하는 대답이 순순히 나올지."

그는 순간 그녀의 제안이 솔깃했다. 자신을 무시하는 제안인 것은 분명하지만 이 사건을 해결할 수 있는 돌파구가 될지 모른다는 생각이 스쳤다. 잠시 마음속에 갈등이 생겼다. 형사로서 자존심이 상하기는 했지만 길 원장이면 믿을 만할 것이다.

"지금 경찰을 우습게 보는 겁니까? 고 교수님이 답을 하든 말든 우리는 증거가 차고 넘치니까."

그는 일단 강하게 나가기로 했다.

"과연 그럴까요?"

그녀는 입가에 옅은 미소를 띠며 그를 바라보고 있었다. 또다시 그녀가 어떤 말을 꺼내려는 순간 마침 옆에 있던 변호사가 "잠시 나랑 얘기 좀 합시다."라며 그녀의 말을 제지했다. 그리고 바로 박 형사에게도 말을 건넸다.

"제가 의뢰인과 잠시 얘기 좀 나누고 싶네요. 잠시 시간을 비워주시죠."

박 형사도 마침 잘됐다 싶어 10분간만 휴식을 취하겠다며 직원을 불러 두 사람을 변호인 접견실로 모시라고 했다.

그때 조사실 밖에서는 난리가 났다. 박 형사의 취조를 지켜보고 있던 서장은 지금 상황이 어떻게 돌아가는지 전혀 모르겠다는 표정이었다. 웬 뜬금없이 '길 원장'이라는 이름이 나온 것에 대해 과장을 다그쳤다. 과장은 쩔쩔매면서 길 원장은 송 이사장이 개인적으로 이번 사건에 대해 조사를 맡겨서 우리에게 여러 가지 방법으로 도움을 준 사람이라고 얼버무렸다. 서장은 의구심을 바로 거두지 않았다. 그렇다고 하더라도 왜 고희수가 이 순간에 길 원장을 찾는지 이해가 안 된다며 구체적으로 설명하라고 과장을 계속 압박했다. 과장은 어쩔 수 없이 길 원장이 이번 사건에서 고희수를 범인으로 특정하는 데 결정적인 역할을 했다고 실토했다. 서장은 일단 알았다고 하면서 이 얘기는 나중에 하기로 하고, 길 원장을 부를지 말지 박 형사와 상의하라고 지시했다.

과장은 박 형사를 불러 어떻게 할지 상의했다. 결론은 일단 길 원장을 불러 고희수와 대면시키자는 거였다. 박 형사는 밑져야 본전이라고 생각하면서도 잘하면 일거에 이번 사건을 해결할 수도 있을 것이라는 기대감도 생겼다.

박 형사는 어젯밤에는 일부러 길 원장에게 전화를 걸지 않았다. 그래도 형사의 자존심이 있는데 고희수 조사만큼은 자신이 알아서 하고 싶은 것이 솔직한 심정이었다. 그러나 그 자존심을 그녀가 여지없이 무너뜨렸다. 지금은 자존심을 따질 때가 아니었다. 바로 길 원장에게 전화를 걸어 자초지종을 설명했다.

길 원장은 그의 말을 듣고 심한 충격을 받았다. 그녀가 자신에게 도전해 온 것이다. 한마디로 그녀는 살인 사건을 앞에 놓고 게임을 하자는 심산으로 보였다. 지금 자신의 추측이 맞다면 분명 그녀는 사이코패스라는 결론일 수밖에…. 나중에라도 박 형사에게 반드시 그녀를 상대로 사이코패스 지수를 검사해 보라고 권해야 할 것 같았다.

길 원장은 만사를 제쳐놓고 바로 예산으로 출발했다. 가는 도

중 내내 마음이 심란했다. 어쩌다가 고희수 같은 여자를 상대해야만 하는지…. 자신이 좋아서 이번 사건에 뛰어들었지만, 결과는 의뢰인한테도 전혀 면목 없는 상황이 돼버렸다고 생각하니…. 그래도 살인을 저지른 사람은 그 대가를 치러야 하고 거기에 일조했다는 생각만 하기로 했다. 마음이 한결 가벼워졌다.

길 원장은 예산서에 도착하자마자 박 형사와 함께 서장실을 찾았다. 서장도 과장으로부터 그간의 사정에 대해 자세히 보고받았는지 환하게 웃는 얼굴로 길 원장을 대했다. 일단 시간이 없으니 먼저 고희수를 만나서 잘 설득해 달라고 신신당부했다. 나중에 충분히 보상해 주겠다는 말까지 꺼냈다.

길 원장은 최선을 다해보겠다는 다소 형식적인 말을 하고 바로 박 형사를 만나 대책을 논의하기 시작했다. 일단 고희수의 정확한 의도를 파악하는 것이 우선이었다.

"고희수가 어느 부분에서 묵비권을 포기하고, 저를 보자고 했나요?"

"그게… 제가 그때 하도 열 받아 있어서 잘 기억이…. 아마 채 국장 살해 동기가 뭐냐고 물었던 때인 거 같긴 한데."

박 형사가 기억을 더듬어서 대답했다.

"음… 충분히 예상할 만하네요."

"네?"

"고희수는 자신이 채 국장을 살해한 숨은 동기를 우리가 알지 못할 거라 생각하고 승부를 걸어온 걸 겁니다."

"그렇다면… 갑갑하게 됐네요. 사실 우리도 채 국장 살해에 대해서는 현재로서는 명확한 동기를 확인하지 못했으니."

"흠… 제가… 고희수의 숨은 살해 동기에 대해 생각해 본 적이 있었는데."

"아! 그래요."

"전에도 두 분께 말씀드리려다 너무 막연하고 터무니없다고 생각해서 말씀드리지 않았는데. 음… 고희수가 저를 보자고 했다면 제 생각이 맞을 수도 있을 거 같네요."

"어떤 동기가 숨어 있었나요?"

박 형사는 궁금한 것은 못 참겠다는 듯이 물었다.

"지금 여기서 자세히 말씀드리기는 그렇고, 자기 딴에는 완전 범죄라고 생각했을 텐데 일이 틀어졌으니 우리가 그 동기를 정확히 알고 있는지 궁금했겠죠. 우리가 숨은 동기를 정확히 알고 있다면… 아마도 고희수가 손을 들지도 모르겠네요."

"그렇다고 저런 여자가 쉽게 항복할까요? 저는 그럴 거 같지 않은데요."

"그럴 수도 있겠죠. 저도 고희수에 대해 잘 알지는 못하니까. 다만, 저렇게 자존심이 센 여자는 의외로 한순간에 쉽게 무너질지도."

"그럼, 저는 원장님만 믿겠습니다. 더 이상 저런 여자는 꿈에 나올까 무서우니 일거에 해결해 주셔야 합니다."

"무섭긴 저도 마찬가지인데요. 이를 어쩌죠."

"그럼, 우리 모두 예당호에 빠져 죽어야죠. 혹시 아요? 거기서 이미 하늘나라로 간 사람들을 만날 수 있을지? 뭐, 그 사람들한테 물어보죠. 자신들이 왜 죽었는지? 파이팅입니다, 원장님!"

박 형사는 얼굴에 미소를 가득 담고 체격에 걸맞지 않게 귀여운 하트 모양까지 날리고 자리를 떴다.

길 원장은 눈을 감고 잠시 심호흡을 하면서 정신을 가다듬었다. 결코 밀리면 안 되는 싸움임이 분명했다. 그리고 자신을 믿었다.

길 원장과 고희수와의 만남은 비공식적인 대화라는 형식으로 진행됐다. 경찰 측에서도 동석하지 않고, 그녀의 변호사도 동석하지 않기로 했다. 녹음, 녹화도 하지 않기로 했다. 모든 것을 그녀가 요구했던 사항이었다. 그녀의 변호사는 길 원장과의 만남을 극구 반대했지만, 그녀의 고집은 꺾지 못했다. 그녀의 의도 또한 알 수가 없었다.

길 원장은 그녀가 앉아 있는 조사실 문을 조용히 열고 들어갔다. 그녀는 길 원장에게 눈길도 주지 않았다. 길 원장은 그녀 앞에 뜨거운 커피가 담긴 종이컵을 건넸다. 그녀는 계속해서 앞만 응시하고 있었을 뿐 미동도 하지 않았다.

길 원장이 먼저 말을 건넸다.

"며칠 만에 다시 뵙게 되네요. 이런 곳에서 볼 것이라고는 상상도 못 했는데."

"…."

"저에게 면담을 요구하셨다고 해서 이렇게 달려왔습니다."

그녀는 그제야 길 원장의 눈을 바라봤다.

"원장님은 지금 마음속으로는 승리의 찬가를 외치고 있겠죠. 안 그런가요?"

그녀가 길 원장에게 처음 꺼낸 말치고는 의미심장했다. 그렇다면 그녀는 패배를 시인한다는 말인가?

"제가 한 일이 별로 없어서, 승리했다고는 생각되지 않네요. 그리고 이런 일은 승리와 패배라는 이분법적인 방법으로 나눌

성질도 아닐 거 같고요."

"하하하… 승리와 패배라? 혹시 원장님이 정말 승리했다고 생각하고 있는 건 아니겠죠?"

"네?"

길 원장은 이런 말을 꺼내는 그녀의 의도를 알 수 없었다. 분명 무슨 의도가 있긴 있을 것인데….

"맞습니다. 저는 승리했다고는 전혀 생각하지 않네요. 아직도 이번 사건의 진실을 안다고 자신할 수 없으니까요."

"그래서 제가 원장님을 보자고 한 거네요. 이번 사건의 진실이 무엇인지? 그 진실을 정확히 알아야만, 그래야 승리했다고 할 수 있는 거 아닌가요?"

"그 진실을 저한테 알려주실 수 있나요?"

"후후… 이제 봤더니 원장님은 게임의 방식도 잘 모르시는 거 같네요. 원장님이 이번 게임에 발을 내밀었으면 원장님 스스로 승리할 방법을 찾아야 하는 것 아닌가요?"

"그럼, 고 교수님은 본인이 이번 사건의 범인이 아니니, 저한테 진범을 다시 찾으라는 말인가요?"

"저는 누가 그 사람들을 죽였냐가 중요한 거 같지는 않고. 죽을 짓을 했으면 죽어야 마땅하겠죠. 천 번, 만 번이라도 죽어야겠죠."

그녀의 말끝에서 더욱 힘이 느껴졌다. 꼭 자신은 죽여야 할 사람을 죽였다고 확신하는 범인의 의지 같았다.

"고 교수님은 그 사람들이 왜 죽었는지 그 이유에 진실이 있다고 생각하는 건가요?"

"역시, 원장님은 이해가 빠르네요."

"그럼, 그 사람들을 죽인 고 교수님이 속시원하게 알려주시면 안 될까요?"

길 원장은 은근히 그녀의 자백을 받기 위해 무심한 척 물었다.

"원장님은 계속 게임의 룰을 어기려고 하네요. 저는 그것을 원장님이 풀었는지 알고 싶어서 오늘 보자고 한 건데, 저한테 요구하시면 안 되죠. 안 그런가요?"

그녀의 얼굴에는 희미한 미소가 퍼지고 있었다.

이제야 길 원장은 처음 예상했던 것처럼 그녀의 정확한 의도가 뭔지 알 것 같았다. 그녀는 자신이 그 사람들을 죽인 진짜 살해 동기를 길 원장이 알고 있는지 묻고 있는 것이다.

진 교수와 신해수는 불륜을 저질렀으니 그녀 입장에서는 충분한 살해 동기가 있다고 볼 수 있으므로, 아마도 채 국장에 대한 살해 동기를 묻는 것일 것이다.

"결국은 고 교수님이 채 국장을 왜 살해했는지 그 이유를 제가 알고 있는지 궁금하다는 거네요."

"이제야 말이 조금 통하는 거 같네요."

"제가 그 이유를 알고 있지 않다면 어떻게 되는 건가요?"

"그렇다면 당연히 원장님이 이 게임의 승자라고 말할 수는 없지 않을까요?"

"저는 이번 사건의 승자가 되고 싶은 생각은 없는데, 이를 어쩌지."

"하하하, 그래도 원장님 정도면 저하고 승부가 될 줄 알았는데 실망이네요. 그럼 더 이상 볼일이 없겠네요."

길 원장은 순간 당황했다. 여기서 그녀와의 대화가 끊기면 아무런 소득이 없는 꼴이 되는 것이다. 급히 계속 말을 이어갈 구실을 만들어야 할 것 같았다.

"그런 거라면 여기 계신 경찰관들과 싸움해야 하는 것 아닌가요? 굳이 왜 저를?"

"원장님이 겪어보셨으니까 잘 아실 텐데, 여기 있는 경찰들은 한결같이 머리를 쓸 줄 모르고 몸으로만 때우려고 하지 않던가요?"

"그건 아닌데."

"그나마 원장님이 나타나서 신해수도 찾은 거고, 형부의 최후도 찾은 거 아니었나요?"

"그건 여기 계신 경찰들이 찾은 거고, 저는 옆에서 거들기만 한 건데, 조금 잘못 아시고 계시네요."

"훗, 처음 엄마가 원장님에게 이번 일을 맡기겠다고 했을 때 가소롭게 생각했었죠. 그런데 그게 아니더라고요. 원장님의 출현으로 어느 순간부터 남편이 형부를 죽이고 자살했다는 진실이 서서히 바뀌더니…. 경찰은 남편을 범인으로 철석같이 믿고 있었는데 말이죠. 저도 나름 진정한 승부를 위해 뒷조사 좀 했죠."

"그러면 경찰의 수사 상황에 대해 계속 확인하고 있었다는 말이네요."

"원장님이 제 입장이라면 당연히 그렇게 하지 않았을까요?"

길 원장은 그녀가 은연중에 자신이 범인임을 자랑하고 있다는 생각이 들었다. 그리고 또, 지금 그녀는 자신이 범인인지 아닌지는 전혀 중요하지 않다고 생각하고 있는 것 같았다.

"이사장님이 저한테 이번 사건을 의뢰할 때 왜 반대하지 않으셨나요?"

"핫핫핫, 저도 그게 후회되네요. 제가 원장님을 과소평가했다고 해두죠."

그녀는 지금까지 대화를 나누는 과정에서 가장 크게 웃었다. 명백히 길 원장을 비꼬고 있는 것으로 보였다. 그러고는 계속해서 말을 이어나갔다.

"그렇다고 아직 원장님이 이긴 것은 아니라는 것은 잘 알고 계시죠?"

"만약 고 교수님이 채 국장을 죽인 이유에 대해 제가 알고 있다면 이번 일을 순순히 인정하실 건가요?"

"뭐, 그때 가서 생각해 보죠."

"그렇게 애매한 답을 하시면 진정한 승부가 아니라는 생각이 드는데, 안 그런가요?"

길 원장도 그녀의 속을 은근히 자극하고 있었다. 그녀는 길 원장을 똑바로 노려봤다. 길 원장의 의도를 파악하려는 것으로 보였다.

"좋습니다. 승부는 공정해야 하니까요."

길 원장은 세 건의 살인을 저질러놓고도 이 모든 것을 게임으로 생각하고 있는 그녀에게 화가 나 있었다. 속에서는 열불이 났다. 그러나 흥분하면 지는 것이라 생각하고 마음을 단단히 먹었다.

다행히 고희수가 채 국장을 살해한 이유에 대해 나름 고민했던 것이, 지금 이 순간 큰 도움이 됐다. 분명 완전범죄를 꿈꿨던 그녀에게는 그 꿈을 무너뜨린 길 원장이 무척이나 원망스러웠을 것이다. 그래서 도발하고 있는 것이 분명했다.

길 원장은 느긋하게 그녀를 압박하기로 했다.

"뭐, 제일 먼저 생각해 볼 수 있는 것은 그냥 남녀 간의 문제가 아닐까요?"

"제가 형부하고 불륜이라도 저질렀다는 말인가요?"

"그냥 여러 가지 생각 중 하나여서 물어본 겁니다. 아닌가요?"

"훗, 불륜을 저지른 연놈들을 처단하는 정의의 사도가 그 연놈들과 똑같으면 안 되는 거 아닌가요?"

"그럼, 불륜을 저지른 사람들을 처단한 사실은 인정하나 보네요."

길 원장이 무심하게 물었다.

"시시한 말싸움이나 하는 그런 유치한 장난은 하지 말죠."

"아니면 고 교수님이 비록 언니와의 사이가 나빴다고 하더라도 피를 나눈 자매이니 언니 복수를 대신해 준 것은 아닌가요? 언니 입장에서는 형부에게 원한이 사무쳤을 텐데."

"음… 제가 언니의 수호천사라는 말인데, 죄송하지만 그런 생각은 눈곱만큼도 없네요."

"아, 그래요? 그러면 혹시 남편을 대신해서 복수한 것은 아니었나요?"

"흐흐흐… 원장님은 참 로맨틱하시다. 제가 지금도 남편에 대해 애틋함이 있다고 생각하나 보네요."

"그래도 부부의 정이라는 것이 있지 않았을까요?"

"남편은 제 분수도 모르고 날뛰었으니 그 대가를 당연히 치러야죠. 남편이 형부한테 그 어떤 수모를 당했다고 하더라도 그건 제 알 바가 아니죠."

이제 길 원장으로서도 히든카드를 꺼낼 때가 왔다고 생각했다. 길 원장 자신은 고희수의 숨은 살해 의도가 그것이 분명하다고 생각하고 있으나 만약 그것이 아니라면…. 그 결과를 상상하니 끔찍했다.

"그럼, 단순하게 생각할 수도 있지 않을까요? 고 교수님이 채 국장을 살해한 이유는 단지 남편이 자살 내지 잠적했다는 합리적인 이유를 만들려고 한 거 아닌가요?"

길 원장은 툭 말을 던져놓고 그녀의 표정을 살피기 시작했다. 분명 어떤 반응이 있을 것이다.

"…"

그러나 그녀는 반응이 없었다. 단지 길 원장을 똑바로 노려보고만 있었다.

길 원장이 다시 쐐기를 박듯 말을 이어갔다.

"고 교수님 입장에서는 채 국장은 단지 소모품이지 않았을까요? 그냥 물고기를 잡기 위한 미끼 아니었을까요?"

"핫핫핫핫핫…"

그 순간 그녀가 갑자기 가슴을 움켜잡고 옆으로 쓰러지고 있었다. 돌발 상황이 발생한 것이다. 밖에서 이 모습을 지켜보고 있던 서장, 과장, 박 형사, 변호사가 깜짝 놀라 조사실로 뛰어 들어왔다.

길 원장도 이 상황이 당황스러워 잠시 멍한 상태였다. 겨우 정신을 차린 후 다급히 양복 안주머니에서 침 도구함을 꺼냈다. 응급 상황을 대비해서 항상 소지하고 있었다.

침착하게 그녀의 윗옷 단추를 풀어 편안하게 한 다음 조심스럽게 그녀의 몸 곳곳에 침을 놓았다. 머리 정중앙의 혈 자리를 찾아 침을 놓았고, 양손과 양 발가락에 침을 놓아 혈을 뚫어주고, 침으로 열 손가락 끝의 피를 빼냈다.

나머지 사람들은 그저 지켜보고만 있었다. 다행히 큰일은 아닌 것 같았다. 바로 그녀가 정신을 차린 듯 눈을 뜨면서 일행들을 쳐다보고 있었다.

두 명의 여자 경찰들이 그녀를 양쪽으로 부축해서 편안한 곳에 눕게 했다. 곧이어 119가 도착해서 그녀의 상태를 체크했다. 그녀는 일단 병원으로 가자는 119 대원의 권유를 단호하게 뿌리쳤다. 단지 잠시 쉬고 싶다고만 말했다. 잠깐 정신을 잃은 것뿐이라고 했다.

그렇게 길 원장과 고희수의 만남은 끝이 이상하게 마무리됐다.

길 원장 생각으로는 그녀의 신경이 극도로 예민해지다 보니 이런 사달이 난 것으로 보였다. 그녀 입장에서도 일 년 내내 하루하루 매 순간을 버티기 어려웠을 것이다.

3.

엊그제 크리스마스가 지나갔으니 이제 며칠만 지나면 또 새해가 밝아 올 텐데 다행히 이번 사건은 해를 넘기지 않고 끝날 것 같다.

길 원장은 방금 박 형사로부터 내일 고희수를 검찰에 송치할 것이라는 소식을 들었다. 그는 물론 원하는 수사 결과를 얻었다며 이것이 다 길 원장 덕분이라고 너스레를 떨었다.

참 아이러니했다. 고희수가 순순히 진술했으니 말이다.

그녀의 진술에 의하면 진 교수, 신해수, 채 국장의 기일이 며칠 전부터 순차적으로 지나갔다고 봐야 할 것이다. 제사라는 것이 죽은 사람의 영혼을 위로하는 자리인데 그런 절차라도 제대로 지킬 수 있어서 다행이라는 생각이 들었다.

내일 저녁에 이 과장과 박 형사가 대전으로 넘어오기로 했다. 박 형사는 고희수를 검찰에 송치하면 이번 사건에서 해방된다며 한껏 마음이 들떠 있었다.

내일 모임은 박 형사가 그동안 겪었던 마음고생을 확실히 풀어주기 위한 자리였다. 공식적으로 대책 회의를 해단하는 자리이기도 했고, 겸사겸사 송년회라는 타이틀도 붙었다.

다음 날 저녁 일식집에 길 원장이 먼저 도착해서 그들을 기다리고 있었다. 이 과장과 박 형사가 같이 들어왔다. 한눈에 봐도 두 사람이 한껏 고무됐다는 것을 알 수 있었다. 오늘은 이번 사건을 접하면서 가장 마음 편히 술 마시는 자리가 될 것 같았다.

세 사람은 편하게 술을 마시면서 박 형사로부터 고희수에 대한 조사 내용을 들었다.

고희수는 길 원장이 돌아간 이후 무슨 이유인지 몰라도 변호사가 극구 만류하는데도 범죄사실을 순순히 진술했다고 한다. 꼭 자신의 행동이 정당하다는 것처럼 자랑스럽게 진술했다고 한다. 어쩌면 확실한 증거 앞에서 더 이상 버틸 수 없다고 생각했을지도 모를 것이다.

고희수는 남편과 신해수를 죽이기 위해 차근차근 준비하고 있었다. 드디어 기회가 왔다. 작년 12월 19일 저녁이 다 된 무렵에 남편의 전화를 받았다. 지금 예산 작업실에 내려갈 예정인데 잠시 할 얘기가 있다며 만나자는 내용이었다.

그가 무슨 얘기를 할지는 이미 알고 있었다. 이혼 얘기가 나올 것이라고 짐작하고 있었다. 물론 작년 여름경에 오선화로부터 남편이 바람피운다는 말을 듣고 몇 개월간 그의 행적을 추적해서 그와 신해수가 바람피운 증거를 확실히 잡아놓은 상태였다.

장래가 불확실한 빈털터리 시간강사로부터 구제해 줬음에도 분수도 모르고 바람을 피운 그의 행태를 도저히 받아들일 수 없었다. 그 대가는 죽음뿐이라는 사실을 확실히 알려줄 생각이었다.

그가 저녁 8시경 작업실에 왔다. 그의 표정은 마치 멀리 떠나는 전사의 모습처럼 비장해 보였다. 자신의 죽음을 예상한 것은 아닐 것이다. 가정이라는 울타리에서 벗어나려고만 했을 것이다.

그는 진중하게 이혼 얘기를 꺼내기 시작했다. 그 이유는 말하지 않았다. 이혼에 대해 아무 대꾸도 하지 않고 그에게 커피를 타 줬다. 그는 커피 홀릭이라 하루에도 커피를 10잔 이상 마신다는 사실을 잘 알고 있었다. 그는 아무런 의심 없이 곧바로 커피를 마셨다. 커피 안에는 효과가 강한 수면제가 들어 있었다. 그 효과는 얼마 지나지 않아 바로 나타났다. 그가 잠에 취해 그대로 쓰러졌다.

그 후의 일은 일사천리로 진행됐다. 작업실에 있는 노끈으로 그의 목을 졸라 죽였다. 그러나 문제가 생겼다. 그의 시신을 차에 실어야 하는데 혼자 몸으로는 도저히 불가능했다. 혹시나 지나가는 사람에게 들킬 염려도 있었다. 어쩔 수 없이 계획에 없던 작업을 해야만 했다. 시신을 옮기기 쉽게 그의 시신을 토막 내기로 했다. 다행히 작업실에는 훌륭한 작업 도구들이 즐비했다.

그의 시신을 앞에 놓고 앞으로의 계획을 짜기 시작했다. 몇 시간 동안 정신을 집중했다. 그가 없어지면 가장 먼저 자신이 의심받을 것이라고 예상했다. 당연히 신해수도 응징하기로 했으므로 신해수의 존재가 밝혀지면 더욱더 의심받을 것은 뻔했다. 몇 시간에 걸친 계획 끝에 시나리오가 완성됐다. 전에도 수십 번에 걸처 수정하면서 계획했던 내용 중에서 일부만 수정했다.

즉시 실행에 들어갔다. 그의 옷을 다 벗긴 후 화장실에서 시신을 토막 내기 시작했다. 최대한 무게가 덜 나가게 몇 시간에 걸쳐 피를 빼냈다. 그리고 토막 난 시신을 비닐에 담기 시작했다. 몇 번에 걸쳐 그의 차 트렁크로 시신을 날랐다. 다행히 작업실에는 무거운 쓰레기를 버리기 위해 비치되어 있던 조그만 외발 수레가 있어 큰 도움이 됐다.

모든 일을 마무리할 때쯤 동이 트려고 했다. 그의 차를 몰고 예산으로 향했다. 운전자가 그인 것처럼 그의 등산용 고어텍스를 입고, 최대한 CCTV를 피하기로 했다. 그리고 그의 마지막 흔적을 예산 작업실에 남겨놓기로 했다. 예산 작업실은 처음 계약할 때 와보고 그 후 온 적이 없어 출입문 비밀번호를 알 수 없었다.

그 연놈들이 텔레그램에서 사용하는 비밀번호와도 달랐다. 어쩔 수 없이 출입문을 일부 파손했다. 그가 예산 작업실에 오긴 왔지만 무슨 일이 있었던 것처럼 애매하게 현장을 정리했다. 그의 휴대폰도 현장에 남겨놓기로 했다. 이미 그의 휴대폰에 들어 있는 모든 정보를 다 빼놓은 상태였다.

예산 작업실에서 일을 마치자마자 예당호에 그의 차를 빠뜨리기 적당한 장소를 찾았다. 얼마 지나지 않아 다행히 완만하게 경사진 완벽한 장소를 발견했다. 차의 모든 창문을 열고 운전석에서 내렸다. 차가 서서히 물속으로 잠기는 것을 끝까지 확인했다. 이제 겨우 한 놈을 해결했을 뿐이다.

그다음은 신해수를 해치울 차례였다.

텔레그램에서 그녀의 일정을 이미 확인했다. 그녀를 다른 곳으로 유인하기는 부담스러워 위험을 무릅쓰고 그녀의 최후 장소를 정진원룸으로 정했다. 정진원룸도 몇 번이나 현장 답사를 했기 때문에 별문제는 없어 보였다.

그녀가 몇 시에 들어오는지를 알고 있었고, 원룸의 비밀번호도 이미 확인해 둔 상태였다. 두 사람의 텔레그램 안에는 원하는 모든 정보가 다 들어 있었다. 망치, 톱, 비닐 봉투, 락스, 가방 등 모든 준비를 마친 상태였다.

두 번째 작업은 의외로 쉬웠다. 작년 12월 20일 밤 11시가 거의 다 되자 그녀가 아르바이트를 끝내고 원룸으로 들어왔다. 불을 켜려는 순간 뒤에서 망치로 그녀의 뒤통수를 가차 없이 내려쳤다. 그것으로 끝이었다. 바로 시신을 토막 내는 작업으로 들어갔다. 시신을 옮기려면 어쩔 수 없었다. 몇 시간에 걸쳐 그녀의 시신을 토막 내고 수돗물을 틀어 피를 빼내기 시작했다. 새벽이 다 돼서야 그 일이 완성됐다. 시신은 큰 비닐 봉투에 싸서 미리 준비한 조그만 여행용 가방 몇 개에 욱여넣었다. 몇 번에 걸쳐 그녀의 시신을 자신의 차에 옮겼다.

그리고 그녀가 오늘 장성에 내려간다는 사실을 알고 있었다. 그녀는 장성에 내려가기 위해 미리 큰 여행용 가방을 준비해 놓은 상태였다. 그 여행용 가방도 차에 실었다. 그녀인 것처럼 그녀의 옷으로 갈아입었다. 그녀의 모자도 썼다. 그녀가 살아 있다는 흔적을 남기기 위해 그녀의 휴대폰을 챙겼다. 나중에 갈아입을 자신의 옷은 여행용 가방에 넣어 두었다.

조용히 정진원룸 206호를 빠져나와 시화호로 향했다. 다행히 정진원룸 주변에는 CCTV가 없었다. 원룸에서 가장 가까운 시체 유기 장소로 시화호를 택했다. 미리 유기 장소도 답사했었다. 어둠을 틈타 그녀의 시신을 시화호에 버렸다. 물에 뜨지 않게 하려고 돌과 함께 집어넣어야 해서 약간 힘들었다.

그리고 일단 집으로 돌아와서 시간을 기다렸다. 그녀가 예약해 놓은 오후 5시 고속버스를 타기 직전에 그녀의 엄마에게 톡을 보냈다. 최대한 티가 나지 않게 몇 번이고 그녀를 흉내 내는 연습을 했다. 다행히 그녀의 엄마는 전혀 의심하지 않았다. 장성고속버스터미널에 내려 최대한 티가 나지 않게 걸었다. 분명 CCTV에 찍혀야 하는데 의심받으면 안 되는 상황이었다.

나름 잘한 것 같았다. 근처 화장실에 들어가 자신의 옷으로 갈아입었다. 전혀 다른 사람이 됐다. 그리고 택시를 잡아타고 광주로 갔다. 광주역 근처 호텔에 숙소를 잡자마자 다시 나와 택시를 타고 장성으로 향했다. 계속되는 그녀 엄마의 전화와 톡을 해결할 필요성이 있었다. 밤 11시가 조금 넘어 그녀의 엄마에게 마지막 톡을 보내고 휴대폰 전원을 껐다. 휴대폰을 근처 하수구에 버리고 광주로 돌아왔다.

그다음 날 아침 일찍 KTX를 타고 서울로 올라왔다. 이렇게 자신의 목적을 완벽하게 완성했다.

나중에 남편의 잠적이 사건화되면 경찰에서 신해수의 존재를 파악할지는 알 수 없지만 그래도 자신의 흔적은 완벽하게 지웠다고 자신했다.

어떻게 보면 참 아이러니했다. 남편의 평소 완벽하고 깔끔한 성격이 오히려 도움이 됐다. 몇 년 동안 아내인 자신을 감쪽같이 속였으니 경찰도 완벽히 속을 것 같았다.

마지막으로 형부 살인의 경우 정말 우발적으로 벌어졌다.

크리스마스 연휴가 끝난 작년 12월 27일 오후 늦게 학교 연구실로 형부의 전화가 걸려 왔다. 마침 성적 처리를 위해 학교에 있던 참이었다. 그는 학교에 같이 근무하면서도 연구실에는 한 번도 온 적이 없었고 전화도 없었는데 전혀 의외의 연락이었다. 그냥 전화했다고만 하면서도 꼭 무슨 말을 하고 싶은 모양이었다.

그와 전화 통화를 하는 도중에 완전범죄를 완성할 수 있는 아이디어가 번뜩했다. 전에 길 원장이 말했던 것처럼 그를 소모품으로 쓰면···. 정말 기발한 생각이었다. 그렇게만 된다면 남편이 잠적한 훌륭한 이유를 만들 수 있을 것 같았다. 평소에 그는 남편을 그렇게 무시했으니 남편으로부터 죽임을 당했다고 하더라도 그 사실에 이의를 제기할 사람은 전혀 없을 것이다.

그에게 단도직입적으로 용건이 뭐냐고 물었다. 그는 잠시 망설이다가 남편을 만날 일이 있는데 연락이 안 된다며 남편의 소재를 찾고 있었다. 겸사겸사 잘됐다. 그에게 은근슬쩍 꼬리를 쳤다. 그는 바로 넘어왔다. 그는 원래 그런 인간이었다. 작업실에 가서 조용히 얘기를 나누고 싶다고 했다. 그에게 학교 앞에서 자신을 픽업하라고 했다.

잠시 후 그가 운전하는 차에 탔다. 그가 운전하는 차는 진성 F&C 회사 차라고 했다. 차를 타고 가면서 왜 그가 진성F&C 회사 차를 타고 다녔는지 설명했다. 원래는 오늘까지 차를 반납하기로 했다는 말도 들었다. 약간의 변수가 생기기는 했지만, 별문제는 없을 것 같았다.

시내 외곽으로 나가 간단히 저녁을 먹었다. 그는 식사하는 내내 음흉한 미소를 보내고 있었다. 갈비뼈에 금이 가서 잘 움직이기도 어렵다며 너스레를 떨기도 했다. 정말 봐주기가 역겨울 정도의 파렴치한이라는 생각이 들었다.

조용히 그를 작업실로 유인했다. 꼭 이런 일을 위해 미리 준비한 것처럼 작업실이 그 용도를 충분히 해냈다. 바로 실행에 들어갔다. 그에게 맥주를 권하면서 맥주에 또다시 수면제를 탔다. 원래 남편의 불륜 사실을 알고 한숨도 제대로 잘 수가 없어 자신이 복용하려고 처방받은 수면제가 이런 용도로 사용되다니 아무래도 운이 좋다는 생각이 들었다.

바로 쓰러진 그를 처리하는 것은 쉬웠다. 이미 두 번에 걸친 실습이 있었다. 그의 시신은 당장은 아니더라도 나중에 예당호에서 발견되도록 하는 것이 중요했다. 전기톱으로 시신을 머리, 양팔, 양다리, 몸통으로 토막 냈다. 남편 시신을 처리할 때와 똑같은 방법으로 그가 몰고 온 차 트렁크에 토막 낸 시신을 실었다. 그리고 혹시 몰라 국도를 이용해서 예당호까지 조심스럽게 차를 몰고 갔다.

이번에는 남편의 차를 수장시킨 호수 반대편으로 갔다. 토막 낸 시신에는 돌을 매달아서 호수에 넣었다. 느슨하게 돌을 매달아 시간이 흐르면 발견되기 쉽도록 했다. 나중에 그의 시신 일부가 발견돼도 좋고 안 돼도 그만이었다.

시계를 보니 시간은 밤 12시가 넘어 새벽 1시를 향해 가고 있었다. 칠흑 같은 어두운 밤이었고, 인적도 없는 곳이어서 다행이었다. 이젠 돌아가는 일만 남았다. 차를 운전해서 진성F&C 회사 입구에 세워놓았다. 아무도 보는 사람이 없었다. 차 키를 운전석 시트에 놓고 조용히 빠져나왔다.

형부는 죽어야 마땅한 놈이었다. 내가 죽이지 않았더라도 분명 남의 손에 의해 죽임을 당했을 것이다. 이런 놈을 제거하는 것은 어찌 보면 당연한 일이었다. 다만 내 손에 피를 묻히는 것이 약간은 찜찜했지만 나는 해야 할 일을 한 것뿐이다.

이것으로 완전범죄는 완성되었다. 자신이 생각해도 대견스러웠다. 아마 경찰은 결코 이번 일의 진실을 파헤칠 수 없을 거라는 확신이 들었다.

길 원장은 박 형사의 얘기를 다 듣고도 아무 말이 없었다. 이 과장 또한 그랬다. 뭐라고 할 말이 없다는 것이 정확한 표현일 것이다. 분명 기분이 홀가분해져야 하는데 세 사람 모두 전혀 그렇지 않았다.

"박 형사님이 마지막까지 고생하셨네요. 고희수가 특별히 뭘 숨기는 거 같아 보이지도 않고요."

"저도 고희수를 조사하면서 그런 생각이 들었습니다. 변호사는 옆에서 극구 만류하는데도 고희수는 마치 자신의 무용담을 얘기하듯 거침이 없었죠. 한마디로 당연한 일을 했다는 투였죠."

"고희수 입장에서도 어쩔 수 없었겠지. 어느 정도 증거가 확실히 나왔으니 빠져나가기 어렵다고 생각했을 테고, 아무튼 박 형사가 고생 많았어. 수고했어."

"다 두 분께서 잘 도와주신 덕분이죠. 저 혼자였으면 죽었다 깨나도 이번 일을 해결할 엄두도 없었을 겁니다. 두 분 감사드립니다."

"감사는 원장님께 드려야지. 사실 우리는 진 교수가 범인이라고 단정하고 있었으니 하마터면 영구 미제 사건이 될 뻔하지 않았나? 생각만 해도 끔찍한데 원장님께서 구원해 주신 거지. 안 그런가, 박 형사?"

"네, 맞는 말씀이죠. 저도 이번 사건으로 많은 것을 배웠네요."

"배우는 김에 저도 한 가지 배웠으면 합니다. 고희수가 말하는 텔레그램이라는 것이 뭔가요? 제가 워낙 기계치라서."

"저도 고희수한테 듣고 좀 알아봤는데, 그게 어디에 본사가 있는지도 모르는 다국적 카톡 같은 거라고 하던데요. 당사자가 불지 않으면 전혀 흔적을 찾을 수 없는, 한마디로 완벽한 비밀 교환 수단이라고 보면 될 거 같네요. 고희수는 진 교수의 텔레그램 비밀번호를 어떻게 알아냈는지 두 사람의 비밀스러운 대화를 모두 파악하고 있었던 거죠."

"참 대단하네요."

"우리나라에도 이제 겨우 퍼지기 시작했는데, 진 교수와 신해수는 한마디로 텔레그램 선구자였던 거죠."

"이젠 범죄 수단도 나날이 발전해 간다고 봐야겠지. 우리 같은 사람들은 따라가려야 따라갈 수도 없을 거야. 박 형사도 그런 분야에 대해 더 관심을 가져야 겨우 따라갈 수 있을 거야."

"넵, 명심하겠습니다."

"완벽한 비밀 교환 수단이라는 말을 들으니 문득 옛날 고사가 생각나네요."

"어떤 고사가 있나요? 제가 학생 때는 운동한답시고 공부에는 담을 쌓아서."

"별건 아닙니다. 중국 춘추전국시대 때 화씨(和氏)의 벽(璧)이라는 나라를 바꿀 정도의 구슬이 있었는데 조나라의 인상여라는 사람이 지혜를 짜내 진나라로부터 나라와 구슬을 모두 구해냈다는 고사가 전해지고 있죠. 그때 그 구슬을 '완벽(完璧)'이라고 했는데, 그때부터 완벽의 뜻이 정해졌다고 봐야죠. 고희수에게 그런 말을 쓰기에는 좀 그런 거 같긴 하네요."

"그렇겠죠. 고희수는 인간이라고 할 수 없겠죠. 그 좋은 머리를 다른 곳에 쓸 것이지, 완벽이 아깝네요. 저도 한 수 배웠습니다."

"그래, 사람은 죽을 때까지 배우면서 사는 거야."

"그건 그렇고, 결국 피해자들의 시신은 찾을 수 없는 건가요?"

"그게 고희수가 딱히 거짓말하는 거 같지는 않은데, 고희수는 진 교수의 차나 신해수의 시신을 정확히 어디에 버렸는지를 전혀 기억하지 못한다고 하니, 갑갑할 노릇입니다."

"블랙 아웃이었다는 얘기네요. 뭐, 고희수가 아무리 강심장이라고 해도 충분히 그럴 수 있겠죠. 환자들 중에서도 그런 경우가 가끔 있으니까요."

길 원장은 확실한 심증은 없지만 왠지 모르게 고희수의 그 당시 상황을 이해할 수 있을 것 같았다.

"그래도 예산서에서는 가능성 있는 곳을 중심으로 확인했을 거 아닌가?"

"그렇죠. 고희수의 진술을 토대로 최대한 범위를 좁히긴 좁혔는데 예당호나 시화호나 워낙 넓어서, 나중에 발견되기를 기다리는 수밖에."

"어쩔 수 없지. 뭐, 신해수나 진 교수도 하늘나라에서 우릴 이해해 줄 거야."

"그건 그렇고 원장님이 고희수한테 채 국장을 살해한 숨은 동기 얘기를 꺼낼 때 저는 숨이 멎는 거 같았습니다. 와, 고희수라는 여자 정말! 감탄을 금할 수 없더라고요."

"저도 확신할 수는 없었는데, 그나마 적중해서 다행이었죠. 그게 아니었으면…. 지금 생각하면 아찔하네요."

"채 국장을 살해한 범인을 이미 죽은 진 교수인 것처럼 만들어서 완전범죄를 꿈꿨다니!"

이 과장도 더 이상 말을 할 수 없을 정도로 허탈해하고 있었다.

"결국 살해 순서를 뒤바꿔서 완벽한 시간을 만들었다고 봐야겠죠."

길 원장도 자신이 말하면서도 허탈감을 느꼈다.

"아무리 그렇다고 하더라도 형부를 그렇게 잔인하게 죽여 놓고 그 혐의를 남편에게 뒤집어씌우다니. 고희수는 분명 천벌을 받을 겁니다, 분명."

박 형사는 고희수에 대해 아직도 분이 풀리지 않은 것 같았다.

"우리가 고희수를 잡았으니 다행이지. 이미 죽은 진 교수를 범인으로 단정해서 그 난리를 치고, 고희수의 꾐에 놀아났다고 생각하니 끔찍하다, 끔찍해."

"결국 고희수의 완전범죄는 원장님으로 인해 산산조각이 난 거네요."

"다시 생각해도, 고희수가 참 대단하다는 생각밖에 안 드네요. 진 교수가 채 국장을 죽인 것처럼 일부러 채 국장의 토막 난 시신을 예당호까지 가지고 가서 버릴 생각을 했다는 거 자체가…."

길 원장은 더 이상 말을 못 하고 고개를 절레절레 흔들었다.

"고희수도 그렇지만, 저는 이번 사건을 수사하면서 가장 식겁했던 때는 따로 있었습니다."

두 사람은 박 형사의 말이 의외라는 듯 동시에 멀뚱히 그를 바라보고 있었다.

"아! 그거 있지 않습니까? 고 처장이 조사를 받고 나오면서 한 행동, 저는 그 CCTV를 보는 순간 온몸에 식은땀이 줄줄 흐르는데, 정말 식겁했습니다."

"그렇지. 박 형사 입장에서는 고 처장한테 완전 농락당했다고 생각할 만했을 테지."

"고 처장 입장에서 보면 재단 비자금을 수사하는 과정에서 자신의 개인 횡령 비리가 발각된다면, 바로 죽음이라고 생각할 수밖에. 송 이사장을 속인 것일 테니, 그렇게 안도의 하이 파이브를 했겠죠."

"그런데 송 이사장은 재단 비자금 수사를 완강히 반대했던 거 아닌가요?"

"송 이사장이 고 처장의 개인 횡령 비리를 알고 있었는지는 알 수 없지만, 재단 비자금을 형성하는 과정에서 온갖 비리가 있었으니 그게 오롯이 자기 책임이라고 생각했을 테고, 사위들 죽음의 진실과도 맞바꿀 수 없을 정도로 중요한 일이라고 생각했겠죠."

"재단 비자금이라?"

박 형사는 입맛을 다시듯 묘한 표정을 짓고 있었다.

"내가 전에 한번 사립학교 재단 비자금을 수사한 경험이 있었는데, 교수 채용 때 상당한 금품이 오가기도 하더라고. 지금은 거의 없어졌다고 하긴 하던데."

"나, 참! 세상이 정상인 게 별로 없네요."

박 형사가 허탈한 듯 한숨을 쉬면서 말했다.

"세상 다 그런 거지. 그러니 우리 같은 사람들이 필요하기도 할 테고. 그래, 오늘은 기분도 그런데 여기서 그만 정리하죠."

나머지 두 사람도 그저 고개만 끄덕였다.

그렇게 이번 사건은 여기서 마무리됐다.

4.

길 원장은 지금 차를 운전해서 장성으로 가고 있다. 오늘은 공식적인 휴무일인 목요일 오후였다. 바깥바람은 차가웠지만 구름한 점 없어 날씨는 쾌청했다.

○○미용실 앞에 도착했지만 선뜻 들어가기가 망설여졌다. 그래도 해야 할 일은 해야 할 것이다. 신해수의 유품을 어머니한테전해 주기로 했다. 총 일곱 박스였는데 트렁크와 뒷좌석에 겨우실었다. 가장 마지막으로 받은 한 박스에서도 별달리 참고할 만한 자료는 나오지 않았다.

그전에 전화로 사건 내용은 신해수의 어머니와 강보람에게 자세히 설명했다. 그녀들도 모두 체념하듯이 그 사실을 순순히 받아들였다.

오늘 길 원장 앞에 있는 신해수의 어머니는 의외로 담담했다. 이미 흘릴 눈물은 모두 흘려서 더 이상 나올 눈물이 없는 것처럼보였다.

그녀는 경찰로부터 신해수의 시신을 찾으려고 많은 노력을 기울였지만 허탕이었다는 통보를 받은 상태였다. 이젠 딸의 시신을 찾는 것은 포기해야 할 상황인 것 같았다. 길 원장의 머릿속에는 전에 그녀가 딸의 시신만이라도 찾아 달라고 애원했던 말이 계속 맴돌았다.

길 원장과 그녀는 탁자를 사이에 두고 서로 고개만 숙이고 있었다. 솔직히 길 원장도 그녀를 볼 면목이 없었다. 결과론적으로 시신도 수습하지 못했으니 미안한 마음뿐이었다.

길 원장은 잠시 후 탁자 위에 놓인 커피에는 손도 대지 않고 그만 일어나겠다고 했다. 그녀도 그저 고개만 연신 끄덕이면서 희미하게 "고맙습니다."만 연발하고 있었다.

마지막으로 길 원장은 탁자 위에 두툼한 서류봉투를 살며시 놓았다. 송 이사장으로부터 받은 서류봉투였다. 그 안에 들어 있는 돈에서 얼마를 사용했는지 정확히 계산하지는 않았다.

"이건 따님 유품을 정리하는 도중에 나온 겁니다. 돈인 거 같은데, 아마도 따님이 어머니 드리려고 꼬박 모은 거 같네요. 따님이 참 효녀인 거 같습니다. 그럼, 그만 일어날게요."

길 원장은 차에 올라타자마자 바로 출발했다. 백미러에는 그녀가 계속해서 길 원장을 바라보고 있는 것이 보였다.

에필로그

길 원장은 이제 진짜 해결할 문제가 하나 남았다는 생각이 들었다. 의뢰인에게 사건 결과를 설명해야 하는데 어찌할 방법을 몰라 며칠째 계속 주저하고 있었다. 하지만 이젠 결단을 내려야만 할 것이다. 송 이사장은 차마 볼 면목이 없었다. 자신의 가족을 지켜 달라고 사건을 의뢰했던 그녀인데 결과는 오히려 그 가족 전체를 풍비박산 낸 꼴이었다.

도저히 송 이사장을 볼 엄두가 나지 않아 대신 고희진을 만나기로 했다. 그녀가 대신 말을 전해 줄 것이라고 생각했다. 일부러 송 이사장이 없는 낮 시간을 이용해서 고희진을 방문했다.

여느 때와 똑같은 상황인데 개인 도우미는 다른 사람으로 바뀌어 있었다. 무슨 사정이 있었던 것은 아닐까? 순간 개인 도우미에게 미안한 마음이 들었다.

고희진의 방에 들어서자 역시 이번에도 음악이 흘러나오고 있었다. 귀에 익숙한 음악이었다.

두 사람은 잠시 일상적인 대화를 나누다가 길 원장이 본론을 꺼냈다.

"제가 도저히 이사장님을 뵐 면목이 없어 대신 고 선생님에게라도 말씀을 전해야 할 거 같아 이렇게 찾아뵙네요."

"네, 알겠습니다. 원장님 심정 충분히 이해되네요."

"남편분의 유해는 잘 정리하셨나요?"

"시댁에서 모든 것을 알아서 처리해서… 제가 몸이 이래서 가기는 그렇고…."

그녀는 그렇게 말했지만 분명 시댁에 갈 상황은 아니었을 것이다. 시댁 입장에서 보면 그녀의 가족이 살인을 저지른 가해자가 분명할 것이다.

"제가 사건 설명은 따로 말씀드리지는 않겠습니다. 부디 이사장님께 너그러이 용서해 주십사… 말씀 꼭 전달 부탁드립니다."

길 원장은 다시 한번 간곡하게 말했다.

"그리고 보면 원장님도 강심장은 아닌가 보네요. 뭐, 어떻게 보면 자신의 할 일을 제대로 하신 건데, 엄마도 충분히 원장님 마음을 이해하실 겁니다."

"그렇게 생각해 주시면… 고맙습니다. 그럼."

"벌써 가시게요? 원장님! 원장님이 미안해하실 이유는 전혀 없을 거 같다는 생각이 드네요. 제가 왜 이런 얘기 하는지 아시나요?"

"네?"

"원장님! 원장님은 엄마가 왜 원장님에게 이번 일을 맡겼다고 생각하시나요?"

"네? 그게 무슨 말씀인지?"

길 원장은 계속해서 그녀가 무슨 의도로 이런 말을 꺼내는지 알 수 없었다.

"원장님! 이번 일을 원장님에게 맡기도록 한 것이 저라면 어떤 생각이 드세요?"

길 원장은 지긋하게 그녀를 바라보고 있었다. 이런 얘기를 꺼내는 그녀의 속마음을 어렴풋이 알 수 있을 것 같기도 했다. 순간의 정적을 깨고 길 원장이 물었다.

"제가 제대로 이해하는지는 몰라도… 그 물음에 대한 답으로 고 선생님은 남편을 살해한 범인이 동생이라는 사실을 알고 있었다는 취지로 이해하면 되나요?"

"하하하… 제가 어떻게 그런 능력이 있을까요? 전혀 그건 아니고, 단지 남편을 죽인 사람이 제부가 아닌 것은 분명한데 경찰은 제부만 찾고 있으니… 그것을 바로잡고 싶었던 거뿐이네요."

"그럼, 제가 한 가지 물어봐도 될까요?"

"네, 물론."

"동생이 남편분을 살해했을 거라고 예상하지 못했다는 말씀은 충분히 알겠는데, 그러면 진 교수의 잠적에 동생이 관여됐을 거라고는 알고 있지 않았을까요?"

길 원장은 온 정신이 머리에 집중되는 느낌이었다. 지금 이 순간 앞에 있는 그녀는 결코 보통내기가 아니었다. 오히려 무섭기까지 했다.

"하하하… 원장님 참 대단하시네요. 그렇겠죠. 동생은 제부가 바람피웠다는 사실 자체를 용납할 수 없는 여자였죠. 훗훗훗, 이제 제가 왜 엄마에게 원장님을 의뢰하라고 했는지 아시는 거 같군요."

"절 과대평가해준 것은 고맙지만, 지금 이 자리가 몹시 불쾌하네요."

"불쾌했다면 죄송하네요. 그런데 참, 이번 일은 원장님에게 있어서 운명적으로 맡아야 할 사건이 아니었나요?"

"네? 그건 또… 무슨 말인지 잘 모르겠네요."

"제가 원장님 웹소설 마니아라서요. 『가면 속의 비밀』이라는 단편이 이번 사건과 거의 비슷한 거 아니었나요? 잘 기억은 없네요."

고희진은 지금 명백히 길 원장을 가지고 놀고 있으면서 자신이 최후의 승리자라는 사실을 확인받고 있었다.

길 원장은 더 이상 할 말이 없었다. 단지 이 자리를 빨리 피하고 싶을 뿐이다.

"네, 그럼."

길 원장은 조용히 그녀의 방문을 닫고 나왔다. 순간 다리가 휘청거렸다.

이 집안의 사람들 모두 한결같이 무섭다는 생각밖에 들지 않았다. 오히려 고희수가 불쌍하다는 생각까지 들었다. 지금까지 자신을 포함해서 송 이사장, 고희수 모두 고희진의 손바닥에서 놀아나고 있었던 것이다.

집을 나오면서 뒤를 돌아 다시 한번 고희진의 방을 쳐다봤다. 역시 그녀는 길 원장을 내려다보고 있었다. 이번에는 창문틀에 기대지도 않은 채 팔짱을 끼고 똑바로 서 있었다.

길 원장으로부터 자신이 위대한 최후의 승리자라는 사실을 다시 한번 확인받고 있었다.

고희진은 자신이 원하는 것을 모두 얻었다. 평생을 으르렁거리며 다퉈온 동생을 온전히 제거했고, 원수 같은 남편도 동생의 힘을 빌려 해결했다. 그 과정에서 길 원장은 단지 꼭두각시였을 뿐이었다. 결국 고희진의 큰 그림에 놀아난 꼴이란!!!

고희진을 집을 나서면서도 계속 귓전에는 조금 전 그녀의 방에서 흘러나오던 음악의 잔상이 머물고 있었다.

"빰—빠빰 빰빠—빠— 빰빠빠—바—, 빰—빠빰 빰빠—빠— 빰빠빠—바—…."

드보르자크의 교향곡 제9번 '신세계로부터'.

고희진은 이젠 자신의 신세계가 왔다는 것을 암시하며 길 원장을 노골적으로 놀리고 있었다.

길 원장도 자신이 패배자라는 사실을 솔직히 인정할 수밖에 없었다.

출간후기

권선복(도서출판 행복에너지 대표이사)

"과학수사와 추리의 완벽한 조화"

권중영 변호사의 두 번째 추리소설『완벽한 시간』은 '타임 시리즈'의 핵심을 한층 더 강화한 작품으로, 1편『침묵의 시간』에 이어 독자들에게 새로운 충격과 몰입을 선사합니다.

타임 시리즈는 총 3편으로 구성되어 있으며, 1편『침묵의 시간』에 이어 이번 2편『완벽한 시간』, 그리고 마지막 3편『타인의 시간』으로 이어집니다. 각 작품마다 고유의 추리 방식과 사건 전개를 통해 독자들을 긴장감 넘치는 서사 속으로 끌어들입니다.

『완벽한 시간』은 '사체 없는 살인사건'이라는 흥미로운 모티브를 바탕으로 엽기적 사건, 연쇄살인, 사이코패스, 그리고 완전범죄의 매력적인 요소들이 고루 섞여 있어, 최근 추리소설 독자들의 취향을 정확히 겨냥한 작품입니다.

특히 과학수사와 추리가 결합하여 사건을 풀어나가는 과정을 명확하게 보여주며, 추리의 묘미를 극대화합니다.

또한 『완벽한 시간』은 여러 반전이 연속적으로 펼쳐지는 것이 핵심 포인트입니다. 독자들은 당연시했던 사실이 새로운 증거로 인해 무너지는 충격을 반복적으로 경험하게 될 것입니다. 마지막에는 또 다른 대반전이 기다리고 있어, 사건의 해결 과정이 흥미진진하게 전개됩니다. 과학수사 기법이 사건의 결말을 명쾌하게 풀어가는 과정은 최근 수사 현실과도 맞닿아 있어, 더욱 현실감 있는 추리의 세계를 보여줍니다.

작가 권중영 변호사는 약 20년간 검사로 활동하면서 쌓은 수사 경험을 바탕으로, 이번 작품에서도 현실적이면서도 치밀한 사건 전개를 통해 독자들에게 강렬한 인상을 남깁니다. 『완벽한 시간』은 단순한 미스터리 해결을 넘어 독자들로 하여금 인간 심리의 어두운 면을 들여다보게 하며, 그 과정에서 진정한 스릴과 지적 쾌감을 제공합니다.

'타임 시리즈'의 2편 『완벽한 시간』은 이전 작품과는 또 다른 강렬한 반전과 긴장감으로 독자들을 사로잡으며, 3편에 대한 기대를 한층 더 고조시킵니다.
예상치 못한 전개와 충격적인 결말은 추리소설의 진정한 묘미를 선사하며, 독자들에게 잊지 못할 경험을 안겨줄 것입니다. 무엇보다 추리의 진수를 맛보고 싶은 독자들에게 강력히 추천합니다.

'행복에너지'의 해피 대한민국 프로젝트!

<모교 책 보내기 운동> <군부대 책 보내기 운동>

한 권의 책은 한 사람의 인생을 바꾸는 힘을 가지고 있습니다. 한 사람의 인생이 바뀌면 한 나라의 국운이 바뀝니다. 그럼에도 불구하고 많은 학교의 도서관이 가난하며 나라를 지키는 군인들은 사회와 단절되어 자기계발을 하기 어렵습니다. 저희 행복에너지에서는 베스트셀러와 각종 기관에서 우수도서로 선정된 도서를 중심으로 <모교 책 보내기 운동>과 <군부대 책 보내기 운동>을 펼치고 있습니다. 책을 제공해 주시면 수요기관에서 감사장과 함께 기부금 영수증을 받을 수 있어 좋은 일에 따르는 적절한 세액 공제의 혜택도 뒤따르게 됩니다. 대한민국의 미래, 젊은이들에게 좋은 책을 보내주십시오. 독자 여러분의 자랑스러운 모교와 군부대에 보내진 한 권의 책은 더 크게 성장할 대한민국의 발판이 될 것입니다.

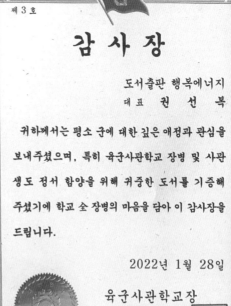